有爱的青春陪伴者

偏执

pianzhi

江有无

/ 著

广东旅游出版社
中国·广州

图书在版编目（CIP）数据

偏执 / 江有无著. — 广州：广东旅游出版社，
2022.9
ISBN 978-7-5570-2725-4

Ⅰ．①偏… Ⅱ．①江… Ⅲ．①长篇小说－中国－当代
Ⅳ．①I247.5

中国版本图书馆CIP数据核字(2022)第057779号

偏执
PIAN ZHI

江有无 / 著

◎出版人：刘志松　◎总策划：苏瑶　◎责任编辑：何方　◎责任技编：冼志良　◎
责任校对：李瑞苑　◎策划：周丽萍　◎设计：孙欣瑞　◎封面绘制：Left.z

出版发行：广东旅游出版社
地址：广州市荔湾区沙面北街71号
邮编：510130
电话：020-87347732 020-87348887（销售热线）
印刷：长沙鸿发印务实业有限公司
地址：长沙黄花工业园三号
邮编：410137
开本：880毫米×1230毫米　1/32
印张：10
字数：392千字
版次：2022年9月第1版
印次：2022年9月第1次
定价：42.80元

目/录

第一章：
还挺甜的

六月末的青城，午后天气闷热。夏季气候多变，不过瞬息，灰黑云层骤然蔓延开，宣告一场暴雨即将来临。

研究所家属院内，被大人打发出来收衣服的孩子们你推我搡地挤在一处，畏惧而好奇地看向荷花池的方向。

"嗨气！小王八蛋，你要跪就滚回家跪，少在这里给人添堵！"正在尖叫的是门卫老林头的妻子段秀娥，她脾气火暴嗓门大，骂起人来荤素不忌，院子里的小孩都怕她。

然而，被骂的少年却无动于衷。

在段秀娥高亢的尖叫声里，他面无表情，直挺挺地跪在荷花池正前方，一言不发。

"真是要作死哦！"段秀娥气得脸颊涨红，直喘粗气，"你想死也别拉着我们全院人给你陪葬！死到外头去不行吗？"

仿佛为了应和，云层深处轰然炸开一道惊雷。

带着湿润水汽的微风拂过，池塘里盛开的粉白荷花随之轻轻摇摆。

少年的身形也晃了晃。

一滴冷汗悄无声息地砸进地里，几秒后，少年抿紧唇，越发沉默地挺直身板。

"段阿姨说得对啊……"一旁，最小的孩子已经带上了哭腔，怯怯地拉住身旁人的衣角，"这个哥哥会死的。"

被扯住衣服的小孩同样吓得不轻，小脸煞白，却还是颤抖着嘴唇坚定道："不，他是怪物！怪物不会死！"

整个大院的人都目睹了少年跪在荷花池边的全过程——炎炎夏日里连跪三天还像没事人一样，不是怪物是什么？

几句话的工夫，骇人的轰隆声接二连三地响起，天空越发阴沉。

风声渐烈，压下聒噪蝉鸣，将少年额前略长的碎发吹起，露出先前被遮挡住的眼睛。

段秀娥即将出口的叫嚷被一下噎回喉咙里。

"简直是个丧门星……"她顿时失了气势，小声咕哝着，有些不甘心地转身，随即眼睛一亮，"晚晚！这边！"

还在看热闹的小孩们循声望去，只见家属院新漆过的铁门旁多了个约莫十五六岁的少女。凉风拂过，送来一道清甜柔软的嗓音——

"段姨好。"

时晚独自站在家属院门前，有些紧张。

因为父母工作调动，原本在大城市念书的她也一起搬到这个相对偏僻的北方小城。

今天是她到青城的第一天，已经在航空研究所上班的爸爸妈妈工作忙碌，抽不开身，只能让她自己一个人先过来。

时晚从未来过青城，没有什么熟悉的人，唯一认识的只有前些年托父母办过事的段秀娥。

"一路上辛苦了吧。"和对待少年的恶劣态度不同，面对时晚，段秀娥很是亲热。

她拉起时晚的手，啧啧称赞："几年不见，我们晚晚真是越长越俊！"

抱着衣服的小孩们插不上话，一个个呆呆地看着眼前的少女。

已有几十年历史的研究所家属院稍显老旧，夏日爬山虎肆意疯长，很快就长满了红砖墙面。

穿着白裙的少女站在墨绿枝叶下，眉目纯净，一双杏仁眼里盈着透亮水光。

渐起的风轻轻吹动裙摆，她像是缀在爬山虎上不知名的白色花苞，随风摇曳，娇嫩得惹人心疼。

六七岁的孩子懂得不多，一时间都愣在那里，只觉得这个陌生的姐姐好漂亮，全然把方才被少年吓到的惊惧抛之脑后。

"段姨。"时晚一向脸皮薄，有些脸红。

她们说话的工夫，云翳越发沉重了。

"噼啪！"

几道沉重的雷鸣声过后，积蓄已久的雨水试探着下坠。虽然只是几滴雨点，砸在身上竟也有生疼的感觉。

"哟，下雨了。"段秀娥一拍脑袋，"别愣着，都赶快回家！"她热切地拉着时晚朝家属楼里走，后半句却是对那群小孩说的。

"那他……"走到楼道口，才几步路的距离，零星雨点已经变成了裹挟着雷声的倾盆大雨。时晚停下脚步，扭过头去。

雨打荷塘，池面上泛起一个又一个白色的水泡，可见夏日雨势之烈。

然而少年依旧跪在荷花池前，任凭雨点狠狠砸在身上。

风声呼啸，雨水骇人，他瘦削的身体在这场暴雨里摇摇欲坠，却丝毫没有起身的动作。

这是在被家长罚跪吗？

时晚眸光微颤，有些不忍。

男儿膝下有黄金，即使犯了错，也不该受这么屈辱的惩罚，何况是在如此恶劣的天气里。

她不禁看向段秀娥，后者却匆匆拉了她的手，显然不想让她多管闲事，说："走吧。"

终究只是个十六岁的少女，时晚拗不过，只能乖乖跟着对方走。

上楼前，她又回头望了一眼，旋即一怔。

暴雨里，少年的碎发被完全打湿，冰凉地沾在额上，露出冷硬锋锐的眉宇，还有被纱布重重包裹的右眼。

原本洁白的纱布上沾了血，被雨水一冲，洇出一片浅红的痕迹。

夏日暴雨一般都短暂，今天却不知为何，一直下到傍晚都没停。

时晚的父亲打来电话，说研究所今天要加班，夫妻两个都要晚归，叫时晚自己一个人先吃饭。

时晚早已习惯父母常年忙碌于工作，挂了电话，很快做好饭，留出两人份的饭菜在灶台上煨着。

风声裹挟着雨点砸在老旧家属楼的窗户上，玻璃和窗框都一起哗哗作响，听着让人心惊。

时晚独自吃完饭，害怕窗户被风吹开，收拾完碗筷后，挨个检查家里的窗户。

未曾想阳台上真的被吹开一扇，雨水肆无忌惮地吹进室内，地上已经湿了一片。

她伸手去关窗，顺势望向院里，不由得皱起眉。

这里不是标准的正规小区，没有配备路灯，家属院的夜间照明全靠一根电线拉在院里坠着的几个灯泡。

今夜风急雨骤，灯泡被吹得时明时暗，昏黄的光亮影影绰绰，勾勒出少年瘦削的身形。

他竟然还跪在那里。

或许是因为在雨中跪了太久，少年白日里笔挺的脊背微弯，显然已经耗费过多体力。

可他依旧跪在原处，任凭风雨敲打，也没有半分离开的意思。

时晚眼睫颤动，一时间有些无措。

父母都是高级知识分子，教育方式温和，向来以理服人，这是她第一次碰见这样的事。

时晚愣怔地看了一会儿，待到胸前传来阵阵凉意，才发现衣襟已经湿了一片。

雨丝甚密，须臾间便打湿她的衣服，更不要说院里毫无遮蔽的少年。

没有人管他吗？

时晚的心跳得厉害。

已经过了一个下午加一个晚上，院里的人来来往往，居然没有一个人理会。

想起下午段秀娥讳莫如深的表情，时晚抿了抿唇，伸手轻轻关上窗。

"轰隆"一声，就在关上窗的瞬间，天幕中又炸开一声惊雷。

时晚眉心一跳。

贺寻其实并不太清楚自己究竟跪了多久。

他隐约感觉到似乎已经到了时间，因为身体正逐渐接近极限。雨水冰凉，心口却像是有火在烧，同心脏搏动一起闷闷地疼。

大雨滂沱，水塘里的荷花低垂，粉白花瓣被无情打落，残败地铺满池面，全然失去白日里娇艳的模样。

他也垂着头，在劈头盖脸砸下来的雨里静静跪着。

"喂……"雨声暴烈肆意，衬得少女原本就温软的嗓音更加细弱不可闻。

一连唤了几次，贺寻才意识到这是在叫他。

随着时间的推移，眩晕感越发强烈，为了避免直接栽下去，他缓缓抬头。

少女个子小，那件属于成年人的雨衣显然不怎么合身，套在纤弱的身子上有些滑稽。

昏黄飘摇的灯光下，隔着雨幕，他只能瞧见她精巧白皙的下颌。

然而，时晚却看得真切。

不过十几岁的年纪，少年眼眸却深沉万分。

受伤的右眼裹着纱布，完好无损的那只黑瞳像是万米之下的深海，此刻幽微无光，一片死寂。

时晚心尖一颤，原本准备好的说辞顷刻间怯怯咽了回去。

　　她仿佛是个做错事的孩子，手忙脚乱地将雨伞放下，一句话也没说，转身跑向家属楼。

　　"那小子还在跪啊？"门房里，老林头"啧"了一声，"尽孝心是尽孝心，这样下去迟早得把身体跪坏咯！"

　　"你还说！"段秀娥嘴里骂骂咧咧，往窗外看了一眼，"他要是和他那个短命的妈一样死在院子里怎么办，不是晦气死了！"

　　"算我求你，少说两句行不行？"老林头有些无奈，放下碗筷正色道，"人家好好一孩子怎么就要死了？再说，他母亲那又是多少年之前的事……"

　　时晚一口气跑回家，关上门，微微喘息。

　　少年死寂无波的眼神太过震慑，即使只看了一眼，也让人心口直揪。

　　她靠在门上平复一会儿心情，然后挂好雨衣，想了想，最终还是走到阳台上，犹犹豫豫地朝外望去。

　　夜渐深，家属楼上逐一亮起灯盏，暖黄灯光沾着烟火气息，在雨夜里格外温柔。

　　而少年没有撑伞，依旧孤零零地跪在雨中。

　　这世间的温暖与爱，似乎都与他毫不相关。

　　夏日气候多变，待到时晚醒来，窗外已是晴天。

　　时晚意识有些蒙眬，迷迷糊糊地盯着有些掉皮开裂的天花板看了一会儿，才反应过来这是在研究所家属院。

　　她猛地起身，下了床，朝院里看去。

　　清晨日光温柔，窗外高大的槐树葱茏喜人，有不知名的小胖鸟在枝叶间跳来跳去，发出清脆的啁啾。北方干燥，水汽蒸发得快，地面竟看不出什么水迹，只有一池被打落的荷花证明昨夜的疾风骤雨。

　　院子里并不见那个眼神死寂的少年。

　　应该是最后被父母叫回去了吧……

　　时晚心有戚戚。

　　眼睛受了伤，又跪在暴雨里，当家长的再怎么生气，总归要疼孩子。

　　"晚晚，起床了！"

　　屋外传来父亲的声音。

　　她赶紧应声："这就起。"

　　研究所工作忙碌，早上是一家人难得的团聚时分。

　　待时晚洗漱好，厨房的油锅仍在嗞嗞作响，一同飘出的还有滚烫香甜的气息。

"快来帮我夹一下。"见女儿过来，时远志擦了把额上的汗，"炸得太多了。"

"怎么炸这么多？"时晚探头一看，有些吃惊。

灶台边的搪瓷盆里，刚出锅的炸糖糕堆成小山，金黄酥脆，满得几乎要冒出来。

"我让你爸炸的。"沙发上，正在翻阅文献的向洁放下手中期刊，笑道，"待会儿我们去上班，你给你段姨还有其他邻居都拿一些尝尝。"

初来乍到，又是交接工作又是搬家，夫妇俩忙得脚不沾地，一时间顾不上和邻居们打交道。

既然要在这里长期生活，走动是必须的。

如今人情风貌都还朴实，尤其是这种单位家属院，邻里之间彼此熟络得很，俨然是一个小世界。

研究所有编制能分房，但工资并不高，大家都只是过寻常日子的普通人。自家做的炸糖糕当串门礼正合适，既不贵重也不显得轻慢。

"好。"时晚乖乖点头，心口有种发涩的甜。

她明白妈妈的意思，父亲炸了一早晨糖糕，其实更多的是为了她——毕竟夫妻二人忙碌，待在研究所的时间远远多过家属院，这么走上一趟，还是希望邻居们能多照拂独自在家的女儿。

即使时晚已经不是咿呀学语要人照顾的小孩子。

大抵天下父母都会这样事无巨细、不求回报地替子女着想。

吃过早饭，时远志和向洁匆匆前往研究所。今天炸糖糕费了些工夫，眼看就要到上班时间。

时晚收拾好碗筷，去挨家挨户送炸糖糕。

院里的住户远没有想象中多，听向洁说这是老家属院，更多的职工都住在前两年刚建好的新家属院里。这里住着的大多是退休人员和从前在研究所工作过的人。

时晚并没有问为什么他们没住在新家属院。爸爸妈妈工作很辛苦，她不想用这些小事让他们烦心。

况且，时远志夫妇并不在乎物质，两个人对研究的热情远超对物质的向往。

家属院里的住户基本都和善，昨天被打发出来收衣服的孩子们更是跟在时晚身后，一口一个"漂亮姐姐"喊得甜蜜。虽然多半是因为炸糖糕的功劳，但看着稚童纯真的笑容，总会让人开心。

她叮嘱道："不能吃太多，肚子会疼的。"

住户不多，炸糖糕很快就送完了，只剩住在时晚家楼上的两家。

家属院修建年代早，家属楼并不高，一共五层，时晚家住在四楼。

"姐姐！姐姐！"昨天最先被吓哭的钱小宝抱住时晚的腿，亲亲热热地喊，"终于送完啦！姐姐和我们一起玩跳格子吧！"

"五楼没有住人吗？"摸了摸钱小宝的头，时晚问。

她这么一问，小孩们你看我我看你，支支吾吾都不吭声，最后居然一个个跟着率先逃窜的钱小宝全溜了。

时晚哭笑不得，装好剩下的炸糖糕，独自一人朝五楼走去。

五楼左侧似乎真的没有住户，敲了许久也不见人应门，只剩下右侧住在时晚家正上方的一户。

时晚抬手在防盗门上敲了两下，余光一瞥，眼睫不由得颤了颤。

楼道里斜靠着一把黑色的长柄雨伞，正是她昨天放在少年身边的那一把。

贺寻被敲门声吵醒。

他头痛欲裂，忽远忽近的敲门声像是小刀，一下又一下割在敏感的神经上，激得眉心一抽一抽地疼。

他蓦然睁眼。

整晚没有关窗，此刻室内一片狼藉，家具被雨水打湿，花瓶从柜子上摔下，细白瓷片溅得满地都是。

他四仰八叉躺在客厅地上，一伸手，不由得"嘶"了一声。

他皱着眉，偏头去看，指尖被锋利瓷片划破，正渗出鲜红的血珠。

贺寻盯着那串血珠看了一会儿，无声地笑了。果然没死，连老天爷都站在他这边，不肯收这条破命。然而，他一扯嘴角，喉头里便泛上压不住的血腥味。

他咳嗽两声，咽下那几口血，用手撑在地上，摇摇晃晃地起身，更多碎瓷片扎进掌心，绵绵密密地疼着。

贺寻在敲门声里趔趄几下，扶着柜子，勉强站稳。

他跪得太久，膝盖处最初的刺痛已经变成了几乎感受不到的麻木钝痛，但他并没管膝盖，而是拧着眉，一把扯下贴在身上还泛着潮气的衬衫。

日头渐高，阳光穿过老旧掉漆的窗户，照在少年精瘦结实的身体上，将肌肉线条勾勒得分毫毕现，也将那一道又一道尚未结痂的伤痕照得分明。

倘若昨天那群围观的孩子还在，肯定会惊惶地睁大眼睛，然后抱在一起号啕出声——

真的是怪物！

不但在炎炎夏日里连跪三天，而且还带着满身的伤！

交错纵横的红痕从结实的胸口一直蔓延到小腹，背上当然也没放过，就连腰间凹陷处都被抽上了重重的痕迹。

下手的人似乎想把他活活打死。

在雨中跪了太久，伤口被浸得有些胀痛，似乎还有发炎的迹象，又痛又痒，贺寻决定先处理这些伤。

他没有理会执拗的敲门声，扶着墙，慢慢地朝厨房的方向走去。

其实找不到什么可以用来消毒的东西，贺寻心里很清楚。空置了整整十年，这么多年以来，他是这间房子唯一的访客，能用能吃的东西大多被肆无忌惮的老鼠糟蹋完了，还能留下些什么。

然而最后还是找到了一瓶白酒和一把剪刀。

白酒不知什么年份，剪刀已经生锈。

他盯着锈迹斑驳的剪刀看了一会儿，垂下眼，在灶台边十分潦草地磨了磨锈迹。

脱下的衬衫很快被剪成一条一条。

敲门声还在响，贺寻沉着脸，先给自己灌了一口白酒，然后把酒喷在布条上，毫不犹豫地朝伤口按去。

露在外面的那只黑眸骤然锁紧。

白酒浓烈，酒精接触伤口的瞬间，仿佛被人重新在旧伤上狠狠抽了一鞭，钻心作痛。然而，他只是顿了一秒，便面无表情地继续手上的动作，像是感觉不到刻骨的疼痛。

不过一会儿，半瓶白酒下去，用过的布条堆成小山，胸膛和小腹处的伤口都消毒完毕。

贺寻却在此刻犯了难，背上的伤隐隐作痛，只凭他一个人，根本无法为自己消毒。

他捏着布条，盯着剩下的半瓶白酒思考片刻，放弃了直接把酒倒在背上的选择。

敲门声还在响。

有完没完！

他浑身上下都在疼，执拗的敲门声让他心烦意乱。顾不上还没消毒完毕，他起身，跌跌撞撞地冲到门口。

时晚原本不想敲这么久，但放在门边的那把黑伞让她很在意——昨天那个少年应该住在这里吧……

她轻轻敲着门，不由自主地咬紧嘴唇。

昨日对方死寂般的眼神令人印象太过深刻，她下意识地想知道情况如何。

不过好像并没有人在家，敲了许久都没人应门，她想对方或许是去了医院。

她抬手敲了最后一次，微微吸了口气，准备离开，门却猛地开了。

门内门外的两个人都是一怔。

贺寻压根儿没想到站在门口的会是个小姑娘，顿时有些诧异。

才搬来这里三天，除了天天冲他大吼大叫的段秀娥，他其实并不认识什么人，但眼前完全呆住的小姑娘有种熟悉的感觉。

时晚被吓坏了。

右眼上的纱布证明眼前的少年和昨天跪在荷花池边的是同一个人，气质却截然相反。

那只深沉的黑眸微微挑着，不再像昨日一般毫无波澜，漠然里带着几分狂妄和不耐烦，正居高临下地盯着她看。

过于锋锐的打量眼神刺得时晚稍稍垂眸，然而视线略微下移，脸颊便骤然滚烫起来。

这人怎么不穿衣服！

时远志性格有些刻板，顾及已经长大的女儿，在家不会脱掉上衣，即使在夏天最热的时候也坚持穿戴整齐，所以时晚从来没如此近距离见过异性赤裸的胸膛。

她又惊又羞，脸登时红了，甚至都未曾注意到对方胸膛上一道又一道的伤。

"我……"时晚惊慌失措，根本不知道该往哪儿看，低下头，羞得几乎要哭出来。

原本的来意被忘了个干净，她支支吾吾几声，最后还是决定和昨晚一样赶快逃离。

然而，贺寻没有给她这个机会。

他盯着少女精巧秀气的下颌看了一会儿，再看看楼道里的黑伞，眼眸稍沉。

"喂。"

时晚刚想走，手腕一凉。少年指尖冰凉，却十分有力，轻轻松松地将她扣住，几分酒气靠近，喑哑嗓音里掺着一丝轻佻："小朋友，帮个忙呗。"

时晚哪里遇到过这种情况，手腕被牢牢捉住，温热酒气吐在耳边，醺然中带着点儿若有似无的暧昧。

她的脸蓦然烧起来，脑海里更是一片空白，全然不知道该做何反应。

"哐当！"

直到防盗门被重重关上的声音响起，她才瞬间惊醒。

流氓！

向洁常常叮嘱时晚，单独在家一定要小心，不要随便给陌生人开门，晚上也不要一个人走夜路，等着爸爸妈妈来接。

时晚万万没想到还有这种在家属院里被强行拖进来的场景，脸一下就白了。

曾经看过的报道一篇篇出现在脑海中，浪潮般的恐惧扼住咽喉，理智告诉她应该尖叫求救，现实却是一点儿声音也发不出。

她手脚发软，只能死死盯着少年。

贺寻拎起酒瓶，一回头，就看见小姑娘面色苍白地靠在门上。

"拜托你了。"然而贺寻毕竟是个男孩，不懂女孩的心思，身上又带着伤，他压根儿没想那么多。他语气散漫，径自把白酒和布条都塞到时晚手里，然后直接转过身去。

贺寻的动作干脆利落，倒是时晚在原地愣愣地站了一会儿，这才注意到对方背上一道又一道的伤。

脱下衬衫后，贺寻看起来并没有昨夜暴雨里那么瘦削孱弱。

正是十几岁的年纪，少年肩窄腰细，肌肉线条流畅自然，每一根都恰到好处地透着肆意快活的张力。

生机蓬发，年轻而飞扬。

时晚惊疑不定地看着交错纵横的红痕。

什么样的人才能在少年身上留下这样的痕迹？

时远志夫妇遇事讲道理，连句重话都很少说，这么多年更是一根手指头也没碰过时晚，但不代表时晚认不出这些红痕是一鞭一鞭重重抽出来的。

是家暴吗？她下意识地这么想。

"喂。"然而还没待她细想，少年低沉的嗓音响起，"快点。"

倒不是贺寻有意要催，他的腿还疼着，实在站不了多久。带着伤，他语气里不自觉掺了几分不耐烦和凶狠。

时晚眼睫一颤。

被挟持的恐惧尚未消散，房间里浓郁的白酒味激得人头脑发晕，她现在什么也不想，只想赶紧逃离这里，于是只能老老实实照做。

酒精再度接触伤口的瞬间，贺寻霎时咬紧了牙关。

疼是必然的，他先前消毒能够得着的伤口时已习惯了，眼下的情况却又有些不一样。似乎是怕弄疼他，身后那只小手没什么力道，小心翼翼，迟缓而软绵绵地按在他伤口上。

很体贴。

也分外地疼。

拿白酒消毒与上刑无异，而这种缓慢的速度简直是在延长用刑时间。然而贺寻终究什么也没说。

能找到一个肯帮忙的人就不错了，还挑剔什么，反正命硬，又不是挨不过去。于是，他皱着眉，任凭少女软乎乎的小手在他背上动作。

他额头上覆着一层薄薄的细汗，咬着牙忍着。

时晚也不好过，从未像现在这样亲密地接触过异性的身体，紧张之余，狰狞的鞭痕又让她心惊。

她又羞又怕，抱着赶快处理完就能逃走的心态，强迫自己不要想那么多。

好在少年一直很安静，除了肌肉硬邦邦地绷紧，并没有什么其他反应。

"唔！"

然而到了最后，当时晚轻轻按上腰间那处伤口时，贺寻没忍住痛呼出声。

和他自己处理伤口的感觉完全不同，少女指尖真的很软，像是夏日轻盈飞舞的蝴蝶，缠绵细腻地停在鞭痕最末端。

让人心口一滞。

"今天的事不许说出去。"忍不住痛呼出声到底还是有些丢人，为了掩饰尴尬的情绪，他轻咳一声，语气略带威胁，转过身去。

然后，贺寻就笑了。

昨夜风急雨骤，灯光又昏暗，雨衣遮去大半面容，他压根儿没看清时晚长什么样。

现在少女仰着脸，他倒是看得一清二楚。

段秀娥没说错，平心而论，这小姑娘长得确实好看。或许是因为害羞，瓷白小脸沁了层薄而透明的粉，鸦羽似的长睫轻轻颤着，纤长美丽。清透杏仁眼里落着窗外树影，微风吹过，漾起一圈又一圈涟漪。

就是现在红了眼眶，一副快要哭出来的模样，看上去有种傻里傻气的可爱。

贺寻腰间似乎还残留着酥麻的痒意，看着那双小鹿似的无辜眼眸，瞬间起了逗弄的心思。

"喂，"他也不道谢，而是稍稍俯身，语气散漫，"你叫什么？"

果然，小姑娘并不理他，呆呆愣了两秒，接着转身跑了。

时晚冲回家，牢牢反锁住门，简直不知道该怎么办。

她靠在门后，屏息静气地听着楼道里的动静，确定楼上那个家伙没有追下来，这才勉强松了一口气。

这究竟是什么人啊！

时晚思绪凌乱。说是流氓倒也不是，可那散漫里带着轻佻和漫不经心的语气，着实不像什么正经人。尤其是那只含着七分笑意三分野的黑眸，看上去危险得很。

惴惴不安之余，她又想起对方身上的鞭痕，一时间更加不知所措，最后还是决定把这件事告诉时远志和向洁。

时远志和向洁工作忙碌，一般没有什么大事，时晚不会让他们操心。

出乎意料的是，还没等她主动提起，今天没有加班提前回家的时远志夫妇反倒先说起了住在楼上的少年。

"那孩子是沈怡的儿子？"饭桌上，平日里冷静内敛的向洁难得吃惊一回，语气愕然。

"是啊。"时远志点头，往时晚碗里夹了一块排骨，这才继续说，"谁能想到，我也是才听同事说的。"

夫妻二人交换了一个有些伤怀的眼神，而时晚没听懂，她问道："爸，你们在说什么啊？"

"也没什么。"向洁的语气略显怅然，想了想，还是说道，"就是爸爸妈妈当年大学的一个老同学……"

二十年前，大学生都金贵，时远志夫妇一毕业就被分配到研究所工作，同班同学沈怡也是如此。接收沈怡的不是别的地方，正是现在夫妻二人工作的研究所。

然而没过几年，沈怡就放弃了研究所的工作，听时远志办公室的老研究员说，好像是嫁入了大城市里某个显赫人家。

按理说这是件好事，不过沈怡走得太突然，连交接工作都没做便匆匆离开，虽然那时风气淳朴，但所里的人也免不了有些微词。

有说她攀高枝就忘本的，有说大学生心气高看不上穷地方的，不过随着时间流逝，慢慢没什么人提起。

直到十年前，早已为人母的沈怡在一个夜晚悄悄回到了青城。

沈怡没有联系任何一个曾经共事过的同事，等到人们发现沈怡，已经是第二天清晨。

她静静地漂在刚开冻的荷花池里，脸色惨白，已救不回来。

"孩子还那么小呢。"相比妻子，时远志要多愁善感一些，沉重地叹了口气，"有什么坎过不去，非要走这条路。"

"原来那孩子是在跪沈怡啊……"向洁想得更远一点儿，也跟着叹气，"怪可怜的，这么小就没妈妈了。"

晚饭剩下的时间，时远志夫妇一直都在回忆沈怡的事，还商量着要不要抽空去看看住在楼上的贺寻，毕竟当年曾经有过同窗情分，如今在一个家属院，照拂一下故人的孩子也是应当的。

时晚没有吭声，听着父母有一句没一句地聊着天。想起少年身上的伤，她突然有些难过。

贺寻再度醒来时，天已经黑透。

没有关窗，家属院里的炒菜声、聊天声、小孩的打闹声尽数钻进屋里，是寻常夏日傍晚会有的喧闹。

他静静躺了一会儿，感觉体力已经恢复不少，才摸黑起身。

地上还有碎瓷片，他摸索一会儿，终于找到了开关。

"啪嗒！"

灯光亮起，照亮满室狼藉。

贺寻并没心思收拾，而是绕开那些碎瓷片，径直朝厨房走去。

自来水带着浓重的漂白粉味，贺寻却不管，凑到水龙头前狠狠喝了好几口。

清凉的液体灌入喉咙，他喘着气，终于觉得自己活了过来。

靠在灶台边休息片刻，贺寻摸出一张黑白照片，借着客厅的光线，隐约能看出来照片上是个很美丽的女人。

就这样默然地盯着对方看了一会儿，他突然勾起嘴角。

"妈妈。"在家属院嘈杂的背景音里，少年的嗓音低沉且冷静，"我不欠你了。"

说完这句，他掏出打火机。

"啪！"

明亮的火苗喷出，霎时点燃了照片一角。

把照片放在水池里，他看都没看，直接走出厨房。

照片被火烧得蜷曲，片刻后，水池里只有一堆灰烬。

贺寻重新回到客厅，方才炒菜那家似乎已经做好了饭，带着油烟的饭菜香味热热闹闹地飘进屋子。

他忍不住伸手捂住胃，有些自暴自弃地咬牙，再去厨房喝两口自来水好了。

然而，他刚抬脚，还没迈出去，门边的白色搪瓷盆就吸引了他的注意力。

这不是房间里原本有的东西。

搪瓷盆上还扣着同色的盖子，盖得严严实实的，看不出来里面究竟装的是什么。

贺寻皱着眉头思考片刻，有了点印象。

好像是那个小姑娘手上的，因为逃得太快，她完全忘记拿走。

好奇心作祟，他俯下身，掀开盖子，然后对上了满满一搪瓷盆的炸糖糕。

少年愣了几秒，随后低低笑出声。

炸糖糕放了整整一天，早就冷了，彻底错过最佳的食用时机。不过贺寻不这么觉得，他靠在墙上，懒洋洋地咬着已经冷透的炸糖糕。

啧。

少女粉粉的脸颊莫名出现在脑海中，他不由得眯起眼睛。

还挺甜的。

第二章：

小猫和她

PIANZHI

　　毕竟是正在长身体的男孩子，尽管贺寻身上还带着伤，但消灭那盆炸糖糕并没用多长时间。

　　他又灌了几口自来水，坐靠在墙边，重新沉沉地睡过去，连灯都忘记关了。

　　夜渐深，家属院里的灯次第熄灭。

　　只有这一盏荧白孤寂地亮着。

　　翌日。

　　时晚起床后，发现爸爸妈妈有些焦虑。

　　听说沈怡的死讯，时远志夫妇整晚都睡得不踏实，家属院里的人嫌贺寻和沈怡晦气，他们两个老同学自然不会这么觉得。

　　夫妻俩一毕业就分配到研究所从事科研工作，在象牙塔里来回打转，性格数十年如一日的单纯热忱。

　　"沈怡她丈夫到哪儿去了？这孩子还管不管？"一晚上没睡好，时远志眼眶下一片乌青，"他就自己这么一个人跑来了？身上有钱吗？"

　　时晚听到父亲的四连问，连握筷子的力道都重了些。

　　她想起昨天接过的那半瓶白酒、散落一地用衬衫剪出的布条，还有少年身上重重的鞭痕。

　　这已经不是有钱没钱的问题。

　　"要管的话还能让自己儿子一个人来？"向洁难得冷笑一声，随后忧心忡忡，"都这么大了……直接塞钱会不会太伤孩子的自尊心？"

时晚咬了咬唇。

尽管昨天在楼上少年曾威胁她不许说出去，但眼下这种情况，还是应该让爸爸妈妈知道。

她放下筷子，正想开口，楼下突然传来一阵巨大的引擎轰鸣声，其间夹杂着段秀娥惊恐高亢的尖叫："你们干吗？快出去！谁让你们进来的？"

时远志夫妇和时晚都是一怔。

一家人朝窗边走去。

院里乌泱泱挤着十几个骑着机车的男孩，看模样从十几岁到二十几岁不等，其中有几个手臂上还有花里胡哨的刺青。座驾却十分统一，清一色春兰虎神 250。

虽说已经进入新世纪，但工资水平却没有同新时代接轨，在非一线城市，大多数人每个月拿到的只有六七百块，而一辆春兰虎神 250 的售价在这一年是两万八。

时远志眼睛不免有些发直："他们是……"

这几个孩子骑的机车加起来都能买两套房了。

"奶奶您闭嘴吧！"段秀娥叫得凄厉，领头的少年却并不在意，从银黑机车上跳下，开始扯着嗓子喊，"寻哥！寻哥！你看看我！我是聂一鸣啊！"

阵仗太大，家属楼上的住户纷纷开窗往下看，都被这十几辆锃光瓦亮的机车和底下年轻气盛的小伙子们吓了一大跳。

然而，迟迟没人应声。

"这是在叫谁？"大家纷纷嘀咕。

"贺寻！"喊了半天不见人来，聂一鸣没办法，狠下心一咬牙一跺脚，"贺寻！"

段秀娥先是被那句"奶奶"气到心口疼，却也大概能看出这群人的来头不小，气呼呼地缩在一边，想要看看对方嘴里的"寻哥"究竟是谁。

接着，五楼的窗户突然打开，而后露出少年毫无表情的脸。

"寻哥！"聂一鸣眼睛一亮，随后大惊失色，张口就来，"你怎么瞎啦？"

贺寻无语。

就不该告诉这个二傻子他来青城的事。

不好把这么一大群人晾在院里，贺寻随便套了件衣服，把扣子一直扣到最上面，然后慢吞吞地朝楼下走——幸亏昨天吃了那小姑娘的炸糖糕，不然估计连下楼的力气都没有。

于是，全家属院的人眼睁睁地看着来头不小的聂一鸣叫啊叫，最终叫出了那个前几天跪在荷花池前的少年。

他们都嫌晦气不愿接触的小孩。

"有事儿？"身后家属楼上打量的目光各异，有惊诧有畏惧，贺寻头都没回，语气平淡。

"一起去吃个饭呗！"聂一鸣笑容灿烂，硬生生把十八岁的脸笑出了皱纹，而后拍拍自己的机车，"寻哥，你骑我这辆！前天刚改的，劲儿特大！"

一旁的段秀娥嘴里能塞下鹅蛋。

身上的伤依旧隐隐作痛，贺寻垂着眼想了想，没有拒绝。

时晚趴在窗边，看着昨日里还略显虚弱的少年飞身上车，动作干净利落。

不疼吗？

她抿着唇，不知为何，脑海里的想法却是这一个。

引擎声响起，来时还是聂一鸣带头，而离开时，领头的人已经换成了贺寻。

手臂上有刺青的少年们吹着口哨，大声笑着，吵吵嚷嚷地冲出家属院。

时远志和向洁都没说话。

没人再提塞钱的事儿。

过了一会儿，时远志嘱咐时晚："晚晚，你离贺寻远一些。"

"飞车党"在这年是大家耳熟能详的词汇，常常和抢劫一类的案件联系在一处。虽然没人会骑着两万八的机车去抢劫，但那天十几辆机车整齐划一的阵仗还是给整个家属院蒙上了不小的阴影。

"那贺寻该不会是个混混吧？"树荫里，段秀娥担心地问老林头，"这下可惨了哦！谁知道他们会做出什么事儿！"

"不就是群半大小子嘛！"老林头不以为意，"家里有点钱爱显摆显摆，你别那么激动。"

槐树下，时晚一边听段秀娥一条一条分析住进个小混混对家属院的负面影响，一边给钱小宝的妹妹梳头。

她倒不觉得贺寻一定是段秀娥口中的小混混，只是……

"姐姐。"怀里的小女孩委屈巴巴地瘪嘴，"疼。"

"不疼不疼哦，姐姐给吹吹。"时晚心里想着事，手上力道重了些，连忙安慰小朋友。

只是以那天的阵势来看，那伙人确实不太像好人。

青城风气淳朴，又是小城，文有刺青骑着机车的少年过于飞扬跋扈，寻常人见了，心里总免不了嘀咕几句。

时远志和向洁大概也这么想，这才叮嘱她离贺寻远一些。

看顾故人的孩子固然重要，但宝贝女儿却只有一个，还是先观察观察再说。万一真出点什么事儿，后悔都来不及。

不过自那日离开后，贺寻已经有一周没有回来。

应该是去那个叫聂一鸣的少年家里住了吧。时晚想。

这样也好，免得再陷入那日拿白酒和布条消毒的窘境。

想了一会儿贺寻的事，她就不想了。

时晚开学就是高二生了，因为转学，这个假期不用写暑假作业，但该看的书还是要看，这样上课时才能轻松一些。

时晚思绪转到如何安排预习上，直到钱小宝的妹妹突然"哇"了一声。

时晚抬头，正好和贺寻的视线撞了个正着。

少年右眼纱布还没摘，依旧是那只熟悉的黑眸，深沉幽微，见她看过来，瞬间带了点儿若有似无的笑意。

透着十足的危险气息。

时晚心里"咯噔"一下。

贺寻看着那坐在槐树下的白裙小姑娘，她一看见他就唰地低了头，一副"我不认识你你千万别过来"的模样。

啧。

他按了按右眼的纱布。

有那么可怕吗？

"这些都搬上去啊！"一旁，聂一鸣已经开始指挥搬家工人，"别磕着了！都是大件儿！"

"过几年还你钱。"贺寻拍拍聂一鸣的肩。

离开时没拿贺家一分一厘，贺寻是真的穷得什么都不剩，不然前几日也不会沦落到喝自来水的地步。虽然人总归都能活，但按现在的身体状况，至少得吃上一口热饭。

"哟，寻哥你这就见外了啊。"聂一鸣实在不放心搬家工人，索性跟了上去，头也没回，"都是兄弟，别客气！"

贺寻勾了勾嘴角。

聂一鸣带来的人毫不收敛，把安静的家属院闹得一片吵嚷。段秀娥翻了个巨大的白眼，终究没说什么，拽着老林头回了门房。

时晚垂下眼，继续给小朋友梳辫子。

"姐姐！"刚扎好，钱小宝的哭声从家属院门口撕心裂肺地传过来，"姐姐！怎么办，我压到它了！"

钱小宝的小胖手里举着个灰扑扑的团子。

时晚吓了一跳，接过团子一看，才发现是一只瘦弱的小猫。

小猫身量不大，看起来最多也就两个月，后腿有气无力地耷拉着，显然是被自行车压着了。

这年儿童自行车少，院里小孩疯玩时骑的都是家长的"二八大杠"，压断一只小猫的腿简直轻而易举。

"这……"

从来没养过猫，时晚也不知道怎么办。

那小猫倒是很乖，断了腿都不哭不闹，一双乌溜溜的眼睛安安静静地看着她，时不时地伸出粉粉的小舌头。

要去兽医站吗？她轻轻抚着小猫的脊背，现在这个点儿，不知道兽医站还开不开门。

"不用管它。"没等想好怎么办，头顶上就传来低沉的嗓音，"救了也没用。"

贺寻认为自己说的是实话。

这个年纪的小猫，即使能治好腿，离开母猫也很难生存。外面的世界过于凶险，说不定刚出家属院，就被路边的野狗叼了去。

他见过太多这样的例子，早已经平淡甚至麻木了。

贺寻自以为提的是良心建议，然而话音刚落，方才不敢看他的小姑娘突然抬头，直接瞪了他一眼。

杏仁眼澄澈，瞪人时软绵绵俏生生的。

这回轮到贺寻一怔。

这是什么逻辑？时晚顿时有点儿生气，照这个逻辑，前几天自己也不用帮他处理伤口，任凭他一个人自生自灭就好了，反正也没用。

大抵真是个不着调的小混混吧。

她有些恼贺寻，没再看他，而是抱好小猫，软言软语："现在就带你去兽医站，不怕哦。"

正准备起身，几分清凉的草药气息骤然压过来，时晚眼睫一颤。

少年抬手，轻轻松松把她困在槐树和他之间。

"我帮你治。"他心想，小姑娘瞧着温温柔柔，没想到脾气还挺大。

时晚没应声，往后缩了缩，警惕地看着贺寻。

她不觉得他会突然这么好心。

果然，下一秒，少年嗓音里漾着笑意："但你得答应我一件事。"

小猫最后还是到了贺寻手中。

少年手指骨节分明，掌心带着些许几日前被碎瓷片划破的伤口，如今早已结痂。而天生敏感的幼猫似乎辨出了其下的血腥味，开始不安地扭动身躯，嘴里发出细弱呜咽声。

时晚张了张嘴。

她原本想让贺寻动作温柔些，他却用手摸了摸小猫的后腿，然后懒洋洋道："真弱。"不知道究竟是在说谁。

算了。

夕阳西下，聂一鸣带来的人还在楼上大张旗鼓、叮叮当当。时晚只能垂下眼。

现在是她有求于他，权当没听到就好。

总归惹不起这帮人。

连脾气最冲的段秀娥都知情识趣地偃旗息鼓，她也不想在这个时候傻乎乎跑去招惹他。

贺寻粗略检查一番，支使哭到冒鼻涕泡的钱小宝到门房借了一把手锯。

家属院里常年堆着些废弃的木材，被消防办提醒过好几次，却一直迟迟没有挪开，现在正好派上用场。

贺寻削下几片大小合适的木片，又去荷花池里拔了一束芦苇。

芦苇坚韧，用来绑木片再好不过。

时晚看着他仔细替小猫固定后腿，抿着唇，总觉得有哪里不太对劲。

少年的动作实在是太过熟练……行云流水，一气呵成，就好像经常遇到这种事一样。

贺寻没注意到小姑娘的眼神，调整好芦苇的松紧程度，扬手把小猫往时晚怀里一丢："行了。"

"喵！"小猫惊恐地叫出声。

真的是随手一丢，要不是时晚一直在旁边紧张地盯着看，恐怕都来不及伸手去接。

这人怎么这样！

她搞不明白贺寻的心思。

见过不想帮忙的，还没见过这么帮忙的，简直跟来捣乱一样。

安抚好怀里受惊的小猫，时晚抬头看贺寻。

夕阳西下，少年黑眸里淬了层薄薄的熔金，乍一看滚烫浓烈，细看却毫无温度。

冷冰冰的。

她轻轻咬了咬唇："你……到底要我答应什么事？"

方才她问，他只不耐烦地说待会儿再讲，让人心里十分没底。

不会还要让她帮忙上药吧……

两人靠得近，那阵清凉的草药气息又飘过来，和着夏天的风，倒是比白酒味道清冽得多。

"也没什么。"贺寻语气里含着笑，"既然你非要帮它治，那就一直养着吧。"

"呃？"时晚已经做好推拒过分要求的准备，却猝不及防等来这一句。

她有些蒙，几乎怀疑自己是不是听错了，抬头看他。

小姑娘仰着瓷白的脸，一双杏仁眼水灵，疑惑而无辜。贺寻喉头动了动，终究没把后面的话说出来。

他不再理会她，转身朝楼上走去。

真是同情心泛滥。他想。

不被现实敲打敲打，就不会明白这世界有多残酷。物竞天择适者生存，哪里是一点儿同情心就能解决的问题。

能救小猫一时，还能真养它一辈子？

这么一个娇滴滴的小姑娘，怕是养上几天就受不住，老老实实把猫放走了。

到最后，那只猫也逃不过被野狗叼走的命。

想到这里，贺寻眼神稍沉。

他不太想承认，自己曾经也有同情心泛滥的时候。

五岁那年，他把那些被沈怡虐待的小猫抱回家，藏在被窝里偷偷地养，用为数不多的零花钱买奶粉和罐头，每天晚上搂着它们说悄悄话。

然而最后，没有一只活下来。

一只都没有。

时晚给小猫取名"豌豆"。

她拿湿毛巾细细给豌豆擦过一遍。

擦去积灰污垢，原先灰扑扑的豌豆终于显露出本来的容貌，是一只浑身雪白可爱的猫咪。

"这么一丁点，养起来可困难。"时远志蹲在鞋盒做成的猫窝旁，"估计还要喝上几天奶。"

"喵呜！"豌豆嘤咛一声，对此表示赞同。

"我问过段姨，她家有个亲戚住前面那条巷子，家里养着两只羊，正好才下崽呢。"时晚倒是不担心这个。

段秀娥的亲戚也是个直脾气，听说是要喂猫，根本不要她的钱，说："一只猫崽子能喝多少！你每天早上拿着奶瓶过来就是了！"

算是解决了喵咪的食物问题。

眼下豌豆最需要的是保暖，鞋盒里现在垫着的是时晚已经穿不了的旧衣服，但她还是觉得缝一个小垫子比较好。

"嘶——"时晚靠在沙发上缝垫子，和时远志说着话，一个走神，针尖戳到了手。

莹白指尖娇嫩，霎时渗出一串血珠。

"你去睡一会儿，我来缝。"向洁一直没开口，此刻赶时晚回房间休息，"天天晚上睡不好觉，真把自己当豌豆亲妈了。"

自家姑娘这脾气真是随他们，性子一点儿都不带变的。

时晚不好意思地笑笑，唇边露出一个软乎乎的梨窝。

豌豆年龄小，晚上总要吃好几次奶，她只能定好闹钟，一夜起来三四趟。

累归累，但毕竟是她捡回来的猫咪，总要负起责任。

这么想着，时晚又想起那天贺寻的话。

既然决定要救豌豆，她肯定也会好好养它，难不成还能把豌豆交给只会哭鼻子的钱小宝？

贺寻这个人……不懂他在想什么，时晚摇头，是真的很奇怪。

聂一鸣声势浩大的"重装房子"计划持续近一周，家属院也被苦不堪言地骚扰了一周。

贺寻曾经试图阻止过，但到底没拦下来，最后只能随聂一鸣去了。

"真不去我那儿住啊？"聂一鸣娇生惯养长大，看这破院子哪里都不顺眼，恨不得把家属楼扒了重建，"寻哥，你要是嫌我吵，我在市里还有好几套房！"

他说的"市里"是青城最繁华的商业区，显然已经把家属院这一片划为"乡下"。

"不用。"然而贺寻拒绝得干脆。

"行吧。"聂一鸣不明白为什么，有些气馁，旋即眼睛一亮，抬手去撞贺寻的胳膊，"我说寻哥，怪不得你不走呢。"

聂一鸣尾音荡漾，几乎快要飘到天上去。贺寻心智再坚定，也免不了被勾得随对方的视线看去。

午后阳光正好，今天又飘了几朵云，难得温柔的日光洒在院里。风也温柔，轻轻拂动少女的裙角和发丝，露在外面的肌肤莹白。

少女的白裙是收腰的款式，贺寻头一次发现那小姑娘的腰居然那么细。

简直一伸手就能握住。

他眸色微暗。

"大热天的，这是要去哪儿啊？"毫无眼色的聂一鸣在一旁聒噪，"去见男朋友？"

贺寻没应这句话。

果然是养不了了吗？打算丢弃了吗？

站在五楼阳台上，贺寻一眼就能看见小姑娘怀里还有只猫。他懒洋洋地收回视线，不知为何，心里却并没有预言成功的喜悦。

时晚也不想在夏日午后出门，但豌豆最近很不爱吃饭，总是吃一点儿就不肯再碰。

眼见好不容易长出来的肉没几天就消了下去，她着急得不行，于是打算带去兽医站看一看。

这年还没有以后那么多各具特色的宠物医院，能给猫猫狗狗看病的就只有兽医站一个地方。

兽医站离家属院不远，坐公交车不过两站路。

"没什么事，就是不太消化。"好在检查结果是好的，兽医给豌豆开了一包药，"三分之一颗磨碎了喂，一天一顿，胃口恢复就不用吃了。"

时晚总算松了口气。

她拿了药，抱着豌豆，在公交车站等车。

不一会儿，车还没来，头顶先飘上了乌云。

夏日暴雨来得比想象中快，几乎在云翳漫上的瞬间，"轰隆"一声，雨点伴着雷声砸下。

公交站台带着雨棚，绝大部分雨丝进不来。但随着风渐起，雨势骤密，雨棚便阻挡不了被风裹挟的雨水。

豌豆年纪小，被冻得"喵呜喵呜"直叫。

"没事没事。"时晚把豌豆抱紧，侧过身，替豌豆挡去一部分雨水，"公交车马上就来了。"

兽医站的位置稍微偏一些，出租车很少出没，可搭乘的只有公交车。

然而不知道是不是暴雨冲垮了什么路段，五分钟一趟的公交车迟迟未来，反倒是雨越下越大。

雨势凶猛，地面层叠积起一大片落叶。

这下连时晚都冷得不行。

时晚没有想到会被困在站台下，天色渐黑，后悔也来不及，只能把豌豆抱得更紧一些，祈祷公交车赶快来。

不知道站了多久，寒气透骨，她禁不住微微发抖。

雨却突然停了。

耳边还有雨水下落的噼啪声，时晚抬头，正对上少年漆黑的眼眸。

和平日的笑意不同，他眸色里挟着几分薄怒，显然是在生气。

贺寻后来才想到小姑娘可能不是去扔猫的。如今猫猫狗狗不金贵，尤其是这种半路捡回来的无名野猫。真不想要的话，往楼下院里一放就好。家属院来来往往那么多人，看上的就捡走，看不上就自生自灭。何必在盛夏午后顶着炎炎烈日专门跑出去一趟？

其实这和他一丁点关系都没有，但不知为何，想通这一点，他莫名地松了口气。

那猫和她挺配，都是白白软软的一小只，随便丢了可惜。

然而，夏日骤变的天气到底没能让人轻松多久。

风声呼啸，雨水汹涌，天空云翳阴沉，竟隐隐和跪在荷花池的最后一晚有些相似。

开着窗，冰凉雨丝扑到脸上，贺寻后知后觉地想起，小姑娘出门时双手小心翼翼地捧着猫，连把遮阳伞都没带。

"谢……谢谢你啊……"

时晚根本没想到会在偏僻的兽医站遇到贺寻，惊讶大于惊喜。然而毕竟不用再淋雨，她偏过头，轻声向对方道谢。

对上的还是那张毫无表情的冷脸。

不知道被谁招惹到，少年嘴角绷得很紧，尽管那只黑眸此刻敛着，先前藏不住的怒意也收敛些许，但依旧能看出来在生气。

"走吧。"贺寻声音冷淡，"我也回去。"

风缓了些，雨水便不再漫无目的地乱飘。黑色伞面宽大结实，轻而易举地容纳下两人一猫。

兽医站离家属院只有两站路，倘若天气好，步行只要二十分钟。如今下着大雨，行程便艰难些。

雨水落在伞面，发出噼啪的单调响声。

两人都不说话，气氛就有些尴尬。

"你……"沉默着走了一会儿，时晚开口，"你怎么到这边来了？"

要不是遇见贺寻，不知道她和豌豆还要在雨里等多久。或许得一直等到爸爸妈妈下班，才能发现她不在家。

然而一般人没事轻易不会往兽医站跑。

"看病。"贺寻想都没想就回道。

说完，他就有些后悔。

聂一鸣给他指路的时候就说了这片只有一个兽医站，连带着周围都是什么卖打虫药卖草籽的门面，生意红火得很。

他一个大活人来这里看什么病？

谎言太过拙劣，贺寻自己也有几分不自在，低头去看，小姑娘果然仰着那张瓷白小脸，一脸疑惑地看着他。

他的脸色更差。

贺寻一皱眉，时晚就赶紧别开了视线。

装修近一周，那些工人对聂一鸣和贺寻毕恭毕敬，一口一个"聂少""贺少"地喊着，全家属院都知道这两个少年来头不小。

段秀娥在私下说过，聂一鸣应该是青城富商聂生威的儿子，就是不知道姓贺的究竟是什么背景。

不管什么背景，总归也是他们这些普通人家招惹不起的。

所以他说是看病那就是看病吧。

时晚抱好豌豆，低下头，专心致志地看路。

这一片的排水设施修建得不够完善，一下雨，地上就积出水洼，下雨天得小心翼翼地看路。

贺寻却不看路。

身侧的少女低了头，露出一小段雪白的脖颈，先前被雨水打湿的头发湿漉漉地垂着，落在精巧秀气的锁骨上。几缕发丝顺着锁骨往下，偷偷钻进绣着白色小花的领口。

他一怔，随即像被烫到一般，蓦然收回目光。

"等一会儿。"走了没一会儿，略显冷淡的声音再次响起。

时晚停下脚步，抬头去看。

少年把伞递给她，然后快速脱下自己身上的外套，又重新接过伞："给你。"

外套几乎是被强行塞到手中，还带着点暖暖的温度。到底是十几岁的男孩，火旺得不得了。

时晚又惊又喜："谢谢！"

她一点儿也不矫情，大大方方地接下。那双杏仁眼瞬间亮得晶莹，长长的睫毛凝着水珠，像是沾了晨露的蝶。

贺寻嘴角不自觉地露出些许笑意。

接着，他就看见这小姑娘展开外套，把怀里的小猫裹得严严实实，一边裹一边柔声说："豌豆，快谢谢哥哥。"

贺寻的脸彻底黑了。

时晚却觉得他真是个好人，虽然凶是凶了些，平时说话办事也不太靠谱，但一个肯在雨夜把衣服让给小猫的人，总归心坏不到哪里去。

她还想道谢，少年却突然转身就走。

"哎……"她赶紧抱着豌豆跟上。

怎么又生气了？时晚偷偷抬眼，被贺寻阴沉的表情吓了一跳。

难道是嫌自己走得太慢？

这个年纪的男生都已经长开，不知道吃了什么，一个个腿长得要命，她个子矮，确实不如对方走得快。

然而这一路，她并没有感到吃力。

两人顺路，走到家门口，时晚看了看手表。

到底雨大，两站路居然走了四十分钟。

时晚放下豌豆，把外套折好，伸手还给贺寻，再次道谢："谢谢你。"

是真心感谢，她不知道还能说什么，只好抬头冲他笑。

少年静默片刻，从她手里扯过外套，随即一言不发地往楼上冲。

“哐当！”

防盗门重重摔上的声音。

“喵呜？”豌豆和时晚都愣住了。

贺寻冲回家，随手把外套往沙发上一甩，忍不住在心里骂了句。

外面天色昏暗看不真切，楼道里却亮着灯。

今夜雨大，少女白裙被打湿，那料子轻透，隐隐能看见粉色肩带的轮廓。

豌豆毕竟是皮实的野猫，喂了两天药，就活蹦乱跳起来，一身雪白皮毛柔软，小脸也渐渐圆润。

时晚却因为那日淋雨发了好几天的烧，不得不在家里躺了小半周，等到能重新出门，时间已到七月中旬。

楼下荷花池里开了新的荷花，粉白相间，随风轻轻摇曳。

她今日出门是去拿书的。

青城和以前待的城市不在一个省份，两地用的教材不一样，虽然大体都是那些知识，排序却有先后，有教材总比没有好些。

研究所招时远志夫妇过来，解决房子问题的同时也顺手安排了时晚的学籍，在青城升学率最高的青城一中。

一中离家属院有些距离，即便坐公交车也要二十分钟。

时远志和向洁本想让时晚在离家近一些的地方读书，但时晚自己不肯。

时家共有兄弟三个，时远志是老二，上面有大哥底下有幼弟，不偏不倚夹在中间，日子过得就比较尴尬。

而时晚的奶奶则有那个年代几乎所有老人的通病，格外重男轻女。知道时远志生的是女儿，态度就越发刻薄，甚至扬言要赶向洁母女出门。

时远志平常性格软，关键时刻却一直很硬气，和母亲大吵一架，直接带着妻女搬得远远的，只每个月按时寄赡养费。

这事他们在家里从来不提，时晚也是偶然听见向洁打电话才知道。

时晚性格上像时远志多些，内里更多随向洁。别人越是说她不能做到什么，她越是要做出点成绩来。

何况这世界上女孩子根本不比男孩子差。

时晚下了车，班主任已经在车站等着了。

这位姓楚的班主任出乎意料的年轻，打眼看过去也就二十三四岁刚毕业的小伙子，模样英俊，和明星比起来也不差，很难想象会是带重点班的老师。

“这些是教材。”班主任年纪不大，却很有威严，讲起话来不苟言笑，眼尾冷冷勾着，完全不平易近人。

他把厚厚一沓教材递给时晚，又掏出一本装订好的册子：“这是学校自己出的数理化习题，你拿回家做。”册子很厚，上面用红字鲜艳地印着“青城一中"的字样。

时晚谢过班主任，带着书回家。

课本太多，把书包装得很满，时晚只能把习题册拿在手上，刚进家属院，就遇上了正要出去的贺寻和聂一鸣。

"哟，美女！"聂一鸣一向没心没肺，兴高采烈地冲时晚打招呼，"学习去啦？"

他过于热情，时晚应也不是不应也不是，只能轻轻点头。

这是雨天后第一次见贺寻，她刚想要打个招呼，对面冷着脸的少年却忽然别过头去。

他垂着眼，不看她，也不说话，不知道在想些什么。

"不去了。"离开家属院，直到走上大路，贺寻才开口。

聂一鸣一脸蒙："寻哥，你又不想上学啦？"

不同于时晚有研究所帮忙搞定学籍，贺寻孤身一人来到青城，想要继续读书，就得走些其他门路。

今天本来已约好请四中校长吃个饭，四中离家属院近，升学率也不算差。

贺寻没吭声，想起刚才见到的小姑娘。

楼上楼下住着，他听她父母喊她"晚晚"，那日淋雨后，她好像是生了病，一连好几天都没有出家门。

或许是夏天热，方才少女瓷白小脸晕开些薄薄的粉，看起来很软很软。

"不去四中了。"

贺寻沉默一会儿，想到时晚手上拿着的册子，沉声道。

数日后。

"我们班不能再塞人了。"即便被叫到校长办公室，高二一班的班主任楚慎之也依旧是冷漠的表情，"那个时晚成绩不错，剩下乱七八糟和聂一鸣混在一起的我不想要。"

校长和蔼地笑笑："小楚你放松点儿，聂一鸣是聂一鸣，不要把他和其他学生混为一谈。"说着，他把档案袋往办公桌另一端推了推。

楚慎之冷着脸打开档案袋，目光从成绩单和一张标着"世界航空航天锦标大赛"的金奖证书上划过，一向漠然的脸上出现了一丝鲜有的松动。

"这个学生我要了。"他把档案袋死死抓在手里，一字一句地冲校长说，"谁都不能和我抢。"

第三章：
桂花甜藕

时晚在家做了整整一周的习题。

不愧是青城最好的高中，一中老师出的习题覆盖面很广，难度更是不低，有些题型她以前都没见过，打开册子，常常一思考就是好几个小时，有时甚至忘了时间，一直做到时远志夫妇回家。

好在她从前的底子好，做题速度也快，一周过去，除了某些实在解不出来的题目，剩下都做完了。

一直沉浸在学习中，此时她才惊觉，时间已经到了七月末。

七月末八月初，是北方大部分城市一年中最热的时段，青城自然也不例外。家属院里的老槐树绿荫越发浓密，却仍然阻挡不了炎热的暑气。数周前还叫声嘹亮的蝉蔫蔫地挂在树上，偶尔有气无力叫上几声。

就在这段时间，青城的一则流言传得沸沸扬扬。

"你说可笑不可笑。"难得今天夫妻二人都不加班，时远志做了一大桌子菜，"明明是隔壁省端掉了一个人贩子团伙，跑了一个从犯正在抓。结果传着传着，就变成从隔壁省流窜过来两千多个人贩子到青城专门偷小孩！两千多个人贩子，还真有人信！"

网络不发达，信息闭塞，令人恐慌的谣言却传播得极快。官方一连辟谣了好几次，却依然有市民坚信不疑。

"钱小宝他奶奶都不让他出家属院大门了。"时晚抿嘴轻轻地笑。

家属院并不大，小孩们疯玩时一般都会跑出去。这下可苦了天生好动的钱小宝，他每天只能愁眉苦脸地被奶奶拘在院子里。

"过段时间就好了。"向洁也笑，"1999 年的时候不是还传今年是世界末日吗？"结果依旧什么也没发生。

这个话题就这么揭过去，一家人继续吃饭。院里忽然传来一阵撕心裂肺的哭号。

"小宝！小宝！"是钱小宝奶奶的声音，"我的小宝！你去哪儿了？"

时晚一愣，时远志和向洁也怔住。

正值饭点，住户基本都在楼里，钱小宝奶奶一哭，几乎所有人都下楼去看怎么回事。

"没瞧见小宝出院子啊？"段秀娥急得满头大汗，抓着人一个一个地问，"你们见到小宝没有？"

晚饭前还在院里玩，不过十几分钟的工夫，钱小宝就没影儿了。

钱小宝奶奶想到这段时间的流言，腿一软，坐在地上号啕大哭，院里瞬间乱作一团。

"都别吵！别吵！"最后还是时远志站出来安抚大家的情绪，他先报了警，随后又组织住户们赶紧上街去找钱小宝。

"晚晚，你就待在这儿，哪儿也别去明白吗？"时晚本来也想去，硬是被时远志留在了家属院里。

剩下在院里的都是年迈的爷爷奶奶，面对这种事情也没有什么更好的办法，只能陪着哭个不停的钱小宝奶奶。

然而一直找到深夜，当最后一拨人回来时，还是没有找到钱小宝。

所有人的脸色都很差。

这年还没有建立完善的儿童走失系统，一个小孩如果被拐，很可能一辈子再也找不回来。

院里灯光昏暗，大家沉默地站着，气氛十分压抑，钱小宝奶奶更是哭得几近昏厥。

"奶奶！"就在时远志打算开口让大家先回去休息，明天再继续找的时候，清脆稚嫩的童声响起。

消失了六七个小时的钱小宝从家属院门口噔噔噔跑过来，见到熟悉的人，"哇"地哭出了声。

"小宝！"钱小宝奶奶瞬间有了力气，激动地站起来想要去抱钱小宝，往后一看，表情一下变了。

时晚也是一怔。

昏暗飘摇的灯光下，少年眉眼冷硬，依旧是那副面无表情的模样。

贺寻淡淡扫了挤在院子里的住户们一眼，没说话，自顾自朝家属楼走去。

钱小宝奶奶的声音骤然尖厉："你把我家小宝拐去了什么地方？"

钱小宝奶奶十分激动，贺寻却似乎并不打算搭理她。仿佛遇到了什么烦心事，他冷着脸，路过时晚的时候也没抬眸，眼尾凌厉地勾着，透着几分压不住的阴沉。

钱小宝奶奶从来都不认为这个少年是什么好人，只觉得这是拐走她宝贝孙子的罪魁祸首。

担惊受怕了六七个小时，情绪激动，钱小宝奶奶直接跳了起来，动作太猛，身边的人一时间居然没能拦住。

"啪！"

清脆的声音。

贺寻脚步终于一顿。

灯光被吹得飘摇，深夜的风里，他抬手抹了把嘴边的血迹，然后低低笑出了声。

那笑声很轻，透着几分近乎漠然的无所谓，似乎并不在意硬生生挨的这一耳光。

空气突然安静。

"钱姨！"周围的人都愣住，最后还是时远志先一步反应过来，上去拉开钱小宝奶奶，"你打孩子干吗？！"

真要拐钱小宝早就偷偷带走了，还能大晚上全须全尾一个零件不少地带回来？

时远志一出声，被奶奶吓到的钱小宝瞪圆了眼，哽上几秒，"哇"地哭得更凶："不要打哥哥！哥哥不是坏人！"

或许是先前受的惊吓太大，他一下哭到声嘶力竭，整张小脸都涨红，眼看要背过气去。

钱小宝奶奶腿一软，瘫坐在地上，两眼一翻，居然先一步晕倒在地。

院子里瞬间又乱作一团，大家纷纷上前查看祖孙二人的情况。

时晚被挤到人群最外面，接连退了好几步，这才踉跄地稳住，惊魂未定地看向贺寻。

少年站在楼道口，光线昏暗，敛着眉眼。

深夜，家属院一片吵嚷。他沉默着，面无表情地立在原地，就好像在看一场和自己完全无关的闹剧。

大家把祖孙二人送到医院，钱小宝好不容易稳定下情绪，才抽抽噎噎地把情况讲清楚。

小孩子脾气犟，这几天奶奶越不让他出院子，他就越是想出去玩，终于在晚饭前趁老林头他们不注意，偷偷摸摸跑了出去。

口袋里还有几块硬币，钱小宝随便上了辆公交车，直接一口气坐到终点站，未曾想那是今天最后一趟车，当玩够了想回去的时候，怎么等都等不来车。

终点站荒凉，他只能凭着记忆慢慢往原来的方向走。

"后、后来就碰到哥哥……"钱小宝两只眼睛肿得像金鱼眼，"他、他就带我回来了……"

看见贺寻时，钱小宝心里其实挺没底，毕竟大人们平时都不让他们这群小孩接近对方，说他不是个好人。

然而就是这么个不是好人的人，把钱小宝平平安安带回了院子。

"这真是……"守在病床前，段秀娥目瞪口呆，简直不敢相信自己听到了什么。

她还以为那姓贺的是个不着四六的小混混呢！

"我和远志在这里待着，段姐你带着晚晚先回院子。"向洁说。钱小宝没什么事，他奶奶却被刺激得不轻，一时半会儿还不能离开。

钱家奶奶的子女都不在本地，只能由家属院的住户们临时先照看着。医院离研究所近，于是向洁和时远志就主动承担了今晚的守夜。

"真是看不出来啊……"回去的路上，段秀娥还在喃喃自语。

而时晚有些走神，想起少年面无表情的模样，她心里隐隐有些不安。

送钱小宝祖孙俩去医院后，家属院里人声渐弱，月亮爬上树梢，一切重新归于宁静。

贺寻没有开灯，一个人坐在客厅里，闭着眼。夜已深，月光穿过窗户，凉凉地洒在少年的脸上，照亮一半锋锐的眉眼，右眼的纱布隐没在夜色中。

"情况不算乐观，还得观察一段时间……"

"运气好的话视力可以全部保住，运气不好……"

"主要还是因为之前就已经伤到了一部分视神经……"

医生的话在耳边响起，每一句都谨慎而有分寸，处处透露着不容乐观的倾向。

闭着眼，眼前漆黑一片，贺寻不禁笑了。

老天爷到底是没打算收他这条破命，可也没准备让他多好过。

他抬手轻轻捂住右眼，还记得当初受伤时的那种感觉。

和抽在身上的鞭子不一样，一点儿也不疼，只是瞬间模模糊糊睁不开眼，视野里一片鲜红。

最后还是没办法保住这只眼睛，甚至……没办法保住视力吗？

算了。

片刻之后，贺寻长长地出了一口气，而后把手放下。

能活着就已经很不错了，还计较些什么。

总归现在还没失明，能挨一天是一天。

人不就是这么活着吗……

"咚咚！"

贺寻不愿意继续想眼睛的事儿，起身准备回房间，门却被敲响。

他原本不想理会，然而隔着防盗门，少女的声音有些朦胧，还带着点紧张："贺寻……你睡了吗？"

少年眼眸微沉。

他把门打开。时晚正抱着冰袋和药膏，局促不安地站在门边，抬眼看见他的脸，不由得轻呼了一声。

钱小宝奶奶的手劲是真的很大，在楼下时并不显，而现在，贺寻的脸已经高高肿起。

他唇边还有一点血渍，偏偏他自己似乎根本没察觉到，直到时晚轻呼出声，这才稍稍拧了拧眉，接过冰袋，直接朝脸上按。

"你轻一点儿……"时晚在旁边看得直皱眉，冰袋是拿来冷敷的，这样简单粗暴按上去算怎么回事？

贺寻眼底染上一点不易察觉的笑意。

"哟。"他勾了勾嘴角，不禁"嘶"了一声，却还是懒散惯了的腔调，"你这是心疼了？"

时晚偏过头去不看他，稍稍抿了抿唇。

她只是害怕他会出事。

今天贺寻站在楼下面无表情的模样让她觉得有几分似曾相识，直到从医院回到家属院才惊觉，竟然是有点像她刚来时的那个雨夜。

当初是祭奠母亲，如今……不知道是因为什么。

有上次他把她从兽医站送回家属院的例子在先，她感觉贺寻只是性格有些怪，总有种别别扭扭的感觉。但想到他的家庭状况，倒也不是不能理解。

总之，并没有其他人想得那么坏。

"你……"犹豫了一会儿，她开口，"钱奶奶做得不对，她年纪大了脑袋糊涂，你别生气。"

换作任何一个人，莫名其妙挨了一耳光都不会好受，但她一时半会儿也想不出更多安慰的话。

听到时晚这么说，贺寻一哂。

他的语气辨不出情绪，全然听不出喜怒："老太太还挺疼那小崽子。"

其实他是真的没怎么生气。那一耳光跟他身上现在的伤比起来简直不够看，疼痛级别都不在一条线上。而且这么多年早就习惯，他根本没放在眼里，再说他今天也不是因为这个心情不好。

更何况……

想起带钱小宝回来时院里轰轰烈烈的阵仗，贺寻垂眸，掩去一点情绪。说起来挺荒谬，他居然有点羡慕那个傻乎乎的钱小宝。

光是走丢几个小时，就有这么多人着急忙慌地陪着去找，钱小宝奶奶甚至还敢为了孙子跟他动手。

家属院里的住户私下怎么看他，他心里再清楚不过。

能跟他这种人动手，想必是真的很在乎孩子。

寻常人根本不能理解贺寻的这种想法，听他这么一说，时晚有些慌。

"钱奶奶会来跟你道歉的。"以为他在嘲讽，她认认真真地和他解释，"她知道自己误会你了。"

钱小宝奶奶平时也没有这么冲动，只是今天一时着急失去理智，在医院就已经后悔不迭。

害怕贺寻因为今天的事想不开，时晚语气认真，表情也很严肃，微微板着脸，秀气的眉轻轻拧着，那双杏仁眼还是一如既往的清透。

贺寻挑了挑眉。

冰袋冷敷在脸上，刺痛感逐渐变得麻木。

"你过来一点儿。"他懒懒出声。

时晚不明白他是什么意思，稍稍凑近了些。

下一秒，少年抬手，在她发顶上不轻不重地揉了一把。

和想象中一样，少女发顶柔软，杏仁眼也如想象中一样霎时漫上了雾气，无辜得很。

"我现在不生气。"低头看着呆在原地的时晚，贺寻低笑。

但要是她还继续提别人，那可就不一定了。

这个动作实在是过于亲密熟稔，贺寻就看着小姑娘愣愣地站着，脸颊越来越红，耳尖更是要滴血，最后连药膏也不给他，咬着唇转身跑了。

贺寻一个人靠在门边，摸了摸眼睛，无声笑笑。

这样的场景，不知道他还能再看见几次。

同时晚说的一样，从医院回来后，钱小宝奶奶就带着钱小宝上门朝贺寻道歉。

经过这件事，家属院里其他的住户对贺寻稍有改观，提起他时，言语间不再那么轻慢，连段秀娥都没有像以前一样说些阴阳怪气的话。

"不是小混混就行！"八月中旬，荷花池里的莲藕已经成熟，段秀娥一边洗去藕节上的淤泥，一边跟老林头说，"只要不影响咱们院子就好！"

老林头在槐树下悠闲地打着蒲扇，嗤笑一声："你这人，好话歹话可都被你说完了。"

大家的心情似乎都不错，除了被揉发顶的时晚。

她坐在书桌前预习课本，明明看的是定义，不知为何，那只熟悉的黑眸却突然出现在眼前。幽深瞳仁里淬着几分笑意，还有些许懒洋洋的漫不经心。

时晚咬了咬唇，"啪"的一声合上书。

窗外树影摇动，日光穿过叶隙，少女白净的小脸上透着一层气恼的薄红。

他怎么能那样！

从来没被异性揉过头，那天她又惊又气，简直不知道该怎么反应，等到仓皇逃回家，一个人越想越委屈，气得只想捶贺寻。

然而临场没发挥好，事后想找补回来总是很难，她也不敢再上楼去争论，生怕又被揉一回。

"晚晚！"正在气恼，下班回来的向洁在院里喊她，"你段姨让你下来拿莲藕！"

摘莲藕是个累活，院里的住户大都懒得弄。段秀娥是个勤快人，摘完洗净，给每一家都送了一些。

"谢谢段姨。"荷花池里的莲藕长得好，藕节白白胖胖，一看就很好吃。

时晚弯了弯眼："回头我做桂花甜藕，做好了拿给段姨尝尝。"

少女笑起来眉眼盈盈，看着就招人心疼，段秀娥不由得冲向洁道："你可真会生女儿！长得漂亮又手巧，可把我羡慕坏了！"

家长没有不爱听别人夸自己孩子的，向洁也笑。她们在门口唠起家常，时晚就在一旁安静地听着。直到老林头"哟"了一声："回来了？"

"林叔。"贺寻冲老林头打招呼。

贺寻视线一抬，看见站在妈妈旁边的小姑娘蓦然瞪圆了眼，接着把头一偏，淡粉色的唇抿着，气呼呼不看他，显然还在为那天的事儿生气。

"你也拿一点儿回去。"见贺寻来了，段秀娥一视同仁地往他手里塞了几节藕，全然忘了之前还指着鼻子大骂对方，又顺嘴问了句，"会做吧？"

哪有什么会做不会做，这莲藕最新鲜不过，直接生吃味道都很好。

然而，贺寻摇了摇头："不会。"

"哟。"段秀娥奇了，"这么大小伙子连藕都不会做？以后可找不到媳妇儿。"

贺寻低头笑笑。

其实是会的，从小沈怡就没怎么管过他，早些年还有闲钱请阿姨，等到后面入不敷出的时候只能他自己来。总归沈怡不会进厨房，他不做饭，两个人都得饿肚子。

"那就别糟蹋东西了。"钱小宝事件过后，向洁对贺寻的印象也好了不少，又因为有沈怡这层情分在里面，现在看这个少年还蛮顺眼。她笑着拍了拍时晚的肩，"等晚晚做了桂花甜藕，给你送一点儿过去。"

怎么也没想到话题会突然引到自己身上，时晚一怔。

她抬起头，果然看见贺寻嘴边噙上一点阴谋得逞的笑意，偏偏语气还一本正经："谢谢阿姨。"

谢什么呀！

时晚咬着唇，气呼呼地瞪他。

这个可恶的家伙，现在又学会装乖了！

桂花甜藕的做法并不难，莲藕洗净塞入糯米，用电饭煲熬煮两次，取出后晾凉切片，浇上蜂蜜和桂花即可出盘。

然而就是这么一道简单的甜品，时晚一直磨蹭到快要开学还没做。

段秀娥拿来的莲藕早已吃完，饭桌上却还没见到桂花甜藕，向洁纳闷："晚晚，不是说好了要做甜藕吗？"

之前向洁也问过几回，时晚总是说少了东西，今天缺糯米明天缺蜂蜜，就一直拖到了现在。

眼见实在拖不下去，时晚只能快快道："明天做。"

跟向洁告状说贺寻故意揉她的发顶……她说不出口。

开学前一天，时晚去买了莲藕和糯米。

还不到桂花盛放的季节，市面上没有鲜桂花卖，她只能退而求其次，买了超市里的桂花酱。

待到出锅晾凉，时间已经将近傍晚。

她先去给段秀娥送，在院子里踟蹰片刻，硬着头皮一步一步挪到五楼。

"咚咚！"

敲了门，片刻之后，却没有人应。

站在门前，时晚轻轻蹙着眉。

不在家吗？

这可真是……太好了！

生怕贺寻会突然开门，她赶紧把搪瓷盆放在地上，然后轻手轻脚下了楼，仿佛动静稍大一点，少年就会瞬间冒出来。

天色渐沉，月上枝头。漫天星子低垂之际，贺寻踏着微凉的夜风回到家属院。

今天他脚步稍显轻快，似乎心情不错。

老林头还没睡，正坐在门房前听收音机咿咿呀呀，见了贺寻先是一愣，随后稀奇道："哟，你这打扮还挺帅！"

贺寻笑笑。

明天就要开学，今天在医院耽搁得有些久，他赶着回家收拾东西，没有和老林头多寒暄，快步走向家属楼。

这年楼道里的照明大多还是触摸式，着急回去，他没开灯。

"铛！"结果差点儿把搪瓷盆踢翻。

不清楚是什么东西，贺寻摸黑俯下身，蜂蜜和桂花的味道香甜，莲藕气息清新。

他一怔，旋即又想到那日小姑娘气呼呼的模样。

黑暗里，少年眼神温柔。

第二天，青城一中正式开学。

高中不比初中、小学轻松，开学时间自然不会一直拖到九月，踩在八月的尾巴上，学生们纷纷收拾书包回校。

原本是个好日子，时晚却没能按时出门。

前一晚定好的闹钟突然坏了，根本就没响。而时远志和向洁在研究所连夜加班，等她一觉醒来，早就过了应该起床的时间。

她匆忙洗漱完毕，来不及吃早饭，背好书包冲出院门时，离上课时间只有二十分钟。

而坐公交车去一中也要二十分钟。

"晚晚！别急！慢点儿！"段秀娥在背后喊，"迟到就迟到了，看着路上的车！"

怎么可能不急。

开学第一天就迟到，肯定会给老师留下很不好的印象。而从假期跟班主任的接触看，对方是个守时刻板的人，如果迟到，不知道会如何看她。

时晚咬着唇，朝公交车站跑去。

运气好的话勉勉强强能赶在班主任进班前赶到，运气不好的话……

而她今天的运气确实不怎么好，离车站还有八九十米，就看见前一班公交车刚起步离开。

时晚一下没了奔跑的力气，微微喘着，盯着渐渐远去的公交车，心里万分沮丧。

最后还是要迟到了……

五分钟一趟车，等到下一班来，无论如何也不可能按时到校。

她索性不跑了，拽着书包带子，垂头慢慢地朝车站走。

身后突然响起引擎声。

这条街人不多，清晨更是安静，此刻公交车已经开走，机车轰鸣便格外明显。

引擎声渐渐逼近，接着是一声短促有力的刹车声，车直接停在她面前。

时晚一惊，抬头去看，随即怔住。

清晨的阳光从叶隙间穿过，落在少年漆黑的瞳仁里，也落在他黑色的眼罩上。

老林头昨夜说的就是这个。

　　如今《加勒比海盗》还没上映，提到眼罩，大家想到的更多是香港那边的电影，里面总有几个戴着眼罩，作风狠戾、令人胆寒的反派。

　　贺寻依旧骑着那辆银黑色惹人注目的虎神，双腿散漫地撑在地上保持平衡，见时晚怔怔看自己，嘴角懒散勾出一个笑。

　　他眼尾勾着，笑得随性而轻佻，简直比反派还要反派。

　　"走这么慢，想迟到啊。"懒洋洋的嗓音。

　　时晚咬着唇不吭声。

　　"我送你。"然而贺寻却很执着。

　　时晚很有骨气："不要。"

　　打定主意要离贺寻远一些，她垂下头绕开他接着走，或许是因为拒绝得干脆，身后的少年居然没有继续纠缠。

　　时晚隐约松了口气，朝前走去，身子却猛然一轻。

　　"脾气真大啊。"被拦腰抱起，耳畔少年吐息温热，带着几丝桂花的甜。

　　"你！"没想到贺寻居然敢这么做，时晚一下有些惊惶，下意识地蹬腿，想要挣开禁锢，"你放开我！"

　　然而少年正是年轻飞扬的年纪，手臂分外有力。她一连挣扎好几下，都没能从对方的怀抱中挣脱，反而被越抱越紧。

　　又是那阵清浅的草药香，还有一如既往的散漫腔调："不放。"

　　时晚挣扎许久，最后还是被轻轻松松按在机车上。

　　"今天赶时间。"贺寻把头盔扣在她头上，"你可坐好了别乱动。"

　　不待她说话，他跳上机车，猛地拧紧油门，引擎声在清晨安静的街道上轰鸣。

　　抄了近路，机车速度又快，等他们到一中时，离上课时间还有五分钟。贺寻在校门口停下车，转身，替时晚摘下头盔。

　　"哟，"刚把头盔拿下来，他就笑了，"还在生气啊？"

　　不知道是因为机车速度太快而害怕，还是因为被拦腰抱起而羞恼，小姑娘咬着唇，一双杏仁眼清凌凌瞪他，眼眶沁着一点儿粉，又委屈又无辜。

　　他觉得好笑，伸手想要拉她下来，结果"啪"的一下，被毫不留情一巴掌拍掉。

　　贺寻挑眉："你这是恩将仇报。"

　　他把她载到学校，她应该谢他才对，哪有平白无故拍人的道理。

　　没到上课时间，这时校门口还有不少学生，银黑色机车过于张扬显眼，大家纷纷朝这边看。

　　瞧过来的目光太多，时晚脸皮薄，咬着唇瞪了贺寻半天，终究放弃了在校门口和他理论的想法。

　　又瞪了他一眼，她跳下车，头也不回地朝校园里跑。

少女奔跑的速度很快，耳尖绯红，仿佛再慢一点儿，少年又会追上来抱她。

时晚踏进高二一班的教室，上课铃正好敲响。讲台还空着，班主任没来，她松了口气，随便找个位置坐下。

高二是新分班的开始。所有的班都在分完文理后重排，大家并不来自一个班，彼此相互不熟识，倒是显得她这个转学生不再特殊。

"我叫姜琦。"坐在时晚旁边的圆脸小姑娘是个自来熟的性格，主动跟她打招呼，而后突然笑得一脸羞涩，"我们真是太幸运了，能分在楚老师的班！"

时晚沉浸在被贺寻强行抱起的羞恼之中，又惊又气，反应了一会儿，这才明白姜琦说的是班主任。

"是啊。"时晚点点头，努力平复自己的情绪，把少年噙着笑的模样赶出脑海，"楚老师很负责任。"

——主动帮她找教科书，还专门给了她一中的习题，大热天里在公交车站等着她。他虽然面上是寡言冷淡的模样，内里应该还是很关心学生。

听她这么说，姜琦"扑哧"笑了，接着诡秘地压低嗓音："你难道不觉得楚老师很帅吗？"

时晚一愣，她这才注意到，班级里的女生大多都兴奋地朝门口看，似乎在翘首期盼什么。只见过楚慎之一面，她已经不太能想起对方的长相，只记得是张英俊而冷漠的脸。

"好多人都是为了楚老师才选理科的。"时晚回忆的工夫，姜琦还在念叨，她一张小嘴叽叽喳喳不停，倒是让时晚弄清了楚慎之为什么这么受欢迎。

一中升学率虽然常年排第一，但青城只是个不甚起眼的北方小城，师资力量并没有想象中好，本校老师大多都是省内师范的学历。

而楚慎之却是 P 大毕业生，听说在校时成绩异常优秀，拿了不少奖项，不知为何没有选择继续深造，而是一毕业就来到一中任教。

十几岁的年纪，少女们的心思都纯洁懵懂，骤然面对这么一个大不了几岁而分外优秀的异性，总会有几分特别的欣赏。

"楚老师很受欢迎呢！"姜琦显然掌握了一中不少八卦，说得眉飞色舞。

不知道该怎么接话，时晚只能客气地笑笑，偶尔附和两句。

好在没过多久，略显吵嚷的班级便霎时一静。

"大家好，以后我就是高二一班的班主任。"八月末，气温还没降低多少，楚慎之白衬衫的扣子依旧规规矩矩系到最上面一颗。

包括姜琦在内，有几个女生一脸兴奋。

然而接下来，楚慎之便宣布了一个让所有人倒吸一口冷气的消息。

"一班是重点班，在第一次月考后按成绩排，只留年级前四十五名。"他的声音很冷，透着不容置疑的威压，"你们今天坐在这里，不代表一个月后还能继续待在一班，都明白吗？"

教室里的气氛瞬间紧张起来，之前学校根本没有透露过一点口风，突然听到这个消息，大家均是一愣，一时间不知道如何是好。

按排名分班吗？

时晚不禁也有些紧张。

尽管假期完整看过一遍课本，也认认真真地做了习题，但一下得知按成绩分班，确实有不小的心理压力。

楚慎之却不管他们这群紧张的学生，粗略扫了教室一圈，便皱起眉："缺一个人，还有谁没来？"

同学们面面相觑，彼此都不相熟，他们确实不知道缺了的那个人是谁。

时晚抿了抿唇，心情稍显复杂。

班主任果然会因为迟到而生气，倘若她今天迟到，肯定会被记上一笔。

万幸她没来晚，只是……

一想到自己居然在街上被贺寻拦腰抱起，时晚耳尖滚烫，脸颊也不受控制地烧起来，连额头都沁上一层粉。

她倒是宁愿迟到，也不愿意被那么抱着了。

简直比捏脸还过分！

时晚又羞又气，低下头，不让别人看见自己此时的表情。

不知道贺寻在哪个班，以后她一定远远地躲着他，再不给他轻薄的机会。

班里一时没人知道缺了谁，楚慎之只好拿出名单，准备逐一点名。

"报告。"门口却突然传来低沉的嗓音。

依旧是漫不经心的腔调，全然不因为迟到而拘谨不安。

以为自己听错了，时晚一怔，缓缓抬头。

"抱歉老师。"教室门口，贺寻勾了勾嘴角，"我来晚了。"

第四章：
因为他喜欢你啊

　　贺寻原本不该来这么迟，但校门口的门卫大爷坚决不肯让机车进校园，费了半天工夫，最后还是路过的老师帮忙解了围。

　　全班同学的目光都落在贺寻身上。

　　少年嘴上说着抱歉，却懒洋洋地靠在门边，不像楚慎之一般打扮规矩，他纯黑衬衫散漫地敞着领口，挺括肩线之下，肌肉线条暧昧，锁骨分明。

　　没有刻意遮挡眼罩，碎发被拨至一侧，露出英气锋锐的眉目。

　　"啊！"姜琦眼睛都亮了，"这是我们年级的吗？以前怎么没见过？"

　　一中作为重点中学，学生大多埋头学习，说句不太好听的，寡言木讷的书呆子居多，这样肆意飞扬的倒是少见。

　　楚慎之皱着眉："你叫什么名字？"

　　少年稍稍敛眸："贺寻。"

　　他嗓音低沉，慵懒中带着几分磁性。

　　已经完全愣住的时晚终于迟缓地反应过来——他怎么也在这个班？

　　楚慎之眉头皱得更深："今天开学也就算了，这是你最后一次迟到。"

　　"你下去吧。"他挥挥手，示意贺寻找个位置坐好，"人到齐了，我们安排一下今天的事宜。"

　　"谢谢老师。"贺寻颔首。

　　前排的位置已经都被占满，只有后面还有空位，他朝教室后排走去，眼风一扫，正对上时晚的目光。

　　显然觉得十分不可思议，小姑娘眼睛瞪得大大的，也不像平日那么怕他，莹白小脸上写满了难以置信。

贺寻脚步微不可察地一顿。

"哟！"带着草药香味的清风从身边掠过，时晚听见少年轻声道，"真巧。"

巧什么呀！

全然不敢相信自己和贺寻竟然在一个班，接下来的时间，时晚都心神不宁。

或许是错觉，明明和少年隔得远，却似乎还能听见那道低沉慵懒的嗓音，掺杂几分略显轻佻的笑。

而楚慎之在讲台上说的话，她一句也没听进去。

"……上午的安排就是这样。"待到终于回过神，楚慎之已经结束了讲话，"接下来该打扫卫生的打扫卫生，该搬书的去搬书。我们下午再排座位。"

时晚心绪不宁，根本不知道班主任在说什么，茫然地看向姜琦。

"又要打扫卫生吗？"姜琦瘪嘴，"我倒宁愿和男生去搬书！"

不过因为这是楚慎之的安排，姜琦也没有消极多久，而是高高兴兴搂住时晚："我们去打扫室外清洁区吧！"

时晚就这么被拉走了。

到了室外清洁区，时晚才明白姜琦的用意。

高二一班的清洁区靠近一中存放教材的库房，在这里打扫，可以把库房那边的情况看得一清二楚。

而被楚慎之指派来搬书的都是班里的男生。

"那个贺寻真的很帅哎！"果然，打扫没多久，姜琦的心思就完全飘到了库房，随后又喃喃自语，"不过我还是觉得楚老师那种稳重内敛的比较好看……"

时晚哭笑不得。

她还是头一回见到像姜琦这样毫不掩饰、心直口快的女生。

室外清洁区比想象中要大，她没什么心思和姜琦一起点评男生，只低头安安静静地扫地。

没过多久，身后，姜琦突然低低惊呼一声。

时晚以为出了什么事儿，扭过头去，随即浑身僵硬地愣在原地。

少年弯着腰，脸颊离她很近，几乎只有几厘米的距离。

今日天气好，阳光落进少年幽深的眼眸，多了几分若有似无的暖意，她甚至能看清他眼中自己的倒影。

"喂，"依旧是低沉温热的吐息，"楚老师让我们先去买校服。"说着，贺寻直起身，指了指站在教学楼门口的楚慎之。

"哦……好、好的。"离得太近，时晚有些蒙，一时间没反应过来，下意识先应道。

直到贺寻低低笑出声，她才后知后觉地发现他又在逗她玩。

这个人！

时晚咬着唇，有些气恼。

她简直不想搭理他，把清扫工具交给一旁看呆了的姜琦，这才低着头闷声道："走吧。"

贺寻眼底笑意深邃："嗯。"

他早就看到她在这儿打扫卫生，却始终没有往库房这边看过一眼。

"你就这么讨厌我？"买校服的地方在校园的另一端，走在林荫道上，身边的小姑娘一直埋头不说话，贺寻插兜懒散道，"不至于吧。"

怎么不至于了！

早晨在校门口不好理论，现在林荫道人少又安静，时晚被这种漫不经心的语气一噎，恨不得现在就跟他吵架。

然而从小性子软，她压根儿不会跟人吵，咬着唇想了半天，最后十分沮丧地垂头："你那样是不对的。"

无论是故意揉发顶还是拦腰抱起，都实在太失分寸。

尽管因为他送她，今天才没有迟到，但时晚还是接受不了。

不过，她也没指望贺寻能听进去，要是能听进去，今天就不会强行抱她上机车。

"哦。"然而出乎意料，几秒后，贺寻淡淡应了一声，"知道了。"

时晚一愣。

她终于不再垂头，仰脸去看，少年脸上的表情不似作伪，神色平静，透着平日不曾有的认真。

这倒让她一时间不知道该怎么往下说，只能哑口无言地收回视线。

这傻姑娘！贺寻一哂。

他是知道这样不对，可他又没答应她以后不做坏事了。

一中的校服是最普通的蓝白款式，形制宽松，像时晚这样身材娇小的女孩子，一套校服简直能塞进去两个。

然而负责卖校服的老师一脸严肃地叮嘱她："不许改裤腿，被抓到要扣班级纪律分。"

老师抬眼看向贺寻，先是愣了下，随后像是被噎到一般："你……你记得穿校服。"

其实也不能怪老师，毕竟贺寻这种打扮，看起来确实不像什么规规矩矩的学生。

买完校服，两个人返回教学楼。

贺寻就看到小姑娘跟被撵的猫一样，急急冲回方才那个一直盯着他看的女生身边，一个眼神都没给他。

果然还是怕。

"你和贺寻认识？"姜琦倒是很兴奋，从回班就开始拉着时晚问东问西，"他是你的青梅竹马？"

"当、当然不是！"根本没想到会被问这样的问题，时晚蓦然红了脸，急忙摆手，"我跟他没关系，就……就是住在一个院子，也才认识不久！"

"这样啊！"姜琦似乎有些遗憾，"我还觉得你们俩挺配的……"

"别乱说！"时晚不由得反驳。

她算是看出来了，姜琦这人没什么坏心，只是热爱帅哥和八卦，心直口快而已。

见时晚不乐意继续谈这个话题，姜琦也就没再往下说。

到了中午时分，大家纷纷拥向食堂和学校周围的各种餐馆。

"寻哥！"并不着急去吃饭，待到大家几乎都走光，贺寻还在班里。聂一鸣从前门探头探脑，"走！吃饭去！"

从小养尊处优，聂一鸣自然不乐意吃食堂，更懒得和乌泱泱的学生挤在学校外面的小吃店，直接叫司机把他们送到了附近的酒楼。

"他们家干锅鸡特好吃！"聂一鸣大剌剌地坐下，随后挠头，"寻哥，我听说你们班好像搞什么淘汰制，以后只有年级前四十五才能进啊。"

贺寻晚到一会儿，确实没听到楚慎之讲这件事，挑了挑眉："嗯，知道了。"语气平淡，显然没当回事儿。

"那等月考后你就来我们班吧！"聂一鸣笑得牙不见眼，已经开始计划以后怎么带着贺寻一起浪。

贺寻笑笑，没接这一句。

"不是说好我请客嘛，寻哥你还带什么东西？"自顾自唠叨了一会儿，聂一鸣才发现贺寻面前摆了个饭盒。

两人关系熟，他直接伸手去拿："哟，桂花甜藕啊，让我尝尝！"

"啪！"

还没碰到，聂一鸣的手就被打了下来，他目瞪口呆："寻哥？"

"这个不能给你吃。"贺寻看他一眼，慢条斯理地把饭盒拿回来。

聂一鸣几乎秒懂，随即露出一个坏笑："楼下那小妹妹给你的？寻哥你够速度啊！"

"别瞎想。"贺寻懒懒打断，"人家现在还看不上我。"

瞧她今天那副慌忙逃窜的样子，显然比以前更怕他了。

聂一鸣悻悻摸了摸鼻尖："这样啊……"

没等他想好怎么安慰贺寻，服务员端上干锅鸡。见了吃的，他就把这件事忘了个干净。

吃过饭，司机又把他们送回一中。

此时时间还早，教学楼里的人不算太多，相对比较安静。

因此，从一班里传出的声音就格外明显，即使没有进班，在楼道里也听得一清二楚。

"今天那黑衬衫拽什么拽啊！"是男生吊儿郎当的不屑语气，"姓楚的居然也不管他！"

"喂，"同伴调笑，"我说你是不是见人家被女生盯着看，就眼红了？"

心思被戳穿，男生气急败坏地甩下一句："不就是个瞎子嘛！我有什么眼红的！"

贺寻脚步一顿。

聂一鸣当即瞪大了眼，想要冲进去和男生理论，被贺寻拉住。

少年表情十分平静，黑眸静静垂着，仿佛那句"瞎子"骂的并不是自己。

然而男生不知收敛，还在不依不饶地刻薄道："你要眼红那死瞎子你自己眼红，少拉上我！"

这下聂一鸣就忍不住了，当场撸起袖子准备进教室揍人，还没冲进去，一道清凌凌的声音先响起。

"你们有没有教养？"平时都是软软糯糯的腔调，少女的语气难得强硬一回，"家长就是这么教的吗？"

时晚和姜琦在食堂吃的饭，因此比绝大多数的同学都回来得早一些。

回班时那两个男生正在教室对女生们评头论足，见到她们进来，这才意犹未尽地换了话题，转而开始讨论贺寻。

已经在楼道里听见他们先前的话，时晚一点儿也不想搭理这种背后嚼舌根的人。然而对方越说越过分，最后居然转到人身攻击上，一口一个"死瞎子"，刺耳万分。

她脾气再好也听不下去，直接站起来理论。

"哟！"之前还在和同伴讨论这小姑娘文文静静看着挺可爱，杜威有些尴尬，觉得丢了面子，语气瞬间强硬起来，"同学，我们说我们的，关你什么事？"

"你该不会是——"他故作惊讶地张大了嘴，随后笑得前仰后合，"小矮子，你该不会喜欢那死瞎子吧？"

自以为说的是绝妙的俏皮话，杜威咯咯笑着，边笑边冲同伴挤眉弄眼："矮子配瞎子，真是绝了！"

"啾！"

干脆凌厉的破空声。

杜威正在夸张地大笑，眼角余光里飞过一道黑影，接着额角一阵火辣辣的疼。

他伸手一摸，直接从课桌上跳了起来，额角已然被划破，手心里一片殷红血痕。

杜威惊惶失措地扭头去看，一支飞镖正深深扎在背后的墙上。

那飞镖还是他早上拿来的，后来被楚慎之批评不准带利器到学校，于是放在后门课桌上准备放学拿回家。

甩飞镖的人很有分寸，再偏离几厘米，就能扎到他的眼睛。

"哪个不长眼的？！"又疼又丢脸，杜威顿时暴跳如雷，"是瞎了看不见这儿有人？"

他还想接着往下骂，后颈突然传来一阵巨大的压力。

钳住脖颈的手冰凉而有力，瞬间拿捏住最脆弱的部分，然后把他的头直接按在了课桌上。

"贺寻！"瞬间动弹不得，杜威听见少女软软的嗓音。

手上力道没松，贺寻偏头看向时晚。

大约是被他此刻的行径吓到，小姑娘莹白的脸更白，那双杏仁眼通红，泛着委屈的水色，显然是被方才杜威的话气着了。

"啊！"杜威肩膀上传来一阵剧痛。他几乎怀疑对方要把他的肩头捏碎，肩胛骨被捏得咯咯作响。

"知道错了吗？"平静冷淡的声音。

"死瞎子！"换作平时杜威也就认错了，但班里现在还有女生，为了不丢面子，他咬着牙硬抗，"你得意什么！"

话音刚落，肩膀被松开。

"啪！"

杜威还没来得及松一口气，头就被压在课桌上动弹不得，眼睁睁地看着一支飞镖被拍进面前的桌板。

这一次，飞镖离他的眼睛只有不到一厘米的距离，冷冷泛着银光。

"再说一遍。"依旧是没有波澜的语气。

杜威不吭声了。

额头上瞬间冒出一层冷汗，他克制不住地发抖。

怪物！

不像后来有单人桌椅。一中现在用的是最普通不过的双人木质课桌，虽然普通，却也是三合板做成的桌面。

什么样的人能徒手把飞镖拍进课桌？

杜威盯着近在咫尺的飞镖，瞳孔骤缩。

长这么大，他第一次体会到了被全方面压制的恐惧。

"你们在做什么？"生存本能占了上风，杜威正想求饶，楚慎之冷淡的声音响起。

贺寻眉头一皱，最后还是缓缓松开手。

"我们、我们闹着玩呢！"显然被吓怕了，杜威从课桌上爬起来，扯出尴尬的笑容，"不是老师你想的那样。"

"我在威胁他。"贺寻却平静地回答，语气还是四平八稳。

教室里，包括时晚在内，大家都愣住了。

楚慎之显然也有些意外会听到这么直白的回应，微微皱眉："你们俩来我办公室。"

贺寻没有丝毫犹豫，跟在后面。

"贺寻……"时晚不禁轻轻叫了一声他的名字。

少女声音轻软，少年脚步一顿，最终没有回头。

楼道里，围观全程的聂一鸣瞠目结舌，他站在一旁看得简直不要太清楚——贺寻一直都是平静淡然的表情，直到杜威出言侮辱时晚，才拿起了飞镖。

午休后，上课铃敲响，楚慎之进班："我们现在来排座位。"

后面跟着面无表情的贺寻和面色青白的杜威。

"你们两个去坐墙角。"在排座位前，楚慎之随手一指，直接定了两人的位置。

班里其他同学都有些惊讶，时晚微微攥紧手。

这是……班主任的惩罚吗？

她咬着唇，看向贺寻。少年却没什么反应，似乎并不在意这样的安排，直接拿起书就朝墙角走去，黑眸敛着，瞧不出任何情绪。

还没有月考，这次的座位按个头排，等到月考后，就要按成绩排座位。

时晚个子矮，被楚慎之放了第一排。姜琦比她高小半个头，只能和她暂时分开，去坐第三排。

"你们这里大部分人在月考后不会留在一班。"排完座位，楚慎之站在讲台上一脸漠然，"所以我对你们也没太多的要求。"

"但是——"他抬眼看了一眼墙角的贺寻，"至少学会不要惹事。"

大家纷纷回头往后排看。

各色目光里，贺寻还是那副平静自然的表情，直到对上少女略显焦灼的视线，才微微偏过头去。

换座位并不是唯一的惩罚，放学前，楚慎之把这一个月的室内卫生都交给了贺寻和杜威。

中午才感受过对方的可怕，杜威哪敢造次，一放学就老老实实主动去打扫卫生。

贺寻靠在墙边，并不上前帮忙，却也没有离开。

之前嵌进墙里和桌面的飞镖被拔下，在他手里飞快旋转，转出几道炫目的银光。

时晚进班时看到的就是这样的场景，少年懒散地坐在课桌上，两条长腿随意交错，漫不经心地把玩着飞镖。

窗外日头渐低，金色夕阳落进他的眼眸，明明是绚丽灿烂的色彩，却无端的冰冷漠然。

"你还没回去？"直到看见她，他眼底才有了些笑意。

"我……"时晚抿了抿唇，开口后又不知道该说些什么。

她还是头一次见到贺寻这么生气，以前家属院里的人不待见贺寻时，流言传得沸沸扬扬，说得一板一眼，仿佛每个人都亲眼见到过他动手。

然而这才是真正意义上的第一次。

小姑娘咬着唇，眼睫微微颤动，一副茫然无措的模样，可怜又可爱。

贺寻被她逗笑："怎么，害怕了？"

怕也是正常的，被父母呵护着长大的女孩子，哪里见过这种事，没被吓哭都不错了。

不知为何，中午时晚莫名强硬的模样突然出现在脑海里。

贺寻眼眸微沉，嘴角笑意更盛。

"谢谢。"

贺寻还在回想中午的事，却听见她轻甜的嗓音，很软，却很笃定。

他一愣，抬头去看。

少女有些紧张地绞着手，白皙指尖交错在一处，见他看向她，又小声地重复了一遍："谢谢你。"

如果没有贺寻解围，时晚还真不知道该怎么对付杜威那种人。她从小到大接触的人都很善良，这是第一次遇见这样的情况。

上午还怕到不敢看他的小姑娘此刻一脸认真地直视自己，贺寻反倒有点儿不适应。

他偏过头去，含含糊糊地应了一声："哦。"

气氛正僵硬，去倒垃圾的杜威在此刻进班，时晚下意识地往贺寻那边靠了靠。

她发梢很软，带着种若有似无的香气，不像桂花甜藕那么腻，是种淡淡的清甜。

平时闻不到，此刻凑近，微风拂起发丝，才能察觉一点儿端倪。

白皙脖颈纤细，一只手就能轻松扣住。

贺寻喉头微动，随即眼风一扫，冷冷地看向杜威。

少年眼神冷厉如刀，杜威放下垃圾桶，拿起书包转头就跑。

"啧。"贺寻嘲讽一笑，"胆小鬼。"

他又看向时晚："走吧，该回家了。"依旧是漫不经心的腔调。

"好、好的。"被杜威吓了一跳，时晚直到对方仓皇逃窜出教室，才回过神。

陪贺寻去取了机车，她准备独自去坐公交车。

他也没有再像早上一样拦她，而是推着机车，把她送到车站，才骑着机车离开。

公交车绕路多，速度也不及机车快，待时晚回到家属院，那辆银黑虎神已经静静停在了槐树下。

"晚晚回来啦！"段秀娥跟她打招呼，"早上迟到没？"

"没、没有。"一看见机车就想到早上的事，时晚有些脸热，跟段秀娥简单寒暄几句，便匆匆上楼。

然而出乎意料的是，时远志和向洁正在家里吵架。

说吵架似乎也算不上吵，两个人并没有拌嘴，但脸色都十分难看。豌豆夹在两个大人中间，无辜得紧，见时晚回来，小声"喵"了一声。

时远志一向温文尔雅，此刻黑着脸，坐在阳台上一根接一根地抽烟。

"怎么了？"时晚从小到大没见过爸爸妈妈发这么大的火，一下就把贺寻忘在了脑后。

她看了一眼阳台上的时远志，转头问向洁："出了什么事？"

向洁显然心情十分不好，语气有些冲，但毕竟是跟自己的女儿说话，最后还是稍稍软和了些："还不是你那个被惯坏的叔叔！"

听见妻子这么说，时远志居然也没反驳，而是长长叹了一口气。

时晚一向不和那边的亲戚走动，却也知道这说的是父亲的弟弟——身为家中幼子，年纪小又会赚钱，平日里最受时奶奶宠爱。

"他一个月挣那么多，怎么就不知道好好照顾孩子？"是真被气着了，向洁伸手捂住胸口，吓得时晚连忙上去拍背。

小叔叔现在挣钱多，时晚是知道的。

之前小叔叔一直游手好闲，前年听说开出租车能来钱，就托人弄了个开出租车的活儿。

出租车行业刚刚发展，勤劳点儿的出租车司机一个月能赚六七千甚至七八千，比寻常人六七百块的工资多了太多。

小叔叔比较懒惰，赚不了别人那么多，每个月却也还有三四千块钱的进账。比起拿死工资的时晚一家，生活可谓相当富足。小叔叔家里又有两个儿子，更是被时奶奶看重。

"孩子？"时晚皱眉，"是时辰吗？他怎么了？"

小叔叔家的大儿子比她大好几岁，现在应该是读大学的年纪，不需要人照顾。妈妈说的应该是小叔叔家的小儿子时辰，算年纪，今年也该上小学了。

"你小叔叔想把他送人寄养。"向洁对时家人简直没脾气，重男轻女的重男轻女，不管孩子的不管孩子，真不知道时远志是怎么才没长歪的。

"寄养？"时晚吓了一跳，"好好的干吗要寄养？"

之前小叔叔可是很以家里有两个儿子为傲，尤其是时辰刚出生那几年，逢年过节打电话总免不了夹枪带棒讽刺时远志几句。

怎么突然就到了要寄养的地步？

"行了，跟晚晚说这些做什么？"时远志一直没说话，掐灭烟，"吃饭吧。"他皱着眉，脸色阴沉，时晚便没有继续追问。

这一顿晚饭，大家吃得都很沉默。

第二天，当时晚醒来时，时远志和向洁已经去上班了，桌上留了牛奶、鸡蛋，她匆匆吃过，便赶快去坐公交车。

今天是正式上课的第一天，第一节是楚慎之的物理课，刚进班，他就发了一沓小测下来。

班里顿时响起一片哀号，却又在楚慎之冷漠的表情中顷刻鸦雀无声。

拿到题，时晚浏览一遍，发现竟然全是假期那本册子上的题目。

前面的都还简单，最后一道是她始终没解出来的题，只好把已有的思路写上去。

第一节课在测验中度过。

接下来的两节课相对比较轻松，语文老师和英语老师都是和蔼可亲的中年女教师。刚开学，课程也没有什么难点，很快便过去了。

第四节是体育课。

一中在这方面做得很好，从来不克扣学生们的体育课，主课老师也不会用各种理由强行把课抢过来。因此体育老师们个个都很健康，从来没听说谁突然生病。

"晚晚！"

挨了大半个上午，好不容易挨到体育课，一下课姜琦就冲过来，拉着时晚就想去操场："快走！不然抢不到好位置了！"

她说的是看男生打篮球的位置。

然而时晚并没有动。

处在夏天的尾巴上，教室里还开着电扇，风呼呼地吹着，很是凉爽，她的脸色却有些苍白。

都是女生，姜琦一看就懂了，压低声音道："我带那个了，你去卫生间换吧。"

时晚还是没有动，直到姜琦疑惑地看了好几眼，时晚脸上才显出一丝血色，是那种有些窘迫尴尬的红。

"你帮我看一下……"此刻教室里还有不少人，时晚声音不敢太大，"我是不是……弄到衣服上了……"

时晚生理期并不在这个时候，但或许是搬到青城水土不服，最近两个月一直没什么规律。

物理课做小测时只觉得有些累，直到英语课过半，她才感觉到小腹隐隐刺痛。

这周时晚的座位靠窗，位置相对隐蔽。姜琦侧过身，遮挡着同学们的视线，小心翼翼地让时晚站起来一些。

"呃……"姜琦顿了一下，"是的……"

校服不是什么太好的料子，吸水性却意外的强，蓝色布料上的红色痕迹异常明显。

时晚咬紧了唇。

已经十分窘迫，然而这还不是最尴尬的。第一次体育课，男女生都要集中在操场一起排队编号。现在大家还都穿着夏季校服，没穿外套，她甚至连件能系在腰间遮挡的衣物都没有。

"我去给老师请假吧！"姜琦脑子转得很快，"就说你不舒服！"

不待时晚答应，她就飞快地跑了。

小腹刺痛感越发明显，时晚皱着眉。

能躲过体育课……后面的时间怎么办？她总有要起身的时刻，坐在第一排，简直一览无余。

时晚原本脸皮就薄，又在陌生的环境遇上这种事，此时咬着唇，几乎要把嘴咬破皮。

"啊！"就在她焦虑不安时，身边突然发出一阵尖叫。

接着，有什么液体突然洒了过来，冰冰凉凉的。

"寻哥对不起！对不起！我真不是故意的！"杜威昨天被吓怕了，怎么也没想到今天正常在教室里走都能撞上贺寻。

更糟的是，对方手里还拿着一瓶红墨水。

不知道究竟怎么撞的，那瓶红墨水飞溅程度简直匪夷所思，把贺寻的校衣和校裤全染上了斑驳的痕迹。

换作别人，此刻班里的男生早就开始嘲笑，然而经过昨天的事，大家都鸦雀无声地看向这边。

没有一个人笑。

杜威连连道歉。贺寻并没搭理，他垂眸，看向同样被溅了一身红墨水，已经彻底惊呆的时晚。

小姑娘表情很蒙，呆呆仰头看他，显然还没反应过来发生了什么事儿。

"对不起啊同学。"锁骨处还在往下淌着墨水，贺寻笑笑，"我赔你一身新校服？"

不待时晚应声，他伸手，一把拽住少女纤细的手腕，直接将她从座位上拉了起来，大步朝教室外走去。

时晚身上也溅上了不少墨水，但远远没有贺寻校服上的墨迹多。少年个头高挑，在人群中本就显眼，现在顶着一身红痕走在楼道里，绝大部分学生的目光基本都被他吸引过去。

外班学生并不认识贺寻，见到他这副模样，先是一惊，而后纷纷忍俊不禁地偷笑。

"身上这弄的是什么啊，是墨水还是颜料？"

"这溅的位置也太绝了，咋跟那啥一样。"

"别瞎说！看不出来性别吗……哈哈哈！"

贺寻仿佛一点儿也不在意周围人的议论，脸上没什么表情，十分自然。

他下颌微微扬起，线条流畅，清冷里带着点儿若有似无的傲慢。逐渐就有女生悄悄向同伴打听："这是哪个班的？以前怎么没见过？"

少年吸引了全部的视线，一路上，居然没有什么人关注被他牢牢拽住的少女。

直到走到卖校服的地方，贺寻才松开手，目光落在时晚莹白的手腕上。她肌肤娇嫩，不过这么拽了短短的一段距离，居然已经有了一圈红痕。

贺寻挪开视线，心里有点躁。

他重新买了两套校服，把其中一套递给时晚。

"给你。"他眼底笑意深邃。

时晚沉浸在突然被溅了一身红墨水的震惊中，还是有点儿蒙，下意识地伸手接过校服，却发现里面好像还有什么东西。

小小的一包，软软的。

她一怔，几秒后，脸颊蓦然滚烫起来。

"去吧。"小姑娘的脸通红得快要滴血，低着头不敢看他，耳尖更是绯红，贺寻懒散一笑，扬了扬手上的校服，"我也去换衣服。"

他、他怎么会看出来？

时晚根本没想到贺寻会发现这件事，又害羞又尴尬，躲在卫生间里，整理好自己之后，好半天才鼓起勇气，磨磨蹭蹭地走出去。

贺寻也刚好出来，换完衣服，依旧是神采飞扬的恣意模样。

见到他，时晚脸颊一红，下意识地又咬紧了唇。

娇嫩绵软的唇瓣禁不起这么三番五次的折腾，轻微刺痛，有些出血，晕开一片艳丽的色泽。

"谢谢……"她声音很小，轻得几乎听不见。

这年生理知识普及得并不好，正常的性知识在老师和家长看来都是避之不及的洪水猛兽，连生理期这种再寻常不过的事也显得敏感而尴尬。

一想到居然被异性发现，时晚难为情得要命，只想一直埋头装死。

而贺寻这么神来一笔也把她搞得有些糊涂。

不正经的时候是真不正经，让人恨不得想要捶他。关键时刻却又总是出人意料的靠谱，居然能想出这种方法。

这个人……真的好奇怪啊！

"喂，"还在想着，头顶传来少年低沉的笑声，"这个怎么办？"

时晚抬头，贺寻正举着换下来的校服。一瓶红墨水大半都泼在了他的身上，校服斑斑驳驳，一片狼藉。

"我……"时晚眨了眨眼，两手紧张地交叉在一起，格外局促。

少年挑着眉，好整以暇地盯着她。

"我……"时晚磕磕绊绊好几下，脸红到快要爆炸，声音细不可闻，"等回家我会把钱给你的……"

平常没什么花销大大的地方，时晚身上带的钱一般不多。今天为了帮她，贺寻买了两套校服，就只能等到晚上到家再说。

时晚并不觉得这句话有什么问题，然而垂着头，一直没等到回应。

楼道空旷，不知道哪个班的读书声遥遥传来，更衬得眼前静默的状况格外诡异。

终于意识到似乎有哪里不对，她抬头。

贺寻的表情有些熟悉。

仿佛又回到当初抱着豌豆等车的那个雨夜，他的脸上笑意全无，瞳仁漆黑。

神色倒是很平静，透着种轻描淡写的冷漠。

时晚一怔，正想开口，不妨贺寻却突然伸出手。

少年稍显冰凉的指尖落在她唇上，挡住她即将要说的话，而后略微施力，干脆利落地抹掉那点鲜艳的红。

她又疼又茫然，仰脸看他，不知所措。

"你可真有意思。"收回手，贺寻淡淡丢下一句，然后头也不回地转身走了。

时晚压根儿没想到贺寻会生气。

这……这也太莫名其妙了。

她明明什么都没做啊？

完全想不明白为什么贺寻会生气，下午放学，时晚想去问问他。眉目冷淡的少年却跑得比谁都快，一放学就没了人影，消失无踪。

她只能暂且作罢，一个人回家，破天荒地发现家里还有别人。

"二哥，我真没别的意思，就是来看看你！"有些秃顶的中年男人一开口，时晚就知道这是那个素未谋面的小叔叔，"哟，这是晚晚吧，都长这么大啦！"

"晚晚，你带着小辰去你屋子。"一向好脾气的时远志沉着脸吩咐。

直到时远志开口，时晚才发现家里还有一个人。

沙发上坐着个背着包的小男孩，因为太过安静，她一时间居然没注意到。

小男孩皮肤很白，睫毛浓密纤长，一双眼睛和豌豆乌溜溜的眼眸很是相似。五官格外精致，有种和这个年纪不相符的美。

这是时辰？

时晚有些惊讶。

小小年纪长得这么俊秀可爱，小叔叔怎么会想着把他送人寄养？

牵起时辰的手去卧室，时晚就懂了。

时辰落地时看不出端倪，然而一迈步子，步伐便一深一浅，显然是腿脚有毛病。

但他每一步都走得很认真，也不要时晚抱，自己坚持走到卧室。

"我不是说把小辰就放到你们家了！"薄薄一层木门起不到什么隔音效果，小叔叔高亢的声音轻而易举传过来，"就是暂时，暂时拜托二哥你看一下！他这个腿你也看到了，放到我们那边是要被人说闲话的嘛！"

根本没想到小叔叔会这么口无遮拦，时晚一惊，连忙看向时辰。

时辰还是那副安安静静的模样，垂着头，似乎听不见父亲对自己的嫌弃。

小叔叔的声音继续在客厅里响起，不外乎都是什么"生了个瘸子会被大家瞧不起""现在大儿子要找对象，家里有个瘸腿弟弟影响太差"一类的话。

话里话外都透着对自己亲生小儿子的轻视。

这个人是怎么回事？！

时晚一下有些生气。

奶奶家那边的亲戚重男轻女她是知道的，可万万没有想到居然好面子到了这种程度，为了那点虚无缥缈的面子，连骨肉都可以随便抛弃。

向洁不在家，时远志嘴笨，被亲弟弟的歪理气得说不出话，一时间落了下风。时晚实在听不下去，想要出去和小叔叔理论。

"姐姐。"

她的衣角被拽住。

时辰声音还是那种稚嫩的童声，说出来的话却很冷静："我不会住在二伯家给二伯添麻烦的。"说完，他把背上的包取下，有些吃力地掏出一个小猪存钱罐。

"我有钱。"他仰脸看向时晚，小声说，"我自己可以过。"

六七岁的孩子正是最无忧无虑的年纪，时辰的神色却很严肃，一点儿不像是在开玩笑："钱花完了可以去孤儿院，那边有饭吃的。"

"别瞎想。"时晚摸了摸时辰的头，帮他把存钱罐收起来，"这个要放好，小心别摔碎了。"

小叔叔平时到底是如何对时辰的，这么小的孩子，怎么会知道孤儿院？

"砰！"

时晚还在想，门外传来重重的关门声，接着是时远志愤怒的吼叫："老么你个浑蛋！给我回来！"

她一惊，起身朝窗外看去，发现小叔叔已经身手敏捷地跑下楼，转眼便消失不见。

时辰就这么被扔在了时晚家。

向洁傍晚回家，听时远志描述了今天的经过，简直要气疯。

"你们时家人都有病吧？"向洁脾气火暴一些，听完就开始骂时远志，"这是怎么养孩子的？"

时远志一天之内先被幼弟气，又被妻子骂，心力交瘁，索性不再吭声。

小叔叔跑得飞快，打电话也不接。夫妻俩又做不出把时辰扔出去不管的缺德事，只能一面同那边联系，一面把时辰暂时留下来。

时晚心疼这个腿脚不方便的堂弟，放学后有空就会陪着他玩，再怎么早熟也是小孩子，姐弟俩很快就熟络起来。

开学第一周过得飞快，转眼到了周末。

担心时辰一直在家待着会闷出病，吃过早饭，时晚带着他在楼下晒太阳。

八月已经过去，九月初的阳光温柔些，落在身上暖洋洋的。

没晒多久，她看见贺寻从楼道里出来。

两人对视一眼，少年神色微沉，很快别开头，然后一脸冷漠地离开家属院。

这个人……

时晚无可奈何。

这一周她去找过贺寻好几次，贺寻总是冷着脸不吭声，一副她惹到他的样子。

可她到底哪里惹到他了？

她问了他也不答。

她偷偷把买校服的钱放到他抽屉里，却被杜威神情古怪地送回来。

一连被退回好几趟，到最后，她只好暂时放弃还钱的事。

贺寻真奇怪……

时晚心里这么想，嘴上无意识地嘟囔出声，一旁专心编草环的时辰抬头："姐姐你说什么？"

时晚摆手："没什么。"

她实在想不通少年怎么会生气，身边一时也没个可以说的人，最后她掐掉生理期那一段，大概给时辰讲了一遍。

时晚并没指望时辰能做出什么回应，只是找个倾诉对象。她自己都想不明白，六七岁的小孩更不会懂。

"哦。"然而，听她说完，时辰一脸淡定，"那个哥哥肯定会生气。"

"呃？"时晚一愣，"为什么？"

被这么一问，时辰也很困惑，一连看了时晚好几眼，确定不是在逗他，这才偏了偏头："因为他喜欢你啊。"

第五章：
心里有鬼

时晚一怔。

"小小年纪瞎说什么呢。"她下意识地朝周围看去，发现院里并没有其他人，这才轻轻拧了把时辰的脸，"都是谁教你的。"

什么喜欢不喜欢。

哪里是一个小孩子该说的话。

时辰并不反抗，坐在那儿乖乖让时晚捏脸，等她终于捏够了，这才慢吞吞地开口："就像我喜欢姐姐一样，姐姐给我零花钱我会开心，可是我更想让姐姐亲自带我出来玩。"

时晚哭笑不得。

"那个哥哥和你不一样。"她摸摸时辰的头，顿了顿，又补充道，"这些话以后可别乱说了。"

原来是小孩子眼里那种天真烂漫的喜欢，差点儿把她吓一跳。如果被贺寻听见，肯定又要别别扭扭地生气。

时辰点点头："好的，我知道。"

坐在槐树下，他继续编草环，偶尔偷偷抬眼看向一旁安静看书的时晚。

姐姐难道不明白吗？他想。

一个人那么费尽心思地去照顾另一个人，肯定不是为了听一句公事公办的还钱。

周末很快过去，新的一周开始。

清晨，时晚一如往常去车站坐车，又遇到了同样在等车的贺寻。

以前是她拼了命地躲贺寻，现在换成贺寻远远站在站台另一边。瘦削的身影笔挺，风吹动衣襟，透着几分冷漠的孤高。

时晚正准备上去打个招呼，想起上周少年冷淡的态度，脚步一顿。

算了……

她有些丧气地垂头，反正他也不会理自己的。

车还没来，时晚拿出单词书，开始认认真真地背单词。

一中学习氛围很浓，开学不过一周，绝大多数学生的心都收了回来，开始准备三周后的月考。

贺寻在站台另一端沉默地站着，许久之后，稍稍偏头。

清晨天气好，暖融融的阳光给少女勾了层柔软瑰丽的边，碎光落在眼睫上，显得格外温柔，那双清凌凌的眼眸却没有再看向他。

贺寻忍不住咬紧牙关。

他又想起那天她红着一张小脸看他，然后声音软软地说要还他钱。

这姑娘到底是真傻还是装傻？

贺寻闭了闭眼，把心里的火气和烦躁强行压下去。

自从医生说眼睛状况逐渐开始好转之后，他已经很久没有像现在这么焦躁过。就像心里被小猫一下一下地挠，又刺痛又痒，还往外冒血。

一大早，杜威看见贺寻沉着脸进班，就知道又是糟糕的一天。

杜威也不敢说话，老老实实地缩在墙角装死。

然而今天的贺寻似乎格外暴躁，先是把指节掰得咔咔作响，然后又一脸阴沉地掏出一把小刀开始磨。

敛着眉，贺寻磨刀速度很快，不过一会儿，原本迟钝的刀锋被磨得锃亮锋利。

隐隐泛着银光。

其实磨的不过是把寻常削铅笔用的折叠小刀，根本伤不到人，但杜威已经快被吓死了。

"寻哥。"为求自保，杜威胆战心惊地咽了口唾沫，弱弱出声，"那个……时晚同学一看就是个好学生……肯定没什么其他心思……她不懂……"

上周他来来回回在两人之间送了好几次钱，再怎么傻也能瞧出来两个人之间不对劲。尤其对上贺寻那张冷脸，一切简直昭然若揭。

虽然不清楚具体发生了什么，但大概能猜个七七八八。

"所以……"杜威小心翼翼，"没什么可生气的吧……"

贺寻一顿。

小刀顺势擦过手指，刀锋极薄极利，瞬间划破皮肤。

"寻哥！"少年指尖一片殷红，杜威简直魂飞魄散，拼命摆手，"我随便说的！你别往心里去！"

沉默半响，贺寻盯着不断外渗的血珠，突然低低笑出了声。

这么简单的道理，他之前怎么一直没想明白？

"所以——"中午吃饭时，聂一鸣眨巴眨巴眼，"寻哥你的意思是去跟那小妹妹道个歉？"

贺寻平静道："是。"

他也不知道自己上周怎么跟魔怔一样摆出张冷脸，等他反应过来，小姑娘早就被气跑了，今天她没有再锲而不舍地过来打招呼，多半也是觉得不会再有什么好结果。

聂一鸣若有所思："可小妹妹看上去也不像很生你的气啊？"

不就是早上见了面没打招呼嘛，换谁对上整整一周的冷脸，多半都是这个反应。

贺寻原本是想让聂一鸣帮忙想个合适的道歉方法，没想到对方居然这么说。

"你闭嘴吧。"

"那还不是寻哥你自己'作'的。"聂一鸣撇撇嘴，往后一倒，"那你就随便送个什么玩意儿，再说上两句好话呗，女孩子可吃这一套了。"

贺寻挑了挑眉。

这倒是个不错的主意。

吃完饭，他去了附近的音像店。

这一年人气最旺的女歌手是王菲，一张专辑《寓言》火遍两岸三地。几乎所有音像店都摆满了她的专辑，墙面上贴着大幅宣传海报，音响不间断滚动播放。

如今光盘还没有普及，最普遍的灌录方式是音乐磁带。

在聂一鸣不怀好意的笑容里，贺寻买了一盘王菲的磁带。

把磁带揣进衣兜，贺寻长出一口气。

然而等到放学时，贺寻却怎么也找不到时晚。

教室里没有少女的身影，书包倒是还在，想来不会走得太远。

"哦，晚晚刚才被一个外班同学叫走了。"姜琦突然被问到，先是一愣，而后指了指操场的方向，"说有人在那边找她。"

贺寻眉头一皱，朝操场走去。

一中绿化做得很好，操场两边都种着槐树，枝叶茂密葱茏。

此刻正值放学，操场上的人很多，他寻觅片刻，终于看见了熟悉的纤细身影。

少女背对着他，正仰头看着面前的男生。

不知道她说了些什么，男生一愣，旋即笑得开怀。

贺寻脚步一顿。手里还紧紧捏着那盘磁带，当指尖再一次传来刺痛，他才发现磁带已经被捏碎了。

然而指尖的疼痛并没能压下贺寻心中陡然蹿起的怒火，他静静站在原地，死死盯着树下的两人。

手上力道更重，脆弱的磁带不堪重负，发出有气无力的咯吱声。

终于，当男生朝少女伸出手时，磁带"咔嚓"一响，彻底报废。

接着，贺寻大步朝树下走去。

挟着几乎无法克制的怒意，贺寻冷着脸，一路带起的风刀锋般锐利。

然而还没走到，他就见时晚猛然转过身，莹白小脸上七分无措三分惊惧。

小姑娘见了他，也不再像上午等车时一样避而不见，而是瞬间喊出了他的名字："贺寻！"然后飞快朝他跑过来，一丝犹豫也无。

贺寻一怔，大脑还没想清楚这是怎么回事儿，身体先做出反应。他上前一步，顺势把她牢牢挡在自己身后。

"我不会帮你的！"时晚头一次被人威胁做这种事，又蒙又生气，见到熟悉的人，才总算勉勉强强安下心。

她躲在贺寻背后，冲那男生喊："你还是自己好好复习吧！"

时晚才转来一中，除了本班同学和常来家属院的聂一鸣之外谁也不认识。今天突然来个外班同学在班级门口说有人找她，时晚还觉得奇怪。

她以为是什么人的恶作剧，到了操场却发现的确有个男生在等。

"同学，我在楚老师那儿看你小测成绩挺不错。"男生极其直接，上来就要给她塞钱，"这次月考给我抄抄呗？"

一中考场按名次排，转学生或者缺考的同学统一和成绩最差的学生在一个考场。

不知道这人如何得知时晚是转学生，总之知道她和他一起考试，就早早动起了歪心思，竟然试图作弊。

被时晚拒绝后，他居然恼羞成怒，想要伸手来拽她。

男生是个小富二代，要不是这次家长格外重视成绩，也不会想着掏钱来作弊。娇生惯养长这么大第一次被人拒绝。

"你……"男生嘴里不干不净地嘟囔着，正想骂人，便对上贺寻毫无表情的脸。

男生平时没少跟聂一鸣厮混，一愣，随即反应过来站在眼前的人究竟是谁。那句骂人的话硬生生被吞下，他梗着脖子硬撑一会儿，最后干脆直接跑了。

连无法无天的聂一鸣都要捧着的人，他有几个胆子才能得罪得起？

"真过分……"见男生头也不回地跑走，时晚小声说。她没想到在一中居然还会有这么明目张胆，甚至直接拿金钱贿赂同学作弊的人。

"对不起。"明明她指的是那个仓皇跑走的男生过分，然而头顶上却传来低沉的嗓音。

时晚愣怔几秒，抬头去看。

贺寻这一周以来都冷着脸不吭声，如今，冷淡的表情终于有了些变化。

那只黑眸原本正盯着她，见她看向他，又极不自然地朝旁边瞟去："这个送……"

原本想说"这个送你"，贺寻低头一看，不知什么时候，手里的磁带已经被捏到破破烂烂，全然不成样子，哪里还能再送得出去。

"送……"难得卡壳一次，他顿了顿，"我送你回家，免得那人再来找你。"

说是送，其实也就是两人坐同一班公交车回家，公交车站离一中有一小段距离，需要步行过去。

两人沉默地并肩走着，过了一会儿，时晚轻声开口："你……你之前为什么生气？"

被这个问题足足困扰了整整一周，她实在很想知道贺寻到底在想什么。免得下次他又莫名其妙地发火，而她还不知道原因。

少年明明听见了这句话，却只极其平淡地"哦"了一声，接着就跟什么也没听到一样，低头专心致志地开始踢起路上的小石子。

显然在逃避这个话题。

这个人……时晚对他都快没脾气了，总是阴晴不定，一点儿都捉摸不透。

"你怎么想着去操场了？"想到这里，时晚又问。

还好今天被纠缠时遇见了贺寻，不然不知道那个男生恼羞成怒之下会做出什么事。

她以为这是个安全的话题，然而"咚"一声，那颗一直被踢着走的小石子突然偏离直线，直接骨碌碌滚进路边下水道。

时晚："……"这也不能说吗？

贺寻衣兜里还揣着那盘破破烂烂的磁带，回想起操场上的场景，只觉得后怕。

长这么大以来，他几乎没有过这种情绪体验，直到时晚毫不犹豫朝他跑过来的那一瞬，才体会到了劫后余生的感觉。

还好不是……

少年有几分没来由的心悸。

他垂眸看了身侧毫无察觉的小姑娘一眼，心里暗暗松了口气。

贺寻一直沉默着不说话，时晚就没再开口，反正多说多错，好不容易他不再生气，她索性不要在这个时候去招惹他。

两个人并肩安安静静走了一会儿。

眼看着马上就要到车站，身后却突然传来一声略带嘲讽的笑："贺寻，我看你在这儿过得挺滋润啊。"

时晚不由得脚步一顿，下意识地回头去看，说话的是个她从没见过的陌生男人。

男人三十七八岁的年纪，在九月还没怎么降温的天气里穿着全套西装，乍一看有些怪异，眉眼却有种说不上来的熟悉，似乎在哪儿见过。

少女停下脚步，少年却没有回头，仿佛根本听不见有人在喊自己。

"贺寻！"

男人只能又扬声喊了一遍，见贺寻依旧不搭理，于是把目光转向时晚，笑了起来："你是他的朋友？"

男人一笑，时晚突然明白了那种熟悉感从哪儿来。同贺寻一样，对方嘴角的笑意也有种若有似无的轻佻感。

然而，这种轻佻里带着十足的恶意。

她皱了皱眉，不太想搭理这种莫名其妙的人，转身想要走，男人却追到她身边。

"小妹妹，别说我没提醒你。"男人的笑声像恶魔在耳边低语，"你的朋友可是个被家里赶出来，连亲生母亲都不要他的家伙哦。"

被家里赶出来？

时晚抬头看了男人一眼，又好气又好笑。

她之前听向洁说过贺寻生母的事，沈怡已经去世多年，怎么会不要贺寻，还把他从家里赶出来？

男人看出了她完全没把自己的话当回事，仿佛也并不在意。

"贺寻。"他只是再度扬高声音，语气更加轻快，"你真没告诉你的朋友，你是因为什么才到这里来？"

贺寻一直没有回头，直到听见这一句，才停下脚步。

男人和时晚说话的工夫，他已经独自默默走出了好一段距离，车站附近种着枝叶茂盛的梧桐，在地上投下浓郁的树影。

此刻，少年正好走到阴影和外界的分界处。

风吹动衣摆，只有夏季校服被吹起的一角还沾着夕阳温暖的颜色，除此之外，他几乎整个人都站在树影中。

梧桐稠密，树影密不透风，漏不进一点儿光线。

贺寻就那么静静地站着，并不回头。

有放学回家的小学生背着书包咯咯笑着路过，蹦蹦跳跳地撞过来，他也只是身形稍稍摇晃，然后继续立在阴影中。

时晚心里突然"咯噔"一声，下意识地捏紧衣角。

片刻之后，贺寻缓缓转身，站在树影下，那只没有受伤的眼睛漆黑深沉："贺子安，你怎么还敢出现在我面前？"

少年语气轻描淡写，神情自然，就好像在跟一个普通朋友打招呼，说出来的话却令人胆寒。

时晚不由得稍稍退开一步，拉开与贺子安之间的距离。

离得远了，看清男人的眉眼，她这才发现贺寻同对方容貌有几分相似，都是锋锐恣意的长相。

不同的是，贺子安眉宇里带着几分邪气，气质很飘。于这个年纪而言，轻佻得有些过头。

这是……

曾经帮贺寻消毒伤口的场景蓦然跳到脑海中，时晚攥紧手，心里突然有了一个极其不好的猜测。

"我有什么不敢的。"还没等她把猜测捋清，贺子安懒懒一笑，"我还要谢谢你，要不是你，大哥也舍不得分我一半的财产。"

他的笑容透着十足的得意，显然是怀着激怒的目的。

然而贺寻并没有理他，而是看向待在一旁的时晚，嗓音冷静："走了，回家。"

"哦……好……"时晚定了定心神，朝他走去。

刚迈出没几步，身后，贺子安轻笑一声："你和你那个吸血鬼母亲真是一点儿也不像。"他语气轻松而愉悦，"你该不会真是我们贺家的种吧？"

贺寻已经侧身准备同时晚一起离开，听到这一句，脚步一顿。

从贺子安出现后，贺寻一直冷静而克制的表情，在此刻终于出现一丝波澜。

"你说什么？"贺寻毕竟只是个十几岁的少年，心智再怎么成熟，和贺子安这种久经世故的老狐狸也不能比。

贺子安的笑容越发灿烂："我说，你该不会真是我们贺家的种吧？"

话音刚落，少年那只漆黑的眼眸终于有了情绪，里面是再也压抑不住的怒火。

"贺寻！"时晚心里"咯噔"一声，试图叫住他。

然而，贺寻已经冲了出去。

他一把揪住贺子安的衣领，即将朝着对方的脸打下去。

平时多看他一眼都害怕的小姑娘颤抖着抓住他的手，死死不肯放开："不要！你不要动手！不要上他的当！"

楚慎之到派出所来领人时，时晚已经做完了笔录，贺寻还在接受询问。

贺子安请过来的律师已经趾高气扬地站在那里，见楚慎之来，立马噼里啪啦甩出一大堆话："这就是你们一中教出来的学生吗？开除！必须开除！这样的小混混怎么还能留在一中！你们要是不处理……"

"时晚。"楚慎之直接绕过他，皱着眉头，"怎么回事？"

民警让时晚同贺寻的家长联系，然而想到对方的家庭情况，时晚最后只能给班主任打电话。避开那个喋喋不休一定要学校开除贺寻的律师，她把事情经过简单同楚慎之复述了一遍，没忘记补充贺子安故意激怒贺寻的那两句话。

"楚老师……"想到那时的场景，时晚惴惴不安，"贺寻他不是故意的……"

她见过少年很多种表情，死寂的、轻佻的、漫不经心的，唯独没有当时那种充满仇恨的神色。

"你们不知道，这家伙之前就和我的委托人有冲突！"贺子安的律师更像是个专程来闹事的混混，在派出所里大声嚷嚷，"这次竟然还想打他！小小年纪就这么狠毒，不抓起来怎么行？"

在楼道角落里听到后半句，时晚和楚慎之都是一怔。

"我去打个电话。"不过楚慎之很快恢复成平日冷静的模样，"你不要和那个律师接触，就在这儿待着。"

时晚乖乖点头。

原来……真的是和贺子安有过节吗？

楚慎之出去打电话，她站在角落里出神。

贺子安的表情和语气仿佛都是精心设计好的，专门为了激怒贺寻。

可是……她咬了咬唇。

为什么呢？

青城是个北方的小城市，贺子安带着律师一路追到这儿来，还故意想激怒贺寻，就只是为了让一中开除他？

对贺寻的家庭情况知之甚少，时晚再怎么想，也只能想到这一层。而律师还在滔滔不绝，听着对方一口一个"小混混"叫着，她隐隐有些头疼。

直到有些熟悉的嗓音响起，直接把律师的话堵了回去："闭嘴！"

"笔录做完没？做完把我寻哥赶快放出来！"接到楚慎之的电话，聂一鸣立马赶了过来。

打游戏打得昏天黑地，聂一鸣杀得眼睛都红了，看上去倒实打实像个小混混，律师一下被他瞪得不敢吭声，终于闭上了嘴。

毕竟贺寻那一拳没真打下去，又有时晚在一旁做证贺子安主动挑衅，民警教育过贺寻，就让贺寻走了。

"说了不要惹事，明天交五千字检讨给我。"楚慎之面无表情地扫了一眼被放出来的贺寻，转身离开，又补充一句，"这个学期室内卫生也都交给你。"然后竟然就这么走了。

贺寻没说话，抬眸看向站在一旁的时晚。天色已黑，荧白色路灯下，小姑娘的脸色有种略显病态的苍白，显然被吓到了。

他想要拍拍她的肩，顿了两秒，把手收回去："回家吧。"

聂一鸣十分知情识趣，让司机把他俩送到家属院所在的巷口，就没有再往里走。

小巷并不长，大约一两百米的距离。白天的时候会有小摊贩在这里摆摊，现在到了晚上，巷子里便格外安静。

和家属院的照明一样，两条电线缀着几盏昏黄的灯泡，将小巷照得忽明忽暗。

两个人并肩走着，只能听见彼此的脚步声。

过了一会儿，快到家属院，时晚轻声开口："他是故意的。"

她不知道贺寻究竟能不能看出来，尽管贺子安的心思几乎昭然若揭，但当局者迷，贺寻未必能意识到。

九月的夜风有些凉，把这句话吹得零散。

她屏息静气地等待了一会儿，并没有等来少年的回应。

或许是自己多管闲事了吧……时晚盯着地上一长一短的两个影子，倒没有很气馁，毕竟这是对方的家事，不愿意外人掺和，也是很正常的。

正这么想着，头顶传来略显沙哑的嗓音："你不害怕？"

时晚脚步一顿。

几秒后，她老老实实地回答："怕。"

小姑娘回答得很诚实，贺寻眼眸稍沉，随后轻声笑了起来。

听见他低沉的笑声，时晚有些蒙。

他在笑什么？她不明就里，仰头去看。

昏黄飘摇的灯光下，夜风里，不同于放学时阴沉暴戾的表情，少年神色温柔。

下一瞬，他伸出手。

少年指尖冰凉，不轻不重地，拧了把少女的脸。

贺寻没有用很大力气，但男生的手劲毕竟不轻。他拧完她的脸，并不松手，而是就着这个姿势，仔细端详了时晚一会儿，又伸手按住她的肩。

黑眸中含着一种说不清道不明的情绪。

他唇瓣翕动，稍稍俯身。

"啪！"

然后，他脸上就狠狠挨了一巴掌。

一开始被捏脸，时晚还没反应过来，又惊又疼，直到少年灼热气息渐渐压下，她才意识到他想做什么。

于是在贺寻得逞之前，她毫不犹豫地给了他一耳光："你想干吗？"

时晚实在是被吓到了，这一巴掌的力气不小，用了十足的力道。

贺寻闷哼一声，偏了偏头，终于舍得松手。

"我想靠近你一点啊，"贺寻并不恼这一耳光，反而从容应下，"怎么，不行？"

少年理直气壮，坦然干脆。

"你！"时晚根本没想到贺寻居然无耻得这么理直气壮，愣怔两秒，气得只想哭。

这就是个疯子！

是她之前太蠢才会觉得他不是坏人！

她又生气又害怕，一点儿也不想再看到贺寻，一把推开他，独自朝家属院跑去。

小姑娘的马尾在身后一甩一甩，贺寻站在原地，并没有上去追。

他看着她消失在小巷拐角处，然后抬手摸了摸自己的脸，少女用的力气大，脸颊现在火辣辣地疼。

时晚一路飞奔回家，在院里遇见段秀娥也只是简单打了个招呼，直接冲回自己的卧室，"砰"的一声关上门，把头埋进被子里。

她从小都是听老师话的乖学生，连男生的手都没碰过，之前被揉了发顶，今天又莫名其妙被捏了脸。

时晚被掐过的脸隐隐作痛，恼火大于委屈，气得只想捶贺寻。

他有病吧！

时晚把脸深深埋进被子，不愿再回想方才的事。

"姐姐。"过了好一会儿，卧室门被打开，接着是轻轻的脚步声，"你衣服脏了。"

今天时远志夫妇一如既往在加班，家里只有时辰一个人。

没被爸爸妈妈看到这副样子，时晚心里有几分庆幸。

她闷声道："我知道了。"

然而一向听话的时辰却没离开，他犹犹豫豫地小声说："好像……是别人的指印……"

时晚一下坐起来。

直到时辰指给她看，她才发现肩上多了两个指印，不用多想，肯定是先前在巷子里，她被少年按住肩头留下的。

看见指印，少女白净的小脸上又泛起一层羞恼的薄红，她抿紧唇："没事儿，不小心蹭到的。"

时晚越看指印越碍眼，顾不上先做晚饭，换下校服，拿去卫生间洗。

时辰抱着豌豆，站在门口看着姐姐气呼呼地洗校服，眨了眨眼，若有所思。

第二天，熬夜写完五千字检讨的贺寻按掉闹钟，随便喝了几口水，便背上书包准备去一中。关上防盗门，他刚准备将钥匙拔下来，脚步一顿。

老林头当门卫尽职尽责，寻常贴小广告塞卡片的人进不了家属院，所以住户们的房门一般来说都很干净，最多挂上一副对联。

贺寻刚搬来不久，自然不会往门上挂对联，防盗门一直空空荡荡。

然而此刻，原本干净的防盗门下方却多了两个用白漆写成的大字。

一看就是小孩子的字，虽然幼稚，一笔一画却极其认真：

流氓！

"哈哈哈，这小孩儿可太逗了！"

中午吃饭时，聂一鸣笑得肚子疼，差点儿从椅子上翻下去："寻哥，你到底怎么得罪了时晚家的小娃？"他还不知道昨晚贺寻和时晚的事儿。

聂一鸣笑得没心没肺，贺寻勾了勾嘴角。

他倒是没想到那个看上去安安静静的小孩儿会偷偷替姐姐报复。

"哎，对了，寻哥。"终于笑够了，聂一鸣伸手抹掉眼角的泪花，"你那叔叔到底想做什么？"

提到贺子安，原本轻松愉快的气氛突然一沉。

少年并不说话，汤匙在手里转得飞快。

一向大大咧咧的聂一鸣识相地屏息静气。

贺寻的家事他听说过一些，却也了解得不多，只大概清楚这次贺寻离开贺家，是因为和贺子安起了冲突。

至于具体原因，没人知道。

贺子安因为这件事，从贺寻的亲生父亲那里得了一大笔钱。但按照常理，一般人总希望离和自己不对付的人越远越好。像贺子安这样硬要再往枪口上撞的，古往今来没有几个。

"让他慢慢蹦跶吧。"转了一会儿汤匙，贺寻垂下眼，"反正我现在什么都没有，非要闹得鱼死网破，更惨的也是他贺子安。"

少年语气平静，却透着种无端的寒意，聂一鸣不由得打了个冷战。

"赶快吃饭。"仿佛并没有谈论过这个话题，贺寻若无其事，"待会儿要上课了。"

他何尝看不出来贺子安在故意激他，只是没有更好的选择。

对方已经做了一个局出来，不亲自进去看看，又怎么能把局毁掉。

下午第一节原本是化学课，化学老师临时有事，于是和体育老师换了课，把上午的体育课换到下午。

一节课本来只带两个班，这样一来，班级突然变成了四个。体育老师一看这么多人，索性大手一挥，叫学生们自由活动。

"晚晚！这边！"上次没能带时晚看成男生打篮球，这次姜琦早早就占了两个好位置。

抵不过姜琦的热情，时晚被拉到操场旁坐下。

她心里还想着昨天的事儿，坐在操场边，目光盯着场上运球的男生，思绪早就飘远。

洗干净的校服已经看不出指印的痕迹，脸颊却依旧有些疼。

简直有病！

时晚不禁伸手捂了捂脸。

昨夜的羞恼情绪又涌上心头，少女微微鼓起脸颊。

她压根儿没有往别的地方想，只觉得贺寻根本是个恶劣惯了，无法无天恣意妄为的人。

从一开始强行拽她进家门起就是这样，后来又故意揉她的发顶，抱她上机车，他似乎格外喜欢看她羞恼万分的模样。

真是再也找不出第二个性格这么恶劣的家伙。

偏偏少年又住她楼上，即使以后分班不在一个班，平日也要低头不见抬头见。昨夜她想了整整一晚，都没想到什么能彻底避开的方法。

要告诉爸爸妈妈吗？

时晚有些犹豫。她脸皮薄，而被捏脸又试图亲近并不是什么光彩的事儿。况且……

最近为了时辰的事，时远志和向洁几乎天天都在跑，没有一点闲暇的时间，她实在不想在这个时候再让爸爸妈妈烦心。

时晚头一次遇见这种情况，全然不知道该怎么办，只能在姜琦毫不掩饰的尖叫里，茫然盯着操场上打篮球的男生们。

贺寻走到操场旁，看到的就是这样一幅画面。

坐在场边，少女微微拧着眉，一动不动地盯着正在运球的男生们。

"寻哥！来玩吗？"

杜威正在操场上打得大汗淋漓，抬眼看见贺寻，忙不迭跑了过来，眼神往场边乱飞，明显意有所指："女生们都在看！"

贺寻本来并不想上场，听见杜威这么说，沉吟一下，点点头。

时晚正发着呆，视线里突然出现了熟悉的身影，愣怔一秒，接着就想起身离开。

"哇！"然而姜琦却兴奋地抓住她的手，"贺寻也要上场欸！"

开学一周多，年级里大部分人都已经知道了一班有个戴眼罩的英俊少年，不少女生还会在出操时偷偷往一班的队伍看。

时晚一点儿都不想看见贺寻，只想赶紧走。她偏过头，看向姜琦："我不太舒服，想回教室。"

"哎？"听见她这么说，姜琦把目光从操场收回来，"你怎么了？还是那什么吗？"

两个小姑娘坐在场边正说着话，周围突然响起尖叫："小心！"

来不及去看，时晚只能听到耳边呼啸的风声，余光里一块黑白的虚影。

"啪！"

接着，是球骤然被拍落的声音。

足球堪堪擦着脸颊落下，骨碌碌地滚了一会儿，便停在操场边。

"喂，吓傻了？"耳边响起熟悉的声音。

时晚整个人还僵在原地。

"对不起，对不起！"

时晚还没开口，从操场另一端飞奔过来一个男生，冲他们连连道歉："没收住力气踢重了，实在对不起！"

这人速度可真快啊！

男生抬头看了贺寻一眼，不禁咋舌。

方才他以为一切已经没有转圜的余地，球肯定要狠狠砸到这两个女生身上，谁知道少年的速度简直超乎想象。明明还隔着一段距离，身形一动，便径直拍掉了足球。

耳边是男生一连串的道歉，时晚视线落在停在场边的足球上，心怦怦直跳。

"喂。"还没从惊吓中缓过神，熟悉的声音再次响起，只不过从头顶突然低了下来。

贺寻蹲在她面前，视线直勾勾地盯着她："你没事吧？"

贺寻个子高，以往并肩走着，时晚只能仰脸去瞧，这还是第一次以俯视的角度看进他的眼中。

不过似乎并没有什么区别，还是一如既往淡漠的黑眸，眼尾微微上挑，戾气十足，却清澈地映出她愣怔的模样。

对视几秒后，时晚瞬间起身。

"哎！同学！"男生还想继续道歉，就看见白着脸的小姑娘头也不回地朝教学楼的方向走。

他正要去追，身旁一把拍掉足球的少年已经迈开步子追了上去。

时晚走得急，脚步有些踉跄。

方才那几秒钟的对视猛然把她拉回了昨晚无人的小巷，那时他的手还落在她脸上，黑眸静静注视着她，然后一点点靠近。

时晚越想越生气，只想赶快离开，不防手腕蓦然一凉。

"跑什么跑？"懒散嗓音里带着几分薄怒。

贺寻确实有点儿生气，不过并不是针对时晚。

虽然及时把足球拍了下来，但小姑娘的脸色还是瞬间可见地变得苍白，要不是她匆匆离开，他肯定要留下来跟那个男生好好计较一番。

神经病啊！

时晚并不知道少年心里在想什么，只听出了他语气里的怒意，说："你放开我！"

明明是他做错事在先，他怎么还能冲她发火？

她觉得这个人简直是不可理喻，也气得不行，于是停下脚步，抬眸去瞪他。

小姑娘一双杏仁眼澄澈，即使含着薄怒，瞪人也是清凌凌的味道。被这么俏生生地瞪了几眼，贺寻心里的火气居然莫名其妙散去大半。

"真凶。"他发出一声叹息，却没有松开手。

"你！"时晚简直快要被贺寻气死，又气又委屈，不由得指责他，"你太过分了！我又没有招惹你！"

是真的委屈，她眼眶有些泛红，又不想在这个恶劣的家伙面前掉眼泪，只能咬紧了唇。

贺寻眼眸稍沉。

"招惹我？"少女最后的尾音带了点儿哭腔，他重复着这三个字，倏忽笑了起来，"你觉得我是故意欺负你？"

少年笑意愉悦，眼尾勾着，带着几分散漫不羁。

时晚偏过头，不想看他，却被拉着手腕，强行往他身边带去。

熟悉的草药清香被风吹来，清冽味道和低沉嗓音有些不搭："那你多忍着点儿吧，以后还有欺负你的时候。"

这个神经病！

体育课下课，时晚回到班里，气得脸上还晕着绯色。

从小到大没见过贺寻这么不讲道理的人，她当时被对方强词夺理的语调气蒙了，现在回想起来，只想狠狠骂他几句。

"浑蛋……"她气恼地嘟囔着，把下一节课要用的书准备好。

这节是楚慎之的物理课。

一般来说，下午的课大家精神都比较涣散，难得会有人好好听。但楚慎之的课是个例外。除了他是班主任，更主要的原因是，他会随机点人起来回答问题。

换作其他老师，同学回答不上来并不会说什么，只会重新点人。楚慎之则不一样。倘若学生回答得让他不满意，他倒是也不会开口批评，只冷着脸在讲台上一言不发。

他气质本来就冷漠，沉默时给人的压力更大，无论男女一视同仁，已经有脸皮薄的女生在这种高压下掉过眼泪。

所以一到物理课，整个班级都提心吊胆，生怕楚慎之会叫到自己。

上课铃敲响，楚慎之进班，手上还拿着一沓纸。

坐在第一排，时晚一下就认出来，那是第一节课的小测。

"我们发一下小测成绩。"大家鸦雀无声地盯着那沓纸，楚慎之的表情一如既往漠然，"杜威，35分。"竟然是在全班面前公开处刑。

杜威惨白着脸上去领了小测，楚慎之还在念成绩。

小测都是习题册上的原题，而一中的习题册又是按成绩最高的一拨学生水平出的。由于现在还没分班，很多人的分数惨不忍睹，全班有一小半不及格。

时晚那天被试图作弊的男生堵过一次，从对方嘴里知道自己成绩还可以，倒是不太担心。

姜琦平时咋咋呼呼，成绩反而不错，是为数不多的几个"80分"之一。

"全年级一共三个上90分的，两个都在咱们班，还是年级最高分。"手里只剩下最后两张小测，楚慎之推了推眼镜，"我个人比较满意。"

这句话一出，班里原本压抑的气氛突然沸腾。

"这破卷子谁能上90分？"

"这就是我和神仙的区别？"

"我考这么点儿，要哭了……"

刚开学一周，大家对彼此不是太熟悉，有些连人名都没认全，不然早就能知道是谁。

时晚盯着自己空荡荡的桌面，还没有拿到小测，楚慎之手里肯定有一张是她的。

那剩下一张……

"时晚和贺寻——"下一秒，楚慎之的语气里终于罕见地带了一点儿笑意，难得夸了一句，"95分，都只扣了最后一道大题的答案分。很不错。"

贺寻站起身来，教室一下很安静，几乎鸦雀无声。

开学第一天就迟到，又和同学起冲突的人怎么会成绩这么好？

贺寻从楚慎之手里接过小测，跟讲台另一端的时晚对视一眼。小姑娘眼睛瞪得大大的，满脸不可思议。

他低头，轻轻勾了勾嘴角。

"没想到寻哥你这么厉害啊！"已经深谙如何才能正确存活的方法，接下来的几天，杜威一直都在热情洋溢地吹捧贺寻，"比我足足高了60分！你真是太牛了！"

他夸起人来嗓门大得不行，全班几乎都能听见。

"真的是……"姜琦小声对时晚说，"看不出来贺寻成绩那么好……"毕竟从那次对杜威下狠手来看，是个十足的混混还差不多。

时晚正在便笺本上记今天的家庭作业，笔尖一顿，没有接这句话。

这几天她终于找到了躲开贺寻的方法，只要错开上学时间，两个人就没有什么单独的相处机会。总归学校里人多，不可能还那么不收敛。

"我回家了。"今天答应陪时辰看录像带，记完作业，时晚匆匆离开。

白天时远志夫妇都要上班，虽然托段秀娥负责时辰的午饭，其他时间总不好意思再让段秀娥看着。想来想去，时远志把一个录像机拿回家里，又搬回来数十盘录像带。

VCD 在这年属于比较昂贵的家电，没有彻底普及。寻常人家还是以看录像带为主。

时辰一个人在家无聊，把大部分录像带都看完了，留下一盘贴着恐怖片标签的没动，等着时晚回家一起看。

今天时远志夫妇值夜班，家里只有时晚和时辰两个人，待到吃完饭，写完作业，天已经黑了下来。

时辰抱着豌豆，时晚搂着时辰，两人一猫蜷在沙发上。

"沙——"

录像带的画质有些老，一边播放，一边有些许杂音。

字幕出现，是个时晚没听过名字的日本电影，血红字幕慢慢顺着屏幕淌下，看起来确实有点儿恐怖。

"都是假的，不用害怕。"时辰平素总是一副小大人的模样，此时见他脸上难得露出几分紧张的表情，时晚安慰道。

电影的剧情在后世看来有些俗套，但气氛渲染得很好，当主角把自己裹在被子里瑟瑟发抖时，时晚也抱紧了时辰。

"没事儿。"窗外树影摇曳，她声音有些颤，"全是演员演出来的。"

姐弟俩继续往下看。

录像带里，主角实在受不了诡异的气氛，跳下床想要开灯，却怎么也打不开。就在他在黑暗里慢慢陷入绝望的时候，门突然被敲响了。

"啪！啪！啪！"

单调的叩门声。

不知道门外敲门的是什么东西。

时晚和时辰都紧张地屏住呼吸。

"啪！"突然，一阵微小的电流爆裂，毫无预兆地，电视屏幕瞬间暗下来。

灭掉的不只是电视，还有原本因为害怕而特意打开的客厅大灯。

整个房间蓦然一片漆黑，伸手不见五指。

"姐姐？"时晚感觉怀里的时辰已经僵住了。

"停、停电而已。"她的心也怦怦直跳，"姐姐去找下蜡烛。"

只不过是凑巧罢了。

时晚深呼吸一口气，对自己说，这世界上哪里有鬼。

松开时辰，她准备起身。

"啪！啪！啪！"

防盗门突然被敲响，同样单调的叩门声。

第六章 :
她被找到了

PIANZHI

停电前，贺寻正在给自己上药。

跪在荷花池的最后一晚淋了雨，尽管用白酒紧急处理过，最后也逃不过伤口发炎的下场。

那日被聂一鸣带着机车队从家属院里叫走，他转头就意识不清地进医院输了整整一周的液，这才勉强能下地，总算是没把命彻底丢了。

夜深，家属院里大部分住的都是作息规律的老人和小孩，此刻已然入睡。只有荷花池里偶尔传来几声零落蛙鸣。

同往常一样，贺寻将夏季校服一把扯下。

近两月过去，原先交错纵横的鞭痕早已愈合，留下的是一道又一道的伤疤，狰狞地贴在少年瘦削结实的躯体上。

荧白灯光惨淡地亮着，将伤疤照得分毫毕现，无处遁藏。

贺寻站在半身镜前扫了自己一眼，低声骂了一句，表情却很平静。

镜中的少年神色也很漠然，眼尾冷冷勾出狭长的弧度，黑眸毫无情绪，仿佛并不在意这满身的伤痕。

同镜中的少年静静对视一会儿，贺寻单手拧开药瓶，药液香味清凉。

住院时，见到他一身鞭伤，医生几乎要报警，最后还是聂一鸣硬按着对方的手才拦下来。

那时贺寻神志不清，蒙眬间不知道他们都说了些什么，等再度清醒时，面对的是一整个病房同情而欲言又止的目光，大概是把他当成了无辜的家暴受害者。

这瓶药就是同病房的大爷硬塞过来的，说是有助于疤痕愈合。

"小伙子命真硬！"大爷前半句嗓门洪亮，后半句声音就突然小下来。

贺寻却还是听清了那半句——

"真可怜啊！"

贺寻一扬眉，半身镜里，少年也跟着露出一个有些嘲讽的笑容。

要是大爷知道贺子安也不比他好多少，不知道还会不会觉得他可怜。

然而时至今日，他从未后悔过。

可怜和可恨只有一线之隔，比起可怜，他宁愿当那个被人恨的人。反正这么多年都是这样过来的，贺家上下人人都恨他。

和用白酒消毒伤口相比，用药液擦拭伤疤显然温和得多，不一会儿，药就上完了。

贺寻拧好瓶盖，想到几个月前用白酒消毒的场景，嘴角多了几分笑意。

那时候小姑娘还肯乖乖帮他消毒，如今却是铆足了劲儿想尽一切办法来躲他，早晨换着时间去上学，周末也不和弟弟在院子里玩，直接把两人单独相处的可能性降到最低，显然还是在恼火。

"寻哥你厉害。"聂一鸣之前还能出出主意，这次也没辙，"送一百盘磁带都不管用，早点死心吧。"

死心吗？

从浴室出来，贺寻随便找了件衬衫套上，领口无所谓地散着，露出分明的锁骨。

他懒散地抓了把头发，走向放在客厅角落的录音机。

如今在学生间最流行的是各种日产的磁带随身听，课堂上常有人把耳机线从校服袖子里穿进去，然后捂住耳朵偷偷听歌，一节五号电池可以听上整整十个小时。

相比之下，还需要插电、放在地上略显笨重的台式录音机就显得十分过时。

贺寻毫不在意，把磁带塞进去，径直按下播放键。

上次那盘磁带被捏得稀碎，这是新买的一盘。

王菲清澈的声音缓缓淌出，在万籁俱寂的夜里格外清晰。

少年靠在阳台上，看着院里的灯光投影，他轻轻吹了个口哨，清脆的，夹着几分愉悦。

那片暖黄的光斑还亮着，小姑娘显然也没睡。楼上楼下只隔一层，不知道她在做些什么。

口哨声刚落，光斑消失，王菲的歌声戛然而止。

贺寻站在阳台上，很轻易能看见周围的街区在瞬间暮然黑掉一大片。大概是哪条主要的供电线路突然出了故障，导致大面积断电。

他只能摸黑关掉录音机。

他原本打算直接去睡觉，但想了想，找出备用手电筒。

那个并肩同行的夜晚，尽管小巷里有几盏昏黄的灯泡照明，小姑娘一路上却还显得有些紧张，总是无意识朝他这边靠，想来大概是怕黑的。

虽然没把握对方会不会收，但有手电筒总比没有好。

贺寻拿着备用手电筒，下楼敲门。

已经做好被拒之门外的准备，敲门后，他静静等了一会儿。

"咔嗒！"

门锁转动的声音。

没想到时晚这么快就会开门，贺寻顿了顿，正准备开口，面前一阵风声，脸颊蓦然火辣辣地疼。

"走开走开！"黑暗里，少女嗓音颤抖，夹杂几声喵呜，"脏东西快走开！"

或许真的是某条电力主线路被烧坏，过了许久都没来电。

院内漆黑一片，门房里，老林头从工具箱里摸出烧得只剩一半的蜡烛，用手捂着，小心翼翼地点亮。

蜡烛还没烧完，家属楼的方向亮起一束光，瞧上去像是手电筒的光芒，缓缓朝门口的方向移动。

等光束近了，老林头眯了眯眼，这才看清来人："大晚上的不好好待在家里，你们干啥去啊？"

时晚一手牵着时辰，一手抱着豌豆，抬头看了眼贺寻，然后有些局促地低下头，不知道该如何开口。

在手电筒冷色调的光下，少年下颌线条一如既往的利落干净。只是落在下颌处的猫爪也十分利落，抓得很深，已经见了血。

"被她家的猫挠了下。"感觉到一旁的小姑娘都快把头低到地里去，贺寻笑笑，"去趟医院，不碍事。"

"哟，被猫抓了啊。"老林头"啧"了一声，"那可得赶紧去打疫苗，千万别耽搁。"

夜深，家属院又不在繁华地段，只能在路边等不知道何时会来的出租车。

路灯已经熄灭，只有夜空里一轮圆月冷冷洒下，月光清透，将少年脸上的爪痕照得分毫毕现。

"抱歉……"

相隔一周有余，时晚第一次主动同贺寻讲话，声音很轻。

她实在没想到站在门外的会是他，更没想到豌豆会直接上去就是狠狠一爪。

又尴尬又愧疚，时晚此刻也顾不上再去计较那晚少年逾矩的行径。

不知道还能说些什么，道完歉，她仰脸看他。

贺寻视线稍垂。

少女眼眸清澈，浸着秋夜渐凉的月色，清凌凌映出他的模样，巴掌大的小脸有些苍白，不知道是被他吓的，还是……

想起那句略带颤音的"脏东西快走开"，他嘴角很克制地上扬着。

时晚有些紧张，这件事毕竟是自己理亏，她只能再次道歉："对不……"

话还没说完，贺寻突然抬手。他动作很轻，时晚还是被吓了一跳，却也不敢乱动，整个人僵在原地。

然而少年骨节分明的手最后落在豌豆毛茸茸的小脑袋上，随意揉了两把，力道没轻没重，把豌豆揉得喵喵直叫。

"没良心的小东西。"她听见少年带着些许笑意的低沉嗓音，"白白帮了你那么多次。"

豌豆不明就里地"喵"了一声。

它不懂为什么明明对方是在跟自己说话，主人的脸却蓦然红了。

夜里出租车不好打，在路边等了十几分钟，终于等到一辆。

师傅是个热心人，问清是被猫抓伤之后，主动送他们去能打狂犬疫苗的医院。

然而运气并不能算太好，附近的路口刚出了车祸，夜间急诊送来一大批伤员。几乎所有值班医生都被叫去处理伤情紧急的患者，像贺寻这种情况不严重的只能先等着。

折腾了一晚上，时辰又惊又怕，不一会儿，就迷迷糊糊地靠在时晚身上，沉沉睡了过去。

豌豆也跟着打了个哈欠，然后把脸往时辰怀里一埋，两个小家伙在略显嘈杂的急诊室里睡得很香。

时晚没有丝毫倦意。

急诊室灯火通明，光线明亮，将贺寻脸上的伤照得一清二楚，血已经凝固，爪痕看上去稍显狰狞。

少年眉目原本就锋锐，此刻添了几道伤痕，清冷中带着几分凌厉的傲慢，压迫感便越发明晰。

时晚不敢再看少年的脸，视线下移，只见他的衬衫散漫敞着领口，露出锁骨和隐约的伤疤。

她只能彻底垂眸："你……你刚才过来有事吗？"

被豌豆这么一闹，见了血，时晚光顾着紧张，都忘记问贺寻这么晚下楼做什么。

贺寻闻言，懒散扬了扬手，他手里还抓着那个手电筒。

时晚眨了眨眼。

脱离看恐怖录像带的环境，不再过度紧张，几秒后，她明白了贺寻的意图。

少女咬了咬唇。

这实在是……

虽然并不觉得面前的少年是什么正经人，但眼下这件事确实是对方好心。

然而却被当成鬼针对了。

"我会负责的。"受时远志和向洁的影响深，时晚不是那种出事后只会推卸责任的性格。

尽管豌豆已经打过疫苗，但被猫抓伤，该打的狂犬疫苗还是要打。除了今天这一针外，之后陆续还有好几针。

"你说什么？"急诊室里伤者呻吟嘈杂，她声音轻，贺寻似乎没听清。

"我说我会对你负责的。"时晚稍稍提高声音。

毕竟是豌豆惹出来的祸，身为主人，她不可能不管被豌豆抓伤的贺寻。

她重复得很认真，吐字清晰。

少年却像听到了什么格外令人高兴的事儿，低声笑了起来："喂，这可是你说的，不准反悔。"

时晚一怔，几秒后，反应过来他在笑什么。她气恼地别过头，脸上一层滚烫的薄红。

这个人！

总是正经不过一秒钟！

等终于有医生来给贺寻注射狂犬疫苗时，已经过去将近一个多小时。

"放心，不会留疤。"少年眉目凌厉，却并不是那种街头流氓的轻浮，医生忍不住多看几眼，发现确实生得俊俏，于是多了句嘴，"这几天不要吃辛辣刺激的食物，好好休息，过几天记得来补以后的针。"

贺寻一一应下，医生便接着去处理其他的患者。

"走吧。"

折腾到现在，时辰和豌豆已经彻底睡熟，呼吸均匀。时晚想要叫醒他们，贺寻却先她一步，极其自然地抱起两个睡得香甜的小家伙，径直朝医院外走去。

医院附近出租车多，回去倒是很好打车。但因为还没来电，那一片依旧漆黑一片，师傅无论如何不肯开进什么也看不清的小巷，这段路只能他们自己走。贺寻抱着时辰和豌豆，打手电筒的活儿就交给了时晚。

九月的深夜有些凉，手电筒冷白的光将影子拉得很长，没有人说话，只能听见细碎的脚步声。

时辰偶尔发出一声梦中的呢喃。

"这次……"

贺寻体力好，抱着一个小孩和一只猫毫不费力，快走到家属院，听见时晚细细的嗓音："这次就算我们扯平了。"

贺寻扬了扬眉，没有说话。

"以后你不再胡闹……"时晚顿了顿，语速很快，似乎怕自己反悔，"我就当作什么也没发生过。"

她其实也不想每天都跟躲仇人一样躲贺寻。

既然他能想着在停电的时候下楼来送手电筒，本性应该也不是太坏，认真讲道理，或许能听得进去。

在这方面，时晚继承了时远志的性格，总爱把人往好的方面想。

然而她说完，贺寻却没应声，直到进了家属院的门，看见门房上快要燃烧殆尽的蜡烛，他才慢条斯理地"哦"了一声。

时晚蓦然松了一口气。

烛光飘摇昏暗，她错过少年嘴角隐约的几分笑意。

上了楼，贺寻把时辰和豌豆重新交到时晚手里："那下次打疫苗我再找你。"反正是她说要对他负责的。

"好。"时晚没有多想，应得干脆。

贺寻无声地笑笑，转身上楼。

不能胡闹吗？

脸上平白无故挨了一爪，后面还得按时去医院报到，少年的脚步却很轻快。

这傻姑娘，他嘴角微微上扬，她又没说怎样才算胡闹。

总归今天她终于肯主动跟他说话，至于以后的事情，当然是以后再说。

贺寻心情很好，打开门，一直抢修的电路此刻终于修好，客厅的灯瞬间亮起，一片明亮。

折腾一晚上，贺寻也有些累，随手解开衬衫扣子准备换衣服睡觉，低头一看，嘴角隐隐一抽。

白色衬衫不知道什么时候被踢黑了一片，满满都是黑色的小鞋印，脏得已经没法儿看了。

他就说那小孩今晚怎么那么安静！

合着又跟上次一样偷偷替姐姐报复！

第二天是周五。

如今补课的风气没有后来那么盛行，尽管是全省都排得上名号的重点高中，青城一中也没有在周末补课的习惯。

因此，一到周五，大家就有些蠢蠢欲动，期待着周六周日两天假期的到来。

上午还能在教室里装模作样地听听课，等到下午，同学们的心早就不在学习上。

最后一节是化学课。

化学老师和楚慎之年纪相仿，却是全校公认的好脾气。无论什么时候，总是一副笑眯眯的模样，即使学生在课堂上不专心，也不会说一句重话。所以大家都不怎么害怕他。

时晚坐在第一排，正盯着黑板上的化学方程式，肩膀被轻轻拍了拍。

从后面传过来一张小字条，是姜琦秀丽的笔迹。

——明天一起去逛街吗？

学生时代的娱乐活动不算太丰富，一到假期，男生们大多直奔游戏厅。女孩子们会三两成群约在一起去买点儿平时在学校周围买不到的小零碎，或者去看新上映的电影。

时晚抬头看了化学老师一眼，迅速在字条上写下：好。

来到青城后，姜琦算是她第一个朋友，既然是姜琦邀约，她肯定会去。

趁着化学老师背过身写板书的工夫，时晚把字条偷偷塞给后排同学，小字条就这么一个人接一个人地又传回姜琦手里。

时晚继续听讲。还有两周就要月考，班里只留下四十五个人，虽然很有大把握自己可以留下，但总归认真稳妥些是没错的。

时晚安静地记着笔记，后排的同学却又拍了拍她，再次递来一张小字条。

不是已经答应去逛街了吗，怎么还传字条？

时晚很是诧异。

不太会掩饰表情，少女脸上流露出些许茫然的神色。化学老师站在讲台上，看得一清二楚。

"行了。"他把粉笔扔回粉笔盒，"今天就讲到这里，给你们早十分钟放学。"早就看见底下这群小鬼坐不住了，现在连班里最认真的学生都传起字条，还是别强行拘着他们。

"老师万岁！"

以杜威为首，几个平日最调皮的男生发出欢呼，大家纷纷收拾东西。

"那我明天来找你！"

姜琦和别人约了一场电影要看，麻利地收拾好书包，捏了把时晚的脸，然后飞一样地跑掉了。

"哎……"时晚有些迟疑。

她拆开字条，才发现上面并不是姜琦的字迹。

——好好学习。

少年笔迹铁画银钩，气势张扬，透着十足的力道。

——上课别乱传字条。

她一顿，回头去看后排，果然看见贺寻正懒散地撑着下颌，百无聊赖地朝这边张望。

见她看过来，他嘴角一勾，眼底笑意深邃。

那他传过来的这又是什么？

时晚咬了咬唇，把字条捏在掌心。

周六一大早，姜琦就来家属院找时晚。

姜琦性格活泼外向，等时晚下楼时，她已经和段秀娥聊在了一起，手里还被塞了个洗好的红苹果。

"晚晚你也拿一个！"见时晚过来，段秀娥又从剩下的苹果里挑了个最大最红的，然后不无羡慕地叹气，"要是我们家那小子也跟你们一样学习这么棒就好了！"

说完，她又感慨："就算比不上你们俩，跟贺寻一样也行啊！"

在段秀娥眼里，只要能进一中，就都是个顶个的好苗子。

听到段秀娥这么说，姜琦"扑哧"一声笑了出来，随后又强行压下，连忙将时晚拽走："那我们走了，谢谢阿姨！"

姜琦一直憋着笑，走到小巷里，终于忍不住："哎哟我的天，我要是有你跟贺寻成绩那么好，我也谢天谢地了好嘛！"

姜琦感叹连连，时晚就有些无奈："也没有那么夸张吧……"

开学两周多，绝大部分老师都进行了小测，虽然并没有像楚慎之那样一个一个念分数，但总会单独表扬成绩好的学生，基本每回都有时晚和贺寻的名字。

"你成绩好当然不夸张。"姜琦笑眯眯地捏了把时晚的脸，"一看就是乖学生嘛。"

姜琦有点颜控，第一天见到时晚，就觉得这小姑娘长得又乖又甜，眼眸清澈，一笑还有个浅浅的梨窝，简直可爱得要命。

"可贺寻就不一样了。"姜琦冲时晚诡秘地眨眨眼，意味深长道，"反正时间还早，我带你去看个有意思的东西！"

时晚就这么莫名其妙地被姜琦拉到了学校附近的奶茶店。

她不太爱喝奶茶，开学这么久，从来没进过这家店面，今天是第一次来。

"喏。"周末一中不上课，奶茶店里没什么客人，空荡荡的。姜琦把时晚直接拉到最里面，一脸兴奋，"你看！"

是一整面贴着花花绿绿便笺纸的墙。

网络还不发达，现在家里有电脑的人很少，论坛贴吧一类的社交平台还未成型，没有什么可供学生们线上互动的平台，奶茶店的心愿墙就成了大家相互交流的地方。

一般心愿墙上贴的都是些热恋中的情侣留下的誓言，偶尔会有一些学生留下诸如"新学期好好学习，成绩进步"之类的愿望。

而时晚目光一扫，居然在这些颜色各异的便笺纸上，看到了同样一个熟悉的名字。

贺寻。

"有人认识高二那个戴眼罩的男生吗？"

"就高二一班的贺寻呗！新来的转学生！超帅！"

"真的是超帅啊！"

同一张便笺纸上，只要提到贺寻，往往会多出几种截然不同的笔迹。

"开学那天他骑机车来，简直酷毙了好嘛！"

"啊啊啊，我为什么没看到！后悔死了！"

"没有想去认识他吗？"

女生们将心愿墙当成了分享八卦的绝佳场所，心照不宣地在这里讨论着那个让人一眼就惊艳的少年。

"这么夸张吗……"时晚简直要被惊呆。

一连看了好几张，都是一中女生们对贺寻的讨论，甚至还有附近其他学校的女生好奇留言："你们在说谁？我怎么不知道你们学校还有这么帅的男生？"

这句话显然激起了一中女生的不满，于是，这张便笺纸的下方，赫然用图钉牢牢钉了一张照片。

看上去，大概是某次体育课时偷拍的。

明明都穿着统一制式的蓝白校服，少年瘦削高挑的身影却格外显眼。站在树下，俊朗深邃的眉目一半落进树影里，一半浸着秋日的阳光。神情冷淡，却无端地抓人眼球。

"你们也是来看照片的？"店里人不多，奶茶店老板凑了过来，啧啧称奇，"我在一中旁边开了这么多年奶茶店，还从来没见过哪个男生把小姑娘们迷成这个样子！"

甚至还有女生想把这张照片从心愿墙上摘下来，但图钉钉得又多又牢，最后只好作罢。

"他怎么这么受欢迎啊……"时晚还有些蒙。

仔细回想一下贺寻的长相，确实属于比一般人要好看许多的类型，然而这种被追捧程度还是吓到了她。

"可能是你天天看他看腻了。"姜琦一本正经地分析，"就像以前我觉得楚老师真是帅得要命，现在看久了……还是挺帅的。"

时晚哭笑不得："那不还是帅吗？"

"总之就是那个意思啦！"姜琦一跺脚，随后又笑了起来，"哎，你跟他就住一个院子，见过有异性朋友来找他吗？"

"那种人怎么可能有女生来找他……"她轻声嘟囔。

平时看着正经，浑起来坏得没边儿，哪个女生在知道他的本性后还会喜欢他。

两个人待在奶茶店的工夫，又进来几个女生。

这一年大家的穿着打扮普遍都还保守，为首的女生却穿得很是开放。九月天气逐渐转凉，她还是露脐装配小短裤，一头红发十分惹眼，看上去就很不好惹。

她们朝心愿墙走来，姜琦赶紧把时晚从心愿墙旁边拉开，然后点了两杯奶茶带走。

在奶茶店待了很久，浪费不少时间。时晚和姜琦一起看了场电影，吃过午饭，便互相道别。

这个周末，时远志和向洁都不加班。难得爸爸妈妈都在家，时晚没在路上耽搁，很快回到家属院。

"姐姐。"时辰正坐在院子里，见到时晚，有些吃力地起身，一步一跟跄地朝她走过来。

"你怎么在楼下？"时辰走起路来摇摇晃晃，仿佛随时可能摔倒。时晚看着都害怕，连忙上前几步抱起他，"吃过午饭没？"

现在是饭点，家里应该正在吃饭才对。

时辰摇摇头，没有说话。他只是伸出手，默默搂住时晚的脖颈，小脑袋搁在她肩上。

见到时辰这个反应，时晚一下明白过来："是你爸爸来了吗？"

最近时远志和向洁一直都在找小叔叔，试图让对方回心转意，好好地对待时辰。

平心而论，时晚不觉得小叔叔那样的人会真正对时辰好，在对方心里，比起儿子，时辰大概更像是一个讨人嫌的累赘，只想着趁早丢掉。

这么一问，时辰搂住她的力道大了些，甚至还有些颤抖。

再怎么早熟，毕竟只是个六七岁该上小学的孩子。

时晚不知道该说什么，安抚地拍着时辰的背。

"你这个疯子！"过了一会儿，楼上突然炸开一声惊叫。

时晚和时辰都是一怔，还没来得及反应，就看见小叔叔惊慌失措地从楼道里飞奔出来。身后是举着菜刀从家里一路追出来的向洁，还有拼命想要拉住妻子的时远志。

"时鹏志你就不是男人！"向洁一向都是知书达理好好讲道理的模样，时晚从来没见过向洁像今天一样彪悍。

向洁举着菜刀，看上去比段秀娥脾气最大的时候还凶："你给我滚出去！再敢过来一次，我就砍断你的腿！"

时鹏志在家里被宠坏了，哪里见过这种阵仗，吓得腿直发软，半跑半爬地逃出家属院。

"你们时家除了你没有一个男人！"气得不行，向洁把刀往地上一扔，转头狠狠骂了句时远志。

时远志无法反驳，只能默默捡起刀。

"小辰到伯母这儿来。"赶跑了讨人嫌的家伙，向洁神清气爽，她从时晚手里把时辰抱过来，"以后你就住伯母家，哪儿也不去了！"

"上学的事让你伯父去帮你搞定。"方才凶得不行，面对时辰，向洁却是笑眯眯的模样，"等下周你就跟着姐姐一起去上学，多认识几个小朋友！"

"真的可以吗？"能把时辰留下来，时晚自然很高兴，但毕竟不是同一个户口本，她害怕会出什么问题。

"只是上学不会太难。"时远志点点头。

时晚蓦然松了一口气："那太好了。"

比起回到不受重视甚至被嫌弃的亲生父母家，时辰在这里显然能过得更好。

周一，时远志夫妇早早就起了床，今天他们请了上午的假，准备带着时辰去附小。

时晚也起得很早，今天有升旗仪式，需要比平时早二十分钟到校。

"下午你能去接下小辰吗？"出门前，向洁问时晚，"我会跟班主任说让小辰在班里等你。"夫妻俩都要加班，时辰腿脚不便不好一个人回来。

"没问题。"摸了摸时辰的头，时晚稍稍俯身，和他轻轻击了个掌，"加油！"

"姐姐也加油。"时辰难得露出一个略显稚气的笑容。

在公交车站，时晚毫不意外地遇见了同样早起的贺寻。

九月下旬，气温逐渐降低，夏季校服在清晨显得有些单薄。她已经换上秋季外套，贺寻却依旧穿着蓝白色的短袖。

一阵风拂过，吹落枝头几片最先凋零的树叶，也将少年瘦削身形勾勒得分明。

略显萧瑟的秋风中，他身姿挺拔，傲然如苍翠青竹。

见到时晚，贺寻没说什么，冲她点了点头，继续等车。

这里离始发站不远，平日里这趟车的人不算多，往往有许多空位。今天却不知为何，分外拥挤。车厢里人挤人，不光没有坐的地方，就连找到个能站的位置都很困难。

换作平时，时晚会选择等下一趟。但今天是周一，没有继续等车的时间，只能很勉强地挤上车。

时晚个头矮，在熙攘人群中不占优势，连个能抓的吊环都没有。

她正被四周的人挤来挤去，一连被踩了好几下时，人流却突然分开。

少年依旧是那副生人勿近的模样，戴着眼罩气质凌厉，脸上带伤。即使穿的是一中校服，看上去也相当不好招惹。

他冷着脸走过来，大家便纷纷让路，硬是在早高峰里腾出一小片空间。

贺寻一直走到她面前，也不说话，只是伸了手，轻松撑在车厢上。

时晚不由得扑簌几下眼睫。

贺寻比她高许多，这么一伸手，她整个人几乎就被罩在他的保护圈里。

她视线一抬，就能看见没系好的扣子，以及线条流畅的锁骨。鼻尖是清冽的草药香味，人群被强硬隔绝在外，再也不会像方才那样拥挤。

"谢……"离得太近，仿佛能听见他有力的心跳声，她抬头看了眼他冷淡的神色，抿唇道，"谢谢……"

她还没那么大胆子在这个时候把他推开。

少年望着窗外飞速掠过的风景，喉结微动，最终却没有说话，只是稍稍挺直了背。

一前一后进班，时晚刚放下书包，就到了下去排队的时候。

大家纷纷鱼贯而出，姜琦挽着她往操场走。

"哎。"刚出教学楼，时晚就被姜琦不怀好意地撞了撞胳膊，"今天我可是看见你和贺寻一起进的校门。"

时晚愣了一下，轻声解释："我们住一个院子啊。"

之前她躲着他，故意错开上学时间，现在不用躲，搭乘同一班公交车再正常不过。

时晚解释得认真，然而姜琦似乎并没有听进去，而是饶有兴趣地点点头："我知道你们住一个院子。"下一秒，她话锋突然一转，"但近水楼台嘛！"

时晚哭笑不得："你怎么总说这种奇怪的话！"

也不知道姜琦究竟是怎么想的，从开学第一天就硬要把她跟贺寻凑在一处。

"我是担心你啊。"姜琦耸耸肩，往左右看了一眼，然后压低声音，"你还记不记得我们那天最后在奶茶店遇到的女生？"

不明白姜琦为什么这么问，时晚有些茫然，仔细回想了一下，点点头："有点儿印象。"

在这个大家普遍打扮得保守普通的年代，对方性感火辣的打扮很是引人注目，尤其是那头惹眼红发。

"那是四中的陆媛媛。"深谙各种八卦，姜琦对这些消息简直信手拈来，"在他们四中是大姐头，谁都不敢惹的那种。"

陆媛媛的嚣张跋扈在四中极其有名，附近学校消息灵通的学生也听过她的大名。时晚初来乍到不清楚，姜琦却是知晓不少陆媛媛的事迹。

"那天她在奶茶店看到贺寻的照片，就打定主意要来认识他。"姜琦拉紧时晚的手，"你还是离贺寻远一点儿，免得被找麻烦。"

时晚简直像在听天方夜谭。

"不、会吧？"完全想不通怎么会有人因为一张照片就大张旗鼓地去认识异性，时晚十分困惑，"你不要逗我。"

退一万步说，就算那个陆媛媛真的来找贺寻，跟她似乎也没什么关系。她只是跟他偶尔一起上下学而已，应该远远不到被人找麻烦的地步。

"我逗你干吗？！"见解释不通，姜琦索性也不继续解释，直接一锤定音，"总之你这段时间离贺寻远点儿就对了！"谁知道陆媛媛那种人疯起来能做出什么事。

姜琦说得坚决，时晚只能点点头。

下周就要进行期初考试，升旗仪式上，教导主任着重强调考场纪律，回到班里，楚慎之又强调了一遍。

"下周过去，你们中绝大多数人都不会继续待在这个班。"站在讲台上，他冷冷道，"但你们还待在一中，就要守一中的纪律。"

一向抓作弊抓得很严，查到学生在考场上作弊，教务处会直接给进档案的处分，还要把名字单独挂在教学楼外示众。

被这么一说，班里的气氛一下紧张起来，就连最皮的杜威都垂头丧气。

时晚对此倒是没什么太大的感觉，从小到大都是乖学生，这种事与她无关。

一天的课很快过去，最后一节课下课铃敲响，老师走出教室。时晚背好书包，赶紧往外走。

小学放学时间比高中早许多，这个时候，时辰应该已经等了她很久。

因为场地原因，附小和一中并不在一起，从一中到附小有十五分钟的步行距离。

惦记着在教室里独自等待的时辰，时晚走得很快，然而走到路口，不巧遇上红灯，只能停下来。

时晚安安静静地站在原地等绿灯，肩膀突然被人拍了一下。

不同于平时姜琦打招呼的那种力度，对方拍得很重，这一下拍得骨头都在疼。

时晚蓦然吃痛，扭过头去，对面站着的是个她没见过的女生。

女生穿着四中的校服，额前挑染一抹绿，见她转过来，冷哼一声："你叫时晚？"

恶意不加掩饰地扑面而来，时晚微微皱眉。

恰逢此时绿灯亮起，她不想理会对方，转身要走，却被另一个女生挡住了去路。

一前一后，两个人把她紧紧夹在中间，没有任何逃跑的余地。

"媛姐。"挑染绿发的女生掏出手机，语气一百八十度大转弯，"那女的找到了。"

第七章：
今天可以求收留吗？

杜威火急火燎地冲进教室时，贺寻正在皱眉听姜琦说话。

"你这段时间离晚晚远一点儿。"虽然早上已经交代过时晚，但姜琦还是不放心，于是主动来找贺寻，结结巴巴道，"就当为她好。等那个陆媛媛对你不感兴趣之后，你们再一起上学吧。"

站在贺寻面前，姜琦视死如归。

反正陆媛媛那种人对男生的兴趣维持不了多久，过不了几天就会有新目标。

姜琦说得有些没头没脑，贺寻听了个大概，正准备细问，就见杜威慌慌张张跑进来。

"寻哥！寻哥！"他一边跑一边挥舞着手臂，十分惊慌，"不好了！时晚被一帮人堵在路口了！"

杜威一向很会顺杆往上爬，瞧出贺寻和时晚关系不错后，时晚那边稍有点风吹草动，他都会向贺寻汇报。

闻言，姜琦蓦然瞪大了眼。

还没等她反应过来，一直在听她说话的少年猛地起身。

少年动作太大，直接带翻了椅子。

他径直朝校外跑去，十字路口已经乌泱泱围了一群人。

一旁的一中学生只敢偷偷打量，却不敢上前阻拦。毕竟四中学生声名在外，尤其是陆媛媛这帮人。

就是这么一帮声名狼藉的家伙，把时晚牢牢围在中间。

陆媛媛手上拿着张拍立得相片，用它挑起时晚的下颌："哦？是我误会了？

那你给我解释一下，这是什么东西？"

陆媛媛松手，照片落在地上。时晚被迫低头，看见照片清晰印出今天清晨在公交车上，贺寻护住她的场景。

熙攘人群间，少年单手撑住车厢，神色冷淡异常，他的动作却分外温柔，为少女隔出一片舒适自在的空间。

拍照的人选取时机很巧妙，刚好定格在阳光照进车窗的瞬间。

薄而温暖的金色光线自道路两旁的叶隙间穿过，从车窗洒进来，给他们镀了层暖融融的边，看上去格外登对。

时晚微微一怔，还没反应过来，接着，满满一瓶水从头顶倒下。

她头发被淋湿，湿哒哒地贴在额头上，更多的水浇在身上，打湿外套，连穿在里面的夏季校服都未能幸免，狼狈不堪。

陆媛媛则咯咯笑出了声："呀，小妹妹变得不好看了呢。"

跟在她身后的小跟班也纷纷笑了起来，甚至吹起了口哨。

陆媛媛正要多说两句，手腕突然被抓住，力道十足，几乎要捏碎腕骨。她瞬间惨叫："谁？松开我！放手！"

生理性泪水涌出，陆媛媛泪流满面地抬起头，正对上少年黑漆漆的眼眸："贺寻！"

陆媛媛见到贺寻突然出现在面前，先是蓦然一喜，随后又面色惨白，哆嗦着，一句话都说不出口。

先前落在地上的拍立得照片被风吹起，打了个转儿，相纸上，少年的黑眸淬着日光，神情冷淡，他看向少女的眼神却很温柔。

而现在，贺寻注视着脸色发白的陆媛媛，黑瞳犹如万米之下的深海，幽微无光，一片死寂，酝酿着一场随时会汹涌至天际的风暴。

贺寻盯着陆媛媛看了一会儿，然后转头，视线落在时晚身上。

少女已经被松开，站在原地。

被淋湿的头发贴在额头上，九月天气渐凉，风里夹着落叶，有几分不易察觉的萧索。濡湿大片的校服被风吹着，她微微发抖，柔软清澈的杏仁眼有些红，白皙小脸上一道突兀的红痕。

贺寻眼神一沉。

逆着光，他锋锐的眉目落在晦暗阴影中，叫人看不清究竟是什么表情。

他伸手从衣兜里摸出一样东西，递到陆媛媛面前："你自己来。"

少年掌心里是一把被磨得锃亮锋利的小刀。

是以前差点儿把杜威吓到昏迷的那一把。

陆媛媛盯着那把再普通不过的折叠小刀，听见自己的声音直打战。

"贺寻，"腿已经有些软，她强撑着才没倒下，"你一个男人要跟女人动手？"

她又没把时晚怎么样！

只不过找人堵了堵而已，至于怒成这个样子？

听见陆媛媛这么说，贺寻嘴角突然一勾。

无论是在偷拍的照片中，还是在学校同其他人相处时，他几乎没什么笑容，总是一副神情冷淡，拒人于千里之外的模样。

眉目俊朗深邃，即使戴着眼罩，他笑起来也很好看。

陆媛媛被这个突如其来的笑容勾得有些失神，下一秒，少年单手甩开小刀。

"你不愿意来，"贺寻根本没有把陆媛媛的指责放在心上，语气平淡得像是在帮同学的忙，"那我帮你。"

小刀最后还是没有划上陆媛媛的脸。

"贺寻……"刀片夹在指间，贺寻看着陆媛媛越发惊恐的眼神，身后传来小姑娘软软的声音。

不知道是因为受到惊吓，还是其他什么原因，她的声音比平时轻很多："我要去接小辰……"

陆媛媛彻底绝望，以为下一秒小刀就要划在脸上，脸颊却迟迟没有传来疼痛感。

等到她颤抖着睁开眼，贺寻已经不在面前。

贺寻小心翼翼把少女护在身侧，两人已经过了马路，并肩朝附小的方向走去。

过了马路，再走五分钟就能到附小。

原则上附小并不允许非本校人员进入，但时晚和贺寻都穿着一中校服，班主任又提前给门卫大爷打过招呼，因此没有人拦他们。

时辰在一年级一班。

时晚不想让时辰看见自己这么狼狈的模样，在路上，她重新扎了一遍头发，淋湿的发丝被巧妙地藏在里面，看不出什么端倪。

进了教学楼，她抬头辨认着班牌，正想朝一年级一班走去，肩上却蓦然一沉。

"把衣服换了吧。"贺寻沉声道。

一路沉默地走过来，他看着小姑娘不由自主地发抖，现在进了教学楼也依然在颤抖。坐公交车回家还要一会儿，路上还有需要步行的几段路，再穿着湿衣服，等到家恐怕就要感冒了。

时晚眼睫扑簌几下，有些茫然地抬眸看他。

换什么衣服？

湿漉漉的校服穿起来并不舒服，然而眼下哪里还有能让她去换的衣服。贺寻今天没穿秋季外套，就是简简单单一件夏季校服。

即使他想把自己的衣服给她，也是不可能的。

时晚正这么想着，肩上蓦然一轻。贺寻收回手，没有丝毫犹豫，抬起手臂，直接把身上唯一一件蓝白短袖脱下来。

天色已黑，楼道里开了照明灯。灯光昏黄，却依旧清晰勾勒出少年瘦削结实的上半身，每一根流畅自然的肌肉线条都透着十足的活力，清晰无比。

那些略显陈旧的鞭痕也同样清晰，一路延伸进腰部以下的地方。

他想干什么啊？！

时晚愣了几秒，反应过来，又飞快地闭上眼。

"你穿这个。"她死死闭着眼，手里被强行塞进一团柔软的衣物，还带着少年滚烫的体温，有几分隐约的草药香味。

"我……"时晚被贺寻这突如其来的行为吓到，几乎想把手里的校服扔出去，"我不穿！"

穿不贴身的秋季外套也就算了，怎么能穿才从他身上脱下来的夏季校服！

"给、给你。"她闭着眼，不知所措，只能把衣服举起来，希望贺寻赶快拿走，然后把衣服穿好。

她举了好一会儿，始终不见他来拿。

许久之后。

"抱歉。"少年嗓音低沉，"我给你找麻烦了。"

没想到贺寻会这么说，时晚有些无措，她下意识地睁眼，看见少年赤裸的上身，又飞快地闭上眼："也不能……怪你……"

虽然陆媛媛确实是因为贺寻的原因才来找她的麻烦，但这种事贺寻又不能控制。

时晚不是那种习惯迁怒他人的性格，她没觉得他有什么错。

闻言，贺寻眼眸稍沉。

略显昏暗的灯光下，他垂着眼，视线一寸寸扫过少女的眉目。

"你还是穿着吧。"过了一会儿，时晚听见少年轻声道，"你一生病，到时候别把你弟弟也传染了。"

这是个时晚无法拒绝的理由。

捏着怀里柔软的校服，她犹豫许久，最后还是轻声说了句谢谢。

时晚去卫生间换衣服，尺码相差过大，在少年身上极其合身的短袖被她穿着几乎要穿出连衣裙的长度。袖子到了手肘的位置，怎么看都是偷穿大人衣服的小孩。

时晚只能把下摆塞进校服裤子里，所幸校裤并没有被淋湿。

时辰一个人在教室里安静地边写作业边等时晚，听见脚步声，抬头，他难得一愣。

这年还不流行 oversize（宽松）的款式，即使下摆被塞进校裤里，过于宽大的蓝白短袖穿在少女身上也有种不伦不类的感觉。

而站在她旁边，彻底赤裸上身的少年看起来就更加奇怪。

"小辰！"终于接到时辰，时晚松了口气，"姐姐有点事儿耽搁了，我们回家吧！"

时辰并没有去追问到底因为什么事而耽搁，只是点点头，开始收拾书包。

三个人走出校门时，门卫大爷都惊了。

"现在的小孩怎么不好好穿衣服！"简直不敢相信自己看到了什么，大爷震惊之余愤然道，"都九月了！晚上不穿衣服不冷吗？"

不冷是不可能的。

天幕低垂，秋夜很凉，即使已经坐上公交车，从窗隙里吹来的风还是有些冷。不过贺寻在意的倒不是这个。把衣服给了时晚之后，他才发现裸着上身似乎确实是件不大不小的麻烦事。

尽管一直在上药，但鞭痕依旧极其明显。从附小走到车站，一路上，过路的行人都会朝他投来诧异的视线，目光不停地在鞭痕上打转。

直到上车，找到座位坐下也不消停。

贺寻不太在乎别人的眼光，但一直被人盯着总不是件让人舒服的事儿。

坐在座位上，感受到周围若有似无的打量眼神，他拧着眉，下一秒，身上却突然被盖上一件秋季校服外套。

对于他而言尺码太小，正常穿肯定穿不了，就这么盖着却刚好能遮挡大部分的鞭痕。

少女坐在他身后，盖完衣服，飞快地收回手，一句话也没说。

公交车启动，街边光景一一掠过。

车窗上灯火千重，映出少年锋锐却温柔的眉目。

回到家属院，贺寻先上楼回家。

时晚换下那件过于宽大的蓝白短袖，简单给时辰做了晚饭，才上楼去还衣服。

仿佛一直守在门边一样，少年开门的速度飞快。

"谢谢。"时晚把衣服还给贺寻，轻声说。

他套了一件黑衬衫，没有再像之前一样不穿上衣。她终于敢抬头看他。

"嗯。"还是那副冷冷淡淡的模样，贺寻脸上瞧不出更多的情绪，却又把一小瓶药膏塞进她手里，"这个拿回去擦。"

家属楼里安的照明灯并没有多亮，却依旧可以看清少女纤细手腕处，两抹让人难以忽视的瘀青。

挑染绿发的女生力气太重，时晚的手腕到现在还在隐隐作痛。

她没有拒绝，接过药膏，顿了顿，轻声开口："你……你会不会有事？"

时晚从小到大都是乖学生，并不清楚陆媛媛那帮人究竟是什么样，她害怕贺寻招惹上了她们，或许会有麻烦。

听见她这么说，贺寻喉头微动。他偏了偏头，下颌拉出一道锋利的线条："你就不怕你有事？"

提到这个，时晚不禁微微皱眉。

"我解释过了……"她心里也清楚那根本是徒劳无功的解释，不免有些丧气，"她们不听啊。"仅仅凭一张拍立得相片就断定了她和贺寻之间的关系。

不过时晚自己也觉得那张相片看起来似乎有些暧昧。

想起相纸上映出的身影，她脸颊有点儿烫，不想再继续讨论这个话题："就、就这样吧。"

"解释？"然而少年似乎对这个话题很有兴趣，嗓音低沉，不依不饶地追问，"解释什么？"

时晚有些无措。

还能解释什么？

"就……"不好意思直接说出来，她眼睫扑簌好几下，不知道该怎么说，"就是你和我……"

显然，说出这一句对时晚而言异常艰难。

贺寻倚在门边，看着小姑娘红着脸磕磕绊绊磨蹭了许久，最后都没能把那句话完整说出口。

他垂下眼睑，无声一哂。

既然她说不出口，就由他来说。

"你是想说，"时晚不自觉地低下头，听见少年平静的嗓音，"我和你没关系是吗？"

贺寻说得直白，时晚耳尖一热。

不知道该怎么回应，她犹豫半天，最后轻轻应了一声。

少年凶起来的时候凶得要命，不正经时又任性恣意到漫无边际。这样的他大抵做什么都只是出于玩闹心态的随心所欲。

就像之前总是欺负她，又常常出手帮她一样，叫人捉摸不透。

时晚并不是很想就这个话题继续说下去，低着头，正在想该怎么转移话题，少年的声音再度响起，比起先前的平静无波，多了几分不易察觉的颤抖。

"那你有没有想过，"盯着少女微颤的眼睫，贺寻一字一句道，"我可能真的很在意你。"

北方的秋天风很大。

从附小回来时，街面上已经隐隐刮起了风。现在夜渐深，天光渐暗，风声便越发肆无忌惮。

"咔嚓！"

贺寻话音刚落，楼道里的窗户就被风狠狠拍在墙上。

年代久远，家属楼构造老旧，公共区域里的设施年龄都不小。被这么一拍，多年未曾换过的玻璃发出清脆响声，接着便整块掉下来，顷刻间碎了一地。

"啊！"

时晚不禁低低惊呼出声，却并不是被突然碎掉的玻璃吓到。

"你……"她下意识地后退一步，手足无措，抬眸看贺寻，"你在乱说什么呢？"

什么叫他可能真的很在意她？

少女不知所措，嗓音很轻，如果不细听，几乎要淹没在呜呜咽咽的风声里。

她显然很是慌乱，死死捏住方才从他手里接过的药膏，纤细指尖绷紧，指节有些泛白，用了十分的力道。

看着时晚轻轻往后退了一小步，贺寻眼眸稍沉。

"时晚。"他喊她的名字，语气前所未有的郑重。

这是贺寻第二次喊时晚的全名。

她僵在原地，听见自己的名字，下意识地仰脸看他。

少年平日里要么面无表情，要么神色轻佻。此刻，在楼道略显昏暗的灯光下，他神情分外严肃，总是向上勾起的狭长眼尾沉沉压着，透着从未有过的认真劲儿。

"时晚。"他又喊她。

风愈刮愈大，失去玻璃的窗框被一下下拍在墙面上，咣咣作响，单调的杂音里，少年吐字分外清晰：

"我很在意你。"

这几个字出口的瞬间，贺寻蓦然松了口气。

从很久很久以前开始，他就想这么对时晚说了。

或许是在小巷里他强行扣住她的那一刻，或许是被钱小宝奶奶甩耳光后她怯怯敲门送药的一晚，或许是骑着虎神时她软软拉住他衣摆的那个下午。

又或许可以一直向上追溯，直到那个初次相见的雨夜。

六月末的青城大雨滂沱，他独自跪在荷花池前，身边被她轻轻放下一把伞。

"我……"

时晚仰脸看着神情严肃的贺寻，脑海里一片混乱，零零碎碎的片段一幕幕从脑海中闪过。

有他在公交车上伸手护住她的冷淡模样；有他身上还在往下淌红墨水，但嘴角微弯的肆意笑容；有他莫名其妙生气，故意扭过头去一脸冷漠的神情。

还有九月微凉的夜，他逐渐靠近，情绪翻涌的黑眸。

贺寻垂着眸，看着小姑娘的表情从最开始的震惊慢慢变得沮丧，最后眼角微微耷着，眼眶微红，一副快要哭出来的模样。

"那……"时晚实在不知道该说什么，磕绊许久，低下头，声音很轻："……谢谢。"

少女的声音很弱，几乎微不可闻，如果不是一直在认真听，多半要错过。

这回轮到贺寻一顿。

这是怎么回事儿？

这年还没有流行后来发好人卡的说法，但再迟钝的人都能听出这两个字的含义。

贺寻没想到她会这么回应，不由得一哂："你是讨厌我？"

"没、没有！"

听见贺寻这么说，时晚急急抬头反驳。

电路不稳定，楼道里的照明灯在大风天里越发昏暗，她看不清贺寻漆黑眼眸中的情绪，只知道他正在专注地盯着她。

"我没有……讨厌你。"少年的视线过于热烈直白，时晚稍稍偏头，避开灼热的眼神。

平心而论，贺寻是做过不少让人生气的事，但气归气，也远远不到真正心生厌恶的地步。

时晚原本就是个不怎么记仇的姑娘，总是习惯性记着别人的好，而如今听到他这么说，那些莫名其妙的欺负和捉弄突然间都有了解释。

他不是故意变着法儿地欺负她，而是……在意她。

这个想法清晰出现在脑海的瞬间，时晚耳尖发热，脸颊烧得不行。

贺寻看着时晚的脸越来越红，连额头都沁上一层薄薄的绯色。

"那你呢？"他微微攥紧手，问道："你对我什么看法？"

从来都是散漫恣意的懒散腔调，这一次，少年语气分外认真。

时晚脑海里"嗡"的一声。

思绪一片凌乱，时晚居然莫名其妙想到今天陆媛媛塞过来的拍立得相片。

"没、没什么看法。"怎么也没想到姜琦和陆媛媛说的话全都变成了现实，时晚咬了咬唇，"我们还是好好学习吧……"

听到这个回应，贺寻并没有觉得沮丧。

"嗯。"他淡淡应道。

以他对她的了解，如果她真的会对他有回应，那才是见鬼了，但心头似乎有几分说不清道不明的怅然。

他垂眸看她："回家吧，你弟弟还在家里等着。"

没有想到今天的少年居然这么好说话，时晚一怔。她仰脸，对上他分外平静的表情。

"那……那我回家了。"时晚惴惴不安地低下头，片刻后，又怯怯抬眸，轻声补了句，"谢谢。"也不知道到底是在谢些什么。

时晚红着脸匆匆下楼，坐在书桌前，好半天没回过神。

事情怎么会发展成这样……时晚呆呆地盯着面前摊开的习题册，有点不知所措。

也许……也许已经彻底说开，那从今往后，应该就没什么事了吧？

时晚一整夜都没睡好，第二天起床时昏昏沉沉，然而还是得按时去上课。

一中比附小的上课时间要早许多，早晨时辰没办法跟她一起走，只能让时远志夫妇送。

于是，时晚一个人去公交车站。

同往常一样，贺寻已经早早在那里站着。

昨晚前半夜一直在刮风，后半夜渐渐沥沥下起了雨。一场秋雨一场寒，早晨起来，气温便骤然降低。他终于不再只穿着单薄的夏季校服，而是披上了秋季外套。

绝大部分公立学校的校服都是再普通不过的样式，形制宽松，所有人穿起来几乎都是一个样儿。

然而少年肩窄腰细，硬生生把最寻常的蓝白校服穿出几分不一样的味道。

他仰着脸，不知道在看什么，但在人群中分外显眼。

时晚想起昨晚的事，犹豫一会儿，没有上去主动打招呼。

两个人在候车的人群中默默站着。

公交车很快到站。

不知怎么回事，这两天坐车的人分外多，人群熙攘，居然不输昨天的拥挤程度。

时晚依旧很勉强地挤上车，还没等她找个能抓住的吊环，熟悉的清冽香味又压过来。

同昨天的场景一模一样，少年分开人群，轻轻松松地将手撑在车厢上，再次为她隔绝出一片空间。

"不……"时晚有些无措，"不用了……"

然而少年却不听，反而往里走了走，彻底将她圈牢。

不明白这是什么意思，时晚眼睫微颤，随后仰脸去看，对上挟着一点儿隐约笑意的黑眸。

"你……"她敏锐地察觉到似乎有哪里不太对劲，微微皱眉。

他这是想做什么？

昨天不是说好要好好学习吗？

少女表情懵懂，七分茫然加三分无措，瓷白小脸上，一道被拍立得相片划出的痕迹还未完全退去，绯色清浅。

贺寻被小姑娘质问的目光盯了许久，快到一中时，终于没能忍住，他嘴角微弯，唇边笑意懒散。

"既然你不讨厌我……"草药香味近了些，时晚听见少年含着笑的嗓音，"那我会一直待在你身边的。"

世界上怎么会有这种人！

时晚被贺寻在公交车上俯身过来的耳语惊到说不出话，直到进班，她整个人都是蒙的。

怎么一点儿道理也不讲！

时晚又惊又气，早晨前两节课她完全没听进去，脑海里全都是那句"那我会一直待在你身边的"。

意识到这句话背后隐藏的含义，时晚捏紧笔。

少女白皙小脸上一层气恼的薄红，被气到完全不知道该说什么才好。

她就不该三番五次选择相信他。

嘴里没有一句实话！

前两节课过去，到了大课间做课间操的时候。

"晚晚！"姜琦趁着去操场排队做操的时候，赶紧抓住时晚，"昨天你没事吧？"她记得杜威说时晚被一群人堵住。

"我没事。"时晚咬了咬唇。

怎么可能没事，抛开手腕上被捏出来的淤青不谈，时晚已经快被贺寻气死了。

哪里见过这么不讲信用只会钻空子的人，她想和他理论，都不知道该如何开口。

"哦，那就好！"姜琦不清楚这里面的弯弯绕绕，松了一口气，随即又想起什么，她眨了眨眼，"那你和贺寻……"

"我跟他没关系！"被这么一问，一向脾气温柔的少女难得露出几分气愤的神色，软软的声音也瞬间强硬不少。

姜琦吓了一跳："晚晚？"

这怎么看也不像没事的样子啊。

实在难以启齿，时晚不知道该如何跟姜琦解释昨天发生的事，最后只能摆摆手："真的没事，你不用管我。"

总归姜琦也没法儿阻止贺寻继续……不依不饶跟在她身边。

想到这一点，时晚抿了抿唇。

早知道昨晚她就该说她讨厌他！这个家伙真的讨厌死了！

时晚恼火得不行，直到放学回到家里还是在生气。

"谁惹我们晚晚了？"

今天时远志夫妇回来得也早，向洁抬眼看见自家女儿鼓着脸的模样，不禁笑道："让你爸和你弟弟收拾他去！"

"喵！"豌豆懒洋洋窝在时辰怀里，十分赞同，举起一只小爪子。

"没……没谁惹我。"时晚连忙摇头，匆匆进房间放书包。

时晚深吸一口气，努力劝说自己不要和贺寻计较。

时晚一个人待了许久，平复好心情，这才出了房间。饭桌上已经摆满了一大桌菜，都是时远志做的。

时晚有些茫然："怎么做这么多菜？"

向洁笑着拿筷子点她的头："傻女儿，明天是中秋节啊。"

时晚愣了一下，有些脸红："我忘了嘛。"

此时中秋节还没有法定的三天假期，加上研究所工作又忙，这么多年以来，时远志夫妇很少能有在家过中秋的时候，今年自然也不例外。

"还是看在我们第一年调来的分上早放了半天。"把围裙脱下，时远志又忙不迭去找开瓶器开酒，"今天就提前把饭先吃了吧。"

明天肯定是回不了家的。

早已习惯爸爸妈妈忙碌的工作，时晚并没有什么意见，向来懂事的时辰也乖乖坐在一旁。

"听你段姨说明天晚上有河灯，不知道好不好看。"时远志酒量很小，几杯酒下肚，脸就涨得通红，"要不你和小辰一起去看看？"

尽管时晚从来不会对夫妻二人早出晚归说些什么，但一直陪不了女儿，连阖家团圆的中秋夜都要缺席，时远志心里难免有些愧疚。

然而毕竟研究所的工作排在第一位，他们多工作一分，国家和国际上的差距就能多缩小一分。

"人会不会太多了？"听他这么说，向洁微微皱眉，"晚晚和小辰去安全吗？"

她明白丈夫的心思，是想让两个孩子明天能过得高兴些。可每年都能在报纸上见到举办大型活动时出现踩踏事故，不得不叫人多考虑。

时晚对看河灯没什么太大的兴趣，见向洁发问，时晚便想顺着母亲的话往下说。

然而视线一转，她看见时辰眼里一闪即逝的光芒。

"没事。"于是，时晚摇摇头，"我听我同学说灯会组织挺好的，不会出什么问题。"

姜琦和她提过中秋灯会，听说是青城的传统项目，已经有百年历史。每年有不少游客专程从其他地方赶来，只为了能看中秋灯会，也算是青城的一块金字招牌。

"那就行。"见女儿想去，向洁倒也没有再坚持，只是叮嘱道，"你一定要看好小辰。”

时晚点点头。

“明天院里好像还要发材料做月饼。”吃饱喝足，时远志又想起一件事，“晚晚你记得去你段姨那儿拿。”

家属院的设施虽然老旧，但逢年过节一应福利却都不缺。加上段秀娥又是个能折腾的精明人，每次都想办法把节日过得热热闹闹的。

今天回来时，院里的大树上已经挂上了不少手工制作的灯笼，模样虽然简陋些，样式倒是很全，让人一看就有过节的气氛。

时晚眉眼微弯：“好。”

毕竟是搬来青城后过的第一个节日，她心里还是很期待。

吃过饭，一家人坐在一起看电视。

平时难得有时间放松，时远志抓着遥控器不肯撒手，最后惹得向洁笑着骂他：“多大年纪还跟孩子抢电视！丢不丢人！”

连一向总是小大人模样的时辰都忍不住被逗笑了。

时晚也抿嘴轻轻笑起来，笑着笑着，嘴角的笑意不禁淡了些。

明天……

看着自家热热闹闹的一家人，她的思绪忽然有些跑偏，下意识地抬头看向天花板。

在绝大部分人都能阖家团聚的日子，不知道贺寻……

他母亲去世，他父亲那边看上去又是极其不着调的样子，想来明天的中秋节，他只能自己一个人过了。

刚想到少年，时晚咬了咬唇，心里有几分不知所措的羞恼。

想他干吗呀！

时晚摇摇头，拼命地把对方从脑海里赶出去。

他那么讨厌，怎么过中秋节关她什么事！

第二天，时晚醒来时，时远志夫妇已经去研究所上班了。

她先把喵喵直叫的豌豆喂饱，将留下的早饭重新热了一遍，再把在熟睡的时辰叫起来。

姐弟俩一同吃早饭。

“咚咚！”

还没吃完早饭，门被敲响。

“应该是段阿姨吧。”放下筷子，时辰想要去开门。

时远志昨天就说过今天院里要领做月饼的材料。

“你吃你的饭。”看他跟跟跄跄的模样，时晚看着就心疼，连忙拽住，把人按回座位上，"我去。"没想到段秀娥居然会这么早就来送东西。

时晚匆匆跑到门边，一开门，顿时僵在原地。

少年还是惯常那副懒懒散散的模样，倚在门边，黑眸里是藏不住的笑意。

他微微俯身，熟悉的草药香味便飘了过来。

"我没地方去。"察觉到小姑娘下意识想关门，贺寻伸腿挡住门框，连扮可怜的表情都懒得装，"你今天能不能收留一下我？"

第八章：
中秋快乐

初秋清晨日光好。

楼道里，上次被风吹碎的窗户还没有修，小胖鸟清脆的啁啾和温柔阳光一起涌入。少年眼眸漆黑，唇边笑意慵懒。

时晚愣了几秒，脸颊有些发烫。

这说的是什么话！让她收留他？

贺寻这是把他自己当成了雨夜里喵喵直叫的豌豆？

但世界上哪里有这种大清早就堵在别人家门口强行求收留的赖皮流浪猫。

根本不明白贺寻在想什么，时晚微微抿唇："你把腿收回去。"她要关门了。

少女声音很软，眼睫轻轻颤着，语气却是再坚定不过的拒绝。

贺寻挑眉，把腿又往门里伸了伸："喂，这么狠心吗？"

哪里想到贺寻居然会先发制人地扣帽子，时晚一怔，小脸随即晕开一层气恼的薄红。

这个强词夺理的家伙！

"爸爸妈妈今天不在。"不想让正在吃饭的时辰听见他们在说什么，她声音很轻，稍稍垂眸，"我们家不过中秋节。"他就别来瞎凑热闹了。

似乎知道时晚会这么说，贺寻脸上并没有露出任何惊讶的表情。

"今天早上时叔叔跟我说过，"他点点头，随后嘴角微弯，尾音不自觉有几分上扬，"所以让我来找你。"

时晚直接愣住，怀疑自己是不是听错了。

时远志怎么会说这种话？

少女显然猝不及防，表情格外茫然，小脸上的神色懵懂，杏仁眼微微瞪着，一副不敢相信的模样。

贺寻眼底笑意更深。

他倒是没骗时晚，今天早晨他的确在院子里遇到了正要去上班的时远志和向洁，只不过当时对方说的是："贺寻你会做月饼吗？不会做，下午就去找晚晚拿一点儿。"

总归都是让他来找她，上午下午有什么分别，算不得他说谎。

"不信的话，可以打电话问时叔叔。"瞧着小姑娘反应不及的神情，贺寻微微眯眼。

他赌她绝不会打电话。

时晚被噎住了。

时远志夫妇在研究所工作很忙，没必要为了这么一点小事就打电话。爸爸妈妈的性格她是知道的，大抵是心疼故人的孩子而已。

可是……

时晚稍稍抬眸，对上少年眼里不加掩饰的笑意，咬了咬唇。

不管时远志到底说了些什么，总之这家伙肯定没安好心就对了！

时晚抓着门，不知道究竟该不该让笑得一脸玩味的贺寻进来，很是犹豫。

此时，楼道里响起脚步声。

"哎哟，太好了，你俩都在！"段秀娥气喘吁吁爬上四楼，咧开嘴，"都没事儿吧？下来帮段姨弄一下月饼！"

说是让大家自己去领月饼材料，但院子里还有一些上了年纪的老人，年纪大腿脚不便，已经不能自己在家里做月饼。

毕竟过节要图好彩头，每年段秀娥都会把月饼做好送过去。

院里老人多，虽然这项活计说不上太难，但段秀娥和老林头夫妻两个做起来却也有些吃力。赶巧今年多了两个上高中的大孩子，总算能比那群只知道胡闹的小崽子多帮点儿忙。

"我也想去做月饼。"站在院里的槐树下，钱小宝吸溜一下鼻涕，"可是我奶奶不让我做。"说是怕磕碰着。

时辰安安静静地抱着本书坐在一旁，看了眼钱小宝脸上的鼻涕印，默默掏出纸巾递过去，然后扭头看向荷花池的方向。

这年头烤箱还算个奢侈品，相较于普通人的工资而言十分昂贵。绝大部分家庭都负担不起，并不如以后普及。

于是家里做月饼时大多采用烙饼的方式，直接在平底锅里烙。

院里老人多，段秀娥索性在荷花池边架起两口大锅，一口用来烙月饼，一口用来烫面团。

　　害怕被烫到，小孩子们只能站在一边远远看。

　　已经准备好面团和馅料，做月饼的步骤倒是简单，只需要将馅料塞入面团，在平底锅里烙至两面金黄即可。

　　最重要的环节是烙月饼，段秀娥不放心让时晚和贺寻弄这个，打发他俩在一旁塞馅料，让老林头烫面团。

　　时晚一向习惯自己做饭，这点儿小事难不倒她，动作快，没过多久就塞完了两大盆馅料。

　　段秀娥准备了两种不同口味，豆沙和黑芝麻。为了将口味区分开来，时晚准备用模具在月饼上印字，一抬头，蓦然一怔。

　　贺寻的速度居然比她还快，已经拿起模具开始印字。

　　少年低着头，额前黑发散着。

　　或许是因为一旁水汽氤氲的缘故，缭绕朦胧的水雾间，平日锋锐张扬的眉眼看起来要温和得多。

　　那只向来冷厉的黑眸落进浅淡日光，多了几分柔和。

　　他怎么动作这么快？

　　时晚眨眨眼。

　　以前不是连桂花甜藕都不会做的吗？

　　还没等她想明白这个问题，贺寻已经给所有的月饼都印过字。

　　似乎觉察到自己正在被盯着看，他抬头，随即懒洋洋地笑起来："想要这个？"晃了晃手里的模具。

　　毕竟不是什么专门做月饼的厂家，段秀娥只准备了一份印字模具。

　　少年笑声慵懒，时晚有些不太自然，但还是点点头："嗯。"伸手想要去拿模具。

　　然而却拿不动。

　　明明看上去被松松夹在指间，可就是一点儿都拔不出来。一连试了好几次，她疑惑地抬头，正对上贺寻微弯的嘴角。

　　是全然掩饰不住的笑容。

　　这个家伙！

　　时晚顿时明白过来，小脸漫上一层绯色。

　　又开始捉弄人了！

　　但一旁还有段秀娥和老林头，她不好直接发作，只能咬着唇去瞪他。

　　真是个傻姑娘。

　　贺寻手上使着暗劲儿，瞧见少女恼火却无计可施的表情，不禁低低笑出声。

　　下一秒，腿上就结结实实挨了一下。

　　小姑娘显然恼得不行，这一脚踹得凶狠，一点儿力道都没收。

　　贺寻完全没有准备，不由得闷哼一声，手顿时松开。

"呵。"

钱小宝还在槐树边兴高采烈地玩泥巴，听见时辰冷笑道："活该。"

前后忙碌了整整一个上午，到了该吃午饭的时间，总算将所有月饼都尽数烙完。

"晚晚你来尝一尝！"最后一锅月饼出炉，段秀娥擦了把头上的汗，"这锅烙得最好！待会儿你们俩就把这锅拿回去！"

时晚从段秀娥手里接过月饼。

月饼烙得确实非常棒，两面的饼皮金黄，层次极其分明。酥脆到仅仅捏在手里都不断往下掉渣。小心翼翼咬上一口，清甜滚烫的豆沙馅就缓缓流淌出来。

是记忆里熟悉的味道。

"怎么样，好吃吧！"段秀娥叉着腰，笑眯眯地站在一旁。看着时晚小口小口地吃掉半个，这才想起旁边还有个贺寻，"别愣着，你也拿着吃啊！这么大小伙子还要段姨喂吗？"

说完，她就去找搪瓷盆装剩下的月饼。

"别往心里去。"老林头有些无奈，冲贺寻道，"你段姨就是那脾气。"

贺寻一直在默默盯着小姑娘吃月饼，听见老林头出声，摇摇头："林叔你说笑了。"

平心而论，段秀娥只是脾气冲了些，人倒是不坏。

"行。"老林头笑着拍拍他的肩膀，"你也赶快去尝尝月饼。"

时晚向来胃口小，月饼分量又足，吃了半个，就有点儿吃不下。

她正准备收好剩下的半个月饼，少年朝这边走来。

时晚以为他要拿放在身侧的月饼，往旁边稍稍挪了一步，然而下一瞬，手上蓦然一空。

贺寻直接从她手里拿过那半个月饼，极其自然地咬了一口。

时晚目瞪口呆，呆呆地站在原地愣了好一会儿，才蓦然惊醒："你……你做什么？！"

那可是她吃过的月饼！

或许是把实验室里的习惯带到了家中，时远志和向洁一向推崇分餐制，饭菜都要分到每个人自己的盘子里。

连用公共碗筷都不肯，更不要说这样你一口我一口地吃东西。

哪里见过像贺寻这样光天化日之下从别人手里抢月饼吃的人，时晚又蒙又着急，连带着脸一下烧起来："还给我！"伸手想要去抢。

初秋，槐树下。

满面绯红的少女踮着脚，努力想从少年手中把月饼抢回来。

然而到底个头矮，对方又是出挑显眼的身高，顺手懒洋洋一举，便是再怎么努力都无法够到的高度。

　　一连试了几次都徒劳无功，时晚又羞又气："你……你无赖！"

　　秋风渐起，将槐树吹出簌簌声响，也吹动少女眼里一圈又一圈的涟漪。

　　贺寻嘴角一勾，散漫笑了下："怎么，你还想继续吃？"

　　少年声音低沉，尾音却不自觉上扬，少了几分平日里慢人的压迫，多了点带着些许撩拨的玩味。

　　"你……"时晚一噎。

　　谁要继续吃！

　　从来不会讲歪理，她一下被贺寻给绕了进去，一时间不知道该如何反驳，只默默咬紧唇。

　　小姑娘红着脸，紧紧抿住唇，一双杏仁眼湿漉漉的。

　　贺寻眼神微暗，渐起的风似乎也吹到他心里，酥酥麻麻的一阵痒。

　　"我就说好吃吧！"他正要说话，段秀娥抱着好几个搪瓷盆回来，见时晚手里空着，不禁得意扬扬，随后又看向贺寻，"怎么样，你段姨的手艺好不好？"

　　贺寻低头笑笑。

　　不去看一旁涨红了脸的时晚究竟是什么表情，他抬手，重新又咬下一口月饼，清甜的豆沙馅绵软。

　　"嗯，"少年一本正经，"很甜。"

　　贺寻根本就是个无赖！

　　时晚抱着段秀娥分的月饼回到家，死死关上门，气得一句话也不想说。

　　坐在书桌前，想起对方吃月饼的那一幕，她脸颊滚烫，莹白指尖死死绞在一处。

　　世界上怎么会有那么过分的人！

　　时晚只想冲上去捶贺寻，咬着唇，在房间里坐了好一会儿，才勉强平复下心情。

　　脸上还有一点残余的热度，她深吸一口气，走出房间。

　　时辰正坐在沙发上逗豌豆玩。不知道被谁招惹到，又似乎从来都是这样的表情，他小脸绷得很紧，一副不高兴的模样。

　　"姐姐。"见时晚出来，时辰立马松开瘫成一张饼的豌豆。

　　"待会儿早点吃晚饭吧。"时晚不愿意再想与贺寻有关的事，摸了摸时辰的头，"晚上要看灯会，人可能会很多，我们要早点出门呢。"

　　一年一度的中秋灯会固定在青城的另一端举行，中间需要倒好几趟班车。

　　倒车原本就麻烦，加上时辰腿脚不便，出行时间就得比其他人更早一些。

　　提到看灯会，时辰绷紧的嘴角放松一点儿："好。"

　　难得见一直小大人模样的时辰露出六七岁孩子该有的表情，时晚笑意也深了些。

　　几个小时后，提前吃过晚饭，时晚带着时辰出门。

　　毕竟是大型活动，想要去看灯会的人有许多，公交车站旁熙熙攘攘挤了一大群人。

　　明明离始发站不远，一连好几趟车却都满满当当，根本挤不上去，前来等车的人却越来越多，大家拥在一起，难免心浮气躁起来。

　　"小心。"

　　站在前面的男人开始不耐烦地一边甩手一边骂骂咧咧，时晚牵住时辰的手，把他拽到自己身后："我们去打出租车吧。"看样子坐公交车去是不可能了。

　　然而同公交车一样，路过的出租车也辆辆都有人。天光渐沉，却迟迟没能等来一辆空车。

　　"姐姐。"时辰拽住时晚的衣袖，轻轻摇了摇，"不然我们回家看电视吧。"

　　"再等等。"时晚摸摸他的头。

　　她看出时辰其实是很想去的。

　　时辰腿脚不便，从前在家里又不受待见，小叔叔肯定不会带他去参加这种大型活动。

　　难得有机会，她还是想带时辰去看看灯会。

　　听见时晚这么说，时辰没有再说什么，只是默默牵紧她的手。

　　姐弟俩继续在路边等车。

　　或许是因为灯会即将要开始的缘故，前来候车的人越来越多，路边挤满了等公交车和想要打车的人。

　　夕阳西下，落日熔金。

　　等待的时间实在太久，最后连时晚都有些隐约的动摇。

　　"小辰……"话到嘴边，垂眸看着身边眼眸乌溜溜的时辰，她又始终说不出那句"我们回家吧"。

　　正在犹豫，街角处突然传来巨大的引擎轰鸣。

　　等车的人有许多，大家挤在一处，人声吵嚷，一时间竟然没能压住那阵轰鸣。

　　大家纷纷扭头去看。

　　有力的引擎声听上去似曾相识，时晚一怔，旋即抬眸。

　　同想象中一样，的确是熟悉的银黑色机车。

　　然而和开学第一天又有些不同，这一次，迎面开过来的并不是一辆虎神，而是乌泱泱十几辆。

　　十几岁的男孩们挽起袖子，手臂上的刺青花里胡哨，个个张扬恣意。

　　他们放肆地吹起口哨，大声笑着，吵吵嚷嚷地冲过来，却又整齐划一地拧紧刹车。

　　刹车声短促有力，十几辆虎神同时停在时晚和时辰面前，把姐弟俩密不透风地围了个结实。

从没见过当初机车队浩浩荡荡冲进家属院的阵仗，时辰和一旁的围观群众全都愣住。

原本吵嚷的街道上一时间鸦雀无声，格外寂静。

时辰下意识觉得面前这群人和楼上那个家伙一样不是好人，愣了几秒，紧张地跟跄两步，想要把时晚挡在身后。

下一秒，安静的街道上又一阵机车轰鸣声响起。

明明是同样的银黑虎神，携风而来的少年却比其余任何一个人都要显眼，额前碎发被吹起，他眼眸漆黑幽深，轻易将漫天灿烂的云霞甩在身后。

"喂。"贺寻停在时晚面前，拍了拍虎神，语气懒散，"上来。"

尽管看出时辰脸上有几分明显的不情愿，时晚最后还是没拒绝贺寻的提议。

因为其余候车群众探询的眼神实在太过灼热，个个目光犀利，想要看出一个文文静静的小姑娘和这群张扬任性的少年究竟有什么关系。

托机车队气焰嚣张的福气，来灯会的路上格外顺利，沿途车辆纷纷避让，生怕招惹到这群一看就不怎么好惹的少年。

最后刚好赶上灯会开始。

依托绕城的青水河，灯会上人群熙攘。天色已暗，各式花灯纷纷燃起，将头顶一小片夜空照得通明，很有节日气氛。

不过出乎时晚意料的是，没过多久，时辰就对那些样式精巧的蛋壳灯、鸟兽花树灯失去了兴趣，反而站在灯会里现做现卖的陶艺摊前挪不动腿。

难得见时辰露出孩童该有的稚气神情，时晚也就没有硬拽着他去看花灯，而是让他跟着摊主一起学着怎样捏陶泥。

时晚站在陶艺摊旁，看着时辰兴致勃勃地摆弄手里的陶泥。见贺寻走过来，她眼睫轻颤，最后轻声说："谢谢。"

听见时晚道谢，贺寻嘴角一勾，声音有些低沉："终于不生气了？"

中午可是一副气到不行，恨不得扑上来狠狠咬他的模样。

想起中午他抢她月饼的事，时晚脸颊一烫。

她并没有接这个话茬，微微抿唇："你不去看看花灯吗？"

灯会规模大，沿着青水河，琳琅满目的花灯在夜里迤逦成一条暖黄的光带。河边游人如织，情侣和带着孩子出来玩的家长纷纷在花灯前驻足。

到了零点会有放河灯的活动，大家都会在那之前挑好自己心仪的花灯。

"你怎么不去？"贺寻挑眉，轻轻"啧"了一声。

从来没庆祝过中秋，他对这种吵吵嚷嚷的活动没有半分兴趣，要不是小姑娘想看，他压根儿就不会来。

并没有想到贺寻会直接反问回来，时晚一怔。

"我……"她一下被问住，反应了一会儿，抬头看向天空，"我想看月亮……"

早些年，时远志和向洁还没有那么忙的时候，一家人在中秋夜总会一起赏月。后来工作愈来愈紧张，夫妻二人鲜能回来，每年只有时晚一个人待在家里，却还一直保持着小时候赏月的习惯。

但今天似乎不太凑巧，明明灯会刚开始时天边还有云霞，没过多久，云翳就压了上来。

月光被深重的灰黑云层挡住，只有各式花灯散发出温暖的光芒。

"不会一直这样吧……"心思全部放在月亮上，时晚无暇顾及花灯，"会下雨吗？"

倘若真的下雨，这个中秋夜怕是见不到满月了。

少女微微仰着脸，面容在花灯的映衬下越发清澈柔和，却又不禁拧起眉，带着点儿隐隐的忧虑。

贺寻眼神微暗。

"不会。"忍住伸手去揉她眉心的冲动，他沉声道。

"哎哟！"

几乎是同时，陶艺摊摊主摸了把自己锃光瓦亮的脑门，旋即不可思议地抬头："怎么下雨了！"

似乎存心同灯会作对，一开始只是零零星星的雨点，后来雨势竟逐渐猛烈。

细密的雨丝敲在青石板的路面上，发出噼啪响声，青水河的河面泛起无数发白的水泡。

"这不长眼的老天爷！"陶艺摊摊主手忙脚乱地给自己的摊子撑起塑料布，痛心疾首，"好好的中秋节下什么雨！"

其余的摊主也纷纷用塑料布支起简易的雨棚。

雨势分外凶猛，一时间，前来逛灯会的人只能挤在雨棚下大眼瞪小眼，全都被限制在了这片小天地中。

怎么也没想到话音刚落就下起雨，贺寻抬头。

雨丝过密，尽管花灯亮着，也不能照亮头顶深沉荫翳的夜。

时晚同样抬头看向天空，稍稍抿唇。

早已不是年纪尚幼的小孩子，中秋夜看不见月亮其实根本算不上什么大事。

只是……

雨水顺着风扑在脸上，带来微微的凉意，少女眼睫轻颤。

在很小的时候，时远志和向洁就没法时常待在家里，每逢中秋节，当其他小朋友高高兴兴和家长在一起吃饭时，她只能一个人趴在阳台上看满月。

那时小，免不得哭闹几句，向洁就哄她，说总归看见的都是同一轮圆月，四舍五入也可以算一家人团圆。

所以每个中秋夜，时晚都很喜欢看月亮，仿佛这样就可以和爸爸妈妈待在一起。

时晚从前待的城市雨水少，中秋节前后很少下雨，没想到才搬来青城，第一个中秋夜就遇上了突如其来的大雨。

心里终究还是有些遗憾，她垂眸，静静盯着被雨水敲打的青石板。

"哎哎哎，小兄弟！"还在想这场雨究竟什么时候会停，身边突然传来惊呼声，"这么大雨你上哪儿去啊？"

时晚抬头，发现原本站在旁边的贺寻已经从雨棚下走了出去。

"哎……"她一惊，想要叫住他，声音却被雨水的噼啪声盖过。

雨势大，没走几步，贺寻身上的白衬衫就被浇了个透湿。布料单薄，隐隐可以看见精瘦结实的腰线。

"他这是想干吗？"同在雨棚下躲雨的游人议论纷纷。

"这么大雨跑出去有病吧？"

"是不是脑子不好使？"

在一片揣测的议论声中，少年停下，同另一个雨棚下的老板交谈起来。

距离隔得并不远，虽然听不清他们说的话，但还是能看清那边的老板做的到底是什么生意。

陶艺摊摊主一脸蒙："这么大的雨，这小子是想打气枪？"

青城管理不太严格，大型活动或者公园里，时常可以见到摆射击摊的，游客可以用气枪打气球兑换奖品。

今天既然开在灯会里，兑换的奖品自然是花灯。

"别了吧。"一旁的游客大叔不禁插嘴，"那准星都是调过的，雨又这么大，闹着玩呢！"

摆射击摊的老板只给自己和花灯搭了一个小雨棚，放置气球的柜子则毫无遮拦地暴露在雨中。

这种摊位上的气枪一般都暗自动过手脚，准星被调过，寻常晴天时都很难打中，加上如今大雨干扰，想要击中气球简直就是不可能的事儿。

陶艺摊摊主点头："是啊。"

话说到一半，摊主看了一眼愣住的时晚，眯了眯眼。

难道是为了讨好这个小姑娘？

想了想，陶艺摊摊主不禁摇头。这挑时机的烂本事，打完后不被小姑娘嫌弃就谢天谢地。

大雨天打气枪，也不知道究竟是怎么想的。

游人和摊贩都挤在雨棚处躲雨，青石板路上，一时间只剩下在雨中独自立着的贺寻。

没有理会众人探询的视线，和射击摊老板交涉好，贺寻端起气枪。

衬衫被彻底打湿，单薄的布料裹住少年精瘦结实的身体，勾勒出手臂流畅的肌肉线条，他微微眯眼。

"看起来好像还挺像回事儿。"陶艺摊摊主嘀咕。

"砰！"

噼啪雨声里，气枪短促的击发声响起。

一枪过后，众人纷纷转头去看，随即爆发出一阵不小的嘘声："不行啊。"

架势倒是挺足，然而一出手就是空枪，根本就没打中。

他这是要做什么……

听着周围游客的议论，时晚咬紧唇，用力过度，唇色有些泛白。

"砰砰！"

贺寻没有搭理众人的议论，抬手，紧接着又是两枪，却还是一个气球都没打中。

嘘声更大了些。

"这小子。"先前发表意见的游客不禁摇头，"现在的年轻人可真是……"

正想说现在的年轻人一个比一个轻浮，根本沉不住气，雨幕里，突然炸开一连串清脆的响声。

三发空枪之后，少年仿佛根本没有刻意瞄准，信手连续扣动扳机。

每一下短促有力的击发都带起一声更为清脆的爆裂，两种尖锐的声音重合在一处，几乎毫不间断地响起。

一时间居然将噼啪雨声狠狠压了下去。

几十秒过去，原本摆得满满当当的气球柜已然空空荡荡，连一个完好无损的气球都没剩下。

"这……"陶艺摊摊主简直不敢相信自己的眼睛，周围的游客更是面面相觑。

这是怪物吗？

大家你看我我看你，都从彼此眼中看到了不可思议的震惊。

合着之前那三发空枪并不是打不中，而是在试准星。

可平时都没怎么见过百分百的命中率，更何况在天气极其恶劣的暴雨夜？

同先前没有搭理那些不怀好意的议论一样，贺寻也没有理会此刻响起的惊叹。

他把气枪放回原处，径直走向挑花灯的地方，认真端详许久，最终伸手拿了一盏。

时晚站在原地，看着浑身湿透的贺寻小心翼翼护着那盏花灯，踏着雨一步一步走过来。

雨势大，少年被淋得有几分狼狈，额前碎发凌乱，水珠沿着下颌淌进胸口。

"喂。"他眼神很明亮，"送你个月亮，别再难过了。"

被贺寻捧在手里的是盏极精巧的花灯。

花灯做成玉兔捧月的模样，灯面上细细雕着祥云暗纹。暖色的光映着，暗纹如同活了一般，在夜色里缓缓淌出一片层叠的流云。

分外玲珑可爱，和灯会里其他展出的花灯相比也毫不逊色。

然而，时晚的注意力并不在花灯上。

"你……"她仰脸看着面前的少年。

时晚一直站在雨棚下，雨丝来不及打湿她的衣服。而贺寻全身都被淋得透湿，整个人都在往下滴水。

秋季的雨夜向来寒冷，在雨中待了许久，他身上寒气很重，光是靠近都能感受到扑面而来的冰凉。

"我什么我？"他偏了偏头，声音有些沙哑，"赶快拿着。"

要不是看小姑娘耷拉着脑袋满脸不开心地站在那儿，他才不会冒这么大的雨冲出去。

这个年纪的男孩子火气旺，淋点雨并不是什么大问题。然而或许是在荷花池旁跪沈怡的那一夜有些受凉，在雨里打气枪的工夫，贺寻竟然觉得骨髓都透着森森寒意，冷到几乎没有知觉。

花灯最后被强行塞进时晚手中。

不可避免地，少年的指尖轻轻掠过她的手背，冰冰凉凉，带着潮湿寒冷的水汽，玉兔捧月的花灯却莫名沾有几分暖意。

到底是中秋夜，这场突如其来的暴雨并没有持续多久。十几分钟后，风声渐息，云翳散去，露出藏在云层背后的一轮明亮满月。

月色温柔明澈，轻易压下所有繁复花灯的光彩。

贺寻全身上下都湿透，抬头望天，嘴角忍不住扯了下。

这老天爷简直是成心跟他作对。

衣服湿漉漉贴在身上，不怎么舒服，他正皱着眉，衣袖被轻轻扯了扯，转身去看，对上小姑娘清澈的杏仁眼。

"你……"时晚手里拿着问陶艺摊摊主借的毛巾，抿唇，"你擦一下头发。"

云开雾散，暴雨停歇，放河灯的时间快到了，其他游客大多已经去向河边。看着少年接过毛巾，她抬眸看他："我们回去吧。"

秋夜原本就寒凉，又淋了一场雨，待在灯会上吹冷风，恐怕第二天就会感冒。

贺寻懒散擦着头发，想都没想："不要。"

来都来了，也不差这一时半会儿的工夫，他应该还没弱到淋场雨就发烧下不了床的地步。

贺寻拒绝得干脆，时晚愣了愣。

"还是走吧……"方才他指尖擦过手背时，她都被冻了一下，继续留在这里，多半会生病。

见过少年当初被雨淋一整晚后的狼狈，她不太想再看见他那副模样。

时晚难得坚持自己的意见，然而今晚的贺寻似乎格外固执。他擦干头发，把毛巾还给摊主："没许愿呢，急什么？"

时晚愣怔一下，才反应过来贺寻说的是去放河灯。

少女微微仰脸，清透眼眸中落入一轮明月，泛着一层莹莹的光芒，让人难以移开视线。

贺寻嗓音有些沙哑："陪我一起去放河灯。"

他语气带着点儿不太讲理的味道，很是笃定。

时晚怀里抱着玉兔捧月灯，犹豫了一会儿，最后轻轻点头。

她原本想叫上时辰一起去，然而被陶泥完全迷住，向来听话的时辰难得任性一次，无论如何都不肯离开陶艺摊。

时晚只能暂且把他托付给摊主，自己和贺寻朝河边走去。

自然不能拿贺寻刚赢来的花灯当河灯放，两人重新在河边摊贩手里买了两盏。

"许什么愿都可以，升官发财保健康……"小贩递过写心愿的红笺纸。

时晚许的心愿再简单不过，希望时远志夫妇工作顺利，时辰在学校能开开心心。

当然，最重要的是一家人身体健康，可以一直像现在这样幸福地生活下去。

贺寻没有故意偷看的想法，但毕竟身高摆在那里，一低头，就将红笺纸上秀丽的笔迹看得分明。

他嘴角弯了弯，笑声低沉。

果然是个规规矩矩的好学生，连许愿都这么四平八稳不出格。

"不许偷看。"听见少年难以抑制的笑声，时晚伸手去挡自己的红笺纸。

虽然并没有写什么见不得人的东西，但被别人看见还是有些不好意思。

小姑娘脸皮薄，一害羞就脸红，白皙纤细的脖颈也一点点蹿上绯色。

贺寻挑眉："那我给你看我的。"免得又说他欺负人。

说完，他也不管时晚究竟想不想看，直接把自己的红笺纸举到她眼前。

时晚猝不及防，视线落在红笺纸上。

少年只写了简简单单的一行字，一眼就能看清：希望小同学早点开窍。

时晚脸颊蓦然一烫，下意识地别开视线，咬着唇，语气里带着几分恼："你……你烦死了！"

他学习这么好，怎么一天到晚不做些正事。

少女视线躲闪，手足无措的模样有种笨拙的可爱。

贺寻舌尖顶了下上颚："嗯。"反正她也不能把他怎么样。

少年态度风轻云淡，一副光明磊落的样子。时晚反倒不知道该怎么继续往下说，最后只能认命地抱着花灯，朝岸边走去。

去得比其他人迟了些，青水河上已经浮着不少花灯。光芒璀璨，仿佛星空映入河面。

稍稍一推，两盏花灯便晃晃悠悠地随着水流远去，而后汇入其他花灯织成的光带中。

默默立在岸边台阶上，直到再也看不见那两盏花灯，贺寻才开口："中秋快乐。"

零点已过，这句是迟来的祝福。

不同于方才的淡定自然，这句祝福他说得有点儿磕绊，似乎很不熟练。

时晚眨了眨眼。

夜深，风渐起，河边自然有些冷。怀中的花灯却依旧散发着融融暖意，她想了想，轻声应道："中秋快乐。"

那盏玉兔捧月灯最后被时晚带回了家。

"真漂亮！"第二天，时远志研究了半天放在茶几上的花灯，又献宝一样拿去给向洁看，"怪不得那么多人去灯会，可真好看啊！"

向洁不禁笑道："那是你女儿会挑！"

时晚在房间里为明天的期初考试做准备，听见客厅里父母的交谈，笔尖一顿，无端有些紧张。

好在没过多久，时远志夫妻俩的注意力又被时辰带回来的一大包陶泥吸引走，并没有继续讨论花灯。

时晚蓦然松了口气。

盯着面前熟悉的化学公式，她无意识地在草稿纸上划着横线，眼前却出现昨夜少年的眼眸。

那只没受伤的眸子有时挟着几分捉摸不透的笑意，有时泛着深海浮冰般的漠然，却总是一贯的漆黑深沉，鲜有那么明亮的时候。

连浸在眼中的月色似乎都要燃起，和漫天星子一同闪烁。

时晚愣怔许久，过了好一会儿，才反应过来自己居然在发呆。

她伸手捂了捂脸，有些羞恼，赶紧翻动手上的课本。

明天就是期初考试，这个时候不能分心。

纸张被快速翻动，发出哗啦啦的声响。

第九章：
你烦死了

第二天，周一。

一中全校进行期初考试。

按名次排考场，转学生原本应该和成绩最差的学生在一起考试，但不知为何，时晚却被安排在了中段考场。

"大概是害怕被别人抄吧。"姜琦分析，"毕竟你俩学习都那么好不是？"说的是时晚和贺寻。

时晚想起那次莫名其妙被人堵住要求作弊的事，心有戚戚，觉得姜琦的话有道理。

不过似乎是随机安排，她同贺寻并不在同一个考场。

大概是不愿意多浪费时间，高二年级的期初考试只有一天。上午考语文和数学，下午考理综和英语。

整整一天考试下来，大家都很是疲惫。

"完了完了！"最后一门英语结束，回到班里，杜威已经掩面哀号，"我马上就要从这个班滚蛋了！"

"这不是你希望的吗？"有人大大咧咧地怼他，"就你那点分留在这里不痛苦？"

原本就疲惫，听见他们这么说，不少人脸上都露出有些惆怅的表情。

毕竟像杜威这样不好好学习的是少数，绝大部分学生还是希望可以留在一班。然而名额就那么一点儿，按名次排，能留下来的只有年级前四十五名。

"我感觉我应该还挺稳的。"姜琦喃喃自语一句，伸手去戳时晚，"晚晚，你怎么样，你和贺寻谁能拿年级第一啊？"

"没那么夸张吧……"时晚抿唇，"还有其他班的同学呢。"

虽说这一个月的小测基本都是她或者贺寻拿第一，但毕竟人外有人，谁也不知道会不会有更厉害的学生。

姜琦吐了吐舌头："你太谦虚啦！"其他班绝对没有成绩这么好的！

正吵嚷着，班里蓦然一静。楚慎之站在门边，依旧是漠然冷淡的表情，冷冷扫视一遍班级。

"你们都早点回家吧。"楚慎之扫视一圈，并没有看见自己要找的人，淡淡道。

离开时，他又点了时晚的名字："时晚来我办公室一下。"

时晚皱了下眉。

不同于其他老师，楚慎之平素不太爱叫学生去办公室，倘若点名要去，通常不会是什么好事。

可是……去办公室的路上，时晚一直在想自己最近做了什么，直到进门，也没想出个所以然，只能探询地望向楚慎之："老师找我有什么事？"

"贺寻今天没有来学校。"楚慎之看向她，"我看你们家庭地址在一个院子，你知不知道他去哪儿了？"

开考后不久，负责贺寻那个考场的监考老师便来找楚慎之，询问今天是否有请假缺考的学生。

毕竟事关之后的分班，所有人都很慎重。

"他没来考试？"听见楚慎之的话，时晚一怔。

她几乎瞬间想起中秋雨夜，少年全身被淋到透湿，整个人不断往下滴水的模样。她支吾着："是不是……生病了？"

少女指尖不安地绞在一处，语气里带着几分自己都没察觉到的焦急。

楚慎之眼神暗了暗。

"中午我去过贺寻家。"他并没有点破，淡淡道，"家里没人。"敲了十几分钟的门，倘若有人，不会不来开门。

时晚被这个消息惊到，走出办公室时，还有几分恍惚。

果然还是生病了吗？

她无意识地攥紧手，咬住唇。

贺寻性格散漫跳脱，可每次小测做得都很认真，分数和她不相上下，显然是用了心的。

这么一个在乎学习的人，倘若没有极其重要的原因，绝对不会缺考期初考试。

然而楚慎之说没有人应门，不在家里，那还能去什么地方呢？

时晚一个人默默沿着楼道边走，不知不觉，正好走到聂一鸣的班级。

她想了想，去找聂一鸣。

"寻哥生病了？"聂一鸣一脸蒙，伸手挠了挠头，"不是，他没和我说啊。"

时晚一愣："你也不知道吗？"

毕竟两个人关系好，如果到了需要生病住院的地步，贺寻大概率会去找聂一鸣，却没想到对方居然也不知道贺寻没来考试的事。

聂一鸣同样一头雾水，最后，提议先去贺寻家里看看。

他们敲了半天，却没有人应门。

"可能就是睡着了。"聂一鸣不再敲门，蹲下身，掀开放在门口的门垫，取出藏在下面的钥匙。

门一打开，他就扯着嗓子开始叫唤，房内却仍是一片寂静，杳无声息。

"奇怪……"叫了半天没人应，这下连没心没肺的聂一鸣也彻底蒙了，"寻哥能去哪儿？"

没听说最近有什么事儿啊。

时晚跟在聂一鸣身后。

同之前一样，客厅还是异常干净整洁，光线明亮，书房的窗户开着，伸进一簇嫩绿枝丫。

卧室的门没有关，一眼就能看见空空荡荡的床。素色床单上有些凌乱的褶皱，似乎主人离开得急，来不及将褶皱一一抚平。

"奇怪。"全然摸不着头脑，聂一鸣摸摸下巴，"让我问问。"说着，他走向放在电视柜旁的固定电话。

这年移动电话并不普及，手机是个稀罕玩意儿，大众间最流行的还是寻呼机。聂一鸣家里有钱，自然早早就买了一部手机，一同厮混的兄弟们却不是人人都有。

眼下要联系，只能用固话拨寻呼台，再让他们找公用电话一个个打过来。

聂一鸣忙着拨寻呼台。

时晚等在一旁，茫然而焦急。

贺寻会去哪儿？

头一次遇见这种事，她手足无措，只能听聂一鸣接起一个又一个电话，全然不知道自己能够做些什么。

铃声不断响着，时晚眉头越皱越紧。

淋那场雨原本并不会让贺寻生病。

沈怡是个不合格的母亲，贺寻从小自己管自己，一回到家，他就煮了姜汤喝。滚烫辛辣的液体淌过喉咙，落进胃里带来灼烧感。换掉湿衣服，少年沉沉睡去。

直到被固话单调的铃声吵醒。

打电话的人异常执拗，一遍又一遍地反复拨着，似乎一定要拨通才罢休。

贺寻原本不想接电话，实在受不了对方的固执，只能起床。

还没睡醒，他懒散接起电话，嗓音有些沙哑："喂？"

下一秒，所有的困意在对方开口后尽数散去。

"终于醒了？"电话另一端，贺子安语调也很懒散。

电流嗞嗞响着，两个人的嗓音在一瞬间听上去竟然有些相似。

贺寻握紧听筒，用的力气大，听筒被隐隐捏出裂纹。

贺寻不恨沈怡，因为她生下了他，虽然从来没怎么精心养育，却也没让他一个人孤零零死在外面。

他也不恨那个一年到头见不到几次的男人，平心而论，对方已经尽到了所有能尽的责任和义务，不能再要求更多。

唯独贺子安。

光是隔着电话，听见贺子安微弱却清晰的呼吸声，他就想不管不顾地要对方死。

哪怕要在监狱里度过后半生，哪怕这辈子就这么毁在对方身上，都不会有一分一毫的后悔。

"门口给你放了个礼物。"并不像上次一样刻意激怒，这一次，贺子安的语气也格外平静。

贺寻沉默。

他不知道贺子安说的礼物是什么，但多半不会是什么好东西。

都没有再说话，两个人静静在电话里无声对峙，最后是贺子安先败下阵来。他轻笑一声："去看看，是你一直想要的那个。"

说完，电话挂断。

电流声消失，只有"嘟嘟嘟"的声音单调重复地响着。

贺寻站在原地，一瞬间不敢相信自己听见的话。

贺子安是什么人，嘴里没有一句实话，满心满腹都是算计，根本不足为信。

然而下一秒，贺寻就甩下听筒，匆匆去开门。

门外无人，只有一个牛皮纸袋静静躺在地上，里面是一张黑白复印件。

复印件上只留下结论部分，抛去冗长的数据分析，很容易能看见最后得出的结果。

贺寻目光一扫，就看到了那句短短的结论。

中秋节的第二天，天气放晴，太阳已经暖洋洋地升到树梢。

阳光从窗户洒进来，落在身上却像是昨夜劈头盖脸砸下来的暴雨。

贺寻耳边听见奇怪的响动，捏着那张薄薄的纸，过了许久，他才意识到那是自己牙齿上下碰撞的声音。

他太冷了，比跪在荷花池的那一夜还要冷，血管里流淌的似乎是深海浮冰。

复印件被捏出一片褶皱，贺寻在原地站了许久，最后只是默默将牛皮纸袋收好，然后走回自己的卧室。

他原本只是想重新躺回床上，然而全身发软，根本没有一丝力气。

这些年，他咬着牙跨过了那么多的坎，没有屈服于老天爷一次又一次的刁难，没有向任何一个人低头认输，最后却拿这张小小的床毫无办法。

腿一软，少年直接滚进床下。

"你们到底能不能行啊？！"把所有能联系到的人都联系了一遍，还是没有任何头绪，聂一鸣不免也急躁起来。

他冲着电话那端的无辜小弟骂骂咧咧几句，转头看时晚，说："不然再去医院找一找？"

虽然不知道为什么寻哥生病不找他，但既然家里没有人，还是先去医院看看比较好。

听见聂一鸣这么说，时晚略显迟疑地点点头。

要是那晚没有去看灯会就好了。她咬着唇，心里是无尽的愧疚和懊悔，这样贺寻就不会生病，也不会一个人孤零零去医院。

两个人走到门边，时晚跟着聂一鸣，正要走出去，脚步一顿，视线落在玄关处的鞋柜上。

贺寻家里收拾得格外干净，鞋柜也摆放得整整齐齐。主人似乎有点儿轻微的强迫症，每一层都放着相同色系的鞋，摆得满满当当。

满满当当？

时晚一愣。

"怎么了？"已经站在门外，聂一鸣问她，"还不走吗？"

"没……"时晚摇摇头，"没什么。"

也许只是她多想，贺寻不一定每次回家都会把鞋收进鞋柜。

"我再去看看。"然而到底心里焦急，踏出门槛的前一秒，时晚转身，"你等我一下。"

"那我在楼下等你！"聂一鸣挠头，然后小声嘀咕，"刚才不是都看过嘛……"

家属院的房子面积都不大，普通的两室一厅就那么点儿地方，压根儿没看到人。

时晚重新看过阳台和书房，最后只剩下卧室。

卧室只放了一张床，一览无余。床单还是那副凌乱的样子，坠落大半，松松搭在床沿上，将床下的空间尽数挡住。

时晚心头一动，虽然觉得不太可能，但还是走上前去，俯身撩起床单。

"贺寻！"下一秒，她心口瞬间一滞，"你怎么了？醒醒！"

少年躺在床下，紧闭着眼，面色惨白。

似乎被什么噩梦困扰，他紧紧皱着眉，向来飞扬的眼尾沉沉压下，透着种几近绝望的颓丧，整个人毫无生气。

时晚眼眶瞬间红了。

来不及去细究里面的原因，她拼命想要把他从床下拽出来，然而力气太小，根本拖不动。

时晚下意识想要起身去叫聂一鸣，手腕却蓦然一紧。

少年的体温高得惊人，拽住她手腕的指尖滚烫。

"别走……"嗓音含混不清，似乎是梦中呓语，"别离开我……"

房间昏暗。

客厅书房都明亮，唯独卧室的窗帘紧紧拉着，偶有几丝光线借着风势从缝隙间漏进，又迅速消弭在沉闷的光影里。

贺寻明明紧闭着眼，烧到意识不清，力气却出乎意料的大。时晚手腕隐约吃痛，不禁轻轻吸气："没事，没事了。"尽管不知道他把自己认成了谁，她还是轻声安慰道。

少年唇色苍白，嗓音沙哑，语气近乎哀求。

时晚从没见过贺寻这副模样。

即使是初见的暴雨夜，他也是执拗而漠然地跪在雨中，挺直身板，任凭劈头盖脸的雨点敲打在身上。

然而此刻，曾经顽强到能用白酒直接消毒伤口的少年却躺在地上。这年家属院的装修都是普通瓷砖，瓷面冰凉，他却烧得浑身滚烫，神志模糊，总是挟着点凉薄笑意的眼眸沉沉合着。

少年不肯松开少女纤细脆弱的手腕。

"我去叫人。"腕间疼痛感渐重，时晚咬了咬唇，"你先放开我好不好，我很快就回来。"

不明白贺寻为什么会病成这样，她只知道现在必须马上把他送去医院，倘若再这么烧下去，整个人就要烧傻了。

就像现在他已经认错了人。

时晚挣扎了几次，始终没能从禁锢中逃脱，实在没有办法，只能一根一根去掰贺寻的手指。仿佛被烈焰吻过，少年指尖越发灼热，滚烫得几乎要燃起火苗。

时晚掰到最后一根，眼看就能挣脱桎梏，正要抽回手，腕间一烫，竟是又被重新牢牢拽住。

"你……"她下意识地低头看向贺寻，却发现他居然醒了。

他微微睁着眼，瞳色漆黑，视线失焦片刻，最终缓慢定格在一处。

他静静地看着她，眼神格外清醒。

几秒后。

"晚晚，"和方才近乎梦呓的呢喃不同，贺寻沙哑地喊她的名字，"别走。"

他指尖收紧，死死攥住少女的手腕，仿佛只要一松手，眼前的小姑娘就会消失不见。

时晚一怔，正想开口，腕间力道蓦然一松。

"啪！"

少年彻底失去意识，闭上眼，手重重砸在瓷砖上。

"对……没事儿，我和他朋友在一起，你们不用过来……待会儿情况稳定我就回家……"

时晚和聂一鸣一起把贺寻送去医院，借了值班室的电话联系向洁，说自己要晚些回去。

向洁倒是没细问什么，只担心地询问要不要过来帮忙，毕竟是沈怡的孩子。

"这怎么回事啊？"挂了电话，时晚回到病房，聂一鸣正死拽着医生不撒手，"我寻哥好好的怎么能病成这样，总得有个理由吧！"

如今医患关系还没后来那么紧张，聂一鸣大声嚷嚷，医生板着脸训他："安静！这里是医院，不许大声喧哗！"

毕竟还得仰仗医生治贺寻，聂一鸣讪讪松手："哦……"

"没什么大事，就是烧的时间有点长，打完这几瓶点滴就行。"医生懒得和这个不良少年模样的男生说话，看向时晚，"你们送来得也太晚了，要不是他身体素质好，根本扛不住这么烧。"语气里带了几分责备。

时晚低头。

她以为是中秋夜那场暴雨的原因，自责得只想去替他病一场，哪怕能分担一半也好。

少女垂着头，眼眶微红，像是挨训的小孩子一样手足无措地站在墙角。

医生语气不由得软了些，只道："行了，你们先守着他，有什么情况按铃叫护士。"

还有病人在等着，医生匆匆离开。

"哎……也不一定就是淋雨的问题嘛。"问诊的时候，听时晚给医生复述过中秋夜的事，聂一鸣一边感叹寻哥牛，一边试图安慰情绪低落的时晚，"说不定是寻哥自己晚上没关窗着凉了？"

谎话张口就来，聂一鸣全然面不改色心不跳，表情一本正经。

这个笑话没能让时晚成功地笑出来。

她咬着唇，看向病床上沉沉睡着的贺寻。

以往并肩走着，她总是觉得他很高，即使在风雨里也永远是挺拔不驯的模样，傲然如苍翠青竹。

而如今，少年安安静静地躺在病床上，露在外面的手苍白，插着正在输液的针管。她这才惊觉他也不过只是十几岁的年纪，和她差不了多少，还是需要人照顾的时候。

然而贺寻一个人孤零零地躺在床下，整整烧了两天，没有一个人发现。

为什么第二天没有上楼去看看，明明要不了几分钟，倘若周日去看过，或许就不会是现在这种情况。

越想越难过，时晚咬紧唇。

聂一鸣从来都是和兄弟们一起玩，没什么安慰女孩子的经验，在青城横行霸道那么多年，面对眼眶通红的少女，第一次感到情况棘手。

他努力地想了想，开口："真没事，寻哥小时候烧得比现在高都没烧傻，还能跟我一起玩！"

当年那么小都能扛过去，如今肯定也没问题。

聂一鸣说得理直气壮，时晚有些蒙。

"真的。"聂一鸣挠挠头，"骗你是小狗。"

聂一鸣小时候性格皮，聂父实在管教不了，干脆把这个儿子扔回父母家。老人恋旧，不肯搬出已经住习惯的老房子，于是只住在普通小区里。他们刚好和沈怡住楼上楼下，两个年纪相仿的小孩就玩到了一起。

"你不知道！"聂一鸣说，"那次还是我发现寻哥生病的！好家伙，你是没看到那温度计刻度飙得有多高，我都以为他是不是偷偷放热水壶里了！"

年纪小，聂一鸣曾经一度沉迷于扮家家的游戏里不可自拔。那天刚好轮到他当医生，于是就给强行被拉来当病人的贺寻量体温。

不量不要紧，一量出来，他拿着温度计回家冲爷爷奶奶直嚷嚷家里温度计坏了，不然怎么会有这么高的刻度。

于是，大人们这才发现贺寻在发烧。

"我记得那阵都有40℃了吧！"沉浸在回忆过去的美好中，聂一鸣眉飞色舞，"现在这还没到40℃，肯定烧不傻！"

时晚没有说话。

过了好一会儿，她才犹犹豫豫地开口："他妈妈……没有发现吗？"

照聂一鸣的说法，那时贺寻也持续烧了好几天。现在一个人住，家里没有其他人，一时半会儿没被注意到勉强能说得过去。

然而，当年不一样。

当年沈怡还活着，作为母亲，怎么会连自己的孩子持续高烧都毫不知情，最后甚至要靠玩过家家的聂一鸣发现？

被这么一问，聂一鸣愣住。

他倒是从来没想过这个问题，只记得最后是自己爷爷奶奶把贺寻抱回家里喂药。

多年过去，早已记不清沈怡的容貌，聂一鸣回想半天，终于磕磕绊绊挤出一句："应该发现了吧……"

毕竟是自己亲生儿子，没道理那么多天在眼皮下都发现不了。何况身体不舒服，小孩子也会主动对妈妈说的。

聂一鸣心里这么想着，语气极不肯定。

时晚也一脸困惑地看着他，两个人面面相觑。

"可能是我记错了？"聂一鸣挠头，不由得怀疑起自己的记性。

从那次之后，贺寻跟他一直玩得很好，还帮他揍过抢玩具车的小孩。这么多年相处下来，他只知道贺寻跟贺子安不对付，却从没听贺寻说过沈怡和贺父的坏话。

想来应该不会有什么糟心事。

时晚从来没想到会听到这种事，一时间有些拿捏不准聂一鸣是不是在逗她玩。

气氛有些尴尬，她垂下眸："我去换毛巾。"医生嘱咐要冷敷，尽量让体表温度低一些。

冰凉的水流着，在初秋的天气里有些凉，刺激得人略微清醒。

时晚拧着毛巾，有片刻失神。

所以……他真的是在叫她吗？

尽管最后少年清清楚楚喊出自己的名字，时晚依旧难以置信。

生病是最脆弱的时候，总会下意识想依靠身边的人。从前身体弱，她也会在发烧时蒙眬不清地叫爸爸妈妈。

却根本没有想到贺寻竟然会喊她。

时晚心里想着事儿，回过神，发现手上的毛巾已经被拧到几乎快干透，根本不能拿来做冷敷。

她咬了咬唇，重新将毛巾打湿。

"寻哥！"走回病房，刚到门前，就听见聂一鸣激动的声音从里面传出，"你终于醒了！可把我和小同学吓坏了！"

时晚脚步一顿。

不知道该如何面对醒来的贺寻，她犹豫了好一会儿，最后还是决定先进去把毛巾给他。

她推开门。

贺寻已经被聂一鸣扶着坐起，听见响动，靠在枕头上的他抬眸看过来。

视线蓦然对上，时晚不由得一怔。

问诊时，医生取下了贺寻的眼罩，后来没有重新戴回去，这还是她第一次看见他不戴眼罩的模样。

和想象中不太一样，一直被遮住的右眼毫无伤痕，乍一看似乎并没有什么蹊跷，也是极纯极深沉的黑。

然而，几秒过后，她才察觉出有哪里不对。

平日里，少年的黑眸总会挟着些微妙的情绪，或锋锐或温柔，或笑意或冷漠。

右眼却截然不同。

深沉不见底，漆黑的瞳仁仿佛是尽头未知的深渊，光线一进入就被贪婪吞没，然后迅速消逝离析，全然没有任何回应。

更糟糕的是，时晚愣了好一会儿，这才发现，贺寻竟然正在用这只看不出任何情感的眸子打量自己。

或者说，他投向她的视线没有半分情绪，就这么静静地看着她。

少年眼眸深沉，表情木然，是从来没见过的模样。片刻后，她听见他沙哑的嗓音："让她出去。"

语气平淡，仿佛只是在对一个不熟悉的人下逐客令。

病房里安静几秒。

"行。"几秒后，全然理解错误的聂一鸣有些困惑地摸了摸鼻子，最终悻悻道，"那我就先走了。"

自己待在病房里的确太碍眼。识时务者为俊杰，聂一鸣当机立断，立马转身准备开溜，却听见背后少年冷漠的声音："没跟你说。"

一瞬间的安静。

不敢相信自己听到了什么，聂一鸣扭过头去："寻哥你没病吧？"

居然是要赶人小姑娘走？疯了吗？

贺寻没有吭声。

他冷冷扫了一眼大张着嘴、下巴都快惊掉的聂一鸣，用眼神将对方即将出口的话生生逼回去，才缓缓将视线重新投向时晚。

少女手里还拿着毛巾，站在门边，或许是方才听见的话太过惊愕，一时反应不及，莹白小脸上有种不知所措的茫然。她怯怯地看他，清透杏仁眼无辜而稚弱，眼角处一点儿浅淡的绯红。

贺寻喉头不自觉动了动。

他终于确认那不是自己烧到失去理智之后产生的幻觉，拼命睁开眼时，看见的确实是眼眶通红的小姑娘。

房间昏暗，唯独她带着泪的小脸在一片昏暗中看得明晰，明亮到似乎会发光。

或许老天爷就是这样，把人玩弄够了，留下最后一口气，然后再假惺惺丢过来一颗甜糖，诱惑人继续走下去。

病房里消毒水气味浓重，少年攥紧被角，手背上隐隐浮着青筋。

"请你出去。"他别开视线，重复道。

语气一板一眼，十分漠然。

时晚没聂一鸣那么神经大条，贺寻第一次开口时，她就知道是在对自己说话，然而到底一时半会儿反应不过来，直到他第二次开口。

"对……"她绞紧手里的毛巾，"对不起……"

时晚不知所措，一时间没弄清贺寻为什么态度如此冷淡，是因为烧得很难受，还是因为没能去参加期初考试？

她依旧以为是中秋夜淋了雨的关系，下意识地道歉。

贺寻把被角捏得更紧。

额前碎发凌乱散着，挡住隐约浮现的青筋，他垂眸，看着手背上青色血管："出去。"

最后通牒只有两个字。

时晚不明白。

"对不起。"不清楚少年的态度为什么突然一百八十度大转弯，她小心翼翼地再次道歉，"那天……"

她还没来得及说出下面的话，便被粗暴打断："你烦死了。"

极其不耐烦的声音。

时晚愣了一下，不由得看向贺寻。

他说什么？

她惊疑不定地看过去，这一次，终于在那双黑眸中看到了情绪，是从来没见过的暴躁和不耐烦。

天色渐晚，浸了几分秋天的寒意，少年眼底甚至还有些微隐约的厌恶："叫你出去你就出去，废什么话。"

不再是平静漠然的语气，这一句贺寻说得很凶。

果不其然，再抬头时，小姑娘眼角绯色瞬间漫开，红彤彤的一片。水光凝在眼尾，将坠未坠，一副马上就要哭出来的模样。

然而到底没有当即哭出来，时晚死死咬着唇，拼命忍住掉眼泪的冲动："为……为什么？"

委屈远远大于愤怒，她不明白贺寻为什么这么生气，声音带着颤，她难以置信地看着他。

"寻哥你是不是烧糊涂了？"贺寻还没开口，一旁呆滞许久的聂一鸣终于找回自己的舌头，"凶人家小同学干吗？！"

聂一鸣试图挽回即将崩溃的局面，想把贺寻重新摁回病床上："咱们还是先躺下，输完液再说啊。"

他想得很好，然而发着高烧的少年居然比他身手敏捷得多，先一步按下床头的呼唤铃。

病房就在护士台旁边，几十秒后，护士姐姐踏进病房。

"我想休息，他们两个一直在这儿闹。"丝毫没顾忌聂一鸣满脸惊讶的表情，贺寻冲护士点头，"能不能让他们离开病房，我现在很累。"

少年输着液，脸色苍白，一副疲惫不堪的模样。护士姐姐十分负责任，硬是把时晚和聂一鸣全轰了出去："你们现在的小孩怎么回事！不知道不要影响病人休息吗？"

贺寻静静坐着，一动不动，仿佛根本看不见眼前发生的一切。

直到护士合上病房的门，挺直的脊背才蓦然塌下。

贺寻重重跌回床上，盯着白色的天花板，眼神空洞无物。

他没有说谎，他是真的很累了。

楚慎之到医院时，正好撞上才出来的时晚和聂一鸣。

他下意识朝后退了一步，站在立柱后，看着少女捂住眼睛，肩膀一颤一颤，似乎正在哭。

一旁，聂一鸣手足无措，根本不知道如何安慰，只能哭丧着脸，瞧着像是马上也要掉眼泪。

看来是这家医院没错。

楚慎之皱了皱眉，直接走向护士台，询问贺寻的病房。

贺寻听见"吱呀"一声开门的响动，以为是时晚或者聂一鸣又重新折返回来，冷下脸，朝门边看去，不由得一愣："老师。"

楚慎之看起来冷漠归冷漠，实则是个非常负责任的老师，一家一家挨个跑医院，到底还是找到了这个让人头疼的学生。

"下次生病记得请假。"他淡淡道。

"抱歉。"没想到楚慎之居然会找到医院来，贺寻顿了顿，难得敛去平日的锋芒，"我下次会注意。"

楚慎之挑了挑眉，道："你今天没有参加期初考试，按理说只能分到十班。"既然找到了人，刚好可以说一下正事，"不过我可以安排一下，看你怎么选。"

为了集中管理，十班的学生基本上是体育生或艺术生。文化课占比少，老师和学生在课堂上就都不怎么上心，学习氛围非常一般。

和普通班级都不能比，更不要说一班。

尽管只是短短一个月，楚慎之还是不希望好苗子被周围环境影响。反正作为一班的班主任，他的话语权很大，要个学生不是什么大事。

更何况，想起刚才进来时看见的场景，楚慎之皱了下眉。

他观察能力极强，敏锐觉察到这两个学生之间的不对劲，虽然不知道时晚怎么就哭了，但以他的经验判断，贺寻绝对不可能去十班。

　　带过这么多届学生，楚慎之太清楚少年少女的心思。

　　楚慎之信心满满。然而，片刻后，坐在病床上的少年声音平静："谢谢老师，我去十班就好。"

第十章：
给你一份红豆糕

PIANZHI

"我觉得寻哥那就是烧糊涂了！"聂一鸣把时晚送回家属院，分别前，他贼心不死，试图替贺寻再说上几句话，"你千万别往心里去！他脑子平时挺正常的！信我！"

毕竟正常人谁能做出这种事儿？！

聂一鸣一边绞尽脑汁地组织措辞，心里一边疯狂吐槽，怕不是这次真的烧太久烧傻了，才会一醒来就怼人家小姑娘。

然而到底脑容量有限，他磕磕绊绊挤出几句，就再也想不出什么别的词儿，只能眼巴巴地瞅着时晚："真的……"

时晚站在家属院门口，沉默着，安安静静地听聂一鸣给贺寻辩解，直到他终于停下，才轻轻摇了摇头。

"没什么。"她眼眶还有些红，声音很轻，"谢谢你送我回来，你也早点回家吧。"

"喂！"聂一鸣心里"咯噔"一声，正要再找补几句，少女却转身朝院里走去，"不是——"他愣愣看着时晚离去的背影，脑海里只剩下两个大字：

完了！

今天时远志和向洁依旧要加班，他们抽空把时辰从附小接回来，又匆匆赶去研究所。当时晚回家时，家里只剩时辰一个人。

时晚做了个简单的晚饭，吃完饭收拾好，看了一眼在客厅摆弄陶泥的时辰，默默走回自己的房间。

正式入秋后，每到傍晚便起风，枝叶拍在窗户上，发出细碎响动。

没有开灯，时晚坐在书桌前。逐渐升起的月亮悬在空中，凉凉月色穿过叶隙，洒在她微红的眼角上。

时晚静静坐了许久，微不可闻地叹了口气。

为什么会这样？

跟楚慎之想的不太一样，尽管心里委屈，最后时晚还是忍住没有哭出来。她性子软，却又带了点绵里藏针的倔强。

一想到贺寻暴躁不耐烦的眼神，时晚禁不住咬紧唇，因太过用力，唇瓣被咬得泛白，甚至隐隐渗出些许血丝。疼痛刺激神经，把眼泪又生生忍了回去。

一定是有什么原因。

她怔怔地看着眼前的花灯，心想，不然他不会那么凶。

那盏玉兔捧月的花灯最后被向洁放在书桌上，月光皎洁，照得花灯温润如玉。

看了许久，时晚伸手摸了摸兔子耳朵。

指尖上是冰冰凉凉的触感，有些冷，像是那日少年淋了雨，俯下身时扑面而来的寒意。

时晚眼睫不由得颤动几下，把手收回来，她的神色柔软许多。

等贺寻出院了，她就去问问到底是怎么回事儿。

她咬着唇，下定决心。

不管怎么样，她还是愿意听他解释的。

然而，时晚没等到贺寻来班里的那一天。

改卷速度快到不可思议，周一才考完试，中间只隔了两天，周四一进班，楚慎之已经在班里等着。

墙上贴着一张成绩单。

"看了成绩就各自去自己的班级。"他并没有多说什么，视线淡淡扫过神色各异的学生，转身回办公室。

以杜威为首，一大群同学都瞪圆了眼："要不要这么快！"

他们还在震惊，门外已经有学生在探头探脑地往里面看，显然是从其他班分过来的。

再怎么不情愿，大家也只能磨磨蹭蹭地上前去看成绩单。

"晚晚！"姜琦挤在人群里，从上往下看，很快兴奋地跑回来，"我就说吧！你肯定是第一！"

她嗓门大，这么一喊，不少人都往这边看。

时晚愣了愣："哦。"

她倒是没想到自己会拿第一，只知道待在一班是稳的。

"你这反应也太平淡了吧！"姜琦恨铁不成钢，抓着她的肩膀拼命摇晃，"你可是比第二名高了30分！"

一中作为青城最好的高中，学习好的学生彼此分数咬得很紧，年级前五往往相差不到10分，像这种比第二名高30分的情况实在少见。

时晚不太在意这个，并不兴奋，任由姜琦在她耳边叽叽喳喳。姜琦考得也很好，年级第十，算是非常棒的成绩。

忙着换班级，一整个早读楼道和教室都乱哄哄的，直到第一节下课，时晚才有空去看成绩单。

从下往上看，她直接看到贺寻的名字。

在最后一行。

贺寻没有参加期初考试，对于这个结果，时晚有心理准备。顺着名字往右看，记住贺寻的班级，她转身回座位。

聂一鸣昨天说贺寻今天会来上学，尽管放学后回家也可以问，她还是想立即就知道原因。

大课间。

做完操回来，杜威懒洋洋地往座位上一趴。

大概是不重视文化课的原因，十班整体成绩很差，他这种物理考35分的人居然也能挤进班级前十，最后被老师安排在靠门的位置上。

杜威正准备补个回笼觉，衣袖被轻轻扯了扯，一抬头，就是少女小心翼翼的表情。

"能不能帮我叫一下……"时晚朝教室后排看了一眼，声音很轻。

贺寻没有考试，成绩自然是0分，依旧坐在最后一排。他似乎也很困，正趴在桌上。

看不见少年的脸，只有额前碎发凌乱地搭着。秋日阳光透过玻璃窗，镀上一层暖融融的边。

"没问题！"杜威一口应下。

他朝后排走去，轻轻敲了敲桌子："寻哥，那谁找你。"以为已经完成任务，他转身要走。

"站住。"清冷的嗓音响起。

贺寻根本没抬头，依旧趴在桌上，声音有些闷："让她走。"极其简洁明了的三个字。

杜威以为自己听错了，怔怔道："寻哥，不是别人，是……"

"让她走。"话没说完，便被贺寻冷冷打断。

贺寻还是不抬头，看不清究竟是什么表情，只能听见漠然的声音："我不想见她。"

杜威惊恐地瞪大了眼。

但他深谙自保技能，一听出对方嗓音里的不耐烦，他马上拔腿就跑："好的寻哥！"

看见贺寻头都没抬，时晚便隐约感觉到或许不会那么顺利，却没有想到他会把话说得那么直白。

她望向教室后排。

似乎打定主意一定不见她，贺寻往自己头上盖了一件校服。

外套宽松，却像是柔软的堡垒，坚定地把他和周遭的一切都隔绝开来。

时晚脸色有些苍白，站在十班门口，沉默了好一会儿，指尖绞在一处，最后终究没有说什么，冲杜威点了点头："谢谢你。"

大课间，楼道里都是三五成群勾肩搭背的学生。沿着墙边，少女走得很慢，身影孤零零的。

这可真是……

杜威看着少女的背影渐渐消失，想起之前被迫在两人之间跑来跑去的时候，不禁摇了摇头。

都说女人善变，要他看，男人变脸的本事可一点儿都不差。

回到教室后，接下来的几节课，时晚都没能好好听课。

如果一开始仅仅是莫名其妙的委屈，到了现在，她也有些隐约的恼火。

倘若真的是她做错了事，就不能好好把话说清楚吗？

她越想越纠结，手上的劲不由得重了些，笔一歪，笔记本被划出一道长长的痕迹。

这一节是物理课，楚慎之站在讲台上，看得一清二楚。

"秦秋。"他眼神微沉，点了时晚同桌的名，"上来做一下这道题。"

直到身边的人起身，时晚才被惊醒，连忙重新抓起笔。

不想他了！

少女咬唇，他爱生气就生气去吧！

物理课上完，最后一节课是微机。

2000年，相比于手机，电脑更是金贵到不能再金贵的玩意儿。青城有微机室的学校很少，一中算是其中一个。

毕竟是稀罕东西，学校把电脑看得很重，三令五申学生上课必须要穿鞋套，否则不允许进微机室。

时晚在物理课上有些走神，下了课，她在座位上整理笔记，直到快要上课才起身去微机室。

"晚晚！"进微机室要在门外排队，姜琦站在队伍里，冲时晚挥挥手，"这边！"

等时晚走近了，姜琦又一愣："你的鞋套呢？"

没穿鞋套不能进微机室倒是其次，重要的是，微机老师是个很凶的人。

开学一个月，一共四次微机课，每节课都有没带鞋套的学生被生生训哭，男女一视同仁，微机老师不会对女生有半分怜悯，甚至会骂得更凶。

"啊！"物理题和贺寻的事纠缠在一处，时晚晕乎乎的，直到姜琦提醒，才发现自己没拿鞋套。

"快回去拿！"老师已经在队伍前排开始一个个检查鞋套，姜琦压低声音。

话音刚落，上课铃敲响。

姜琦和时晚脸色都是一白。

如今再回班级去拿也来不及了，微机老师最讨厌学生迟到和不带鞋套。

而这一整层都是微机室，此时排满了等待上课的各班学生，居然连个能借鞋套的人都没有。

两个小姑娘面面相觑，一时间不知道该怎么办。

"那个！"眼见着微机老师越走越近，时晚的肩膀被轻轻拍了拍，扭过头去，身后是杜威有些夸张的笑脸，"没带鞋套？"

他递过一双给她："给你！"

"哎……"没想到这一节十班也在上微机课，时晚一怔，"那你……"

"没事！"杜威摆摆手，"我有多余的！"说完，他冲时晚晃了晃手里另一双鞋套，然后飞快跑向自己班的队伍。

"赶快把鞋套穿上。"这个时候，微机老师正好检查到这边，又朝队伍后排看去，"你们后面的过来！别藏着！"

时晚和姜琦都松了一口气。

杜威跑回队伍里，匆匆套上鞋套，这边，微机老师也走了过来。

十班的微机老师是个女老师，没有一班那么凶，但也很不好说话。

"说了多少遍上微机课要穿鞋套。"她一走来，就皱眉，"你怎么不穿？"

老师看向的是懒散倚在墙上的贺寻。

被老师训斥，贺寻并不吭声。他微微低着头，额前的碎发许久没有修剪，如今有些长，略微盖住眉眼，掩去眼眸里的情绪。

"到那边去站着。"微机老师并不骂人，只扬了扬下巴，"站到下课。"

"那个……"杜威咽了口唾沫，"寻哥，你要不然还是穿我……"

话还没说完，贺寻淡淡道："不用。"

他插着兜，静静朝楼道角落里走去。光从窗户里打进来，拖出一道瘦削细长的影子。

2000 年，微机课并不像以后那样教学生制作 PPT、搭建个人网页，如何使用 PS。等同学们都进了教室，老师开始让大家练习打字。

"这也太无聊了。"坐在时晚旁边，姜琦小声说。

时晚不置可否。

时远志和向洁在研究所工作，算是最早接触电脑的那一批人，家里也摆着一台工作用的电脑。虽然她不经常碰，但基本操作还是会的。

单纯打字确实无聊了些。

然而这一年的电脑做不了什么太多的事，无聊归无聊，大家也只能老老实实练习打字。

在噼里啪啦的敲击声中，一节课很快过去大半。

临近下课，微机老师的寻呼机响了好几次。看了看寻呼机，他随手指向离自己最近的时晚："来，你把这个给教务处赵老师送去。"

老师递给她一个档案袋。

教务处就在楼下，和微机室并没有几分钟的路程。时晚将档案袋送给赵老师，上楼，正准备回微机室，脚步却一顿。

方才急着去教务处，她没注意周围的情况，回来不赶时间，少年瘦削高挑的身影就撞进眼来。

上课时间，学生和老师都在微机室里，楼道空旷。因此，走廊尽头懒散倚着窗户的贺寻格外显眼。

他逆着光，微微低头，略长的碎发垂下，遮住漆黑眼眸。

他怎么在这里？

时晚愣了下。

她心里仍存着几分恼火，但没有全然失去理智，想起杜威递给自己的鞋套，下意识地抿紧唇。

几秒后，她快步朝窗边走去。

贺寻显然也看见了她，顿时挺直了身体，然而这一次不如在班里那么好躲，单向楼道无处可去，只能眼睁睁看着她走过来。

时晚走到贺寻面前，站定："鞋套是你的？"

先前她还有些纳闷杜威怎么会带多余的鞋套，如今看见贺寻站在这里，一切就都明白了。

哪里有什么多出来的鞋套，明明就是他把自己的给了她。

所以……

又恼火又委屈，时晚咬紧唇。

为什么摆出一副厌恶的样子，还要偷偷在背后关心人？

她越想越生气，仰脸看他，质问却在出口的瞬间变成了惊讶："你……你眼睛好了？"

同前几天在病房时一样，少年并没有戴眼罩。那次是忘记了拿，今天却是他自己主动没戴。

那只让她有些心悸的右眼被略长的碎发挡着，风吹过来，深沉漆黑的瞳仁若隐若现，看不清究竟是什么情绪。

贺寻原本已经做好被质问的准备，却没想到等来这一句。他愣了下，随即下意识抬手拨了拨额前碎发，右眼被结结实实地挡住。

"和你没关系。"还是冷淡平静的嗓音。

少年的态度一如既往漠然，时晚却没有那么生气了。

或许是因为这次离得近，不再像之前一样隔着一段距离。她看见他死死攥着手，嘴角绷紧，似乎在极力忍耐着自己的情绪，全然不像表现出来的那么从容淡定。

"到底怎么了？"收回视线，时晚问，"出了什么事？"

她不信他会无缘无故地表现出这副模样，一定是有什么原因。

她仰着脸，眼眸里落着秋日阳光，眼睫沾上几缕暖意，声音很轻："你……你真的讨厌我？"

贺寻喉头动了下。

怎么可能。

有那么一瞬，他想伸手摸摸小姑娘的头，告诉她不是这样的，无论发生了什么，他绝对不会讨厌她。

少年死死盯着地面，迟迟没有动作。直到下课铃响，他才艰涩地开口："我回班了。"

不重视文化课，十班的教室在上课时能空一大半。老师们懒得管，学生也就懒得请假。

十班班主任早已习惯这样的情况，在贺寻来找自己签字时，难得愣了下："去医院？身体不舒服？"

"嗯。"面前的人回应简短。

十班班主任一早被楚慎之叮嘱过，清楚这个学生的情况，并没有为难，爽快地签下假条："那就去吧，早去早回。"

拿到假条，贺寻走出一中，直接去了医院。

工作日的下午，医院里人不多。几乎没有怎么等待，就叫到他的号。

"怎么不戴眼罩？"刚进门，医生抬头看了眼，不禁狠狠皱眉，"叮嘱过多少次不能见光，你是不准备要你的眼睛了？"

前几次的检查时，情况有所好转，比一开始预估的结果要好很多。治疗后，医生让贺寻戴了眼罩，希望视力能慢慢恢复。

然而没想到对方会这么胡来，压根儿不按医嘱做。一直嘱咐千万不能见光，却还是没戴眼罩。

医生语气严厉，贺寻只是低头笑了下。

贺寻低着头，端详着诊室雪白的地面，嗓音有些哑："反正都看不见，要不要有什么区别。"

医生被噎到了。

"你……"不知道该说什么好，医生挥挥手，示意贺寻过来，"今天再给你检查下，看看到底哪里出了问题。"

说起来医生自己也纳闷，先前治疗时明明恢复得很好，情况最乐观的时候已经恢复成普通弱视的程度，怎么没过多久就变成了这样。

"眼球最近有没有受到外力打击？"医生一边检查，一边问。

医用电筒亮着，贺寻淡淡道："没有。"

左眼被遮住，睁着右眼，他能感受到电筒落在脸上温暖的光，视野里却是一片深沉凝重的黑，一丝光线也无。

那日在医院醒来时，他看见的就是这样的世界。

什么都没有，只有空旷安静的黑暗。

十几秒后，随着聂一鸣兴奋的喊叫，光线从左侧落下，视线逐渐清晰，而右眼毫无动静。

已经恢复到能勉强视物的右眼情况甚至比当初就医时更糟，彻底失去光感，无论怎么努力，都只能看见无穷无尽的深渊。

没有一点儿明亮，随时准备将人吞没。

"不应该啊……"实在摸不着头脑，医生嘀咕。

桌上还放着前几天拍的片子，医生不禁摇头："你这眼睛检查出来应当是没问题的。"

恢复得很不错，最近也没有受到物理外伤，按理说情况只会越来越好，怎么会出现现在这样的情况。

贺寻沉默着，没有说话。

他也想问，为什么会这样。

倘若从一开始就是最坏的结果，那也认了。能活着就已经很好，何必再多要求些什么。

然而既然给了希望，已经看见好的结果，却又突然从云端被狠狠踹下来，重新回到幽微的深渊之中。

他不明白。

"过两天刚好要来省里的专家团，联系他们给你看一看。"医生苦恼万分，沉思许久，眼睛突然一亮，"你最近……情绪上有没有什么波动？"

虽然少见，这种情况却也不是没有。在外界刺激下，出于心理因素，生理上没有任何问题的病人会出现失明的现象。

贺寻一顿。

他几乎下意识地想起贺子安放在门口的牛皮纸袋，白纸黑字，短短的结论比刀锋还要尖锐。

"这样吧。"觉察到少年的失态，医生推了推眼镜，"明天你再来一趟，精神卫生科明天有个老专家坐诊，让她给你看一看，说不定能看出点什么。"

和医生想象的不一样，贺寻脸上并没露出什么惊喜的表情，似乎并不抱什么希望。他淡淡应了声："嗯。"

深夜，贺寻回到家属院。

进入秋日，荷花池里的青蛙不知道去了哪儿，一声蛙鸣也无。院里老人多，作息规律，大部分住户都已经熄灯，陷入香甜的梦境。

四楼的灯却还亮着，投下一片暖黄的影子。

站在院里，贺寻抬头，沉默地看着那片暖黄。

右眼还是什么都看不见，一片漆黑，只有左眼的视野清明。光落到眼底，少年面无表情。

想起今天时晚问自己的话，贺寻收回视线。

他很想对她说不是那样的，他不讨厌她，她也没有做错任何事，一切都是他的问题。

却始终开不了口。

贺寻从小一个人待惯了，很少想要什么东西，欲望极低。只要能满足最基本的生存需求，还有一口气，顽强地活下去就好。

直到遇见时晚。

他抬头又看了一眼，深深呼出一口气。他现在这个样子，哪里还有什么资格想其他的。

倘若只是右眼看不见也就罢了。

然而……

明明只装了薄薄一张纸，贺子安递过来的牛皮纸袋却沉甸甸压在心上，令他整个人都喘不过气。

贺寻抬手捂着心口，缓了许久，这才慢慢走向楼内。

现在这样就好。

一点一点地、慢慢地、彻底离开时晚的生活。

贺寻这几日一直睡得不安稳，不出所料，又是一夜无眠。

他躺在沙发上，看着天光逐渐亮起，却始终懒得起身。反正十班对于考勤根本没有要求，早去晚去都一样。

就这么一直磨蹭，直到太阳升上树梢，贺寻才起来洗漱。没胃口吃饭，他喝了几口自来水便准备出门。

打开门，他毫无防备地愣在当场。

如今已经过了按时上学的点儿，台阶上，少女正背对他坐着，手里拿着单词书。

蓝白校服宽大，她安安静静地坐在那里，整个人看上去却只有小小的一只。

听见开门的响动，时晚回头。

"贺寻。"她杏仁眼一弯，喊他名字，"去上学吗？"

秋日清晨日光好。

楼道里那扇被风吹碎的窗户已经修补完整，暖融融的阳光穿过玻璃，洒在少女纤长的眼睫上，在莹白小脸上投下两片浮动光影，随着呼吸一颤一颤。

稚弱而可爱。

贺寻拢在校服袖子里的手猛然攥紧："你干吗？"

少年冷着眉眼，嘴角绷紧，眸色深沉，语气不善，仍旧是拒人于千里之外的味道，听起来很凶很凶。

时晚起身，把单词书放回书包："等你去上学啊。"

她在门外等了许久，差点以为今天贺寻不想去学校，好在最后还是让她堵到了人。还好已经预料到这种情况，她提前向楚慎之请了两节课的病假，不然都不知道要怎么解释为何会迟到。

小姑娘仿佛一点儿都不在意他这几日刻意的疏远和不耐烦，仰着脸，眼睫像是颤动的蝶翼，眸子清亮剔透。

贺寻心口一滞，别开视线。

"你烦死了。"他冷冷地说。

打定主意要彻底从时晚的生活中抽身，贺寻不想再和她产生哪怕一丝一毫的联系。或许这么说会让她现在难过伤心，但总比以后事态发展到无法控制时要好。

她不能被牵扯进他一团糟的人生里。

然而不知为何，前几日还卓有成效的方法这一次却突然失灵。明明是同样的话，小姑娘却没有露出任何震惊受伤的表情。

"哦。"时晚不以为意地点点头，似乎压根儿就没听见他说什么，眉眼弯着，声音柔软，像是九月清晨的风，吹过心尖勾起一阵酥酥麻麻的痒，"我们走吧。"

时晚仰着脸，看见少年神色瞬间阴沉。

今天戴了眼罩，他眼尾冷冷压下，瞧上去格外凶。头微微偏着，喉头微动，下颌拉出一道锋利的弧度。

沉默不语。

十几秒后，他也不理她，侧身躲开，径直下了楼。似乎被气到，脚步声踏得很重。

时晚眨了下眼，连忙跟上："等我一下！"

不知道是真没听到还是故意装作没听见，他沉着脸，埋头往前走。

他想不通这究竟是怎么一回事儿。

换作其他人，被冷言冷语对待几天早就没了耐心，别说主动来找，路上遇见恐怕连个眼神都懒得给。偏偏她像是什么也没发生，一点儿不计较他先前刻意的不耐烦和凶狠，反而高高兴兴地凑过来。

这姑娘就这么不记仇？

少年走得飞快，时晚不得不半走半跑，这才勉强能缩短两人之间的距离："你走慢点儿，我跟不上了。"

这年还没有以后圣母心的说法，即使有，时晚也觉得这个概念跟自己没什么关系。她性格好，不代表就能无底线无原则轻易原谅别人，然而贺寻到底不一样。

想起昨日少年隐忍的表情，时晚咬了下唇。她又不傻，怎么会看不出来他说的不是实话。倘若真的讨厌她，哪里还需要借着别人的手偷偷关心。

或许这次终于听见了时晚的话，他依旧沉默着，脚步却放慢了些。

终于赶上，两个人并肩走在小巷中。

走了一会儿，时晚微微抿唇。

她突然意识到眼下的场景有些似曾相识的微妙感，从前都是少年堵她，然而这一次截然相反，居然换成了她来堵他。

毕竟是秋日，尽管天气晴朗，温度还是有些低。冷风吹着，送来少女发梢一点儿清甜的香味，还有极力忍住，最终却露出几分端倪的笑意。

贺寻眼神一暗。

他狠狠攥紧手，咬紧牙关，克制着翻涌的情绪，尽力漠然道："以后别来找我。"

他已经把态度表现得极其明确，她为什么还不听话？从前还是乖得要命的好学生，迟到几分钟都吓得不行，现在怎么就敢光明正大晚去学校？

实在想不通，贺寻只能冷着脸："我不想跟你一起走。"

或许也不是不想，而是不敢。摆出一副冷漠无视的态度几乎已经耗尽了所有的力气，他实在无法想象如果时晚继续这么凑过来，自己还能不能继续保持冷静和克制。

站在泥潭里的人有一个就够了，他不能把她拉下来。

贺寻心态坚决，这一句咬字凶狠，语气比之前还要漠然，小姑娘就不吭声了。

贺寻隐隐松了一口气。

这样最好，他不想伤害她。

一路上都没有再说话，乘公交车时也沉默着，一直走到教学楼门口，即将在楼梯处分开时，他听见少女软软的声音。

"中午我来找你吃饭！"

小姑娘一点儿也没有不开心，笑盈盈看他一眼，随即转身飞快地跑开。

到校时，上午还剩下三节课。

贺寻坐在窗边，整整三节课，一个字儿都没听进去，脑海里全都是分别时少女弯弯的眉眼，浸着秋日阳光，笑容柔软可爱。

真是疯了。

他咬紧牙关，眉头皱起。

她到底想做什么？

"寻哥……"少年神情凌厉，最后一节课结束，杜威凑过来时就被吓得腿直发软，"时、时晚同学说了，让你中午等她一下。"

这两人到底怎么回事？杜威根本不敢问，只能哭丧着脸。算他求他俩，别这么折腾人行吗？

贺寻冷着脸，不说话。

片刻后，没管身后脸色惨白的杜威，他径直起身。

"帮我改卷子？"办公室里，十班班主任一愣，"好啊好啊！"虽说交上来的小测基本没什么人写，但有人分担总比没人分担好。

"你吃饭了没？"班主任拿着饭卡去食堂，走之前问了句，"给你带点儿什么？"

"不用。"贺寻摇头，"谢谢老师。"

整整一个中午，贺寻都待在办公室里改小测，没有踏出半步，离开的时候又顺便问班主任要了张下午去医院的假条。

他进班时，看见坐在门口的杜威神情复杂，眼神躲闪，满脸想要说些什么又不敢开口的模样，一看就是时晚来过班里。

贺寻并未多问，走向自己的座位。没有办法开口解释，他只能这么躲着她。时间再长一些，始终得不到回应，她总会厌倦的。

离医生约定的时间还有两节课，贺寻准备听完课再去。

然而，他这几日一直没有好好吃饭，早上更是只喝了几口自来水，坐下不久，胃就开始一抽一抽地疼。

他额头上渗出一层薄薄的冷汗，咬着牙，眉头紧紧皱着。

似乎终于受不了主人一天到晚这么糟践自己，这次胃疼得格外厉害，仿佛有刀子胡乱搅来搅去，并不像平时那样忍忍就能好。他咬牙忍耐了一会儿，放弃听课。

他捂着胃，垂下头，想趴在桌上休息一会儿，却被抽屉里的东西吸引走了注意力。小巧玲珑的饭盒没放在桌子上，而是藏在抽屉里，并不引人注目，只有低头才能看得见。

下午第一节课，正是所有人都昏昏欲睡的时候，连站在讲台上的老师都面容疲倦。

犹豫几秒，贺寻伸手，把饭盒从抽屉里拿出来。

干净秀气的饭盒上贴着一张便利贴，是同样干净秀气的字迹——

"记得吃饭。"

仿佛能听见小姑娘软软的声音。

贺寻动作一滞。

站在讲台上，老师只能看见那个坐在最后一排的学生表情古怪地僵在那里，但他一向对十班的同学没有什么要求，能坐在教室里就谢天谢地，于是便没有多管。

"哎！"然而，几秒后，愣在原地的少年却突然站了起来，没管这是在上课，径直朝门外走去，留下老师在背后惊慌失措地喊，"同学你去哪儿？"

贺寻紧紧攥着饭盒，独自找了个没人经过的楼梯间。

这年头大众使用的饭盒还没有以后那么多花里胡哨的款式，基本都是清一色再普通不过的不锈钢，手里粉白相间的饭盒却很秀气，配色和小姑娘一样软绵绵的。

贺寻打开饭盒，随即愣了愣。

跟他想的不太一样，饭盒里装的并不是从食堂打来随处可见的普通饭菜，而是满满一盒红豆糕。

暗红色切口还有些不平整，从中隐隐能看见尚未全部碾碎的红豆。卖相算不上太好看，一看就是自己做的。

少年眼神微暗。

楼道里书声琅琅，楼梯间却安静。偶有浸着草木香味的风吹进，宽松蓝白校服被吹起，勾勒出挺括瘦削的肩线。

盯着那盒红豆糕默默看了一会儿，贺寻伸手拿起一块。入口是绵绵的沙，带着几分清润的甜。

或许是错觉，慢慢地，胃没有那么疼了。

"晚晚！"

第一节下课，姜琦好奇地凑过来："中午你去哪儿了？"原本两个小姑娘中午都是一起吃午餐的。

时晚愣了下："楚老师找我。"

她下意识地说了谎，却也不是故意要瞒姜琦。毕竟刚分完班，周围绝大多数还是不熟悉的同学，不想让他们听见之后东问西问。

"哦！"退去开学时的少女心态，提起楚慎之，姜琦不由得打了个哆嗦，也不再多问，"行吧。"直接转身走了。

时晚不由得暗暗松了一口气。

中午去十班的时候贺寻已经不在班里，只有杜威前言不搭后语地敷衍。而聂一鸣那边也问过，并没有和贺寻一起去吃午饭。

她又不傻，怎么会看不出来这到底是为什么。

真是固执啊……盯着眼前的化学公式，时晚有些走神。

贺寻既不去食堂也没有找聂一鸣，多半是为了躲她，不知道跑去什么地方，连饭都不肯吃了。还好今天带了红豆糕来学校，不然平白无故少吃一顿饭，十几岁的男孩子正在长身体，肯定扛不住。

想到这里，少女不禁摇了摇头。

她只是因为家里刚好有红豆才做的，原本是想拿来分给姜琦吃,才不是……才不是想要全部给贺寻。

都怪他啦。

时晚咬了下唇，捏紧手中的笔。这下可好，拿来的红豆糕一块都没有了，今天回去还得接着做。

笔尖在草稿纸上无意识划来划去，片刻后，一旁传来忍着笑的声音："别再划了，草稿纸都要划破了。"

"哦。"时晚这才回过神来，不好意思地冲同桌笑笑。

座位按成绩排，她的同桌秦秋是年级第二，听姜琦说以前也是经常拿年级前三的好学生。

秦秋也笑了笑，没有说话。垂下眼，他眼里笑意淡了些。

午休时，楚慎之叫他去处理事情，一整个中午他都待在办公室，从始至终，一直没见过时晚。

余光里，少女脸颊还泛着淡淡的粉。秦秋推了推眼镜，面无表情地翻开习题册。

贺寻吃完半盒红豆糕，动身去医院。到了医院，原本应该早到的专家却没来。

反倒是一则消息传得沸沸扬扬。

"明天凌晨有地震！"医院大厅里，正在排队挂号的人群交头接耳，寻呼机响声此起彼伏，甚至有急性子的人索性连号也不挂了，"赶快回家！把老婆孩子都带到城外去躲着！"

"不知道从哪儿传来的谣言。"先前给贺寻问诊的医生很无奈，只能摊手，"专家组那边听说要地震，也不肯来了。要我说这种谣言能信吗？"

问诊室在一楼，从窗户往外看去，已经有很多人开始着急忙慌地从医院往家跑。

"那我过几天再来吧。"贺寻淡淡道。

果然老天爷还是不肯这么宽容,不愿他就这么轻易地好过。

"行。"毕竟是自己的病人,医生很是上心,"你留个电话给我,到时候专家一来我马上联系你!"

贺寻走出医院,来到大街上,才发现情况比他想象的要严重得多。

2000年,传播消息的渠道还不算太畅通,但面对影响力如此大的谣言,政府第一时间做出了反应。电视广播都在播放辟谣新闻,还有广播车在街上用大喇叭不间断地进行广播。

然而恐慌蔓延得要比辟谣快,等他回学校时,一中甚至已经提前放学,让学生们各自回家避难了。

"过来过来!"他刚回到家属院,还没来得及上楼,就被段秀娥拽到了一边,"你是年轻小伙子,帮个忙,去把那边的铁丝床都支起来!"

贺寻一头雾水,探询地看向老林头。

"还不都是地震那个消息闹的。"身旁的收音机里还吱吱呀呀播报着地震系谣言的新闻,老林头只能苦笑,"你段姨说今晚上大家就都在院子里睡,免得地震来了跑不掉。"

或许是对地震的恐慌压过了对辟谣的信任,他们说话的工夫,已经有不少住户开始拾掇着往院子里搬被子和枕头。

钱小宝兴奋地在院子里跑来跑去:"要地震了,要地震了!"然后被他奶奶迎头给了一巴掌,当即坐在地上哇哇大哭。

贺寻皱了下眉,正想开口拒绝,余光里,时晚正牵着时辰的手,慢慢走到槐树下。夕阳西下,少女的身影被镀上一层温暖的边。

"哦。"少年眉心一跳,平静应道,"我现在就来。"

对于这种荒谬的谣言,时晚一个字都不信。

时远志却偷偷背着她往家里打电话:"今天晚上加班回不去,不然你和小辰在院里睡上一宿?"

"爸。"时晚哭笑不得,"你怎么也相信这个。"

上次还说钱小宝奶奶相信流言太夸张,如今看来时远志居然也不输半分,明明都是高级知识分子,却还信这些没头没尾的传言。

"这不是担心你和小辰嘛。"时远志讪讪道,声音不由得低了下来,带了几分沮丧,"我可就你这一个闺女……"

时晚怔了怔:"好,我带小辰去院子里待一晚。"

时远志工作忙,一直没有时间陪伴时晚,他心里很愧疚,时晚是知道的。她也不想因为这种事让父母担心:"那你和妈妈也注意安全。"

毕竟是研究所的老家属院,虽然建筑破旧,仓库里这么多年下来却也攒了不少杂七杂八的东西,光是铁丝床就有十几架。家属院住户不多,倒是刚好够用。

晚饭过后，大人们在院里有一搭没一搭地聊天，小孩子们则在一边疯跑。时辰完全不热衷于参加其他小孩幼稚的活动，一脸平静地在槐树下继续玩陶泥。

时晚在一旁看他玩，视线一抬，槐树另一边，靠近荷花池的地方，贺寻正独自蹲着。

难得大家都聚在一块儿，家属院里少有的热闹。只有他一个人远离人群，孤零零地蹲在荷花池边。

少年似乎瘦了许多，只穿着校服，背上凸出的骨头清晰可见。

秋风一吹，卷起落叶，带着几分冰凉的萧瑟。

时晚愣了下，起身，朝荷花池那边走去。

然而，贺寻却跟背后长了眼睛似的，还没等她走几步便猛然回头，漆黑眼眸里尽是漠然。

"离我远点儿。"依旧是不耐烦的语气，被风遥遥地送过来。

时晚咬了下下唇。就算看在中午红豆糕的分上，态度也该好一些吧。

她心里这么想，却还是很有耐心地继续往前走，果然看见贺寻嘴角无意识地绷紧，一副紧张到不行的模样。

"姐姐！"快要走过去时，背后响起稚嫩的童声，时辰朝这边看过来，眨巴眨巴眼睛，模样乖巧，"我困了，想睡觉。"

时晚一怔："好。"

现在这个点儿睡觉似乎有些早，但小孩子觉多，也不是不正常。

终究不能把时辰丢在旁边不管，时晚抿唇看了贺寻一眼，转身往回走。

少女渐渐走远，贺寻不禁松了口气。

这小子。

他勾了下嘴角，笑意苦涩，生平第一次庆幸时辰看自己不顺眼。

天色渐晚，大人们开始收拾床铺准备睡觉。风也渐渐大了起来，吹得槐树唰唰作响。

时晚给时辰裹好衣服："冷吗？"

时辰被裹得只露出两个眼睛，摇了摇头，含混不清地应声："不冷。"

"那你快睡吧。"时晚拍了拍时辰的背。

毕竟是小孩，才躺下没多久，时辰就昏昏沉沉睡了过去。

秋天萧索，院里不比家里暖和，看着时辰缩成一团，时晚又给他盖了一层被子。

一共拿下来两床被子，全都给了时辰。不过时晚也没打算这一晚能好好睡，她坐在槐树下，靠着槐树，看向荷花池的方向。

少年依旧站在荷花池边，昏黄灯光被风吹得飘摇，少年的影子也随之摆动。

到底什么时候才肯跟她说话呢……

困意渐渐涌来，时晚视线慢慢模糊，彻底闭上眼之前，她迷迷糊糊地想。

不知道过了多久，再次睁眼时，时晚愣怔地盯着头顶浩渺的星空看了好一会儿，才反应过来今夜大家都睡在院中。

北方的秋天，夜里温度低，就这么沉沉睡去，然而却似乎并不觉得怎么冷。

时晚低头去看，身上盖着件校服。

蓝白校服格外宽大，带着略高的体温，轻易罩住她整个人。

第十一章：
他的独占

秋夜萧瑟，凉风却被阻隔在外，鼻尖是浅淡的草药香味，时晚愣了愣，抬眸去看。

是夜，明月高悬。

或许是因为提心吊胆了一整个下午加晚上，夜深，在院里的住户基本上已经沉沉陷入梦乡。就连守在门房外的老林头也靠在墙上昏昏欲睡，一旁的收音机依然在咿咿呀呀："关于地震的不实消息……"

风吹动槐树，叶片簌簌作响。

所有人都沉睡着，月光洒下，将在钢丝床间穿行的少年身影照得明晰。他没有睡觉，悄无声息地在院里走动，不知道在做些什么。

时晚抓紧身上的衣服。

她有些好奇，低头看了眼睡得香甜的时辰，悄悄起身，蹑手蹑脚地朝贺寻那边走过去。

吸取之前的经验教训，她这次一点声音也没出，总算安安稳稳站在他身后。

贺寻正立在钱小宝的钢丝床旁边。

"鸡腿鸭头大肘子……"钱小宝睡相极其糟糕，小胖腿大大咧咧地伸在外面，梦中还在流着口水喃喃自语，"糖糕炸饼热包子……"

或许是梦见好吃的即将长翅膀飞走，钱小宝迷迷糊糊地挥手蹬腿，硬是把被子蹬掉大半，露出雪白的小肚皮。

贺寻皱了下眉，伸手，想要把被子给钱小宝重新盖回去。然而钱小宝一顿乱挥，终于在醒来之前抓到了即将飞走的"大肘子"，于是当机立断："啊呜！"

手一抓嘴一张，拽着"大肘子"就要往自己的嘴里送。

时晚实在没忍住，微微抿唇。

少女轻轻的笑声在背后响起，贺寻动作一滞，来不及挣脱，钱小宝的血盆大口就这么咬了上来。

"呸呸呸！"没想到这破肘子硬邦邦的，一点儿也不软，钱小宝嫌弃地吐出来，翻了个身，继续昏昏沉沉地睡去，"大肘子……"

贺寻沉默着，右眼直跳，最终还是没说什么，把手抽回来，轻轻给钱小宝盖上被子。

身上还披着少年的校服，时晚轻声问："你一直没睡吗？"

她没有想到贺寻会偷偷来给她披衣服，更没有想到他会大晚上还不睡，忙着给院里的小孩一个一个盖被子。

家属院里大多都是爷爷奶奶带着孙子孙女的配置，小孩睡相基本都不好，秋夜凉，这么露腰露背地睡一晚上，吹了风，明天早上起来肯定要感冒，总归头疼脑热是少不了的。

贺寻不吭声。

未曾想到小姑娘会在半夜醒来，他一时间没有任何准备，来不及摆出白日里冷漠抗拒的姿态。沉默一会儿，他淡淡应道："嗯。"

也不知道段秀娥他们究竟是怎么想的，整个院子的住户都睡在外面，稍微不注意就能病倒一大片。

时晚眉眼弯了弯。

"谢谢。"她轻声说。

浸着月光，少年素来冷硬的眉眼有几分不易察觉的温柔，一点儿也不像平日里令人生畏的模样。

反应过来两人还在闹别扭，片刻后，贺寻冷冷道："和你有什么关系。"

他声音一如既往的不耐烦，凶巴巴的。时晚低头看了看还披在自己身上的蓝白校服，抿唇："哦。"怎么还在闹脾气。

少女应得很快，并没有出声反驳，贺寻反而不知道该说些什么。

两个人就这么呆呆地在月亮下站着，影子一长一短。

过了一会儿，时晚先开口："中午的红豆糕……"

她想问问他有没有看见，毕竟当时直接塞进了抽屉里，倘若粗心一点儿，很容易就会漏掉。

话还没说完，便被强硬打断。

"以后别送那种东西。"想起齿间绵软细密的口感，贺寻板着脸，眉头皱得很紧，"甜得要命，难吃死了。"

没有别的选择，只能这么说，不然小姑娘还会继续送。

贺寻语气严厉，仿佛真的很不喜欢红豆糕。说完这一句，身侧许久都没有传来声音。院内安静，只有老林头的收音机还在坚持不懈地播报辟谣新闻。

大概终于伤心了吧，他敛眉。

这样也好，早点让她知道他是个冷心冷情的废物，赶快离得远远的。

他这么想着，几秒后，少女的声音里却带着几分欣喜："原来你吃了啊！"她还以为他没看见呢。

至于嫌弃红豆糕甜……想起中秋节贺寻来抢月饼的事，时晚决定一个字都不信。

总归最后吃了就好，免得中午饿肚子。

她说得极其自然，一旁，贺寻却愣住。

全然没想到自己就这么轻轻松松地被小姑娘套了话，几秒后，也不管院子里剩下露肚皮的小孩，少年咬紧牙关，大踏步地朝楼道里走去。背影气冲冲的，再也不肯出来了。

在院里睡了整整一夜，令家属院上下都惴惴不安的地震到底是没有来。清晨，大家打着呵欠把铺盖收回家，然后押着不情不愿大声哭闹的小孩们去上学。

"我爸昨天愣是从隔壁市跑回来，把我和我妈拉到郊区那院子里去！"到了班里，姜琦拉着时晚一个劲儿地抱怨，"那破院子什么都没有！哦不对！这么冷居然还有蚊子！"她将起校服袖子，给时晚展示自己手臂上星星点点的包，"我可是被咬惨了！"

时晚不禁抿唇："好了好了，你快放下吧。"

昨天的谣言传播力度很广，班里几乎所有同学都被折腾得没睡好觉，上课时通通是睡眼惺忪的模样，一个接一个地打哈欠。连站在讲台上的任课老师都挂着浓重的黑眼圈，然后被学生们传染得哈欠连天。

"今天我们讲习题。"楚慎之倒是和往常没什么区别，还是那副不近人情的样子，站在讲台上冷冷扫视一圈，然后点名，"时晚，你来讲一下最后一道大题。"

毕竟睡在露天的大院里，时晚昨夜休息得不算很好，即使是楚慎之的课，也隐隐有些困倦。

她睡意蒙眬地垂着头，直到听见自己的名字才蓦然惊醒："哦，好……"其实压根儿就没听见楚慎之说了些什么。

时晚拿着习题册一头雾水地站起来，正在犹豫，一旁传来很轻的声音："最后一道大题。"

秦秋盯着自己的习题册，轻声提示。

时晚不禁松了口气，连忙开始讲解："这道题的解题思路是这样的……"

解题过程没有问题，十分顺利。

一道题讲完，楚慎之并没有说什么，只让她坐下。

下了课，时晚感激地看向秦秋："谢谢你啊。"

楚慎之上课规矩严是出了名的，对所有学生一视同仁，并不会因为她成绩好就格外宽容。倘若今天被发现走神，挨训倒不至于，却也不会太好过。

秦秋弯了弯嘴角，笑容温和："没事。"

"说起来你那个新同桌还挺受欢迎。"最后一节体育课，自由活动时，姜琦继续跟时晚分享八卦，"学习好性格又温柔，好多女生喜欢他呢！"

姜琦嘴里提到的男生基本都会被盖上一个"好多女生喜欢"的戳。认识时间长，时晚已经从最开始的万分惊讶变成了处变不惊："嗯。"

能在一中拿年级第二，秦秋的成绩自然很好，做同桌这几天可以看出来是个学习能力很强的人。脾气也不错，对前来问习题的同学总是很有耐心，一连讲上好几遍都不会露出任何不耐烦的表情。

至于长相……时晚回想着对方习惯性推眼镜的动作，面容清隽，确实是秀气文弱的类型。属于传统意义上的好学生，很招女孩子喜欢。

"你这个人就是不开窍！"面对时晚平淡的反应，姜琦没忍住，气得狠狠戳了下她的额头，"下次不和你说了！"

"别戳这么重啊……"时晚伸手捂住额头。她倒是不担心姜琦不理她，反正过不了几天，就能听见姜琦高高兴兴夸别的男生。

体育课下课，上午的课结束。

时晚趁着午休间隙继续往十班送了盒红豆糕，依旧没有见到贺寻，她并不气馁，转头和姜琦一起去食堂吃饭。

下午的课都是主课，课业重，需要耗费大量精力，时间过得飞快。

今天时远志和向洁依旧得在研究所加班，去接时辰的只能是时晚。最后一节课结束，她连忙收拾书包，准备前去附小，却在即将离开班级的时候被人轻轻拦了下来。

"周末有空吗？"秦秋推了推眼镜，语气温和，"我想约你一起出来做习题。"

时晚愣了下："什么？"

如今风气保守，男生对女生说上一句"一起出来做习题"，几乎已经可以算得上是极直白的示意。

然而秦秋依旧是那副温文尔雅的表情，神色光明磊落，即使看见时晚往后退去，也没有半分不自然。

蓝白校服散发着干净的洗衣粉香味，他的语气镇定自若："马上就要竞赛了，我想好好准备一下。"

时晚这才反应过来，秦秋说的是年底省里统一举办的理化竞赛。

声名在外，每年一中的学生都会包揽竞赛的大部分奖项。学校也很重视，从高一下学期就会组织学习。只不过她来得迟，没有赶上统一培训。

这么一来倒是自己想得太多，时晚有些不好意思，低头："抱歉……"好丢脸，怎么会突然想歪。

秦秋并没有任何不愉快的神情，嘴角微弯，淡淡笑道："那你有空吗？"和大部分男生低沉粗哑的嗓音不同，他的声音带着种管弦乐器的优雅柔和，听上去犹如微风拂面，亲和力很强。

时晚犹豫了下，开口："有什么问题……还是到班里一起看吧。"

分班没多久，即使是同桌，彼此间也还有几分陌生。她并不愿意跟才认识几天的异性单独出去。

时晚拒绝得委婉，秦秋笑了笑："也行。"并没有再坚持。

"那……"时晚着急去接时辰，冲他点头，"我先走了。"

因着先前猜测错误，少女有些窘迫，脸颊沁着一层薄薄的红，眼睫轻颤，眸子里几分潋滟水光。

秦秋眼神暗了下，视线掠过她纤细的脖颈，轻声应道："嗯，再见。"

时晚再次点头，背好书包，离开学校。走得匆忙，她并没有注意到身后一直盯着自己的视线。

站在窗边，秦秋眯了眯眼。夕阳渐沉，整个人大半浸在阴影里，看着少女慢慢走远，他推了下眼镜。

"还是跟小时候一样爱害羞啊。"有些怀念的语气。

接下来的几天都在下雨。

一场秋雨一场寒，几场雨过后，温度降低，天气骤然冷了起来。绵绵细雨敲打着问诊室的窗户，看不清窗外忙碌嘈杂的世界。

谣言散尽，专家组终于进驻医院。贺寻先前的主治医生第一时间联系了他。

"哟，"坐镇精神卫生科的是个白胡子的老专家，笑眯眯的，一进来就冲贺寻打招呼，"小朋友长得可真俊。"

贺寻早就过了被人叫小朋友的年纪，被这么一叫，有几分不自然，不知道该说什么，尴尬地站在原地。

看出少年的窘迫，老专家依旧是笑眯眯的模样："来，自己搬个凳子坐。"指了指放在墙角的凳子。

贺寻依言坐下，没有摘眼罩，他盯着问诊室洁白的地面，窗户半开，耳边是沙沙雨声。

"这两天眼睛情况怎么样？"一上来，老专家就单刀直入。

贺寻喉头动了动："老样子。"

之前主治医生的话他听懂了，失明可能是由于情绪波动引起的。然而待心情平复下来，终于找回理智，右眼的情况依旧没有任何变化，该看不见还是看不见。

贺寻曾经自己对着镜子观察那只眼睛，黑沉沉的，一点儿光都钻不进去。有那么一瞬间，他甚至觉得或许右眼从来就没有过视力，之前尚未失明时的记忆不过是自己偏执的错觉。

"哦。"老专家倒是极其乐观，"至少没有恶化嘛。"

再恶化还能恶化到哪儿去，贺寻面无表情地想，大不了彻底瞎了。

"怎么自己一个人来？"贺寻不开口，老专家便自顾自地发问，"爸爸妈妈都在忙？"

"我母亲去世了。"贺寻应得很快。早已接受沈怡自杀的事实，这件事对于他而言不是什么羞于提及和不能触碰的禁区。

少年回答迅速，却下意识地忽略掉另一个人的存在，老专家眼神凝了下，继续问道："父亲呢？"

风大了些，窗户被吹开，雨丝随风洒进室内。贺寻放在膝头上的手骤然攥紧，苍白肌肤上现出几根青筋。

一阵令人心悸的沉默。

过了许久，贺寻才开口："死了。"气血上涌，一张嘴就是满嘴的血腥味，他死死盯着问诊室的地面，一副不肯再说话的模样。

老专家见多了这种抗拒逃避的姿态，已经见怪不怪："放松点儿。"

医生语气柔和，贺寻却一个字都听不进去。

贺子安放在门口的牛皮纸袋又出现在脑海里，他攥紧手，手臂上肌肉鼓起，几乎克制不住想要动手的冲动。

十八岁的少年已然是成人，身材瘦削结实，发怒时的模样令人生畏，任谁见了都要怵上几分。

老专家却还是一派悠闲的口吻："都这么大了，有没有喜欢的女孩子？"

果然，前一秒还紧咬牙关的少年脸色柔和些许，放在膝头上的手也慢慢松开。

"一定是个很可爱的小姑娘吧。"将贺寻的变化尽数收于眼底，老专家不动声色。干他们这行最重要的就是要让病人敞开心扉，像之前那么抗拒，多半什么都问不出来。

贺寻沉默。

今天中午依旧在抽屉里发现了饭盒，这次不是红豆糕，而是一种外皮炸到近乎透明的酥皮点心，不知道是怎么做出来的。

他已经躲了这么久，少女却似乎并没有半点不高兴的模样，每天开开心心来送吃的。

他配吗？

他不配。

连实话都说不出口，面对关心只能一而再再而三地逃避。时间一长，他都厌恶自己，终于在这么多年后变成了曾经最讨厌的模样。然而连他自己都无法面对事实的真相，又怎么可能亲口告诉她。

老专家活了一大把年纪，又工作了这么多年，眼光毒辣，一眼就看出来贺寻在想什么。

"别让人家小姑娘伤心啊！"老专家悠悠喝了口茶，果断下了逐客令，"先处理好这件事，然后一件一件慢慢来。"

贺寻一愣："医生……"

老专家不以为意，挥了挥手："等处理好再说。这几个月我都在这儿，你不用挂号，随时可以来找我。"就这么直接果断地把少年赶了出去。

问诊的时间总共不过几分钟，门口负责叫号的护士不禁好奇："您怎么这么快？"

一般到精神卫生科来的患者没有一两个小时都出不了问诊室的门。

"那小子脾气倔着呢。"老专家笑笑，"我不能着急。"不一点一点撬动，多半不会说实话。年纪这么小，心结打不开，一直失明就太可惜了。

不过既然是失明……老专家放下手里的茶杯，笑容敛了些。多年从医经历，这样的情况也曾遇到过两三例。以他的经验来看，诱因恐怕会很不愉快。

贺寻根本没想到老专家居然只用几分钟就打发了自己，回到学校，还是很难以置信。什么叫先处理好这件事？

贺寻独自坐在座位上，有些蒙。

已经做好决定，无论如何都要从时晚的生活中抽身，老专家这话说了基本等于没说，然而到底还是让少年的心绪乱成一团。

课桌里还放着粉白饭盒，贺寻眼神暗了暗。

他又怎么舍得让她难过。小姑娘那么软，瓷娃娃一样，轻轻碰一下都怕碎。每次他板着脸说出冷淡的话，自己心里都像被刀毫无章法地搅来搅去，一阵阵疼得厉害。

可是还能怎么做。

几缕雨丝从窗隙飘到脸上，冰冰凉凉。贺寻闭了下眼。事到如今，他哪里还有什么其他选择。

就这样昏昏沉沉挨过一节课。下课铃响，贺寻犹豫片刻，起身，手里攥着那个粉白饭盒。

他也不知道自己这是要去做什么，明面上仿佛是再次冷淡地拒绝时晚的好意，心里却想着可以借此机会远远看上她一眼。

不用亲手交予，只要隔着楼道里喧嚷的学生，看上一眼就好。

可笑。

少年嘴角扯出一个嘲讽的笑容，一边义正词严地说着远离，一边又忍不住靠近，世界上再没有他这么口是心非的废物。

时晚和秦秋一起出了楚慎之的办公室。

年底竞赛主要是物理与化学两门，学校很是重视，年级组便把指标都压在了一班，说是一定要拿一等奖。

作为年级第一与年级第二，他俩自然是老师重点关照的对象。

"刚才楚老师的解题思路你听懂了没？"手里拿着习题册，秦秋看向时晚。

时晚点头："听懂了。"

上次的邀约似乎真的只是出于单纯学习的目的，这一周，秦秋总会拿着习题册上的题目同她一起探讨。遇到两个人都做不出来的题目，就只能去问老师。

"那回去能不能给我再讲一遍？"秦秋笑意一如既往的温和，"后面有几个步骤我没懂。"

时晚继续点头："好。"

随着点头的动作，少女眼睫微颤，犹如蝶翼扑簌，灵动可爱。

秦秋眼神一暗，没有说话。他知道时晚每天中午都会去十班给那个没有参加考试的转学生送东西，也曾经见过那个叫作贺寻的少年板着脸在楼道里偷偷把饭盒交给姜琦。

她对他很好，会和他一起做题，一起去老师办公室，一起耐心地给班里的同学讲题，然而还是不如对贺寻那么好。

秦秋唇边笑容浅淡，眼底却毫无笑意。

尽管她还没想起来他是谁，可总有一天会想起来的。

两个人并肩朝班里走去。

教学楼里的班级分布循倒序，一班在最高层，然后由一到十逐渐排到一楼。其他班的学生想要上来找人，必须要爬整整好几层楼梯。

经过楼梯口，时晚的肩膀突然被拍了下。

"别动。"不同于平日温和的笑容，秦秋笑意敛了些，"你头发上落了只虫子。"语气严肃，全然不像是在开玩笑。

时晚直接僵住，整个人动弹不得，她最怕虫子。

"没事。"察觉到她的僵硬，秦秋声音温柔，"我帮你拿下来。"

被他的话吓住，少女站在原地一动不动，眼睛顷刻间漫上不知所措的水雾，模样可怜又可爱。

秦秋喉头动了下，余光里是楼梯间尚未上楼的少年。没有任何犹豫，他轻轻俯身，嘴角隐秘地弯了弯。他知道，从贺寻的角度看过去，此刻，他正在少女的发顶轻轻落下一个吻。

时晚被秦秋的话吓到了，整个人动弹不得，连一根手指都不敢动。她徒劳无功地僵在原地，静静等待对方把那只虫子从头发上取下来。

然而她并没有等到秦秋开口，时晚先等来的是楼道里其他学生瞬间此起彼伏、高亢惊恐的尖叫。

还有"砰"的一声，人体重重撞在墙壁上的响动。

她不知所措地抬眼，撞进视线的是被揪住衣领，牢牢按在墙上的秦秋，还有眼睛通红的贺寻。

从昏迷醒来后一直毫无波澜的眸子此刻终于有了情绪，少年瞳仁亮得惊人，被燎燎怒火映出一片冰凉的辉煌，怒意之盛，连眼周都瞬间红了起来。

贺寻紧咬牙关，手背上显出几根青筋，像是失去理智的凶兽，狠狠掼住毫无反抗能力的猎物。

"打人啦！打人啦！"单调无意义的尖叫过后，终于有人反应过来，"快去叫老师！"

很快有学生如梦初醒，赶紧朝老师办公室跑去，却没有一个人敢上前去拦，围观的学生全部愣在原地。

疯子！简直就是疯子！根本来不及看清发生了什么，眼前掠过一道虚影，秦秋接着就被狠狠撞到了墙上。

不是四中那种吊车尾学校，一中连杜威这样口无遮拦的学生都很少，更不要说公开在校园里打架斗殴，大家目瞪口呆。

"贺寻！"楚慎之的办公室离这里最近，学生直接去找他。他匆匆赶来，脸色一沉，呵斥道，"松手！"

楚慎之在年级里赫赫有名，发火时连班里最调皮捣蛋的男生都要怵上几分，然而贺寻充耳不闻，依旧死死揪住秦秋的衣领。少年眼眸很亮，瞳色却漆黑，除了滔天汹涌的怒火，什么也看不见。

秦秋被那只黑黢黢的眸子盯着，狠狠掼在墙上，此刻有点后悔先前的莽撞。但他明白现在不能出声，否则只会更加激怒对方。

"贺寻！"其他人鸦雀无声，楚慎之又喊了一遍，"我叫你松手！"

少年用力太大，手臂上肌肉鼓起，线条凌厉，像是拿雕刻刀一刀一刀削成。他咬着牙关，不吭声，只有牙齿在咯咯作响。

见贺寻一个字都听不进去，楚慎之皱眉，看向时晚："你去劝劝他。"

从来没有见过贺寻这种近乎失去控制的模样，时晚整个人都蒙了，既不明白他为什么突然对秦秋出手，也不明白他为什么突然这么生气。她张了张嘴："贺寻……"不知道该说什么，只能轻声喊他的名字。

贺寻喉头动了下，几秒后，仿佛陡然失去力气，揪住秦秋衣领的手松开，蓦然跌落下来。

秦秋狼狈地咳嗽两声，赶紧往旁边走去。

时晚心口一滞。

她这时才发现先前听到的那声"砰"并不是秦秋撞在墙上的响动。贺寻右手垂下，手指上沾了墙灰，显得伤口处的血迹颜色浅淡，墙壁上的红却鲜艳分明。在揪住秦秋的衣领前，贺寻先朝墙上狠狠打了一拳。

楚慎之将围观学生全部赶回各自的教室，把三人带回办公室，关上门。

他冷冷扫了贺寻一眼，尽管心里已经有了猜测，还是开口："怎么回事儿？"

"大概是误会吧。"脱离钳制，秦秋已经恢复了往日温和有礼的神情，他推了推眼镜，淡淡笑道，"我跟贺寻同学没什么过节。"

从来都是好学生的模样，这种话从秦秋嘴里说出来并不显得虚伪，言辞恳切，反倒像是真情实意地在为贺寻开脱。

楚慎之皱了下眉："贺寻？"得误会成什么样才能动起手来。

贺寻依旧咬着牙，一声不吭，沉默地站着。他安静盯着眼前虚无的空气，眼神空洞。

少年一副油盐不进的模样，楚慎之只能看向时晚。

时晚一头雾水，根本不知道究竟发生了什么事，茫然地看回去。

"既然是误会，"尽管秦秋没有真的挨揍，但到底是贺寻先把人给按在墙上，楚慎之不好偏袒，沉声道，"贺寻你给秦秋道个歉。"

这已经算是高高举起轻轻放过，如果真按着校规来，闹出这么大的动静免不了挨处分。

听见后半句，一直沉默的少年终于有了反应。他微微偏头，看了秦秋一眼，眸色漆黑，眼底是刀锋般凛冽的寒意。

秦秋嘴角笑容淡了些，没来得及开口，眼睁睁地看着贺寻朝门口走去，然后"啪"的一声摔上门。

时晚全然不明白贺寻怎么会做出那样的举动。放学前，她只能先替他给秦秋道歉。

"我不碍事的。"秦秋整了整早已看不出痕迹的领口，嘴角微弯，"你没被吓到吧？"

时晚咬了下唇："……没有。"怎么可能没被吓到，不是没见过贺寻发怒的模样，却从未像今天一般毫无缘由地失去控制。

少女应得不自然，秦秋也看出了她的口是心非，嘴角笑意深了些。他推了推眼镜，打开手边的习题册。

时晚最后一节课一直惴惴不安，下课后，来不及收拾书包，她去十班找贺寻，想要问问到底出了什么事。

"寻哥？"然而贺寻不在，只有杜威一脸蒙地挠头，"他一直没回来啊！"

他坐在门口，倒是看见贺寻拿着饭盒出去了，但始终都没再回班级。贺寻一向和其他同学不亲近，没人知道他去了哪里。

在十班找不到人，时晚只能猜测贺寻是不是已经回了家属院。

谢过杜威后，她准备收拾书包回家，然后去楼上问问贺寻究竟是怎么一回事儿。

秋意渐深，天色渐短。放学后，同学们不爱在学校耽搁，都早早地回了家。

待到时晚收拾好书包下楼，教学楼里剩下的学生并不多，楼道安静。

时晚走过二楼和三楼的拐角，正要继续下楼，手腕蓦然一紧。拉住她的人用了很大的力气，尽管刻意控制过，不想弄疼她，但到底还是用了力，直接把她拉进一旁的消防通道内。

"砰！"

消防通道的门重重合上。

时晚吃痛，又惊又怕，仰脸去看。还没来得及松口气，肩膀被牢牢握住，整个人被抵在墙上。

贺寻努力克制着自己的情绪，一开口，嗓音沙哑："你喜欢他吗？"

贺寻紧紧握着时晚的肩，盯着少女不知所措的眼眸，又问了一遍，声音苦涩："你喜欢秦秋吗？"

他听姜琦说过时晚有个温文尔雅的新同桌，模样清俊性格好，很受女生欢迎。他曾经以为自己可以就这么一直冷淡下去，彻底离开她的生活，直到有一天她终于忘记他，然后喜欢上其他优秀的男生，却没有想到这一天来得这么快。

嫉妒和怒火烧得心口一抽一抽地疼，最终却没有冲对方打下去。倘若那真的是她喜欢的男孩子，他有什么资格朝对方动手？

他情绪不稳，手上劲儿很大。时晚肩膀被握得生疼，不蒙了："你有病啊！"她现在生气了。

他从哪里看出来她喜欢秦秋？

"你……有病！"时晚气得不行，却又不会说什么骂人的话，只能重复这一句。

简直不知道这个人一天到晚都在想些什么东西。

被气坏了，少女小脸通红，咬着唇，杏仁眼清凌凌地瞪过来。

贺寻喉头动了下。

"我看见他亲你。"换作平时不会这么没眼色，然而钻进牛角尖里，少年固执得有些可怕。他亲眼看见的，那个轻盈缥缈的吻。

时晚眼前一黑，他在说些什么？！

肩上力道松了些，她把他的手打下去，用力过猛，自己反而生疼。

"谁亲我了！"她手心疼得厉害，又委屈又生气，"你看错了！"又不是木头人，如果秦秋真的亲下来，怎么可能毫无知觉。

小姑娘气得要命，眼里盈了层蒙蒙的水雾，一副尴尬而恼怒的模样。

　　贺寻愣了下，却笑了："是吗？"

　　从发烧后一直都是冷淡而克制的漠然表情，此刻，少年脸上难得露出一点笑容。他嘴角弯着，眼底是止不住的笑意："太好了。"

　　好什么啊？根本不知道贺寻在搞什么鬼，时晚莫名其妙。

　　消防通道平日里无人，她的脸烧得厉害，用力把他推开："我要回家。"哪有这种人，先是毫无缘由地自己一个人生闷气，然后又跑过来说这些似是而非的话。

　　小姑娘脸皮薄，折腾这么一出简直要了她的命。她脸颊滚烫，一点儿也不想看见贺寻，打开门，头也不回地跑了，留下贺寻在消防通道内。

　　少女已经跑远，空气里却还残留着一点若有似无的甜香，少年闭了下眼。

　　他曾经以为只要自己足够狠心就可以远离她。然而，他错了。

　　在这个世界上活了十几年，他第一次如此想要独占一个人。

第十二章

小猫求原谅

片刻之后，那点甜香散去，贺寻缓缓睁眼。

天色渐晚，消防通道里光线昏暗，少年一贯深沉的黑眸却一点点亮起来，比被秦秋激怒时还要明亮，灼然慑人。

或许他从来都是个自私贪婪的家伙，嘴上说着客客气气的漂亮话，心里却是截然相反的念头。他不愿离开她，不想从她的生活中消失，更不能接受她和别人在一起。光是想到类似的画面，他的心就紧紧地揪在一起。

他想紧紧抓住她，哪怕付出千倍百倍的代价。反正除了这条命什么都没有，倘若老天爷真的见不得他好，那就拿去。一条命换他留在她身边，很值。

静静站了一会儿，贺寻猛地拉开消防通道的门。

"哎哟！"前来检查教学楼的门卫大爷被吓了一跳，"跑这么快作死哦！"

贺寻没有理会，匆匆跑出楼门。

秋天日头短，在消防通道里耽误了那么久，夕阳渐坠。月亮从另一侧升起，天幕中星子闪烁。繁星下奔跑的少年衣角带风，额前碎发被扬起，蓝白校服干净清澈。

到底是正在长身体的男孩子，腿长体力好，一路追过去并没有用几分钟。

离公交车站不远，时晚独自走着。她走得很慢，头低着，看起来像只受了委屈软趴趴的小蜗牛。

贺寻心头一颤——自己真不是个东西，竟然让她这么难过。

他长腿一迈，追上前去，伸手拦下她。

"对不起。"之前用那么冷淡的态度对她，他简直是个不折不扣的浑蛋。

不知道还能再说些什么，少年难得磕绊两下："你、你别生气了。"

被拦下，少女不吭声，只低着头，路灯亮着，纤长眼睫晕开一层柔光。她咬唇不说话，也并不看他。

贺寻喉头动了下。

"我错了。"决心已定，却还是没有办法把先前态度冷淡的原因说出口，他重复着，"是我不好。"实在生气的话，她打他骂他都行，他会照单全收。

然而时晚还是不说话，唇紧紧抿着。

贺寻还在绞尽脑汁思考该如何道歉，就看见一直沉默的少女终于抬起了头。她眼睫扑簌，杏仁眼清澈，声音也温温柔柔，说出来的却是他曾经对她说过的话。

"离我远点儿。"小姑娘说话娇里娇气的，"你烦死啦！"

时晚说完那一句，趁着贺寻愣在原地的时候，跳上恰巧开来的公交车，自己一个人回了家属院。

坐在书桌前，时晚伸手捂了下脸，脸颊还隐约有些烫，气得不行。

世界上哪有他这种人！之前不明缘由的态度冷淡，强行赶人走也就罢了，现在居然还越发过分，连那种话都说得出来。

什么叫她喜欢秦秋呀！怎么会有这样平白无故乱说话的家伙。

根本没想到贺寻会把话说得那么直白莽撞，时晚又羞又气，咬着唇恼火许久，还是无法平复下情绪。

那个讨厌鬼！不清楚一直态度冷淡和随便乱说话哪个更让人生气，少女攥紧手里的笔，脸上一层羞恼的薄红，随后又下意识地摇了摇头。

不管什么原因，总之他讨厌就对了，她才不要理他。

心里这么想着，第二天，时晚去上学时并没有带点心。

"哦——"被贺寻火急火燎地从班里揪出来，聂一鸣眨巴眨巴眼，"这样啊？"

沉思片刻，聂一鸣喜悦之情溢于言表："寻哥你这不是活该嘛！"叫你先前不理人家小姑娘，成天摆着一张臭脸。

贺寻无奈。

昨日并没有想到时晚会那么说，待他反应过来，少女已经跳上车走远。等回到家属院，偏偏又遇到了难得不加班的时远志夫妇，这么一来，他竟然连上门去解释的机会都没有。

而今天中午，熟悉的粉白饭盒并没有出现在抽屉里。他从杜威躲躲闪闪语焉不详的回应来看，小姑娘的确没有来。

这一次，她大概是真的生气了。

"我可帮不了你啊寻哥。"聂一鸣拍拍贺寻的肩，语气里毫无同情之意，"要不你学课本上那个谁把衣服脱了背捆树枝上楼请罪去？"

该！他幸灾乐祸地想。

当初把他俩一起从病房里赶出去的时候就该想到会有这一天!

贺寻嘴角抽了抽,忍无可忍:"走开。"

闻言,聂一鸣一点儿也没有不高兴,反而潇洒地拍拍屁股:"那我走了!"还是没牵挂好,没这么多破事!

贺寻深吸一口气。

本来也没指望聂一鸣能想出什么办法,只是他现在实在不知道该怎么办。平日里温温柔柔的小姑娘执拗起来异常坚定,说着让他离远一点儿,就真的不见他。上午他去一班找过时晚,出来的却是平常帮忙递饭盒的姜琦,姜琦也不再像以前一样那么好说话,无论如何也不去叫人。

而昨日在过道里和秦秋起过冲突,剩下的学生恨不得离他远远儿的,哪里还敢上前帮他的忙,一时间,居然就这么被挡在一班外面。

真是自作自受,贺寻苦笑。先前他故意不理她,如今也终于换他自己尝尝这究竟是什么滋味。

他心口有些发涩,伸手按了按,眼神闪烁。

时晚并不知晓楼下发生的一切,她正一笔一画写着习题。最后两节是自习课,班里安静,没有人说话,只能听见笔尖接触纸面的沙沙声。

写完一科,她合上习题册,伸手揉了揉眼睛。眼角被揉出一片柔软靡丽的绯色,少女依旧有些恼火,脸颊无意识地鼓起,娇俏可爱,一旁的秦秋眼神暗了暗。

时晚并没有察觉到一旁的视线,从枯燥习题中抽身,思绪骤然放空。她咬了咬下唇,随后摇摇头,想要把上午少年在门口张望的瘦削身影从脑海里赶出去。

她才不要理他呢,真以为她一点儿脾气都没有啊。

一夜过去,时晚其实没有昨夜那么生气,但当贺寻找上门来的时候,她还是不想理他,谁叫他先前无论如何都不理她的。

感觉自己现在有点像赌气的小孩子,时晚眼睫颤了颤,把羞恼的情绪压下,拿出另一本习题册。总之不要理他就对了,反正现在不在一个班,贺寻总不能强行闯进班里来找她。

时晚一边这么想一边做习题,过了一会儿,注意力被作业吸引,渐渐忘了这件事。

氛围好,即使没有老师看管,一班的自习课也格外安静,偶尔有几个同学探讨题目的低语。

"嗡嗡!"

教室静寂,这突然出现的微弱蜂鸣声格外引人耳目。

"是什么在响?"嗡嗡声节奏单调而统一,不少人都被吸引走了注意力,有女生瞬间白了脸，"是马蜂吗？"

秋天怎么还会有这种东西？

学生们顿时慌乱起来，教室里一顿吵闹。大家都害怕被咬，纷纷起身，寻找着不知道从哪里飞进来的马蜂。

时晚没有站起来，而是愣了下。

时远志夫妇在航天研究所工作，这种声音她很熟悉，并不是什么昆虫振翅的响动，而是袖珍飞行器马达工作的蜂鸣声。

然而一中校园里哪儿来的袖珍飞行器？

时晚在喧嚷人声中努力辨别着蜂鸣的来源，还没弄清来自何处，声音却消失了。其他同学依旧在吵吵嚷嚷地找着马蜂，她却盯着安安稳稳地降落在她桌面上的东西。

那是一只黑色的袖珍飞行器，只有几厘米大小，非常不起眼。

飞行器尾部，是一张折叠后又被粘上去的纸条。

时晚盯着那张纸条。

大家还在寻找不知飞到何处去了的马蜂，教室里乱作一团，吵闹不堪，只有少女静静坐在自己的座位上，微微垂头，凝神端详眼前的飞行器。

已经起身的秦秋凑了过来："你在看什么？"

在这个大多数人依旧在使用寻呼机，连手机都尚未全面普及的时代，除了相关工作人员和一小批爱好者之外，根本没人听过民用飞行器的概念。即使在教育资源相对优渥的青城一中，几乎也没有什么人认识这种东西。

停在课桌上的小玩意儿怪模怪样，秦秋不禁皱了下眉："这是刚才……"他伸手想去拿，即将碰到，却被一直安静不吭声的少女抢了先。

时晚下意识地伸手把飞行器挡住，抬头对秦秋笑笑："没什么的。"

少女指尖虚虚拢着，隐约透出一点儿袖珍飞行器的轮廓。

秦秋的手还停在半空中，几秒后，他不动声色地收回手："嗯。"

秦秋没有说话，佯装和其他同学一起继续寻找马蜂，片刻后，余光里的少女不知道看见什么，蓦然攥紧了手。她咬着唇，不知道是害羞还是生气，小脸浮现一层清透薄红，眼神有些躲闪。

秦秋还没来得及说些什么，时晚站起身。

时晚从来不在自习课上做与学习无关的事，这一次，向来遵守课堂纪律的少女居然就这么跑了出去。

时晚独自走在楼道里。

还没有找到所谓的马蜂，一班人声喧闹，其他班却还在安安静静地学习。没有学生在外走动，楼道中此时看上去似乎只有她一个人，坠到树梢的落日将她单薄的影子拉得纤细修长。

然而时晚知道并不是这样。

　　这年头民用飞行器的技术并不发达，被攥在手里的袖珍飞行器小巧归小巧，接收信号的范围却并不大。想要实时操控，只能躲在离教室不远的地方。

　　楼道无人，楼梯上也看不见第二个人的踪影。她想来想去，最后只剩下一个可以藏匿的地方。

　　时晚站在消防通道前，微微咬紧唇，几秒后，用力推开门。

　　高二的教学楼旁种了一棵年近百岁的榕树，枝叶常青，不受季节变化影响，即使在秋季也是绿意盎然的繁盛模样。生长旺盛，树顶已经长至几乎与教学楼齐平的高度。

　　落日熔金，薄而温暖的金色光线自窗外茂密叶隙间穿过，给正倚在墙上的少年镀了层同样暖融融的边。

　　听见响动，他抬眼看她。他向来总是平静漠然的脸上有几分被抓到的不自然，黑眸眨了眨，抖落一地碎开的光影，而后飞快地把手里的遥控器塞进校服口袋。

　　时晚咬了下唇。

　　昨天是他强行把她拉到消防通道里，今天换她来堵他，身份对调，却还是没来由觉得羞恼。飞行器还硌在掌心，她伸手："这是你画的？"说的是粘在飞行器尾部的那张纸条。

　　少女声音很轻，贺寻又眨了两下眼："嗯。"他不自在地摸了摸鼻尖。

　　把贺寻的动作都看在眼里，时晚不知道该害羞还是该生气。

　　"丑死了。"她软绵绵的嗓音里有几分羞恼，还有几分辨不清的情绪。

　　并不是什么解释缘由的道歉信，纸条上画着的是一只眼里带泪，可怜巴巴蜷在一处的小猫。

　　毕竟是自己救回来又一直养着的猫咪，尽管画工拙劣，时晚还是一眼看出那是豌豆，就是不知道贺寻怎么会莫名其妙地想到画它。

　　时晚还在生气，但一想到这只"豌豆"是对方画出来的，不禁有点儿想笑。

　　贺寻大抵是真的不太会画画，纸条上有不少涂涂改改的痕迹，线条磕磕绊绊，画面不太干净，最终成品也远不如豌豆本猫可爱。倒是圆脸上含泪的模样活灵活现，十足一副小可怜的样子。

　　少年向来恣意任性，想象一下昨天才跟别人动过手的贺寻仔细描摹，皱着眉头一点一点修改的模样，时晚嘴角弯了弯，随即又很快压下："你画豌豆干吗？"

　　画又画不好，硬生生地把豌豆画丑那么多，不知道他究竟是什么心思。

　　是质问的语气，少女声音却很软，唇边一点儿没藏住的隐约笑容。

　　贺寻一直揪紧的心放松些许，插在兜里攥紧的手也微微松开。

　　"就……"他笑了笑，嗓音有些沙哑，"求个情呗。"

　　做梦也没想到还有需要托一只猫来求情的一天，光是想想，贺寻自己都觉得十分好笑。然而仔细一琢磨，他和时晚最初那点联系似乎就是从豌豆开始的。

豌豆受了伤，平日里害怕到多看他一眼都不愿意的少女才会怯怯来求他帮忙。豌豆胃口不好去看病，他才会在那个下雨天没来由心情焦灼地冒着雨撑伞去兽医站找人。

至于后来莫名其妙挨了豌豆一爪的事不提也罢。

有的时候，贺寻觉得他和时晚全然不是一个世界的人，小姑娘心软又善良，会为了救一只可能根本活不下去的猫去求他，也会不计前嫌，一次又一次宽容原谅他的任性妄为。

而他是个自私贪婪的人，一点儿也不想放她走。

"之前我遇到一些事，现在还没办法跟你解释。"贺寻唇边噙着些许笑意，黑眸深邃，"但你相信我，以后不会了。"

舍不得看到她难过伤心的表情，不能容忍其他人站在她身侧，他再也不会做出那么荒谬可笑的事。

比起昨日在公交车站旁不明所以含混不清的道歉，少年今日的态度诚恳许多。

时晚手里还攥着那只小巧玲珑的袖珍飞行器，顿了下，道："哦。"

时晚并不是什么都不知道的傻姑娘，对于贺寻前几日一反常态的冷淡，她心里其实有几分猜测。他唯一失态的那次是遇见贺子安，或许这一次的事情也和贺子安有千丝万缕的关系。

无意去深究对方的家事，时晚并不想强行逼问什么。她向来很有分寸，知道什么该问什么不该问，但心里还是有几分说不清道不明的羞恼。

眼下的场景与昨日有些相似，都是在消防通道里，难免叫人想起少年说过的话。时晚咬了咬唇，脸颊有些烫。

"以后也不许……"她稍微闭了下眼，小声嘟囔，"不许再像昨天一样乱说。"

时晚不懂男生的那点心思，并不知晓秦秋偷偷动的手脚，她无论如何都想不明白贺寻怎么会觉得她喜欢秦秋。

说不清究竟因为害羞，还是什么其他自己也没有察觉到的原因，总之，她不想听见他再乱说话。

夕阳渐坠，光影越发细碎，洒在少女纤长眼睫上，随着呼吸绽出星星点点的光，贺寻愣了下。

一直以为时晚生气是因为自己毫无缘由的疏远冷淡，他从没想到还会有第二个理由。

细细咀嚼着这句话，他心跳得厉害，眼神也一点一点明亮起来："我乱说什么？"

怎么会不知道时晚指的究竟是什么，他弯着嘴角，嗓音里是止不住的笑意。

心里的炉火一直燎燎烧着，今天他站在一班门外来找她，看见秦秋的时候依旧忍不住想冲上去揍对方两拳。都是男人，冷静下来，他看出来昨日秦秋是在故意激怒自己，大抵是出于一些想要抹黑他的目的。

可惜的是，他不在乎别人会如何看自己，只在乎时晚一个人的想法。

小姑娘脸上表情羞恼，咬字软绵绵的。

贺寻心跳得很快，一下一下怦怦作响："你是不是——"

"我不听。"即将吐字的前一秒，面前的小姑娘突然伸手捂住耳朵，同时闭上眼，一副坚决不听的模样，"你不要说。"

她莹白小脸瞬间染上一层近乎艳丽的绯色，眼睛闭得很紧，羽睫颤着，声音软得不像话。

贺寻哑然失笑。从来没见过少女露出这种娇嗔情态，他伸出手，又怕弄疼她，斟酌许久，只是轻轻握上时晚的肩："行，我不说了。"

来日方长，他不急于这一时。

意识到方才贺寻想问什么，时晚脸颊烫得要命，直到听见这一句，才勉强松开手。

她把那只飞行器和纸条一起塞进他手里，然后转身想要走。

这次贺寻不再那么好说话，他伸出手，轻轻松松拉住她，笑意低沉道："喂，你还没说到底求情成功没？"又摇了摇那张画着豌豆的纸条。

时晚额头直发烫，只想赶紧离开这个消防通道。她咬着唇，不看他，道："我……我为什么要答应？"

是他先不理她在先，时间那么长，又说那些讨厌的话，凭什么靠一个画得丑丑的豌豆就让她原谅他。

贺寻眼底笑意更深，垂着眸。

"豌豆是我们一起救回来的。"贺寻全然不记得自己当初如何嫌弃幼弱无助的豌豆，语气理直气壮，"现在'孩子'都求情了，你还不答应吗？"

风吹过，叶片簌簌作响。贺寻嘴角微弯，眼里挟着十足的笑意，嗓音懒散。

时晚的脸瞬间更红。

"你……"她又羞又气，声音都在颤，不由得指责他，"你乱说什么？！"

怎么会有他这种随便乱说话的人，当这是玩过家家吗？

少女一颗心怦怦直跳，莹白小脸晕开一层薄红。贺寻却只勾了勾唇："没乱说啊。"

那小猫本来就孤零零一小只，被捡回去才算有了家，他好歹当初帮忙处理过它腿上的伤情，这么叫一声又何妨。

简直是强词夺理！时晚何尝听不出来贺寻的弦外之音，恨不得赶快伸手去捂他的嘴。这个人还有完没完，总说些奇怪的话，一点儿都不正经。

她恼得不行，偏偏手腕还被他牢牢攥住，无法脱身。她不禁咬了咬唇："你放开我，我要回班。"

夕阳渐沉，穿过叶隙的光线逐渐暗淡，朦胧映出少女两颊含羞带怒的红晕。她眼睫颤着，像是初展羽翼的幼鸟，可怜又可爱。

"喂。"贺寻喉头动了下。

他并没有依言松手，反而搂得更紧，然后俯下身去："那你答应我，以后离你那个同桌远点儿。"

没明白贺寻怎么会突然说起这个，时晚一怔。

她思考的时间并不长，只有短短几秒。然而，贺寻根本容不下这片刻之间的犹豫，见她出神，便又凑近了些："听懂没？"

时晚眼睫颤了颤。

原本两人之间就离得近，他这么一靠过来，她背倚着墙，根本避无可避。熟悉的清浅草药香和温热吐息一起压下，瞬间让她的脸更红了。

距离不过几厘米，几乎可以数清少年鸦羽般的长睫。逃又逃不开，躲也躲不过，她的心怦怦直跳，下意识应道："知……知道了。"

小姑娘颊绯红，杏仁眼沁着水雾，贝齿轻轻咬着唇，明明穿着最普通不过的蓝白校服，却着实耀眼。

过了十几秒，贺寻强迫自己松开手："嗯。"

时晚并不知晓贺寻在想什么，手腕蓦然被松开，还没有反应过来自己已经从禁锢中挣脱，依旧站在原地。过了一会儿，头顶上传来低沉的声音："怎么，还舍不得走？"

贺寻眸间挟着几分笑意，终究还是没能忍住，"啧"了一声，伸手，随意揉了把时晚的发顶。

少女的脸瞬间更红，几乎要滴出血来。

几秒后，小姑娘抬头恼怒地瞪了他一眼，把他的手打掉，转身头也不回地跑开。

那到底是什么讨厌的家伙啊！

时晚推开消防通道的门，一路小跑回教室，坐在自己的座位上，脸还是烫得要命。

耽搁许久，始终没能找见飞进来的马蜂，喧闹之后，同学们已经各自回座位继续学习。教室安静，她却一个字都看不进去。

早知道就不出去了……

一字未动，作业还是原先的模样，时晚盯着面前的习题，咬了下唇。

发顶上似乎还残留着少年稍高的体温，那点清浅的草药香味一并沾在发尾，明明是再清凉不过的味道，却让人无端脸红。

少女红着脸，眼神躲躲闪闪，手无意识地攥紧袖口。秦秋不动声色地推了下眼镜。

他大概已经猜到刚才莫名其妙飞进来的那个玩意儿究竟是谁的。

自习课下课，到了放学时间。

今天时远志和向洁不加班，时晚不用去接时辰，收拾书包的速度就慢了些。班里其他同学渐渐离去，她还在整理课本，就听见身侧温和的嗓音："你的东西掉了。"

眼前蓦然多了一支钢笔。

没想到整理书包时不小心弄掉了钢笔，时晚对秦秋笑笑："谢谢你。"

秦秋也笑："不客气。"

没有再继续交谈，时晚收拾好书包，准备回家，一抬头，却发现秦秋正在看她，金丝眼镜下瞳色深沉。

莫名地，她想起消防通道里贺寻说过的话，眨了眨眼。

少女模样无措，秦秋还是一贯温和有礼的样子。

"你还真不记得我。"仿佛有些无奈，他轻轻地笑，"我和小时候差别就这么大？"

小时候？不明白秦秋在说什么，时晚茫然看向他。

似乎被她这副不知所措的模样逗乐了，秦秋难得露出一点与往日不同的灿烂笑容："你忘了，我们小时候在一个幼儿园。那时有个小胖子总是欺负你，我还帮你打他来着。"

时晚怔了下。上幼儿园是十几年前的事，那会儿时远志还在老研究所工作，每天骑着自行车送她去附近的一个公立幼儿园上学。

时间太久，很多记忆已经模糊，但是被秦秋这么一提，便隐隐想起来一些片段。

记忆中，那个老旧的幼儿园里的确有个无法无天的小胖子，或许是吃得好，长得比同龄人高出一大截，仗着体格天天招猫逗狗。不是去抢其他男孩子的玩具，就是狠狠揪女孩子的辫子，就连老师都管不住他。

时晚小时候身体弱，跑不快，被生生揪哭过好几回。

"你和我是同一个幼儿园？"然而想了半天只能想起来小胖子，她看向秦秋，"抱歉，我……"是真的想不起来。

"没事儿。"秦秋似乎并不在意，摇摇头，"我小时候身体弱，在班上不出挑，那时候想要帮你还被那小胖子打哭了，你不记得也好。"

回忆起童年旧事，他笑意深了些："就是没想到过了这么久还能再遇见。"

同样没想到多年后能在青城遇见曾经的小伙伴，尽管没有什么印象，时晚还是很惊喜。天色不早，她只能冲秦秋笑笑："我先回家了，你也早点回去。"

"嗯。"秦秋微笑，"路上注意安全。"

仿佛一点儿也不着急回家，秦秋慢条斯理地收拾着书包，直到门卫在楼道里吹响尖厉的离校哨，才离开教室。

秋意渐深，树叶纷纷凋落，踩在脚下咯吱作响。

"呵。"他推了推眼镜，语气平淡，"看来你真的不记得我。"

时晚回到家，天刚刚擦黑。时远志已经做好晚饭，见她回来，连忙招呼向洁和时辰吃饭。

难得不加班，一家人高高兴兴吃完饭，天完全黑了下来。

"哟！"时远志收拾好碗筷，从厨房一出来，脚边就凑上一只毛茸茸的白团子，"又来要吃的，不是才喂过你吗？"

豌豆脸上还沾着食物碎屑，眨巴眨巴眼，顺势往地下一躺，露出同样毛茸茸的小肚皮。时远志哪里受得了这种攻势，顿时心花怒放，也不管晚饭前才喂过，当即又进厨房准备煮肉给豌豆吃。

"没看出来豌豆这么会耍赖啊。"向洁在一旁围观全程，十分稀奇，"以前可不是这样，这都是跟谁学的？"

时辰依旧沉迷陶艺，坐在沙发前摆弄陶土，听见姐姐的语气里带了点儿恼怒——

"遗传！"少女气愤而笃定地说。

第十三章：
我才不喜欢你！

贺寻并不知晓自己白捡来的"儿子"在楼下见人就抱腿撒娇，这一晚，他睡得很沉。

没有小时候抱回家却最终没能活下去的幼猫，没有沈怡夜里哀哀戚戚的啜泣，也没有贺子安那双和他有点相似，眼尾微微上挑的深沉眸子。

一夜无梦。

贺寻起得晚，待到进班，早读铃正好敲响。

十班的早读一向没人管，讲台上没有任课老师，讲台下，十几个学生零零散散地坐着，几乎都在做与学习无关的事。

贺寻在自己的座位上坐下，丝毫不受影响，拿出书，才看了没多久，身边鬼鬼祟祟凑过来一个人。

他眼皮都没抬："干吗？"

杜威摸了摸头，讪笑："寻哥……"叫完这一声，他也不继续往下说，而是屏息静气地站在一旁，小心翼翼观察贺寻脸上的表情。

杜威心有戚戚。原本以为这位爷最多也就揍个他练练手，没想到居然连秦秋都挨了揍，总归惹是惹不起，还是小心为上。

贺寻把书放下，抬头："到底怎么了？"

少年眼尾挑着，眸色锐利，杜威打了个寒噤。

"寻哥。"他咽了口唾沫，小心翼翼地说，"那个秦秋好像要追时晚同学。"

说完这一句，杜威就有些后悔。

几乎只是一瞬，贺寻神色顷刻冷了下来，向来深沉的眸子里淬上一层薄薄的光，刀锋般凛冽，苍白指尖轻轻敲着桌面，一下又一下。

沉默一会儿，贺寻开口："继续说。"语气冷冰冰的。

杜威在心里抽了爱管闲事的自己无数个嘴巴，哭丧着脸："就昨天下午……"

昨天放学后，杜威去小卖部时偶然撞上秦秋。秦秋不认识他，他却对这个跟贺寻差点在楼道里打起来的家伙有印象。他好奇心作祟，便偷偷看了几眼，结果发现对方正在挑选样式精美的卡片和丝带。

这显然是准备写情书，至于这写好的情书要送给谁，三岁小孩都能看得出来。

"就这样……"生怕面色微沉的贺寻什么时候不高兴再给自己来两下，杜威把头一缩，"没别的了。"

他只是想来报个信，并不想落得个被迁怒的下场。

贺寻没吭声。片刻后，他面无表情地松开手，书页已经在手里被乱七八糟揉作一团："嗯，我知道了。"

感觉没自己什么事了，杜威赶忙滚回自己的座位。

其实也不是非要报信，只是……

杜威想起昨日秦秋的眼神，不禁打了个寒战。

他知道那个好学生，向来都是被老师表扬的对象，待人一贯温和有礼，性格好在年级是出了名的。但躲在货架后，或许是光线朦胧，昏暗的荧光灯下，他在对方眼里看到了一种近乎古怪的狂热。

上午最后一节是体育课。

例行的跑操内容结束，体育老师不耐烦管这帮心思不在课上的学生，挥挥手，让他们原地解散自由活动。大部分男生都跑去篮球场打球，女生们则三三两两坐在枝叶渐黄的树下。

远离人群。林荫道上，时晚仰脸看着眼前笑容温和的秦秋，有些不知所措。她手里攥着一个系有丝带的精致信封，是对方刚刚塞过来的。

秦秋连做这种事都是一副好学生的模样，推了推眼镜，表情温和。

信封很薄，捏在指尖却无端烫手。猜也能猜到里面是什么，时晚咬了下唇，不知道该怎么回答，只能轻轻摇了摇头。

从来只把秦秋当成在他乡重逢的幼时玩伴，她根本没想到对方会突然这样，尴尬得要命，整个人都局促不安。

这个年纪的男孩子都执拗，不知道秦秋能不能接受她的拒绝，倘若一直纠缠下去……

"好的，我明白了。"然而令人为难的气氛并没有持续多久，见时晚表示拒绝，秦秋只是再次扶了下眼镜，冲她笑笑，"那我们以后还可以做普通同学吧？"语气一贯温和知礼，日光从树梢漏下，遮住他闪烁的眼神。

时晚不禁松了口气，还好对方不是什么死缠烂打的人，不然真的不知道该怎么处理。

她捏着信封，正要点头，不远处突然传来一声——

"你在干什么？"

风声猎猎，少年瞳仁里怒火燎燎。

贺寻心里清楚上次秦秋是故意为之，一直没有彻底清算，原本以为已经给过教训，却没想到对方如此不长记性。

少女温柔可爱，谁见了都心疼，有人爱慕很正常，但这个人不能是秦秋。

"你还想做什么？"贺寻咬紧牙关，手臂上肌肉线条凌厉，一字一句地问。或许是这么多年独自摸爬滚打后锻炼出的直觉，第一眼见到秦秋，贺寻就知道这个家伙并没有表面上那么单纯无害。

贺寻一向不是睚眦必报的性格，他没有继续去找对方的麻烦，却未曾想到秦秋对时晚还有心思。爱慕的心思也好，其他心思也罢，他不能容忍这么一个人待在她身旁。

"贺寻！"时晚被吓了一跳，不禁想要和他解释，"秦秋他没有……"

话音未落，时晚没说完的话卡在嗓子里。

少年回头看她，深沉漆黑的眼眸里一片冰冷，挟着几乎无法克制的怒意，刀锋般冷冷扫过来，而后停在她手中。

"扔掉。"秋风吹着，枝头树梢的叶片纷纷跌落，贺寻嗓音很哑。

时晚被他这副慑人的模样吓到，一时间没能反应过来他说的是什么，又惊又怕，无意识地攥紧手，结果就看见少年眼里的怒意越发汹涌。

时晚不是没有见过贺寻生气的样子，然而从未切身体验过对方的情绪。对上那只幽微晦暗的眸子，时晚才觉察到他发起火来有多可怕。

明明怒火中烧，眼神却冷得可怕，刀锋般凛冽锐利。

被这么一看，她僵在原地一动不动。

贺寻没说话，视线死死黏在已经被捏得一片褶皱的信封上。

心知肚明那里面会是什么，光是看到就气血上涌。他从她手里毫不费力地夺过信封，直接当场撕成碎片。

"你……"这下时晚真的被吓到了。

少年向来待她温柔，鲜有这么粗暴的时候，哪怕是前段时间刻意疏远冷淡，也远远不会这么暴戾不耐烦。

沉默好一会儿，她听见贺寻沙哑的嗓音。

他一贯无法无天，这是头一次这么委屈："你明明都答应过我了，为什么还要收他的情书？"

时晚一愣。

秦秋被晾在一旁，脸上露出几分慌张的表情，但并没有很害怕。

听见贺寻的话，他抬眸，往时晚背后看了一眼，在看到不远处的教导主任时，突然惊惶地向后退了好几步。

林荫道旁蔓延的树根适时绊倒秦秋，他重重摔倒在地。

教务处。

"我不管这是聂家还是谁家塞进来的，校长有意见就来找我谈！"教导主任把办公桌拍得啪啪作响，气得脸都红了，"我侄子这么好的一个孩子在学校里被人直接推倒在地上，楚老师你还想护着他？"

面对教导主任狂风暴雨般的抨击，楚慎之依旧是冷冷淡淡无动于衷的模样。

余光瞥了下站在一旁沉默不吭声的贺寻，待到教导主任终于暂时闭上了嘴，楚慎之才开口："秦老师你误会了，我没有说不处理这个学生。"

"开除！这种违反校规校纪的学生必须开除！"教导主任作为秦秋的亲姑妈，对这个学习成绩好的侄子怎么看怎么顺眼，哪里能让他受这种委屈，态度坚决，"校长不同意我就去和他说！"

"秦老师。"楚慎之的语气一如既往的漠然，淡淡道，"秦秋的状况没有那么糟。"

倒不是他有意想偏袒贺寻，只是秦秋的态度实在太过奇怪，倘若上一回还能说是性格宽容和善，那这一回就未免刻意了些。

秦秋依旧坚持他和贺寻之间只是误会，而这种所谓误会的说辞起不到任何开脱的作用，只能让情况越发恶化。

楚慎之是个成年人，这些孩子不入流的把戏在他眼里一清二楚。

"什么叫没有那么糟？"教导主任已经气得听不进去任何话，"我不管！今天必须开除！"

他们两人在这边你来我往的交锋，一旁的贺寻垂着眸，静静站着，表情漠然，似乎自己并不是话题中心。

"这样吧。"楚慎之放弃同教导主任沟通，一声不吭地任由对方激烈输出完，才再次开口，"先给个处分，让他写个检讨，剩下的事等秦秋从医院回来再处理。"

秦秋只是摔倒在地上，没受什么严重的伤，开除其实并不合规。

教导主任显然也考虑到这一点，一顿发泄过后，火气消了些。

"那就先这样。"她狠狠剜了贺寻一眼，冷冷道，"明天把检讨书交到我这边来。"

"我不写。"出了教务处，贺寻并不领楚慎之的情，他插着兜，表情很冷，"那家伙是自己故意摔的。"

愤怒归愤怒，他压根儿就没对秦秋做任何出格的事。

　　楚慎之扫了贺寻一眼，没接这茬："明天把检讨交过来。"不论秦秋究竟是不是出于故意，这次终究是贺寻挑衅在先。被教导主任撞见，不可能像上次一样轻轻揭过。

　　说完，楚慎之也不继续纠缠这个话题，径直回了自己的办公室。

　　贺寻一个人站在楼道里，深深吸了口气。

　　他不打算写检讨书，也并不在乎会有什么处分，方才在教务处，耳边是楚慎之和教导主任的争执，他脑海里想的却是小姑娘沾着泪的长睫。

　　他低下头，无声地笑了笑。

　　今天这么冲动，她肯定被他吓坏了，恨不得从此离他远远的。

　　贺寻垂头在楼道里站了一会儿，懒得想明天要怎么办，朝楼梯口走去，转过拐角，脚步不由得一滞。

　　少女靠在墙上，眼睫颤着，正不安地绞着手，显然是在等他。

　　阳光从走廊尽头的窗户洒进来。她低着头，纤长眼睫被镀上一层暖融融的光。她眼角还有些红，抿着唇，一个人孤零零地站在那儿。

　　贺寻不知道该说些什么，在离她几步远的地方站定。

　　沉默半晌。

　　"对不起。"在教务处无论如何都不肯低头认错，此时，少年语气迟疑里带着歉疚，嗓音沙哑，"我吓……吓到你了。"

　　贺寻也知道自己方才像是疯了，可他根本控制不住。

　　秦秋的觊觎之心固然让人恼火，挑断理智最后一根弦的却是时晚紧紧攥着情书的姿态。后来他站在教务处，听着教导主任一声又一声的指责，终于冷静下来，才明白那也许是小姑娘被吓到后无意识做出的动作。

　　他光是看见小姑娘手里的那封情书，喉头就漫上森森的血腥味，既恨秦秋不知好歹一而再再而三对她有心思，又恼火她就这么乖乖地收下了对方的情书。她指尖收紧一分，他的怒火就蓬勃一分。

　　明明，明明已经答应过他的。

　　少女垂下眸，眼眶还红着，贺寻眸色稍沉："对不起。"又重复了一遍。

　　时晚没有应声，手指绞得更紧。

　　沉默好一会儿，她抬头看了贺寻一眼，想起他今天那句："你为什么还要收他的情书？"

　　当时，少年向来桀骜恣意的声音疲惫，鲜见地透着几分委屈，仿佛被伤透了心。

　　他从来没有露出过这种失控软弱的表情。

　　可谁收秦秋的情书了？这个人怎么乱说呀！

　　时晚又害怕又委屈，咬了下唇，正想开口解释，却被贺寻抢了先。

　　"那个秦秋不是什么好东西，"被一连算计两次，提起对方，贺寻嗓音瞬间冷了下来，"你离他远一点儿。"

今天能仗着好学生的皮囊一而再再而三地算计他，明天不知道会做出什么事。他不允许她身边有这样的人。

贺寻说完这一句，察觉到自己语气有些冲，声音软了些。

"他们已经罚我写检讨了，你要是还生气，"他伸手，径直捉住小姑娘软绵绵的手，"就打我吧。"

谁要打他啊！

根本就没想到贺寻会这么说，时晚被捉住手，顿时惊慌失措，一连在少年结实的胸膛上捶了好几下，才终于把自己的手抽回来。

少女一双杏仁眼清凌凌地瞪过来，贺寻就突然有些没底气。

他终于想起她似乎是在这里等他，喉头动了下："你等我……"

上午他在她面前那么冲动，彻底吓到了她，如今多半不会是什么好事。

贺寻差不多能预料到小姑娘会说些什么，到底还是不想面对现实。他稍稍移开视线，一动不动地盯着水泥地面。

下一瞬，大概真的被他这种逃避的态度惹恼了，方才还挣扎着想要把手抽回来的少女没忍住，不轻不重推了他一把。

"笨蛋！"跑下楼梯，风遥遥送来含羞带怒的绵软嗓音，"我又没有答应他！"

第二天。

上课铃已经敲过许久，楼道里无人，静悄悄的。日光穿过尽头的窗户，把少年瘦削的身影拖得很长。

贺寻没有写检讨，空着手，独自朝教务处走去。

实际上，他压根儿就没想起来还有写检讨这回事。昨日被推了一把，愣怔地看着少女跑远，站在原地许久，他沉默着，始终反应不过来那句话究竟是什么意思。

她含着一点儿恼怒，声音娇娇软软，眸间水光潋滟，脸颊一层薄红。说出来的每个字都让人无端感到眩晕。

他一颗心跳得厉害，怦怦作响，向来无畏的人鲜见地生出一丝难以确定的怯意。

这是真的在嫌弃他，还是……

内心隐约的猜测激得人心口发烫，贺寻思来想去，始终拿捏不准小姑娘到底是什么态度，一整个晚上，都没睡好觉。

再醒来时已是天光大亮，起床收拾好，直到登上去往一中的公交车，他才想起来还有检讨没有写。

原本也没打算写，无所谓可能会受什么处分，贺寻继续慢吞吞地走向教务处，正好撞上推门出来的楚慎之。

"你不用去了。"楚慎之淡淡扫他一眼，一脸平静，"秦老师不在，检讨我已经帮你放在她桌上了。"

贺寻一愣。

"楚老师。"顿了几秒，他开口，"谢谢。"

自己一个字都没写，楚慎之交上去的只能是代笔。开学时间虽然不长，这个看起来冷冰冰的老师却明里暗里帮了不少忙，平心而论，他是真的感谢对方。

贺寻言辞诚恳，楚慎之挑了下眉。

接触几个月，贺寻的性格他也算有所了解，眉目锋锐的少年脾气硬，性格也极其倔强。从来听不进别人的话，轻易不会向人低头。

楚慎之心里清楚贺寻根本不可能写检讨，想来想去，还是想维护这个难得的学生。今天到校很早，他确实有准备替少年写检讨的想法。

"不用谢我。"楚慎之难得微微弯了弯嘴角，敛眸，嗓音平淡，"我就是照抄了一遍。"他从夹在臂弯下的文件夹里掏出一个信封。

他早晨开门时，信封就躺在办公室地上，显然是从门缝里塞进来的。

贺寻愣了下，不明白楚慎之这是什么意思，伸手接过信封。

贺寻拆开来看，信封里装着满满一沓纸。检讨写满正反两面，拿在手上极其有分量，厚厚一沓，看上去确实用了心。

然而模仿得不太到位，检讨书字体柔婉，一看就是女孩子的笔迹。

秋季下午，日光温柔。

这几日不下雨，气温逐渐回升，天气也随之宜人可爱起来。金色阳光穿过窗户，暖融融地洒进教室，又是下午，课堂氛围免不了有些昏昏欲睡。

月考后重新按名次排座位，姜琦考到年级第十，正好坐在时晚的后桌。离得近，前排有什么动作都一清二楚，她自然也看见了少女单手撑着下颌，无意识点头的困顿模样。

"晚晚。"下了课，姜琦不由得拍拍时晚的肩，"昨天作业也不多啊，你几点睡的，怎么困成这样？"

别人在课堂上睡觉不稀奇，放在时晚身上却不常见。只要是上课时分，她总是认认真真地听讲记笔记，从来不曾有半分懈怠，今天这副样子还是头一回。

"啊……"时晚意识蒙眬，被姜琦这么一拍，吓了一跳，清醒些许。

她摆摆手，示意自己没事："可能是睡得有些晚了，我去洗把脸。"

"哦。"姜琦并没有多想，点头，"那你快去吧。"

下午的课间，楼道里走动的人并不多。或许是秋日使人睡意陡增，几乎一大半的学生都趁着课间十分钟补眠。

水房在下一层，时晚还是不太清醒，沿着墙边慢慢走。

向来没有熬夜的习惯，她头一次睡这么晚，上午还能勉强保持清醒，下午整个人都蒙蒙的。

果然还是睡太迟了……

时晚昏昏沉沉地想着，垂着头，转过楼梯拐角。

"啊！"猝不及防，她撞进一个结实温暖的胸膛，带着熟悉的草药香味。

贺寻原本只是想上楼来找时晚，并没有其他想法，没想到小姑娘会这么直愣愣地撞过来，也难免愣了下。

反应了好一会儿，她才仰脸看他。

时晚显然昨晚一夜没睡好，向来明媚生动的杏仁眼下有两抹浅淡的乌青，蝶翼般的眼睫颤着，一副很蒙的样子。

"你……"过了片刻，时晚终于清醒过来，脸颊一烫，急忙伸手去推开少年，"你走开一点！"

风吹过，少女嗓音很软，贺寻眼底笑意深邃。

他垂眸看她："检讨是你写的。"极其笃定的语调。

时晚眼睫颤了颤。

她抿着唇，小声嘟囔："什么检讨，我不知道。"

时晚一直都是乖学生，从小到大哪里写过这种东西，昨晚落笔时确实无从下手。一连写废了好几张纸，这才勉勉强强摸索到该如何行文。等到终于完成，天际已经隐约泛白，竟然差不多写了整整一夜。

时晚躲闪的眼神，让她否认的话语听上去根本没有一点可信度。

贺寻眸色深沉些许。

并不去纠结这显而易见的谎言，他微微俯身，嗓音沙哑，问她："为什么？"

时晚避无可避，身后是冷冰冰的墙面，身前的少年黑眸直勾勾地盯过来，她顿时有些无措。

"不……"她下意识地微微偏了头，不看他，"不为什么。"

只是清楚他根本不可能写检讨而已。

从盛夏到暮秋，相处几个月的时间，她大概摸透了贺寻的脾气。少年眉目锋锐，性情却不像看上去那么傲慢无礼，真正做错事时也会规规矩矩低头道歉，并不会一味咬着牙不认错。

然而被误解的时候却从来不会辩解一句。

就像上次被钱小宝奶奶错认成人贩子一样，明明只要开口就能解释清楚，却什么都不说，只冷着脸，硬生生挨了那一记耳光。不知道是根本不在意别人的想法，还是已经习惯了不为自己说话。

"我……"全然忘记自己先前才否认写检讨的事，时晚声音很轻，微风吹过，几乎要听不清，"我才没有想帮你……"只是不想看见少年再落入从前的境地，所以才会帮他写检讨。

时晚说完这一句，过了一会儿，意识到自己似乎前后矛盾，茫然地眨了眨眼。

昨夜睡得太迟，头脑不清醒，此刻也想不出接下来该怎么说，她只能仰着脸，佯装底气十足地看向贺寻。

风吹过，额前碎发扬起，少年眸色深邃。

她看不清他眼底的神色，只见他眼尾一如既往凌厉地挑着，弯出一个冷漠锋锐的弧度，看上去似乎对这个回应并不满意。

时晚心下惴惴，还在思考说些什么才能让贺寻接受。

下一秒，少年低沉的笑声响起。

"喂。"他伸手搭上少女稚弱的肩头，声音不自觉地有些抖，"你是不是……一直都相信我？"

从六月末青城的雨夜，到暮秋阳光懒怠的下午，每一次，无论处于什么样的境地，狼狈抑或颓丧，失意抑或窘迫，不管旁人怎么看他，说出怎样的话，她始终都站在他这一边，从来没有放弃过他。

时晚耳边是少年温热低沉的呢喃，还能听见楼道里其他人走动的声音，几乎要哭了。

"你……你乱说什么！"她咬着唇，眼眶泛红，"我才没有！"

她羞恼万分，语气极其笃定，却偏过头，不肯抬头直视他的眼睛。

贺寻笑了。

"嗯。"他笑意渐深，"我知道。"

他知道什么呀？

时晚哪里想到会被堵在楼梯上说这些令人脸红心跳的话，不知道该怎么办，整个人都蒙了，逃也似的跑了。

第十四章：
说好的第一名

一周后。

今天时远志夫妇要加班，时辰还像往常一样在班里等着时晚来接自己，正规规矩矩写着作业，听见门口一声响亮的口哨。

口哨声嘹亮清脆，班里剩下几个没有回去的小豆丁瞬间星星眼："哇！大哥哥好厉害！"

一帮小破孩。时辰嘴角抽了抽，默默收拾书包。

会吹口哨有什么了不起？

收拾完书包，他抬头，果然看见楼上那个讨人厌的家伙正笑眯眯站在自家姐姐身旁。

时辰黑着脸，一瘸一拐地走过去。

"我们回家吧。"装作没有看见时辰的脸色，时晚牵起他的手，随后又瞪了贺寻一眼。

少年原本就不讲理，最近一周，她简直不知道该怎么办。早晨上学在门口堵着，下午放学也不消停，宁可绕路，也一定要来一起接时辰。

她抗议过好几次，他却只是笑，懒洋洋地看着她不说话。

这个人简直是……并肩走着，时晚和时辰同时咬牙。

简直是坏透了！

今天时远志夫妇依旧不在家，时晚开了门，让时辰先进去，并没有一同进门，而是回过头。

贺寻还是那副笑眯眯的模样，单手插着兜，懒散地站在身后，见她看过来，眼尾一挑。

"你……"

少年眼眸漆黑，时晚瞬间就有些没底气，定了定心神，最后轻声说："你能不能……"

"不能。"话还没说完，便被打断。贺寻眼底笑意盎然，语气斩钉截铁。

行吧……反复几次，已经猜到会是这种结果。时晚眼睫颤了颤，正想回去，少年却伸了腿，挡住她的去路。

"那你呢？"不让少女离开，贺寻声音沉沉，"为什么不能？"

时晚的脸瞬间红了。

生怕被屋里的时辰听见，她抬头瞪他一眼："你……你打人。"

后来聂一鸣找她说过秦秋的事情，虽然对方是童年的玩伴，她也心有戚戚，免不了更偏袒贺寻几分。然而不知为何，秦秋并没有继续找贺寻的麻烦，却也一直没有来学校上课。这件事算是暂时压了下去。

贺寻心下了然，压根儿没把这个借口当真，"啧"了一声："还有吗？"

他倒要看看小姑娘能编出些什么理由。

怎么还问啊？时晚原本就不会说谎，被这么逼问，根本想不出来。天色渐暗，有些害怕时远志夫妇随时会回来，她咬了下唇："你……你上次考太差了……"

贺寻愣了愣。

这什么破理由？别人不知道他怎么去的十班，她难道还不知道吗？

他又好气又好笑，到底舍不得对时晚怎么样，于是伸出手，不轻不重在小姑娘脸上拧了一把。

"等着。我马上就考回去。"

说话就好好说，不要随便捏人脸啊！

时晚羞恼归羞恼，清楚对方的学习水平，却也知道贺寻这话几乎百分百会实现。

几天后，月考结束。

这次比期初考试的改卷速度还快，周五考完试，仅仅只是隔了个周末，墙上就换了新的成绩单。

"晚晚你也太牛了！"姜琦挤在人群里，一眼看到时晚的名字排在最前面，笑得比自己拿第一都高兴，"又是第一啊！"

优秀学生多，一中的年级第一常常轮换，往往不会是同一个人，连续拿第一的情况少之又少。

时晚不太在意这个，冲姜琦笑笑，然后就看见姜琦突然顿了一下，目光直愣愣的。

"晚晚……"姜琦不太相信自己看到了什么，一连揉了好几下眼睛，才敢确定。

世界上还有这种事儿？

不明白姜琦在说什么，时晚起身，想要凑过去看看，才站起来，就听见楼道里传来阵阵喧哗。

"看见这次的红榜了没？"

"看见了看见了！"

"作图的老师牛啊，哈哈哈！"

吵嚷的喧哗声过后，时晚发现姜琦的眼睛比平常更亮。

"晚晚！"姜琦根本不让时晚去看成绩单，拽着时晚的手，直接朝楼下大厅走，"我们也去看看红榜！"

一中惯例，每次考试后都要张贴红榜。和普通只记名的红榜不同，为了促进学生之间良性竞争，还会统一张贴照片。

"哎……"被姜琦拽着走，时晚一头雾水。

这么着急去看什么，红榜有什么好看的。

下去得迟，等她们走到大厅，红榜旁已经熙熙攘攘围了一大拨人。

"我的天，这也太像结婚证了。"

"是真的像啊，哈哈哈。"

"不行不行，得拍照作纪念。"

不知道大家在讨论什么，时晚朝红榜看去，然后瞬间僵住。

按名次排，时晚是年级第一，红榜首位自然是她的照片。然而，和往常不同，这一回，她的旁边还有一个人。

大抵也是头一次遇见两个年级第一，为了排版好看，文印室的老师并没有分开打印照片，而是直接把两个人拼在了一处。

红色背景上，眉目锋锐的少年和眉眼温柔的少女，俨然一副佳偶天成的模样。

时晚站在原地，脸瞬间红了。

"他们……"莹白小脸沁上一层轻薄的粉，周遭人声喧杂，她声音很轻，一下局促起来，羞得不知如何是好，索性扭过头不去看红榜，"他们乱说什么啊。"

"明明就很像嘛！"姜琦看热闹不嫌事大，并不觉得如何，眨巴眨巴眼，"不然他们都挤在那儿干吗？"

围在红榜前，感叹完一次月考竟然出了两个年级第一，大家的注意力全被并排的照片吸引走。

"别说，一男一女放在一块儿还挺好看。"

"听说他们俩之前好像就在一起了。"

"真的假的？我也听过，一班那个秦秋是不是还因为这个挨了揍？"

八卦总是在校园这个相对封闭的小环境里传得飞快，尤其是带着青涩味道的暧昧。两三句后，已经有消息灵通的开始绘声绘色地讲起了故事，仿佛他是当事人一般。

"不要……"隔着一段距离，依然能听清对方在说什么，时晚的脸更红，"不要乱说啊。"

都是从哪里听来的八卦，越说越过分。

时晚哭笑不得，偏偏又不好上前去制止，一时间，只能死死攥住姜琦的衣服："我们走吧。"

姜琦自诩精通各种消息，然而并没想到最后会传得这么离谱，一边忍笑一边点头："好好好。"

两个小姑娘转身想要离开，刚走了几步，身后突然传来一声惊呼："这不是年级第一嘛！"

完了！时晚脚步一滞。

她一向不擅长应付这种局面，只呆呆站在原地，额上瞬间出了薄薄一层汗，正在思考是不是应该装没听见直接走掉。

嘈杂人声里，少年低沉的嗓音清冽如水："你在说什么？"

依照惯例，今天又是一中重新分班排座位的一天。贺寻在十班还有一些书本，早晨到校后，他没有直奔一班，先去十班拿东西，未曾想才出十班没多久，就听见有人在讲自己的八卦。

"没……"讲八卦的是个个头中等的男生，正眉飞色舞讲到高兴处，肩膀被不轻不重拍了一下，免不了有些生气，转过头去正想发作，却在看清贺寻的下一秒瞬间萎靡，"没……没什么……"

男生先前八卦的热情一下就没了，连秦秋那种在学校里有亲姑姑罩着的学生都挨了揍，他一个普通学生还是不要轻易招惹贺寻为好。

贺寻没有说话，只挑了下眉。他不是那种清隽的长相，眉目锋锐，唇边毫无笑意，向来恣意张扬的眼尾微微挑着，眸色深沉，就显得十分难以接近。

以八卦的男生为首，先前还站在红榜前的学生们非常默契，相视几秒，瞬间作鸟兽散。

不过须臾之间，红榜前的人走得干干净净。

贺寻隐约听见自己的名字和小姑娘连在一起，只是想过来问问究竟是什么事儿，没想到一个比一个跑得快。

好在人走得干净，红榜前的位置就一下空了出来，贺寻稍稍抬眸，就看到了墙上的照片。

时晚没及时走掉，正被姜琦拽着，躲在大厅立柱之后，看向红榜的方向。

贺寻静静地站在红榜前看了一会儿，嘴角微弯，眼底冰雪尽数消融，笑得温柔而多情。

贺寻抱着书本走进一班。

有跟秦秋起过冲突的先例，声名在外，一班的学生对他其实还算熟悉。有几个跟秦秋关系好的不服气地偏过头，更多的是好奇地投去打量目光的人。

楚慎之站在讲台上，将学生们的动作尽收眼底，没说什么，随手指了指靠窗的第一排："你去坐那里。"

一班按名次排座位，年级第一当然和年级第一同桌。

贺寻视线稍抬。

几乎所有人的视线都集中在这边，唯独静静坐在窗边的少女没有看过来，而是垂着头，一笔一画地认真写着什么，偶尔抬手将发丝别至耳后，似乎并不在意他的出现。

然而阳光照着，她素来莹白的耳尖透着难以忽略的绯色。贺寻喉头动了下，坏心眼地笑了笑："好的，谢谢老师。"

他笑意懒散，果然看见小姑娘绯红的耳尖瞬间更红。

这个人……意识到这是贺寻故意在逗自己，时晚咬了下唇，继续写着习题，根本不抬头。

她不想理他，但到底避不开他抱着书走过来，径直在她身边坐下。

窗户微微开着，清晨的风从缝隙间吹进，带来熟悉的草药清香，也带来低沉磁性的嗓音：

"喂，我可是考回来了，你有什么表示吗？"

碍于楚慎之还板着脸站在讲台上，时晚不好发作，只抬头瞪贺寻。

他考回来就考回来了，她为什么要有所表示啊！

小姑娘杏仁眼干净而明澈，清凌凌俏生生地瞪过来，又娇又乖，贺寻刚准备出口的俏皮话就卡住了。

他垂眸不吭声，心却无端跳得很快。

风继续吹着，阳光温柔，少女沾着香味的发梢被扬起。

贺寻眯了下眼。

算了。

他抬手摸了摸脸，没有再说什么，开始收拾自己的书，唇边笑意隐约。

现在这样就很好，来日方长，他不急于这一时。

毕竟是高二的学生，重点班学习任务紧张，加上新进入一班的学生并不多，且八卦中心的另一个当事人秦秋也不在现场，很快新鲜劲儿过去，大家就失去了继续打量贺寻的兴致，偶有几个女生轻声在后排交头接耳。

时晚坐在最前面，倒是没有注意后排的动静。

时间过得飞快，几门主课加小测下来，转眼就是下午最后一节自习课。

时晚安静地写着作业，心思却不在面前的习题册上。

早上被逗怕了，原本以为今天肯定是不得安生的一天，然而出乎意料的是，贺寻并没有继续坏心眼地故意来逗她，连一句逾矩出格的话都没有。

摸不清究竟是转了性还是别有他意，时晚心里还是怕贺寻会突然做出些什么，一整天都没能好好听课。

写完手上的作业，趁着换下一本习题的时候，她偷偷抬眼。

身侧的少年微微拧眉，似乎被什么题难住，静静盯着纸面。他的手生得好看，骨节细瘦修长，略显苍白的手背上青色脉络分明，有种冰冷疏离的美感。

时晚恍神了一会儿，意识到自己正在对着贺寻发呆，脸一下红了。生怕被察觉，她急忙收回视线，盯着自己的习题。

他应该……没有发现吧？

她的心怦怦直跳，无论如何也想不明白自己怎么会做出这种事。

少女微微红着脸，根本看不进去习题，正惴惴不安，"啪"的一声，面前突然丢过来一个纸团。

时晚吓了一跳，以为方才的小动作被发现，抬眸去看。

贺寻依旧是一本正经的表情，正襟危坐，似乎并没有察觉到她先前在偷偷看他。

时晚松了一口气，还在后怕，手不禁有些抖，一连拿了好几下才拿起纸团，小心翼翼地拆开。

纸面上，少年两行字迹铁画银钩——

好看吗？

好好学习，回家再看。

贺寻一整天心情都很好，尤其是最后一节自习课，看见小姑娘的脸红到快要爆炸，心情就更好了。

直到下课铃响，他嘴角都弯着："等我一下，我找聂一鸣有事。"

时晚手里捏着纸团，张了张嘴，还没说些什么，就眼睁睁看着贺寻走出教室。

时晚又害羞又尴尬，偏偏少年已经噙着笑兀自走远，来不及解释也没法解释，无论如何都说不清。

她的脸烫得要命，只能在班里等。

太丢脸了……

根本没想到自己的小动作被看得一清二楚，更没想到贺寻会这么直白地说出口，坐在座位上，时晚恨不得把自己埋起来，纸团被紧紧捏着，攥出更多褶皱。

入秋后天色渐晚，没有晚自习，大家着急回家，放学后不久，班里的人几乎就走光了。

贺寻在聂一鸣那边费了些时间，等到回教室，其他同学都已经离开，只有时晚还在。

秋天日头短，天蒙蒙擦黑，教室开着一排荧光灯。少女规规矩矩地坐在座位上，眼睫垂着，看上去乖得不行。

"对不起啊。"并没想到会耽搁这么久，贺寻有些抱歉。

话刚出口，朦胧光线下，小姑娘的脸突然浮上一层薄红。她咬了咬唇，偏头不说话。

贺寻愣了下，随即沉沉笑了："走吧，回家。"

教学楼里大部分人都已经离开，却还没有到清校时间。楼道和大厅里的灯都亮着，影子被拉得很长很长。

时晚还在因为最后一节自习课被当场捉住而感到尴尬，埋头走着，走在前面的少年突然停下脚步。没有任何防备，她差点儿撞在贺寻身上。

两人靠得近，时晚好不容易平复的心又开始怦怦作响。她抬头去看贺寻为什么突然停下，就看见他从书包里摸出一个拍立得，对着那张鲜艳的红榜，"咔嚓"一下按下快门。

"你……"时晚反应不过来这是在做什么，后面的话还没说出口，少年已经从拍立得中取出相片。

曝光得当，四面留白的相片上，眉眼锋锐的少年和神色温柔的少女一同冲镜头笑着。

"给你。"强行把这张相片塞进时晚手里，贺寻又对着红榜拍了一张，转过身，果然看见小姑娘不知所措的表情，愣愣地盯着他看。

贺寻弯了弯嘴角，捏紧自己手里的相片，低低笑出声。

"快点长大吧。"他抬手，轻轻揉了下她的小脑袋，"等你长大了，我们去换一个真的。"

时晚哪里想到贺寻居然会这么说，一路上脸烧得厉害，直到回到家，都觉得脸颊烫得不行。

这个人一天到晚都在想些什么呢！

好过分啊。

然而羞恼归羞恼，她最终还是没有把那张拍立得相片直接丢进垃圾桶。

时辰和向洁在客厅一边看电视一边逗豌豆玩，时远志在厨房忙碌着做晚餐。

时晚一个人待在卧室里，想了想，咬着唇，从桌上拿起《牛津词典》。

厚重的词典拿在手里极其有分量，随手翻开一页，她小心翼翼地把相片夹进去，然后迅速合上书。

才不是想要把相片留下来……

似乎害怕静置的相纸随时会从词典里飞出，少女双手牢牢按在词典封面上，抬头看了眼天花板，不知想到了什么，飞快地低下头。

露出的雪白脖颈透着淡淡绯色，耳尖红得几乎要滴血。

月考成绩出来，红榜的事情一连热闹了好几天，待到大家习惯后，渐渐也就没人再提起。

偶尔有一两个不死心的男生路过红榜时会露出隐秘的笑容，随即又像想起什么骇人的东西，匆匆低头走过。

一时风平浪静。

而时晚也习惯了每天早晨出门的时候，少年单手插着兜，懒散倚在楼道里，等她一同去上学。

经常一同回家，时辰似乎意见很大，但到底只是个小孩，做不了更多，只能趁时晚不注意的时候猛瞪贺寻。

贺寻丝毫不为所动，照单全收。

时间过得飞快，转眼之间，一中校园里的落叶乔木基本已经枝叶凋零。

"什么时候才能来暖气……"一连下了好几场雨，温度骤降。做完课间操，姜琦哆哆嗦嗦地拉着时晚，"我快要冻死了。"

"那你多穿一点儿啊。"时晚哭笑不得，"只穿这么点儿当然会冷。"

时晚从小畏寒，天气一冷，她就穿上了厚衣服。然而姜琦却仿佛还待在秋季，宁愿被冻得直打哆嗦也绝不加衣服。

"不行不行。"手冰冰凉的姜琦猛地摇头，"穿多了不好看。"

十几岁的女孩子最爱美，尽管没有什么心仪的异性，姜琦还是选择穿少一点。毕竟她也不是唯一一个这么做的女生。

"行吧。"知道姜琦的脾气，时晚也不继续劝，两个小姑娘继续朝班里走。

"穿得里三层外三层的，时晚这么怕冷啊？"身后不远处，不知为何同样冷到直打哆嗦的聂一鸣连声音都在发抖，却还是倔强地扬起下巴，"还是我身体素质好！"

贺寻扫了一眼抖成筛糠的聂一鸣，没吭声，然后目光稍抬，盯着少女的背影。

时晚明明穿得很多，却一点儿也不显得笨拙。今天她穿了件白色的高领毛衣，莹白小脸被堆积的柔软织物遮去大半。

看人时像是初入林间的小动物，又小又乖，眸子怯生生的，莫名让人想伸手掐上两把。

"哎，对了。"聂一鸣抖了半天，终于想起正事，"寻哥，我今天好像在学校看见秦秋……"

贺寻目光一顿，正要细问，远处匆匆跑过来一个一班的学生："贺寻，楚老师找你！"

没什么事，楚慎之一向不会轻易叫人。示意聂一鸣先走，贺寻去往楚慎之的办公室。刚进门，他就看见时晚和十几个同学都在里面。

然后视线一扫，他发现秦秋也站在门边。

几周不见，秦秋似乎更清瘦了些，还是那副温文尔雅的样子。

见贺寻进来，秦秋脸上没有什么多余的表情，甚至主动往旁边挪了挪，让出一小块位置。

贺寻摸不清对方的真实意图，也懒得搭理，压根儿没往门边靠，只分开人群，直接走到时晚身后，理所当然地站定。

楚慎之的眼皮不由得跳了下。

当着一群学生的面，到底不好说些什么，楚慎之只神色冷静地分发手上的资料："今天叫你们来，是为了集训的事。"

楚慎之说的是为期一周的竞赛集训。

还有不到一个月，是省里统一举办的理化竞赛。一中极其重视，在假期时已经组织好几次集训，但往年在学期内并不会安排，今年是头一遭。

"今年六中那边追得很紧，前两天就已经开始集训了。"

楚慎之并不太赞成这种方式，然而他只是一个普通老师，和学校那边沟通无果，也只能应下。

他继续说："回去跟你们家长沟通一下，同意的话，我们明天就安排车辆出发。"

和普通培训不一样，这种集训是全封闭式，连着整整一周都要待在基地里，不能回家也不能随意出去，待到集训结束后才能统一回来。

"有没有搞错。"姜琦也被叫去办公室，出来后，连连摆手，"我自己在外面一天都没待过，一周真是要命。"

同样没有想到要在基地待整整一周，时晚也不禁皱眉。然而此刻她顾不上担心这个，而是在原地站定，望向贺寻的方向。

"我还以为你不会来学校了。"

贺寻走在人群最末，插着兜，并不看秦秋，嗓音很冷。

方才做课间操时呛了风，少年声音有些沙哑，又刻意挟着几分怒意，听起来就无端慑人。

饶是秦秋素来是八风不动的模样，此刻也抬手推了下眼镜："都是误会，没那么严重。"

只说了这一句，他冲贺寻点点头，并没有往教室的方向走，径直走向下楼的楼梯。

"行了。"看见贺寻死死盯着秦秋的背影，楚慎之淡淡道，"别惹事，回教室去。"

尽管是班主任，他也不清楚秦秋为何在家里待了这么长时间。按着教导主任的意思，即使缺了月考，也要在一班给秦秋留下一个位置。

盯着贺寻回教室，楚慎之抬手揉了下眉心——一个二个都不省事，只希望这两个小子不要在基地继续折腾。

傍晚回家，时晚跟向洁和时远志说了竞赛集训的事情。

"一周？"听到这个消息，厨房里的时远志连饭都不做了，拿着锅铲冲出来，一个劲儿摇头，"不行不行！一周时间也太长了！我不同意！"

"还好吧……"见时远志把头摇成拨浪鼓，时晚只能看向向洁，"有女老师统一带队，其他同学也会去。"

高一高二两个年级都要参加，零零散散总共有五六十号人。基地虽然离市里远，相应的配套设施却也完备。加上有工作人员和老师，理论上并不会出现什么意外情况。

不同于紧张兮兮的时远志，向洁倒是十分赞同："那就去呗。吃完饭我给你收拾一下行李，这两天要降温，得多带点厚衣服。"

"喵呜！"尽管听不懂他们的对话，豌豆还是歪了歪头，蹭蹭向洁的腿表示赞同。

"你个没良心的小东西！"眼见着自己天天喂肉的小家伙胳膊肘往外拐，时远志差点没气晕，"白给你喂那么多肉了！"

拗不过妻子和女儿，加上家庭地位在时辰和豌豆来家里之后一路走低，最后，时远志也只能同意下来。

第二天。

一中统一安排的大巴车停在校门口，楚慎之早早就守在车旁，远远地，看见晨雾间一高一低两个身影。高的那个身上背着个包，手上还拉着一个行李箱。

男生需要带这么多东西吗？他狐疑地看过去。只是待一周而已，又不是待一个月。

然而走得近了，仔细一瞧，他才发现行李箱上挂着毛茸茸的玩偶挂饰，还贴着不少鲜艳活泼的卡通贴纸，显然不是男生会用的东西。

"楚老师。"察觉楚慎之盯着自己的行李箱看，时晚有些脸红。

贴纸和挂饰都是时辰贴上去的，说是怕不小心和别人的弄混。这倒也没什么，只是贺寻一定坚持要帮她拿行李箱。

"时叔叔说了让我照顾你。"少年振振有词，眉眼飞扬，并不理会她的拒绝，"我都答应时叔叔了，你总不能让我食言吧。"

楚慎之眼不见心不烦，权当什么也没看见，摆手："赶快上车。"

姜琦来得稍晚一些，一上车就张望着找时晚，视线一挪，正好和少女身侧冷着脸的少年视线对个正着。

她瞬间一个激灵，一秒扭过头，随便找了个位置坐下——惹不起惹不起，还是自己坐吧。

"你也太霸道了。"时晚根本没来得及跟姜琦打招呼，眼睁睁地看着贺寻一言不发地把对方吓跑，只哭笑不得。

明明又不是不会笑，怎么天天摆出一副凶巴巴的模样。

小姑娘声音很软，贺寻微微合着眼，没吭声。

只当他昨晚没睡好，时晚并没有继续说下去。

大家都很准时，到了定好的时间，大巴车按时出发。

毕竟都是同一个学校的学生，即使隔着年级，车开出去没多久，学生之间彼此便熟络起来。聊天声和笑闹声此起彼伏，带着年轻的鲜活气息。

第十五章 ：
一言为定

车外，寒风吹着。

冬日凛冽，这一年的大巴车还没有后来全封闭双层玻璃配空调的设计，薄薄一层推拉窗阻隔不了多少寒风。即使车内满满当当坐着几十个人，也难免会觉得冷。

这一次姜琦不打算再硬扛，迅速从行李里翻出厚外套，把自己裹得严严实实，又转过身，想要问问时晚需不需要厚衣服。

她回过头去。

初冬，天空灰白，晨雾微凉，玻璃窗上一层朦胧的白茫茫水汽。时晚坐在靠窗的位置，微微敛眸，纤长眼睫垂下，脸颊并不似想象中苍白，而是瓷白中沁着一层清透的粉，像薄雪间柔软娇嫩的花。

哎？姜琦一愣——连晚晚都不冷，难道是自己太怕冷了？

姜琦不明所以，碍着贺寻还坐在那儿，不好上前细问，只能一头雾水地转回去。

时晚咬了下唇。

她穿得很厚实，确实不怎么冷，尤其是身旁还有一个火炉。

贺寻明明只穿了一件看上去没什么厚度的外套，体温却格外高。

她不敢抬头去看贺寻是什么表情，只安静坐着。

车微微摇晃，整个人暖洋洋的，周遭的聊天声渐渐单调起来，成为冗长梦境里难以分辨的杂音。她眼睫颤了颤，然后就这么安心地睡了过去。

一路好眠。

再度睁眼时，就看到最前方，老师张着嘴正在说着什么。

"马上就要到基地了，下车后拿好自己的行李。"楚慎之正站在最前面交代注意事项，"男生跟我走，女生跟周老师走。"

贺寻一转头就看到小姑娘一脸没睡醒的模样，眼神迷茫地盯着楚慎之呆呆看了许久。然后，她蓦然一惊，仿佛受惊的小鹿般，抬眸飞快看了他一眼，又往旁边挪了挪。

看着她一系列的动作，贺寻突然笑了。

笑声很低，带着磁性，在喧杂人声间格外明显。

时晚脸一烫，别过头去。

直到下车拿行李的时候她脸还是红的，姜琦不免好奇："晚晚，你怎么热成这样？"明明温度也不高啊。

时晚脸颊更烧了，赶紧随便找了个话题蒙混过去："好了好了，我们去宿舍吧。"

姜琦挠挠头："哦……"

集训地前身是供青城景区开展文化建设的基地，离市里很远，坐落在山中，比市区温度低。山里昨夜才下过雪，基地周围都是白茫茫的小山头。

"不知道能不能去爬山啊。"放好行李，姜琦兴奋地趴在窗户上往外看，"哎，晚晚你看！那边是不是还种了柿子树？"

时晚也往窗外看去。

毕竟是景区，降雪后风光格外漂亮。雾凇连绵成白皑皑的一片，冰天雪地里，山头上隐约有橙红的小点，大概是周围住户自己种的柿子树。

"好想去摘柿子！"姜琦把来基地的主要目的忘了个干净，两眼放光，"这种冻柿子一点都不涩，特别好吃！"

时晚哭笑不得："你快别乱想了。"大冬天的，怎么可能随便让学生跑到山上去摘柿子。

果然，分配好宿舍，收拾完毕统一集合时，楚慎之就一连强调了好几遍："这一周我们就待在基地里上课，你们不要乱跑，尤其是不要往附近的山上去。"

不比夏日，冬天山里的情况更加复杂，连本地人都很有可能在山上迷路，更不要说这帮根本没什么生存经验的学生。

这也是之前他反对外出集训的原因之一。

楚慎之板起脸这么一说，学生们基本上都歇了出去玩雪的心思。

"什么嘛，这不是跟关禁闭一样。"姜琦也蔫了下去，"我还想吃柿子呢。"

一中对竞赛极其重视，集合完毕后，老师们就带着各自年级的学生分别去往教室开始辅导。

辅导的内容多且深，时间很快过去。天黑了下来，到了该吃晚饭的时候。

基地食堂的水平和学校食堂差不多，饭菜并没有好吃到哪里去。大家草草吃过晚饭，便三三两两回宿舍。

时晚推开门，怔了怔。

反倒是姜琦最先反应过来，冲她挤眼睛，说："晚晚，这是不是贺寻拿过来的？"

书桌上摆了两个红澄澄的柿子。

"我拿去洗一下啊！"整整一天都在惦记着吃柿子，姜琦高兴坏了，说完这一句，拿起柿子就往水房冲。

"哎……"姜琦跑得太快，时晚甚至都没来得及叫住她。

这个家伙……少女抿了下唇，心跳得很快。

柿子是从哪儿来的？老师已经叮嘱过不能上山，贺寻应该不会傻到一个人往山上跑吧？

时晚犹豫片刻，心里还是有些惴惴，想要去问问究竟是什么情况。她披了外套，往楼外走。

男生宿舍和女生宿舍分开，中间隔着一个不小的场地，走过去要两三分钟。或许平日没什么人来这里，这里夜间照明用的设施并不完善，只有两栋宿舍楼里零星的光遥遥投下。

吃饭的时候又下起了雪，短短一段时间就积了薄薄一层，踩上去发出咯吱咯吱的响声。

时晚还没走到楼前，黑暗里，突然传来凌乱急促的脚步声。

那人显然跑得很急，甚至绊了一跤，重重摔倒在地，发出一声闷响，而后又手忙脚乱地重新爬起，磕磕绊绊地跑过来。

离得近了，时晚才发现跑来的居然是秦秋。

光线微弱，秦秋眼镜都磕碎了一小块，神色是从来没有过的慌张。

"不好了！"呛着冷风，他咳嗽几声，"贺寻从山上摔下去了！"

秦秋显然被吓得不行，向来从容的他头一次说话这么语无伦次，站在原地比画着说了半天，才叫人弄明白他究竟在说什么。

事情倒也清楚，尽管楚慎之三令五申绝不许上山，贺寻还是偷偷去了。

"他说想给你摘几个柿子……"秦秋的声音都在打战，"楚老师他们已经过去了……"

后面秦秋又说了什么，时晚已经听不清了，只有耳边落雪的声音一清二楚，一片一片的，冰锥一样重重砸下来。

空气冰冷，每呼吸一口嗓子都刺痛。雪夜的寒冷透过外套渗进来，连骨缝都冰凉，时晚往后退了两步。

"带我过去。"她听见自己颤抖的声音。

"你……"秦秋很是犹豫，站在原地没动。

只见少女咬着唇，倔强地朝他看过来。

天气冷，她眼睫上的泪珠还没来得及落下就凝成了冰，在茫茫雪色里闪着光。

秦秋咬了下牙："好。"

他带着时晚往基地外走。

离最近的山头有大约十五分钟的路程，还没走到，就能看见山顶晃动的光柱，显然是楚慎之他们在组织找人。

时晚一开始还以为秦秋只是在骗她玩，如今看见光柱，腿都软了。她咬着牙，没有直接倒下去，跟着秦秋朝山上走。

山间积雪无人打扫，走起来分外艰难，一脚深一脚浅。

怎么会这样？

寒风吹着，利刃一般刮过脸颊，每一下都生疼。时晚僵着脸，感觉自己正在止不住地发抖，无论如何都不敢相信贺寻从山上摔下去的事实。

山间风大，雪落了满头满肩，她捏紧衣角。

他明明才给她送过柿子的……

想到这里，时晚脚步一顿。

积雪深，已经没过脚踝。冰雪灌进雪地靴中，骨头都冻得直发疼。然而她的心更冷，寒意从脚底不住地往上冒。

方才精神恍惚，她却也听见了秦秋的话，说贺寻上山是为了给她摘柿子。

如果真是这样，宿舍里的柿子又是谁放的？

秦秋一个劲儿埋头往前走，许久才发现身后没有动静，回头，看见少女正站在雪地里。

她拧着眉，神色逐渐戒备起来。

秦秋张了张嘴，似乎想说些什么，随即又一脸了然地笑了。

"你比我想象中的还在乎贺寻。"他摇了摇头，伸手掸去肩头的落雪，"不然也没这么好骗出来。"

时晚不应声，手背在身后，牢牢握紧刚从雪地里捡起的石头。

沉默一会儿，她看向秦秋："你想做什么？"

自从聂一鸣说过秦秋构陷贺寻的事，她对秦秋的印象便不太好，但也只是止步于这件事，并没有往深里想。然而从眼前的局面看，一切并不仅仅是这样。

时晚问得直白，秦秋笑了。

"晚晚。"他推了推已经破碎的眼镜，"你真的不记得我？"

他语气一如既往的平淡，但他的笑容不似平时温和，笑得极其夸张，脸部肌肉都在抽搐。他露出的表情不像一个正常的少年，倒更像一个……终于从别人手里抢到玩具的坏小孩。

见少女眼神依旧迷茫，他仿佛恶作剧般，摘下眼镜，用力鼓了下脸颊："那这样呢？"

"你……"时晚不禁往后退了一步，"你是……"

一直都想不起来秦秋究竟是谁，此刻，她终于明白这是为什么。

因为他瘦了很多，不再是圆滚滚的，个子也没有幼儿园时那么出挑，甚至专门戴上了一副金丝眼镜，用来掩盖偶尔掩饰不住的凶恶眼神，扮成一副人畜无害的模样。

秦秋根本不是帮她打小胖子的人！

他就是那个小胖子！

这个想法出现的瞬间，时晚血都凉了。

当年时远志带着她和向洁搬走，一部分原因是时奶奶重男轻女，另一个重要的原因就是幼儿园里的小胖子。

那时她年纪小，什么都不懂。后来才知道，小胖子之所以见谁打谁，是因为有精神疾病，这才总是管不住自己的手。为了时晚的身心健康，时远志夫妇最终决定搬离老研究所。

更可怕的是，就在他们搬走的第二年，发病的小胖子没有再像以前一样打人，而是直接把同园的小姑娘推到了井里。

他没有去叫老师，也没有告诉任何一个大人。他就这么笑嘻嘻地坐在井旁，玩着从别人手里抢来的玩具车，直到老师发现已经受伤的小姑娘。

小胖子年纪太小，加上又有精神疾病，最后也只是赔了几万块钱了事。听向洁的老同事说，出事之后，小胖子一家很快就搬走了。

没人知道他们去了哪儿，直到十几年后的现在。

"我没想伤害她的。"秦秋歪了歪头，此时看上去就像三四岁的小孩子，"是她不肯跟我玩。"

他的语气稚嫩而无辜，然而配上低沉的少年嗓音，听起来就格外恐怖。

时晚没有片刻犹豫，把手里的石头狠狠朝秦秋砸过去，然后转身就跑。

山路似乎比来时更长更陡，耳边风声呼啸。时晚的心揪在一处。

她终于明白秦秋为什么会如此针对贺寻，因为在对方眼里，她就是另外一个不肯和他玩的小姑娘。

跟从前一样，他要把小姑娘身边的小男孩一个一个都打哭打跑，然后把不听话的小姑娘推到井里去。

这个疯子！

时晚震惊而恐惧，一路朝山下跑。山路仿佛格外长，也不知道跑了多久，她渐渐没了力气。

身后似乎并没有追赶上来的脚步声，时晚停下来，借着雪地反光打量四周。

或许是慌忙之中走了岔路，又或许是来时心神恍惚没有注意，周遭的环境看上去格外陌生，树影重重，积雪皑皑。

没事的，别怕。只要秦秋没追过来，一直往山下走，总能走下去的。时晚安慰自己。

正这么想着，肩上突然多了一双冷冰冰的手。

"你也不肯跟我玩！"秦秋的语气听上去气急败坏，"你也是坏人！"

说完，他狠狠地推了她一把。

贺寻拿着剩下的柿子回到宿舍。

害怕贺寻和秦秋碰面会出事，楚慎之特意安排他和高一学生住。

到底还都是孩子，哪怕只是小一岁，高一学生的性子都更活泼些，见了柿子就一个个冲上来，末了还不忘问："从哪儿弄来的？楚老师不是说不让去山上吗？"

贺寻懒得搭理这帮小兔崽子，把柿子放在桌子上："想吃自己洗。"说完便拿出竞赛书，继续看今天没做完的题。

贺寻对柿子没什么太大兴趣，山里风雪大，路况又不熟悉，他自然不可能冒着走失的风险上山，更何况那是本地人自己种的，偷偷摸摸去摘未免太不像样。

至于拿回来的这些柿子，只是晚饭后顺手帮了把路过推车的老大爷，老大爷的回馈。这里民风淳朴，无论他怎么推辞，老大爷硬是塞给他满满一袋柿子才肯放他走。

自家种来吃的东西，不讲究皮相，加上这几日降雪，果子难免有些磕碰，他挑了好久才挑出两个模样好看的送到女生宿舍那边去。

小姑娘素来爱吃甜的，应该会喜欢。

窗外雪声渐密，寒风呼呼地刮。想到这里，少年一贯凌厉的眉眼却在灯光下柔和几分，雪映进眼底，清凌凌地亮着，一片明净的澄澈。

晚饭前还有半道物理题没解出来，贺寻看了一会儿，有了思路，没管身旁那群抢柿子吃的兔崽子，翻出笔和草稿纸，正准备继续做题。

"砰砰砰！"

敲门声凌乱，几乎已经可以算得上是用力砸门。

离门最近的男生一脸蒙地去开门，就看见姜琦惊慌失措地站在门口，勾头勾脑地往里看："晚晚不在你们这里？"

她不过去洗个柿子的工夫，时晚人就不见了，她找遍整栋女生宿舍都没找到。

贺寻一顿，放下书，看向姜琦："出了什么事？"

着急归着急，姜琦头脑还是很清醒，几句话就把事情讲得清清楚楚。

屋里的小伙子们连忙分头去找。

人多找得快，不一会儿就把基地上下找了个遍，然而一无所获。

倒是有个男生气喘吁吁地从大门那边跑过来："学长，我听门卫说刚才有两个人出去了！女生特别像学姐！"

"那个男的……"冷风吹着，他咳嗽两声，"雪大门卫没太看清，好像说是戴着副眼镜……"

"咔嚓！"话还没说完，一声脆响。

男生一个激灵，不由得低头去看，这才发现是笔被生生掰断的响动。

风雪渐密，昏暗的照明灯下，贺寻手里捏着断成两截的钢笔，眸色深沉，漆黑一片，一眼看不见尽头。

"我知道了。"他的声音极沉极冷，比冰雪还要凛冽。

贺寻向门卫问清楚时晚他们往哪边走，没有理会劝阻，径直出了基地。

他走得飞快，似乎一点儿不受恶劣天气的影响，匆忙跟在后面的姜琦和男生们一会儿就追不上了，只能眼睁睁看着瘦削的身影消失在风雪中。

寒风越吹越凛冽，像是迎面而来的利刃，一层层在脸上刮。先前还隐隐作痛，到后来便渐渐麻木。雪也一同越下越大，越往后走，路程就越艰难。

千万别出事。他在心里祈祷。

顶着呼啸的风，深一脚浅一脚地往山头的方向走，贺寻听见自己密集的心跳声。他的手微微颤抖，并不是因为逐渐降低的温度。

挟着雪粒的风灌进衣领，冻得骨缝冰凉。少年重重咬了下舌尖，满口腔滚烫的血腥味。

不，不会出事的。秦秋只是单纯针对他而已，不会对小姑娘做什么。

这么想着，远处的照明灯下，一个歪斜的身影跌跌撞撞地走过来。

"哈哈哈哈哈哈哈！"秦秋一边走着，一边狂笑，"叫她不跟我玩！她就得死！你们也一样！你们都得死！"

后面追上来的男生们和姜琦就看着秦秋狂笑着，被贺寻直接一拳打进了路边的雪堆里。

贺寻没有再理会秦秋，让他闭嘴后，重新直起身。

"你们去找楚老师。"风雪渐密，姜琦听见他沙哑的嗓音，"让他赶快叫救援队。"

接着，少年头也不回，直接朝山上走去。

理智上，贺寻知道最好的处理方式是老老实实等在原地，让专业的救援队前来搜寻。然而"理智"这两个字现在暂时和他没有关系。

雪越下越大，山林间光线暗淡。他打开从门卫那里借来的手电筒，独自在雪地间穿行。

积雪深，踩上去已经不会发出什么声响，一切声音都被吞没，山里的雪夜静谧，生命消逝也悄无声息。

不！会的！

唇边的血渍已经凝固成冰，心口一抽一抽地疼，贺寻咬着牙，把内心的猜测压下去。

她不会有事的，他不允许她有事。

贺寻打着手电筒，努力分辨着秦秋下山的足迹。最后到底还是让他隐约辨出了正确的道路，沿着山路往上走。

耳边风声猎猎，雪粒被风吹起，吹在脸上刀割一样疼。他却还是努力睁着眼，用手电筒在山路两侧来回搜索，试图找到哪怕一丝少女留下的踪迹。

傻姑娘。

秦秋的狂笑犹在耳畔，贺寻感觉心脏像是被人用刀划开，又狠狠捏住。

山间这么冷，他根本没法想象她一个小姑娘孤零零地待着，要怎么熬过这一夜。

他必须马上找到时晚。

贺寻再度咬了下舌尖，被冻得麻木，只能感觉到浓郁的血腥味，已经感觉不到什么温度，他加快脚步。

手电筒的光惨淡地亮着，昏暗照明下，贺寻看到了另外两行未曾出现过的脚印——并没有往山下延伸，而是陡然消失在了山路上。

贺寻一个激灵。

他把手电筒往山下打，然而树影重重，手电筒的光无力地穿过雪幕，在半途中便失去了照明的力气。

灯光微弱，只能看见一片茫茫的雪。

贺寻重新辨识了一下脚印，心下有七八成确定这是时晚的足迹。

他想了想，把手电筒咬在嘴里，然后抓住离自己最近的一根树枝，小心翼翼地往下面挪。

山体算不上太陡峭，在冬日却也不好走。一连几日傍晚都降雪，积雪下已然有了一层薄薄的冰，踩上去分外滑，稍有不慎，就可能直接滚下去。

贺寻借着垂下的树枝做杖，一点一点往山下滑。

不知道过了多久，估摸着已经滑了大半的距离，在山腰稍作休息，他伸手，去抓另一根树枝。

"咔嚓！"

抓到的却并不是足以承载少年体重的树枝，而是不知何时已经枯萎，连一只野兔都承受不起的枯枝。

贺寻心下一惊。

枯枝断裂的速度比想象中还要快，根本来不及撤回压在枯枝上的重量，又是"咔嚓"一声，接着，他整个人直接往山下栽去。

贺寻下意识地护住头部，然而山况险峻，积雪和冰碴疯狂地朝领口里灌。

"砰！"

是头骨磕在石头上的声音。

贺寻手一松，差点晕过去。

他闭眼稍稍缓了下，再睁眼时，视线内是很远很远的、灰蒙蒙的天空，他的头钝钝地疼，右腿更是稍稍一动便传来剧痛。

他低声骂了句，咬牙想坐起来，头一偏，看到手电筒滚到几米外，单薄地亮着——正好照亮蜷成一团的少女。

贺寻一下坐起了身，一瘸一拐地挪过去。他的声音都在抖："晚晚？"

少女静静地躺在雪地里，或许是因为太冷，紧紧地抱着自己。她闭着眼，眼睫上已经凝了一层薄薄的冰晶，早晨还沁着绯色的小脸此刻一片惨白，冰雪般毫无温度。万幸的是，看起来并没有受什么致命的外伤，只是暂时被冻得不太清醒。

贺寻颤抖着伸手，把时晚抱进怀里。

他这么一抱，小姑娘眼睫有气无力地颤了颤，扑簌了好几下才睁开眼睛。

一看见他，她眼里霎时漫上一层薄雾："贺寻……"

"好了好了。"深知在此时保存体力的重要性，他把她的小脑袋按到胸膛里，语调故作轻松，"我这不是来救你了嘛，别哭。"

这么说着，贺寻搂紧时晚，视线稍偏，落在自己的右腿上——被深埋在雪地里的木片贯穿，小腿肌肉紧绷，稍稍动一下都钻心地疼。温度低，淌出来的鲜血浸湿衣料，不一会儿便凝成了冷冰冰的血碴子。

他揉了揉她的发顶："别怕，我们一会儿就能出去了。"

掌心落在发顶，冰凉却温柔，时晚眼睫颤了颤。

有那么一瞬，她几乎以为自己被冻到出现幻觉，鲜有人至的山间，下着这么大的雪，他怎么可能就这样凭空突然出现在眼前？

然而此刻被紧紧搂着，少年结实的手臂牢牢扣在肩上，脸埋在同样可靠的结实胸膛里，簌簌落雪声间，她甚至能听见他有力的心跳声。

一下又一下，莫名地让人感到安定。

时晚咬紧唇，肩膀不自觉地颤动。

被秦秋在山间追逐的时候她没掉一滴眼泪，如今却怎么也忍不住泪意。

"乖。"察觉到怀里的小姑娘似乎哭得更凶，贺寻抬手，"别哭了。"他指尖冰凉，小心翼翼地替她拭掉眼角的泪水，"你还能走吗？"

山里的雪夜格外冷，雪势大，看上去似乎没有尽头。不知道救援队什么时候才能找到这里来，倘若一直在原地待着，时间一长，他倒是不要紧，她却肯定受不住。

知道现在不是哭的时候，时晚把眼泪忍回去，点点头："可以。"

所幸近日一直在降雪，山间积雪柔软，被秦秋推下来的时晚一路滚下来除了暂时晕过去之外，并没有受到什么外伤。

风雪间，少女噙着泪点头的模样看上去很乖很乖。

"好。"贺寻笑了,嗓音有些哑,他从雪地上站起来,牵紧她的手,"我们先找个地方躲雪,救援队很快就会来。"

雪继续下着,行走在雪地间,少年脚步平稳,看不出一丝踉跄的迹象。

然而,躲雪的地方并不好找。

基地附近的山头算不上小,却也没有那么大。几乎没有本地人在山间搭建房屋,凭着直觉往外走,单薄手电筒的微光下,所见之处尽是茫茫白雪,连个能挡风的山洞都没有。

时晚手被紧紧牵着,眼睫上落着雪花,抬头看向贺寻。

从未遇见过这种情况,说不害怕是不可能的,然而有他在身边,她的情绪便莫名安定下来。

只是……

"贺寻……"自从找到她之后,除了最开始说过的那几句话,少年一直保持沉默。

他眉眼锋锐,不说话的时候看起来有些凶,尤其是在这样寒意料峭的雪夜,让人不禁惴惴。

雪簌簌下着,少女的声音听起来很软。贺寻咬紧牙关,额头上薄薄一层细汗,每走一步,右腿的疼痛就深一分。他逼迫自己把呻吟随着寒风咽进喉咙,尽量不动声色地调整着呼吸。

他正想回应,身侧的时晚蓦然惊呼起来:"啊,你看那边!"

贺寻顺着时晚手指的方向看去,不远处,皑皑白雪间立着一栋矮小的木屋。

木屋看起来格外牢固,但走得近了,才发觉木屋的顶层已经被掀去大半,墙壁也少了一堵,一副年久失修的模样。然而到底有比没有好,木屋虽然破旧,却也能挡住不少的风。

贺寻用手推了推,确定木屋的主体结构并未遭到破坏,才敢让时晚进去,两个人并肩坐在残存的一小半屋顶下。

时晚刚醒来时意识还有些蒙眬,吹了一会儿寒风,渐渐清醒过来。她偏了偏头,看向贺寻。

她想问,他怎么知道她在山里,然而话还没出口,身侧的少年就伸过手来,一言不发地把她重新抱到怀里,就像他找到她时那样。

和先前相比,结实的胸膛没有那么温暖,但依然能听见清晰分明的心跳声。

冷风吹着,时晚却感觉脸颊有些热。

"笨蛋。"她正在犹豫该不该稍稍退开几寸,揽在肩上的手臂收紧些许。他嗓音沙哑,用下颌蹭了蹭她的发顶,"早就说过让你离秦秋远一点儿。"怎么还敢在夜里贸然跟着对方上山。

"他说……"想起这件事,时晚又气又后怕,"他说你从山上摔下去了……"

从某种意义上来说,秦秋的确是个百里挑一的聪明人,换作其他任何一个借口，她都不会这么轻易相信对方说的话。

天知道那时她是什么感觉。

此时她说话的声音后怕中夹着几分委屈，外加吹了大半夜的风，绵绵的语调带着软软的鼻音，贺寻听得心口一滞。

气温低，寒风凛冽地吹着，整个人冷到麻木，他的心却蓦然一烫。

没有说话，他沉默着，把她小脑袋按进自己怀里，不让她发现他的异常。

时晚受到惊吓，又在风雪中走了许久，听着少年有力沉稳的心跳声，眼睫不由得直颤。

她疲惫而困倦，然而清楚不能在雪夜里睡过去，她打起精神，小声问他："我们能走出去的吧？"

终究是个没经过什么事的小姑娘，心里还是怕的。

"嗯。"贺寻摆弄一下手电筒，感觉光芒比先前更微弱了些，于是关掉它，语气依旧笃定。

手电筒被关掉，雪地的反光不足以照亮重重树影，木屋外的枯枝被风吹着，发出簌簌响声。

山间的雪夜最难熬，尽管风被挡去大半，温度却还是低。察觉怀里的小姑娘的手越来越凉，贺寻开始脱自己的外套。

"你干吗？"时晚被吓了一跳，抬手去制止贺寻的动作，"不许脱。"

因为怕冷，她一向穿得厚，他却根本没穿多少，宽大的外套下只有一层薄薄的衬衫。只穿一件衬衫在有暖气的室内或许不会有什么问题，却绝对不能挨过寒冷的冬夜。

她刚准备说什么，就看到黑暗的林间有零星几道光线。

隔了一段距离，光线显得极其微弱。还下着雪，连带着众人呼喊的声音都微不可闻，但时晚还是一下兴奋起来："你看那边！"

跟她的兴奋不一样，贺寻显得很平静。

他没有任何波澜，只是稍稍抬头，面无表情地瞥了一眼，然后淡淡道："他们一时半会儿不会过来的。"

从小木屋的废弃程度看，周围的山路大概已经荒废很久。救援队会先沿着常用的山路搜寻，之后才会往更深处走。离得远，即使在这边呼救，救援队也根本听不见。

时晚愣了下："那我们……"

她原本想说可以往救援队的方向走，然而话未出口，少年已经把外套脱了下来，带着一点温暖体温的外套严严实实地把她裹住，挡去凛冽萧索的寒风。

他用外套裹好她，又捡起手电筒，强行塞到她手中，说："去吧，路上小心点儿。"

没明白这是什么意思，时晚蒙蒙地看向贺寻——

"你不和我一起走吗？"

少女表情茫然，贺寻扯了扯嘴角，轻轻笑了下。

"我大概走不出去了。"右腿的疼痛已经到了无法忽视的地步，让他的笑容看上去有点儿勉强，却带着十分的柔软，"你走吧，没有我也要走出去。"

风呼呼地刮着，时晚一怔："你在说什么？"

什么叫作走不出去？

见她愣在原地，少年笑容渐深。

"我没骗你。"贺寻脱下外套，只穿了薄薄一层衬衫，不过须臾，他的手和冰雪没有分别，他捉住她的手往右腿上一摸，"你看，我这样怎么能继续走？"

时晚颤抖着，摸到了一手的血。

察觉到少女身形一滞，贺寻微微叹了口气。

"别哭。"手上也沾了血，他抬手给她擦眼泪，小姑娘苍白的小脸上不一会儿就多了好几道印子，"你哭什么？"

这姑娘总是这样，娇里娇气的，轻轻一碰就要哭鼻子。

"你听我说。"然而她的泪水怎么擦都擦不干净，他只好捧住她的脸，强迫她看向自己，"手电筒还能支持一段时间，你朝救援队那边走，别回头，很快就能走到。"

风吹着，少年的手很冷，时晚死死咬着唇。

木片贯穿小腿，流了那么多血，根本不能做什么动作，更不要说深一脚浅一脚地在雪地中跋涉。

可他紧紧牵着她，一直走了这么久。

"不……"眼角的泪水被风一吹就结成冰，她拼命摇头，"我不走……"

冰天雪地，山里的冬夜萧索寒冷。他受了这么严重的伤，留他一个人待在这里，最后只会落得个没命的下场。

向来好说话的少女格外固执，贺寻笑了。

"你不走，我们俩留在这里都得死。"他耐心跟她讲道理，"你走了，我们俩好歹能活一个，明白吗？"

眼泪越流越凶，时晚不应声。

谁都知道丢下一个重伤员，去找救援队要方便得多，可她怎么能在这时候抛弃他？

莫名其妙地，她想起期初考试后的那个周一。

和现在截然相反，躺在床下的少年烧得浑身滚烫、神志不清，眼睛闭着，却无论如何不肯松开她的手。

贺寻走到这里已经到了极限，渐渐地，右腿的疼痛随着神志一起模糊起来。意识到自己可能坚持不了多久，他"啧"了一声："再说——"他把手放下，扭过头去，不敢看时晚，"再说，你和我本来也没什么关系，莫名其妙死到一起，让别人怎么想。"

雪继续落着，贺寻仰脸，盯着灰蒙蒙的天空。

他不愿和她说这样的话，可他更不愿她被他拖累。

怀着赶人走的心思，这句话他说得很是凌厉，挟着寒风里的飞雪，听起来就分外不耐烦。

果不其然，少女一个激灵。

她默默站在原地，不说话，眼睫上很快落了一层剔透的冰雪。

自觉已经达到目的，贺寻靠在木屋的残垣上，体力消耗殆尽，神志便逐渐模糊起来。只穿了薄薄一层衬衫，寒意尖锐地渗进骨血，他疲惫地合眼。

下一瞬，身上一暖。

连稍微动一下手指的力气都没有，他吃力地抬眼，就看见小姑娘咬着唇，把他刚才裹在她身上的衣服脱下，又伸手去解自己的外套纽扣。

和她的人一样，她的外套也软软暖暖，带着温柔的气息，云朵般暖洋洋地裹住他。风雪一如既往地呼啸，山间冬夜很冷，落在他脸颊上的泪水很烫。

时晚把两件厚外套全盖在贺寻身上，然后裹紧毛衣，捏紧手电筒，抬手擦干眼泪，转身拼命地朝光亮处跑去。

楚慎之对 2000 年印象很深。

这一年他接手了一个新班级，班上的学生一个比一个让人印象深刻。

有看上去温文尔雅，潜伏了十几年未曾露出端倪的危险人格男孩；有一声不吭，敢冒着风雪直接上山找人的偏执少年；还有平时柔柔弱弱，却咬牙硬生生徒手爬上山崖的小姑娘。

楚慎之跟着救援队一同在山上搜寻，几乎觉得已经没有希望的时候，突然听见有人细细地喊"楚老师"，他一度以为是错觉。直到搜救犬急促地叫起来，他回过头去，才看见面色苍白的时晚。

山里温度低，时晚没有穿外套，头发散着，脸上毫无血色，只上面一道又一道被枯枝划出来的血痕格外触目惊心。

后来跟着救援队一同去救贺寻时，楚慎之暗自心惊。

那山崖瞧上去不算太陡，然而积雪下尽是薄冰，有专业装备加持，他一个成年男子攀爬都很困难，简直无法想象时晚究竟是怎么爬上来的。

不幸中的万幸，贺寻暴露在风雪中的时间不长，身上又盖着厚厚的外套，等到救援队赶到，躺在小木屋的他只是昏过去了而已。

听救援队的队员说，这种天气，倘若发现得再晚一些，贺寻很可能就彻底没命了。

想起这件事，楚慎之站在病房前，叹了一口气，轻轻叩响门。

"楚老师。"时晚靠在病床上，正跟向洁小声地说着话，看见楚慎之来，下意识地直起身。

那日在山里待了太久，爬上山崖耗尽全部体力，待救援队找到贺寻，时晚终于支撑不住，眼前一黑，也晕了过去。

再醒来时，时远志在床边抽抽搭搭地抹眼泪，而向洁正虎虎生风地挥动着不知从哪儿找来的扫帚，硬生生地把教导主任，也就是秦秋的姑妈，直接从病房门口一路撵出楼门。

"楚老师。"向洁冲楚慎之笑了笑，随即板起脸，"我们家不接受调解。法律我也懂一些，不是说他有精神病就能完全不负责任的。"

出事的第一时间，除了叫救护车和救援队外，楚慎之也报了警。这就是为什么教导主任会堵在病房门口的原因。

时晚醒来后，来了好几拨询问情况的警察。警察确定这是秦秋有预谋的行为后，便对秦秋刑事拘留了。

教导主任一向心疼侄子，想要过来和稀泥。

"推的不是他们家姑娘，她当然不心疼！"看着自家女儿一脸虚弱地躺在病床上，向洁恨不得把秦秋撕了，"我们家不需要那点钱！她还是留着帮她侄子请律师吧！"

楚慎之还没说什么，向洁就来了好几句。时晚不由得轻轻扯了扯向洁的衣袖。

"您放心。"察觉到时晚的动作，楚慎之淡淡道，"校方不会和秦秋站在一起。"

教导主任倒是私下找过他好几次，不过都被他三两句话推了回去。

差一点就是两条人命的事，哪里能这么轻易就揭过。

"我就是来看看时晚的恢复情况。"寒暄一会儿，看时晚精神还不错，楚慎之也就放了心，起身告辞，"我先走了，还要去看看贺寻。"

"楚老师您慢走啊。"把楚慎之送出病房，向洁不禁叹了口气，"贺寻那孩子怎么就一直不醒呢。"

时晚眼睫颤了下。

"他要出了什么事，我可怎么跟你沈阿姨交代。"提到贺寻，向洁的脸色更差，"那个秦秋真是太坏了！"

时晚没有说话，捏紧被角。

那夜被秦秋推下去，她并没有受什么伤，脸上和手上的划伤也并不严重，只是被惊吓到，这才昏了过去。

贺寻却不是这样，在医院住了快一周，他一直沉睡着，始终不肯睁开眼。

"我先去所里。"研究所的工作一如既往的紧张，向洁不得不争分夺秒，"待会儿你去换一下你爸，让他出去吃个午饭。"

时晚有些恍神，慢了半拍才应道："好。"

住在医院，她有家人照顾，贺寻却不一样。做手术的时候，医生根本找不到可以签字的监护人，最后还是楚慎之签的名。

于是，时远志就请了假，专门去看护贺寻。

时晚这两天恢复得好，已经没有什么大碍。向洁也就放心让她去守一会儿贺寻，好让时远志能吃上饭。

时晚披了件外套，往楼上走。

"跟你妈说了多少次不用你过来。"宝贝女儿遭了这么大的罪，时远志心疼得要死，"我随便找个人带下饭不就行了。"

"没事的。"时晚摇摇头，"我在这儿待着，爸你去吃饭吧。"

到底心疼自家闺女，时远志一连嘱咐了好几遍，才依依不舍地出门。

病房里没有其他人，时晚搬了个小凳子坐在病床边，抿紧唇。

同之前一样，贺寻正沉沉睡着。

他面色苍白，平日锋锐恣意的傲气尽数敛去，眼睫软软地垂着，投下一小片椭圆的阴影。

时晚沉默地坐在一旁，犹豫了一会儿，轻轻伸手覆在少年的额头上。

掌心下的肌肤温热，和那夜近乎绝望的冰冷截然不同。

"今天楚老师来了，"她眼眶有些红，把手收回来，小声地说，"他说……"

这几日，只要过来，她都会像现在这样坐在床边跟他说话。

从警察的询问说到对秦秋的处理，从讨厌的教导主任说到每天都会来的楚慎之。实在找不到话题，她也会念叨留在家里的豌豆，不知道那个小家伙最近又长了多少肉。

她一直在说话，他一直安静地听，却不曾张口反驳，也不会回应任何一句。

同往常一样，时晚絮絮叨叨地说了很久，一向会很快回来的时远志不知道被什么耽搁住，迟迟没有现身。

这几日待在医院，并没有什么更多的话题，念叨了一会儿，时晚就不说了。

她咬着唇，看向贺寻。

少年安静地睡着，面色沉静，全然不似冬夜风雪中那般疲惫。可莫名其妙地，她比那一夜还要害怕。

她再也忍不住泪意，把头埋在病床上，肩膀轻轻颤动。

"骗子。"她小声地说。

这个人讨厌得要命，一遇到事就凶巴巴地对她说话，拼命地想要赶她走，然后很快又后悔，跟在身后一个劲儿地想要把她追回来。

每次都是这样。

这一次为什么例外？

"我最讨厌你了。"泪水打湿被子，时晚攥紧被角，"骗子，大骗子。"

世界上哪里有他这种宁愿把命丢掉都要说谎的笨蛋。

她都乖乖听他的话走掉了，他怎么就不能听她一次，乖乖地醒过来？

她越想越难过，不敢抬头，把脸埋得更深。

贺寻意识蒙眬，仿佛做了很长很长的一个梦，全身的骨头好似被打碎重组。他疲惫不堪，一连尝试好几次，才勉强睁开眼，偏了偏头，就看见了身旁的少女。

她穿着蓝白病服，委委屈屈地趴在床边，整个人小小的一只，看起来比那夜更加单薄。

贺寻喉头动了下，但躺了太久，浑身乏力。

他还记得那一晚，这个娇小爱哭的姑娘把衣服给了他，然后顶着风雪，一个人跑进漫漫长夜。

他心口泛起一阵酸涩的疼痛，想抬手摸摸她的头，小姑娘却先一步伸出手。

"贺寻，你醒过来好不好？"她抓紧他的手，脸埋在被子里，带着哭腔，声音闷闷的，"你醒过来，等以后我长大了，就和你去换结婚证。"

贺寻的心蓦然一紧。

他勾了勾嘴角，原本想笑，窗外的雪花却好像一下落进了眼里，逼着他只能仰脸看着天花板。

不知道过了多久。

时晚哭得头都疼了，估摸着时远志可能要回来，正想起身，刚动了下，还没来得及抽出手，手指就被牢牢扣住。

她愣了一下，下意识地抬头，正好撞进少年漆黑深沉的眼眸。

北方的冬天，窗外寒风凛冽。

"好。"他冲她温柔地笑，"一言为定。"

第十六章：

你也需要被保护

冬日，天气晴朗。

这几日未下雪，气温稍有回升。道路两旁，覆在树上的积雪开始缓慢融化。水珠缀在枝头，在风中摇摇欲坠片刻，最后还是抵不过重力朝下坠去。

"啪！"清脆的一声。

"不好意思，不好意思。"病房内，徐医生捡起掉在地上的圆珠笔，掸了掸灰，把笔插回胸前衣兜，然后笑眯眯地看向坐在床上的少年，"这两天你恢复的情况不错，没什么问题的话，下午就可以办出院了。"

命可真大啊。徐医生一边这么说，心里一边想。

送来的那夜刚好是她值晚班，听带队老师说这孩子是从山上滚下来受了伤。剪开衣服一看，饶是做了这么多年医生见惯伤口，也免不了被直接插入小腿的木片吓了一跳。

万幸的是，木片插得虽深，看起来血肉模糊，却没有伤到主要的神经。将木片取出后，休养一段时间就能恢复正常的运动机能，不会影响到以后的生活。

听她这么说，贺寻心里松了口气，说："谢谢医生。"

在山里的那一夜疼得太厉害，寒风萧索、意识混沌，他几乎以为要保不住这条腿。然而当时情况凶险，连命都顾不上，哪里还能想到腿上的伤势。

如今看来，结果不算太差。

"后面几个月自己注意点儿，在学校别参加体育活动，平时也要小心别磕着绊着。"徐医生絮絮叨叨，又事无巨细地嘱咐好几遍注意事项，临出门前，她想起了什么，又扭过头去，"你妹妹呢？最近怎么没看见她？"

前几日查房时，病房里总能看见个小姑娘，乖乖软软的模样，看着就让人心疼。听那小姑娘喊陪床的男人"爸爸"，这才知道原来是一家人。

儿女双全，真是幸福的一家人。

话音刚落，徐医生看见贺寻一愣，随即嘴角微弯。

今日天气好，阳光沾了点儿冰雪剔透的色泽，穿过病房，给少年镀上层明净和煦的边，连一贯锋锐的眉目也因此柔软下来，平日冷硬执拗的黑眸微微敛起，衬得唇边的笑容越发温柔。

"她去上学了。"他的嗓音有些哑，尾音却不自觉地上扬，"今天应该会来接我吧。"

兄妹感情可真好啊！徐医生在心里感叹着，关上病房的门。

房门关上的瞬间，贺寻终于笑出声。

腿上的伤还没好全，这么一笑，伤口就被扯痛，然而他却不觉，低低笑了好几声，这才勉强止住。

妹妹？想起前几日发生的事，贺寻笑意渐深。

那日他醒来出声接下她的那句话后，时晚就蓦然愣在那里，显然根本没想到自己说的话会被听见。

不过几秒时间，他看见她的脸一下红了，连露在病服外那一截雪白的皓腕都霎时沁出一层薄薄的粉。

她眼角还有未干的泪，无措地看向他，紧紧抿着唇，看上去快要羞哭了。

不凑巧的是，出去吃饭的时远志拎了一大堆东西回来，吓得小姑娘头也不回地跑了，接着这两天再也没敢来。

掌心仿佛还残留着少女指尖温软的触感，贺寻抬起手，端详着自己手掌的纹理。

就这么乖的吗？

片刻后，他懒洋洋地放下手，随手拿起放在病床边的课本。

算了，她想躲就躲吧，反正又躲不了一辈子。

"我真是瞎眼看错了人！"出事后，一中马上就停了外出去基地上课的行程，全部改成在学校里培训。姜琦把手里厚重的竞赛书拍得啪啪直响，愤愤道，"简直就是疯子！就该关他一辈子！"

之前协助调查时被警察叫去了好几回，一来二去，姜琦总算搞清楚发生了什么事。毕竟大家都只是学生，秦秋的行径实在太过骇人。她实在后怕得不行，自从时晚回学校，就紧紧围在一旁，小嘴说个不停。

"你说秦秋究竟有没有精神疾病……"姜琦还在担忧。

一旁，时晚抿着唇，一副认真聆听的模样，然而却一个字都没听进去。

那天到底为什么会那么说啊……

她紧紧攥着笔，光是想到那日发生的一切，脸就烧得要命，简直不知道该怎么办。

不知道是不是暖气开得太足，时晚耳尖滚烫，下意识地伸手摸了摸，迅速低下头。

她没受什么伤，出院后就回到学校继续上课，然而坐在教室里，想到的却总是当时少年微微上挑、浸着几分笑意的黑眸。

真是……太丢人了……

时晚从小到大都是乖孩子，哪里说过那种话。耳边是姜琦的絮叨，她低着头，似乎能听见自己怦怦的心跳声，脸颊一下更烧。

时晚那日羞得不行，根本不知道该如何面对贺寻，又赶上时远志推门回来，吓得她赶紧跑了，然后再没敢去。

万幸的是，全身心都在工作上的时远志在生活上大大咧咧，根本没察觉到丝毫异样。

然而……

"我去找一下楚老师。"姜琦还在忧愁秦秋究竟能不能被法律制裁，就看见时晚合上书。

"哦。"姜琦愣了一下，"你去干吗啊？"

时晚却已经走远了。

"我……"时晚硬着头皮去找楚慎之，低下头，不敢看班主任脸上究竟是什么表情，"我爸爸让我去医院接一下……贺寻……"

今天是贺寻出院的日子，原本应该由时远志去，然而研究所突然来了个紧急项目，直接把向洁和时远志一起困在所里。

于是，去接贺寻的只能是时晚。

从时远志夫妇的角度看，贺寻这一次是为了救她而受伤的，她去接他自然没什么问题。

只是……

时晚把头垂得更低，盯着地面。

接二连三的几件事赶在一起，对于处在这几件事中心的两人，作为老师，估计都能看出是怎么一回事。

而楚慎之一向纪律严明，时晚不知道他会怎么处理。

然而出乎意料，楚慎之依旧是平日里不爱说话的冷淡模样，签完字，就把假条给了她，还嘱咐她路上注意安全。

除此之外，没有多问一个字。

时晚摸不着头脑，晕晕乎乎地从楚慎之的办公室里出来，一步一磨蹭地往校门口挪。

直到坐上去医院的车，她依旧不知所措，实在不知道该怎么面对贺寻。

车稳稳地停在医院门口。

出校门的时候还没下雪，不过短短十几分钟的车程，却已经窸窸窣窣地飘起雪花。风吹着，天空灰蒙蒙一片。

时晚在医院门口又踟蹰了好一会儿，还是乖乖地朝病房走。

徐医生不放心，想赶在贺寻出院前到病房里再交代一遍注意事项，一过去就看到了站在病房门外犹犹豫豫的少女。

"哟。"她一边推开门，一边笑，"妹妹来接哥哥啦。"

哥哥？站在门边，时晚一怔。

病房里，站在床边的少年朝她看过来。

贺寻肤色冷白，像是落了干净的雪，偏偏眸子又是深邃不见底的黑，犹如下着雪的静谧冬夜。

"嗯。"贺寻眸间带着几分笑意，点点头，"我妹妹来接我了。"

话是正经话，语气却不怎么正经。

时晚的脸一下子红了。

并没有注意到少女躲闪的视线，徐医生交代完注意事项，笑道："行，那你们赶快去吧。"说着便出了病房。

什么哥哥，什么妹妹？

时晚不明白这是怎么一回事，耳尖直发烫，偏偏因为前几天的事不好开口。

病房里只剩下他们两个，她不知道该做什么，低头站在门边。

"你罚站呢？"过了一会儿，头顶传来沉沉的笑，"行了，走吧。"

贺寻没有提起那天发生的事，时晚莫名松了一口气，连忙跟上。

两个人走在楼道里。

外面下着雪，楼道里来往的人多，地面就格外湿滑，行走间得格外注意。贺寻腿上受了伤，尽管徐医生说休养后会恢复，如今到底还是不如以往方便，走起路来难免一瘸一拐。

贺寻自己不觉得有什么，余光里，瞥见方才死死低着头的小姑娘一连抬头看了他好几眼。

"过几个月就好了。"他心下觉得好笑，开口解释。从山上一路滚下来，没把命丢了就是万幸。受伤后又在雪地里走了那么长的时间，最后还能保住腿，他已经很知足。

这个解释似乎并不能让少女满意，短短一段路，她又偷偷看了他好几下。

摸不清时晚想做什么，贺寻停下脚步。

"怎么了？"他微微俯身，沉声问她，"看什么呢，妹妹？"

贺寻噙着笑，极其坏心眼地重读最后两个字，果然看见小姑娘的脸又红了。

"你……"时晚完全不知道该如何理论，声音小得几乎听不见。

她慌乱地眨了好几下眼，抿着唇，犹豫了一会儿，最后还是伸出手。

臂弯处蓦然多了双软绵绵的小手，这回轮到贺寻一怔。他低头去看，少女的耳尖已经红透了。

"我扶你……"她不敢看他，说话有些磕绊，"贺寻……哥哥。"

语调绵软，那声"哥哥"带着点儿微微上扬的尾音，清甜旖旎。

贺寻没有立即开口，一时间沉默着。

时晚说完这一句，心里其实就有点后悔——自己都在说些什么啊？

正好走到离大厅出口不远的地方，北风从门廊吹进。寒意萧索，来往的人纷纷裹紧衣服。她的脸却直发烫，连带着落在贺寻臂弯处的指尖也不知所措地滚烫起来。

心怦怦直跳，一下又一下。

光是这么说已经耗尽了所有的勇气，偏偏方才还噙着笑的少年突然变得沉默，一言不发，静静地站在原地。

时晚埋头许久，始终没有听见回应，也没有等到任何动作。她惴惴不安，手指不由得收紧。她犹豫一会儿，小心翼翼地抬头，正好撞进一双笑意深沉的眼眸。

贺寻一开始还只是咬着唇默默地笑，片刻后，到底压抑不住，低低笑出声。

没有顾及、毫不收敛，他笑得肆意快活。

少年格外快意张扬的笑声极其引人注意，不少往来的病人和家属都纷纷扭头看向这边，然后交头接耳起来。

"你……"时晚脸颊瞬间更烧，恨不得赶紧捂上他的嘴，"不要笑啦！"

这个人，也不看看这里是什么地方！时晚又羞又急，红着脸，把贺寻拽到医院外面。

冷风吹着，她脸颊的热意却丝毫未退。她不敢看他，只盯着地面，磕磕绊绊地小声指责："医院里不能大声喧哗……"

贺寻唇边笑意更盛。

"你刚才叫我什么？"不理会她的偏题，他坏心眼地继续逗她玩。

时晚咬着唇，不肯出声。刚才怎么就莫名其妙被带偏了……

她羞得快要哭出来，难堪得要命，脑袋晕乎乎的，一时间什么也说不出口，只知道死死抓着他的袖子不松手。

少女低着头，小脸通红，耳尖也绯红一片，模样可怜又可爱，贺寻喉头不由得一紧。

"再叫一声。"他轻声哄她，"再叫一声我们就回家。"

寒风里，少年嗓音低沉，带着种隐约的蛊惑味道。

或许是急于摆脱眼前的窘境，或许是迷迷糊糊走进了陷阱，僵持片刻，时晚脸烫得厉害，半闭着眼，很小声又重复了一遍。

"回、回去吧。"四周人来人往，她实在羞得不行，拉着他就想走。

贺寻却没有跟上，停在原地，俯身去摸小腿。

方才还笑意盎然的少年拧着眉，表情严肃："我走不动了。"

时晚一下清醒过来。

"怎么了？"害羞尴尬的情绪瞬间退去，她紧张地问他，"你的腿又疼了吗？"

山里那一夜，满手鲜血的场景似乎依旧历历在目。生怕贺寻的腿再出什么问题，时晚也俯下身，想要仔细查看，却正好听见耳畔低沉的笑声。

冬日里，少年身上有一点医院消毒水的味道，靠近时，温热的吐息断断续续地吹在她耳边。

打车回去的路上，贺寻就看着小姑娘小脸板着，直接坐到座位另一边，沉默着不说话，抿唇朝窗外看去，一副气呼呼的模样，怎么也不肯理他。

回味着那声软绵绵的"哥哥"，他微微闭上眼，捂住额头，无声地笑了。

"我又没骗你。"车停在家属院门口，贺寻从车上下来，低低地笑。

少年笑声低沉，时晚好不容易温度降下去的脸又开始隐约发烫，只能装作没听见。

"哟！"老林头是个勤快人，雪刚停，就在院里扫雪。见他俩回来，他连忙把扫帚往雪堆上一扔，"贺寻你回来啦！"

住一个院子，都是邻里，大事小事传得飞快。他这么一喊，楼上的窗户瞬间开了好几扇。

钱小宝事件之后，院里住户对贺寻的印象就好了很多，加上这一次，不知道时远志在院子里说了什么，不少爷爷奶奶都心疼得不行。

钱小宝奶奶更是一马当先，以七八十岁的高龄身手矫健地从楼上一路跑下来："你这孩子吃饭没？我们家刚炖了鸡，上我家吃饭去！"

爷爷奶奶们太过热情，时晚站在一旁，等了好一会儿，冻得鼻尖都有些红，才找到机会把贺寻拽出来。

这一次，少年倒是很安分，没有说什么让人脸红心跳的话，也没有做任何逾矩的事，乖乖地让她搀上了楼。

窗帘紧紧拉着，室内昏暗一片。贺寻住了快半个月的院，家里许久没有住人，房间里有些许灰尘的味道。开窗通了一会儿风，时晚抬头看向墙上的挂钟。

在医院耽搁了一会儿，又在楼下被爷爷奶奶堵住，时间过得飞快，现在正好是小学放学的时间，到了该去接时辰的时候。

时晚犹豫了一会儿。

"我要去接小辰……你现在饿吗？"关好窗户，她跟他商量，"待会儿回来再吃饭行不行？"

向洁和时远志在研究所加班，项目不知道什么时候才能完，顾不上去接贺寻出院，自然也没法像以前一样接送时辰。

十二月已至，天色越来越晚，几乎到了一放学就是天黑的地步。时辰腿脚不便，时晚实在不放心像以前一样，让他一个人孤零零地留在班里那么久。

这么说着，觉得有些对不住贺寻，时晚不自然地摸了下耳朵。

贺寻坐在沙发上，没有说话，眼神暗了暗。

中午在医院已经吃过饭，现在也不到吃晚饭的点儿，其实一点儿都不饿。但他一直保持沉默，直到少女越来越不安，摸耳朵的动作越来越频繁，他才缓缓开口："过来。"

以为贺寻要说什么，时晚没有多想，依言走过去。

刚走到少年身侧，手腕便蓦然一凉。

贺寻极其自然地捉住她的手，抬头看了她一眼，然后轻轻地，作势咬了口。

"我吃饱了。"他松开手，懒散地对她笑，"你去吧。"

怀着逗弄的心思，贺寻嘴角噙着笑，就看见小姑娘的脸唰地红了。

天色渐晚，没开灯，室内光线有些昏暗，他却依旧可以看清小姑娘莹白小脸上晕开的绯色，比先前软软唤他哥时还要害羞。

"你……"显然没想到他会这么做，少女那双素来澄澈的杏仁眼里充满了不可思议，在原地愣了好一会儿，才反应过来，轻声嘟囔一句，"坏蛋！"

时晚恼得不行，小脸通红，咬着唇，俏生生地瞪了他一眼，伸手不轻不重地在他手背上拍了一下，然后迅速打开门，头也不回地跑了。

"慢点儿！"她跑得太快，贺寻腿上带伤，甚至来不及去追，只能一瘸一拐地挪到窗边，趴在窗户上喊，"小心摔跤！"

然后，他就看见才跑出楼门的时晚愣了下，接着跑得更快了。

雪刚停，世界银装素裹，少女发丝扬起，奔跑在雪中，脸蛋绯红，比枝头的梅花还要明艳。

这姑娘……

贺寻将手撑在窗沿，掌心里传来冰雪的寒意，萧索寒风扑面而来，手背却似乎还残留着柔软指尖的温度。

他静静伫立在窗边，直到娇小的身影消失在巷口，再也看不见，才恋恋不舍地关上窗。

时晚去小学接回时辰，就进了厨房忙碌，简单地做了两菜一汤，端上桌，叫时辰吃饭："你自己先吃，姐姐待会儿来和你一起吃。"说着，她把给贺寻的饭菜装进饭盒，出门上楼。

时辰听着往楼上去的脚步声，眨了眨眼，没说什么，慢吞吞地挪到桌边吃饭。

时晚上楼时，贺寻正对着空荡荡的厨房发愁，听见敲门声，一瘸一拐地挪去开门，然后就笑了："不是说我吃饱了？"

少年语气戏谑，时晚低了头，绞着手指："那你不吃……就算了。"说着转身就要走。

贺寻伸手拉住她，挑眉："谁说我不吃了？"

他从她手里接过饭盒："还是你心疼我。"

时晚原本就红着耳尖，听见这句夹着笑意的调侃，顿时红了脸，转身就想走。

贺寻却叫住了她。

饭盒坠在手里，沉甸甸的。他不禁笑道："以后不用给我做了，反正又饿不死。"他一向不怎么好好吃饭。

他说这句话开玩笑的成分更多，然而话音刚落，站在门边的少女脸色一下就很不好看。

"你这样不行。"时晚皱眉，"时辰都知道要好好吃饭。"

哪有连吃饭都不上心的。

她脸颊还带着一点儿红，嗓音很软，语气却极认真。

贺寻愣了一下，轻嗤一声："我又不是需要保护的小孩。"也不知道她在紧张些什么。

贺寻毫不在意，时晚的眉头就皱得更深。

想了想，她认真地说："可在我心里，你也是需要被保护的。"

少年并不像看上去那么无坚不摧，他会生病、会受伤，会像其他人一样感知到疼痛。他也会难过、会落泪，会在漫天风雪里倒下，让她一个人离开。而他总是一副很无所谓的模样，仿佛并不在意这些磨难。

但时晚并不想看见贺寻这样。无论如何，他也是该被人小心呵护，放在心间仔细珍藏的。

时晚没有考虑太多，想到什么说什么，这句话说得自然。

贺寻却直接愣住。

时晚就看着少年保持着拿饭盒的姿势，僵在那里，过了好一会儿，直到她轻轻叫他的名字，他才如梦初醒："没、没什么。"

贺寻心跳密集如擂鼓，不动声色地咬了下舌尖，这才凭借尖锐的刺痛，短暂清醒过来。

"我会好好吃饭的。"他低下头，沉声，"你回家吧。"

时辰还在家里等着，时晚没多想，脚步轻快地下楼。

贺寻一直站在门口。直到楼下传来关门声，他才伸手，轻轻按了下自己的心口，有种呼吸不上来的错觉。

这么多年，从来没有人说过他也需要被保护。

沈怡嫌他是个只能拖后腿的累赘，恨不得他和那个一年见不到几次面的男人一起死掉。记忆中，沈怡永远都是冷冰冰的表情，只会一边砸东西一边破口大骂，自然不会说这种话。

而贺家的人更是同贺子安一样，提防他会图谋贺家的财产，个个希望他赶快从这个世界上消失。

贺寻长到十八岁，从懵懵懂懂的稚子长成眉目锋锐的少年，这是第一次有人对他这么说。

时晚吃过饭，收拾好餐桌和厨房，进屋写过今天布置的作业，就到了该上床休息的时候。

时辰已经睡得很熟，她轻手轻脚地洗漱完，正准备关上房门。

"丁零零——"座机铃声响起。

时晚吓了一跳，害怕吵醒时辰，跑到电话旁，低头看了一眼，心下不由得一紧。

来电显示是贺寻的号码，楼上楼下就一层，如果不是什么特别要紧的事，他应该不会在这时给她打电话。

时晚心里闪过无数个不好的猜测，最后稳了稳心神，轻声接起："怎么了，你有事吗？"

少女嗓音温软，贺寻闭了下眼。其实他也觉得这么晚打电话挺不好，但独自坐在黑暗里，莫名地，他很想听到她的声音。

"没什么事儿，就是想和你说声今天的饭挺好吃。"电流声嗞嗞作响，时晚听见少年有些拘谨的声音，"还有，嗯，晚安。"

时晚一愣，隔着一层天花板，几乎能想象出贺寻握着话筒，难得不知所措的紧张表情。她抿嘴偷偷笑了下，轻声应道："好的，晚安呀。"

道过晚安，贺寻挂掉电话。

她对他说了晚安，然而这一夜他终究不可能睡得着。

心怦怦直跳，躺在沙发上，愣愣盯着窗外明亮的雪夜，他听见树枝被风吹动，雪花静谧落在地上，不远处的院落传来几声微不可闻的犬吠。

后来夜深，青城渐渐地安静下来，所有人都沉沉陷入梦境，他却始终毫无睡意。

月亮离开树梢，天色依旧是深沉的黑。小巷里有人推起了卖早点的手推车，车轮碾在冰面上，将雪深深碾平，发出咯吱咯吱的响动。

听着咯吱声渐行渐远，贺寻猛地坐起身，一瘸一拐地走到卫生间，简单洗漱过后，在客厅里呆呆坐了一会儿，就出了门。

凌晨五点，下夜班的人匆忙在晦暗的天光里穿行，奔波生计的小贩打开卷帘门，更多的人还在梦乡里做着不愿醒来的梦。

家属院安静，灯光昏黄，偶有树枝被风拂动的响声。

贺寻蹑手蹑脚地下了一层楼，坐在台阶上。冬日温度低，水泥台阶冰凉，可他的心炽热，在胸膛里有力地跳动着，一下又一下。

想到和小姑娘只隔了薄薄一扇门，贺寻喉头动了动。他沉默着，抬手轻轻按在心口的位置，感受到越发明晰躁动的心跳。

这一夜，时晚睡得极沉，早晨的闹钟甚至是时辰起来迷迷糊糊按掉的。

起来后，她匆忙做好早餐，盯着时辰检查好今天要带的东西，吃过饭，准备去楼上喊贺寻。

打开房门，时晚就愣住了："你……你怎么不敲门啊？"

少年坐在台阶上，脊背挺得笔直，听见开门的响动，就急急站起了身。

"没……"她问他怎么不敲门，结果他语无伦次地答，"没……没等多久。"一向锐利桀骜的黑眸躲躲闪闪，宁可死死盯着地面也不看她。

时晚愣了下，仰脸去看。

雪已停，冬日阳光温柔，穿过楼道的窗户，浅浅落在少年的眼睫上。离得近，她甚至能数清他纤长浓密的眼睫，自然也能看清眼下难以忽视的一片乌青，显然一整晚都没有睡。

她并不发问，转身回厨房拿了两个包子塞到他手里，这才牵起时辰的手："走吧，我们去上学了。"

贺寻晕乎乎地接过那两个温热的包子，感觉头脑似乎不太清醒。

然而一整夜都亢奋，兴奋到仿佛有用不完的精力。他知道自己并不是不清醒，而是太清醒了。

下雪之后，冬日清晨冷冽。

贺寻看见日光落在时晚的发丝上。冰天雪地间，天地都是白茫茫的一片，只有她莹白的小脸晕开一层明媚柔和的光，明亮地照耀着他的世界。

时晚把时辰送到附小门口，在校门口站着，直到看着时辰一脚深一脚浅的背影慢慢消失在教学楼中，才放下心来。

她仰起脸，看向贺寻。

一路上，不知道在想什么，少年始终沉默着。他黑眸微垂，下颌拉出锋利的一道线条，眉眼深邃。他不说话的时候看上去有点凶，可她知道他并不是真的在生气。

时晚抿嘴偷偷笑了一下，犹豫片刻，还是伸出手，轻轻扯了下他的衣袖："我们走吧。"

她动作很轻，然而碰到衣袖的瞬间，贺寻极其明显地颤抖了一下，然后猛地一缩，直接躲开了她的手。

时晚一愣，怎么又开始闹别扭了？

这个人好奇怪哦，昨天说那些让人脸红心跳的话，今天居然连扯一下衣袖都不行。他到底在想什么呀？

少女的目光无辜而疑惑，贺寻尴尬地咳嗽了一声。

"没有。"他不知道该说什么，尝试解释，最后发现一两句解释不清，索性也就放弃解释，"我们走吧。"

很多年后，贺寻仍旧会想起这个遥远的冬日清晨。天光熹微，雪花飞舞，北方冬季凛冽萧索，肃杀逼人。而身侧并肩而行的少女眸色明亮，柔软温暖，照亮了他整个世界。

几天后。

聂一鸣百无聊赖地叼着根破草，大大咧咧地蹲在操场旁，看见贺寻，就冲他招手："寻哥！"

贺寻插着兜走过来，懒懒地瞥聂一鸣一眼："有什么事？"

这种下着雪的天气，以聂一鸣懒惰不爱挪窝的性格，绝对是恨不得一天二十四小时都待在有暖气的室内不动弹。能让这位少爷硬生生在寒风中蹲这么久等他，多半是有什么重要的事情。

"还能有什么事。"聂一鸣吐掉嘴里的草，耸耸肩，"就那秦秋呗。"

聂一鸣继续说："听我爸那意思，他们家想用精神病当借口，让他脱罪呢。"他打了个哈欠，"不过你放心，我爸说了，他找的律师是最好的，肯定不会让秦秋就这么混过去！"

聂父就这么一个宝贝儿子，对聂一鸣几乎有求必应。加上聂一鸣的爷爷奶奶对贺寻从小印象就不错，这一次秦秋的事，聂父在里面出了不少力。

"那就替我谢谢伯父了。"早已想到秦家会这么做，贺寻并不感到意外。

"不用谢他！他也就是坐在办公室里让下面的人跑跑腿！"聂一鸣一点儿不给自家老爹面子，毫不在意地摆摆手，下一瞬，又有些支吾起来，"不过……"

聂一鸣语气里带了几分迟疑，贺寻不由得看向他："不过什么？"

"反正我觉得不是巧合……"聂一鸣挠了挠头，"寻哥，你还记不记得上次去派出所的律师？就你小叔请来的那个？"

说的是几个月之前，贺子安故意挑衅贺寻后，在派出所大声嚷嚷着要关贺寻的律师。

贺寻眉头微微皱起："他怎么了？"

"秦秋那边请的律师好像就是他。"聂一鸣虽然成绩常年倒数，但从小跟着老爹耳濡目染，在人情世故上精得不得了，"我说寻哥，你小叔是不是又要作妖了吧？"

在本地打官司不请本地律师，反而舍近求远地跑去找一个外地人。要说这里面没有贺子安的掺和，聂一鸣一百个不信。

不过在他看来，贺子安纯粹是吃饱了撑着有钱了闲得。横竖贺寻现在已经同贺家断了关系，争不到半分家产，亲爹那边都气定神闲地一点儿不着急，贺子安一个叔叔成天提心吊胆有鬼用？这么步步相逼，不知道是不是脑子有水。

没想到会从聂一鸣嘴里听到这个消息，贺寻愣了下，他无意识地伸手摸了摸自己的右眼。

自从贺子安寄来那个牛皮纸袋之后，这么长的一段时间过去，右眼视力始终没有恢复，依旧什么也看不见。

后来他又拜访了老专家几回，深入浅出地聊了些话题。老专家的态度倒是很乐观，声称只要不是生理性的病变，就一定能治好。言下之意显而易见，还是心理问题。

贺寻扯了下嘴角，无声地冷笑。

贺寻把手放下来，觉察到一旁聂一鸣难得担忧的表情，摇摇头："没事。"

贺子安寄那个牛皮纸袋的意图昭然若揭，就是想要彻底摧毁贺寻。

或许一开始很有成效，然而这一次，注定要让他失望了。

时远志和向洁还在忙研究所的项目，这几日，依旧是时晚接送时辰。同往常一样，下课后，她去附小接时辰回家，走到附小门口，正好把贺寻和聂一鸣逮个正着。

不是去医院复查了吗？时晚愣了下，看见一旁的聂一鸣不停挤眉弄眼地坏笑着，一下明白过来。

贺寻站在原地，噙着笑，手懒洋洋地插在兜里，然后就看着少女先低了头，莹白小脸上一个若隐若现的梨窝，似乎是在偷笑。

不过重新抬起头时，她巴掌大的小脸神情分外严肃："你怎么穿这么少？"小姑娘一本正经地板着脸，语气严厉。

这两日降温，天气冷。她明明叮嘱过他好几遍要多加衣服，他却当耳旁风。这么大一个人，怎么还不如时辰一个小孩儿听话。

贺寻笑了。

"我错了。"他老老实实认错，"下次一定不敢。"

人生的前十几年一直都是自己管自己，能勉强活下来就已经很好，向来都是有什么穿什么，哪里还有空暇分心去琢磨这些事。

他曾经以为自己这辈子不会听谁的话，可当她清凌凌地一瞪他，他就服软了。

"嘶——"聂一鸣哪里见过这种场景，只觉得牙酸。

没想到贺寻会当着聂一鸣的面大大方方这么说，时晚的脸也有些红。她没有再说什么，去班里接到时辰，一起回家。

和之前一样，一起吃过饭，待到临睡前，贺寻才上楼回自己家，不过这几日，他不肯让她搀着上楼。

"我又没那么弱。"他嘴角噙着一点笑，黑眸深沉，"不过你要是想搀——"

他俯下身，坏心眼地在她耳边沉声道，"以后你搀我一辈子也行。"

少年眼底笑意促狭。

时晚的脸一下子烧起来。她恼得不行，红着脸，用力把他推到外面，然后关上门。

靠在门上，少女一颗心怦怦直跳。这个家伙怎么总是这么促狭，一点都不正经。

时晚兀自羞恼，一旁，还在玩陶泥的时辰不动声色地偏了偏头。

"姐姐。"临睡前，他小声对时晚说，"家里有清洁剂吗？"

"你要那个干吗？"没想到时辰会问这个，时晚愣了下。

"不干吗。"时辰神情无辜，摇了摇头，"我想把之前在贺寻哥哥门上写的字擦掉。"

想起时辰几个月前在贺寻家门上写的字，时晚脸一烫。

"好啦好啦。"她给他掖好被角，"哥哥不会怪你的，你不用擦了。"

时辰眨了眨眼，没有说什么。

第二天是周末。

不用按点上学，难得休息，贺寻起得迟了些。

这一夜他其实睡得不太好，后半夜总听见门口有什么窸窸窣窣的响动，然而冬日怠惰，实在懒得去看到底发生了什么。

可能只是小动物在挠门吧。贺寻这么想着，沉沉睡过去。

直到洗漱完，他才想起这件事。他随便披了件外套，出门去看，随即一脸僵硬地顿在原地。

门上的确有用清洁剂洗过，还能看见未干的水迹。然而普通清洁剂功效弱，寻常洗涤还能派上用场，在油漆面前便束手无策。这么一洗，只能让油漆在铁门上渗得更开。

于是，几个月前歪歪扭扭写下的"流氓"足足膨胀了好几倍，变成了货真价实的大流氓。

第十七章：
你可算是理我了

PIANZHI

十二月，一场又一场的雪下着，时间过得飞快，转眼就到了月底。

临近期末考试，白雪皑皑间，一中的氛围却比平常要轻松许多，就连寻常总是板着脸的楚慎之眉目都柔软下来，难得显露出极其温和的神态。

工会在校门口挂上了五彩斑斓的小彩灯，随着雪花飘摇一闪一闪。

"怎么这么快就要过元旦了！"姜琦拉上时晚，两个小姑娘站在门口看彩灯。

世纪初，这一年营销的风气不如以后盛，还没有后来但凡是个节日都要大肆宣扬一番的劲儿。圣诞节、元旦节两个节日挨得近，圣诞节的风头就生生被元旦跨年压了下去，倒是有不少人在平安夜互送平安果。

"晚晚。"姜琦驻足端详了一会儿彩灯，似乎觉得冷，呵了口气，冷不丁道，"你跟贺寻是不是在一起了？"

时晚手里拿着热奶茶，一个激灵，差点儿把奶茶倒在地上。

她手忙脚乱地捧好奶茶："没、没有！你不要乱说！"

一中查早恋查得严，她又是从小到大的乖学生。尽管听少年说过很多暧昧不清的话，也曾脸红心跳到不敢抬头，到底还是严格遵守校规，没有做一点儿逾矩的事。

彩灯下，少女脸颊微红，姜琦一下乐了："你也太乖了吧！可你们都一起上学了哎！"

学生时代，大家似乎对青涩的感情格外敏感，一个眼神、一个动作，哪怕是擦肩而过时不自觉的目光相接都会被注意到，更何况是一起上学一同回家这么惹人注意的举动。

姜琦性格一向大大咧咧，说得直白。时晚就更加不好意思，低着头，连耳尖都染上一层绯色。

"晚晚。"见她害羞，姜琦反而不肯放过，"被贺寻在意是什么感觉啊？"

"就……"姜琦追问得紧，时晚一下有些无措，她也不知道这究竟算是什么样的感觉。

其实这些日子，他们只是一同上学放学，并没有做什么出格的事。

只是偶尔视线莫名对上的时刻，被那双黑沉沉的眼眸注视，她就无端心跳加速，怦怦作响。

"你的脸也红得太夸张了吧！"姜琦等着回应，却没想到面前的少女脸红得快要滴血，"好啦好啦，我不问还不行嘛。"

姜琦哭笑不得，没有继续问。

时晚咬了下唇，说："就……"到底不好意思，开口时还带着点儿害羞的青涩，声音很软，"就是很开心的感觉吧。"

话音刚落，细细落雪间，少年笑声低沉，带着十足的愉悦，在簌簌落雪声间格外分明。

姜琦眉飞色舞地谈着八卦，压根儿没注意到贺寻默不作声地站在身后。她求生欲极强，一秒钟做出决定——

"我先走了啊！"

她直接扔下时晚跑了。

"你……"就这么被丢下，时晚手足无措，"你什么时候来的？"

他在她们俩身后站了多久，刚才说的话是不是都被他听到了？

贺寻垂着眸，眼底笑意深邃。

"没多久。"他伸出手，替她摘去几片落在发顶的雪花，"大概就在你刚开始脸红的时候吧。"

时晚的脸更烫了，抱好奶茶，不吭声，转身往校园里走。

贺寻弯了弯嘴角，跟上。

这一年早恋还贴着洪水猛兽的标签，校风严，一中查得很紧，一男一女单独走在路上都会被老师注意。

贺寻稍稍落后半步，看着埋头走在前面的小姑娘，挑了下眉。

方才她们说的话，他听得一清二楚，说不高兴是不可能的。

这几日他躺在床上总是睡不着，翻来覆去都是白日里相处的画面。少女清透的杏仁眼、唇边若隐若现的梨窝，还有被他逗弄时绯红的耳尖。这些画面毫无规则、纷乱无序地闯进他脑海，让他睡意全无，甚至连梦里都不安宁。

其实，他也很高兴。

只是……

时晚走在前面，听到身后少年低低的笑声，有些无措。

"你笑什么呀？"她停下脚步，回眸看他，语气里带了几分羞赧。

贺寻的心不由自主地颤了一下，笑意渐深。

"没什么。"他说出来的话一本正经，"快走吧，待会儿要开始放电影了。"

世纪初的校园活动没有后来那么形式丰富花样百出，但元旦将至，一中还是安排了一些庆祝活动，其中就包括看电影。

这一年，寻常的班级并不像以后绝大多数都配备多媒体设备。为了给学生放电影，校方从电影院那边专门租了机器，把观影地点定在平时用来开会的礼堂。今天正好轮到高二年级。

时晚和姜琦在门口耽搁了许久，离集合的时间确实只剩下一会儿。她心里清楚贺寻没说实话，却也不好在这个时候继续浪费时间，便没有继续追问，只是瞪了他一眼。

少女杏仁眼清透，含羞带怯，那一眼软绵绵的。

雪静静下着，少年心里有种无论如何也压不下去的躁动。

这几日虽然成天待在一处，却始终没有什么单独相处的机会。要接送时辰，每日单独在一起的时间只有从附小到一中路上那短短一小截。回到家后，似乎成心同他作对，向来安静的时辰更是缠着时晚不放。

细雪纷纷扬扬。

时晚提着奶茶回到班里，不一会儿，楚慎之就过来了。

似乎是为了应和元旦的氛围，他穿着黑色风衣，却系了条正红色的围巾，颜色鲜艳跳脱，和平日冷淡内敛的性格全然不符，惹得大家纷纷看了他好几眼。

"班长点一下名，然后带队去礼堂。"楚慎之丝毫不为所动，还是同往常一样面无表情，抬眼扫了下神色各异的同学，摆摆手，"带零食的记得放完电影收拾干净，不要留垃圾在礼堂。"

学习任务繁重，难得有可以放松片刻的时候，饶是楚慎之还在班里站着，底下的同学们也露出了笑容。

点完名，大家前往礼堂。

礼堂修葺得很早，几乎同一中的校史一样长。尽管后来又翻修过几遍，礼堂的规模也不大，勉勉强强能容纳下十个班的学生。

于是也顾不上位置好不好，只要能坐下就行。

时晚排在队首，刚好走到角落靠墙的位置。姜琦想跟她换，被她拒绝了："没事，这个位置也可以看到的。"

角落的位置总要有人坐，只是视角稍稍差了些，并不需要麻烦别人。

她刚坐下，就看见原本坐在旁边的男生站起身。

"跟你换一下。"贺寻指了指中间正对着银幕的座位，嗓音低沉，"我坐在那边。"

换好位置后，贺寻若无其事地坐下。时晚就有些脸红，怎么这么明目张胆，老师们都还在旁边看着呢。

落座后不久，礼堂的照明便次第渐灭，最后一盏照明灯也暗下来，黑漆漆的一片。过了一会儿，电影正式放映。

不知道是哪个老师挑的影片，居然是一部经典的外国爱情片。

正是情窦初开的年龄，平时被学校和家长三令五申不准早恋，一见放映的是爱情片，学生们都窃窃窣窣地议论起来。老师们不得不出来维持秩序，这才勉强压下议论。

影片在微弱的议论中开始。

经典毕竟是经典，没过多久，大家被情节吸引，也就没有人再继续说话。大概半个小时后，多年不见的男女主角在车站相遇，久别重逢，一时情难自禁地拥吻起来。

这一段是个长镜头。导演功力深厚，把拥吻的场景拍得极其浪漫。礼堂里，能听见女生们低低的惊叹声。

时晚脸颊也有些烫。不知为什么，下意识地，她偏头去看坐在身侧的贺寻，却发现他正在看她。

观众席一片昏暗，银幕光线下，少年漆黑的眼眸越发深沉。

对视两三秒后，他轻轻靠过来，温热的吐息吹在她耳畔："怎么办，我很羡慕男主角。"

礼堂虽然不大，音响效果却很好。影片插曲从四面八方传来，是轻快悠扬的旋律。

时晚愣了一下，顿时有些手足无措。

"你……"顾忌着周围还有其他同学，她声音很轻，"你乱说什么……"

在老师和同学们的眼皮下偷偷换座位也就算了，现在说的是什么话。

这个人……怎么一天到晚都在想些乱七八糟的事？

他虽然是在开玩笑，但她到底不能装作没听见，此时耳尖直发烫。最后，她伸出手，想把靠过来的少年推回去，却事与愿违。

根本不把小姑娘那点儿软绵绵的推拒放在眼里，贺寻又往时晚那边靠了靠。

"啪！"

随即，坐在前排的姜琦听到了一声响动，她回头，压低声音问："晚晚，怎么了？"

拍在贺寻头上那一巴掌用了力气，时晚手都有点儿疼。她揉着手，小声地说："没什么。"

然后就听见身侧的少年小声嘟囔了句："啧，脾气真大。"

贺寻并没有把这件事放在心上，第二天清晨，同往常一样下楼去敲门时，发现事情和想象当中不太一样。

没有人应门，他一连敲了快半分钟。最后，迟迟来开门的并不是时晚。

同板着一张小脸的时辰对视几秒，贺寻敏锐地觉察到似乎有哪里不对，轻咳一声："你姐姐呢？"

"姐姐在收拾书包。"还是以往那副小大人的模样，时辰表情平淡，嘴角却忍不住偷偷上扬一下。

方才听见敲门声，没见时晚去开门，他还以为是没听到，正想出声提醒，就见自家姐姐一低头，默默进了屋。

显然不是没听到，而是不想开门。

"你等一会儿吧。"虽然不清楚两个人之间发生了什么，但时辰心情还是很好。

贺寻站在门边，就看着这个平时人小鬼大不苟言笑的小娃露出一副努力忍笑的表情，最后到底没有直接笑出声，还很有礼貌请他进来坐。

出了什么事？贺寻微微皱眉，心里有种不太好的预感。

他一头雾水，坐在沙发上等了许久，眼看着再不出门就要迟到，这才终于等到了从房间出来的时晚。

"小辰，"然而，她压根儿不看他，直接牵起时辰的手，"我们走吧。"

时辰扭头看了一眼一脸愕然的贺寻，乖乖应道："好。"

少女亲亲热热地牵着时辰的手，走在前面，始终没有回过头。在公交车上，她也望向窗外，沉默着不开口。

直到看着时辰进校园，她都没看他一眼。

这是怎么了？莫名其妙被当成了看不见的空气，贺寻一路上都在琢磨这件事，眼看着小姑娘默默转身离开，连忙跟上。

昨天不是还好好的吗？

贺寻脚步一顿，终于发现了重点。

风吹起细细的雪粒，他的嗓音里有藏不住的笑意："你生气了？"

时晚埋头走着，簌簌落雪中，听见了贺寻的声音。

她身形微微一滞，下一秒，并不搭理他，继续快步往前走。

这个家伙！

过了一晚上，时晚好不容易把羞恼的情绪压下去，一听见少年低沉的声音，想起昨日他那句无法无天的话，简直气得不行。

都是平时她太惯着，这才让他无法无天地乱来。

少女气呼呼的，莹白小脸板着。

贺寻笑了："真不理我了？"

公共场合，周围又坐着那么多熟悉的同学，说那样的话的确有些失分寸。然而放映电影时，借着银幕微弱的光，他看见她柔软白皙的脸，纤长浓密的眼睫，他就忍不住说出了口。

"我错了。"贺寻敛眉，沉声道，"以后不敢了。"

贺寻回味着昨天在黑暗中看见的少女侧脸，下意识地，嘴角不自觉微微扬起。

再抬头时，他就看见小姑娘满脸通红，羞恼万分地瞪了他一眼。

她就知道他从来都不正经！

时晚脸上一层气恼的薄红。

她今天一整天都不要理他，免得这个讨厌的家伙继续得寸进尺。

这么想着，直到走进教室，她都没有跟贺寻说话。

贺寻原本以为小姑娘不过是一时生气闹别扭，然而，等上午两节课过去，始终没等到时晚开口。

大课间时，他终于意识到问题的严重性。

"寻哥。"雪已停，按例还得做课间操，出操完毕，聂一鸣在一旁探头探脑，"你和时晚同学吵架了？"

到底兄弟情深，聂一鸣喜悦之情溢于言表，幸灾乐祸，笑得就差后仰过去。

"走开。"贺寻一脸平静。

连聂一鸣都瞧出了不对，他要是再看不出来，大概就真的成了货真价实的瞎子。

然而根本不知道该怎么哄小姑娘，贺寻看着不远处少女纤细娇小的背影，头一次有些犯难。

大课间后，三四节都是楚慎之的物理课。

相处将近一个学期，大家却还是不太能习惯楚慎之的脾气。楚慎之站在台上讲题，台下，一整个班都鸦雀无声、噤若寒蝉，生怕被班主任注意到然后揪出来。

现在讲的是一道压轴大题。

楚慎之的思路有些复杂，时晚想尝试用更简单的办法去解，一边听，一边在草稿纸上演算。

"啪！"

正在算着，突然一个小纸团被丢过来，不偏不倚地落在她面前。

笔尖微微一顿。

她没有伸手去拿，也没张望到底是谁扔过来的纸团，只用笔把纸团拨到一边，继续按自己的思路解题。

纸团被轻轻拨动，骨碌碌地滚着，最后和同样被拨开的四五个难兄难弟待在了一块。

眼看着时晚若无其事地把纸团拨开，贺寻扬了下眉——啧，小姑娘脾气还挺大。

"贺寻。"还没等他继续写下一张字条，楚慎之就点了他的名，"你上来把这道题后半部分讲完。"

楚慎之站在讲台上，底下学生在干什么全都一清二楚。一上课就看见贺寻埋头一个劲儿写字条，他忍到现在，到底没忍住。

都坐在了第一排，能不能收敛点儿？

贺寻被楚慎之警告地看了一眼，没说什么，老老实实地上去。

方才忙着写字条，贺寻压根儿没听课，甚至都不知道楚慎之在讲什么题。扫了几秒黑板，他心中大概有了思路，正准备开口，突然心念一转。

"楚老师。"他拿起粉笔，笑得有点儿坏，"这题我不会，我能不能问我同桌啊？"

果然看见埋头演算的少女抬头，不轻不重地瞪了他一眼。

贺寻无声地扬了扬嘴角，笑意渐深。他还不信了，当着全班同学和班主任的面，她还能拒绝。

贺寻想得很好，但事情并没有按照他预想的方向走。

"不会就下去吧。"楚慎之根本不给他这个机会，只面无表情地瞥了他一眼，又看向时晚，"时晚上来接着讲。"

贺寻："……"楚慎之这绝对是在针对他！

贺寻乖乖地回了座位。

时晚上去讲题，先按着楚慎之原来的思路讲，讲完后，她又用自己的思路讲了一遍。

"很好。"楚慎之淡淡称赞一句，"这个方法比我的简单很多。"

时晚松了口气，把粉笔放回粉笔盒，余光瞥见坐在下面的贺寻正扬起嘴角。

她才不理他呢。

她心里很清楚贺寻方才打的是什么算盘。

回到座位上，她继续认真听课。

似乎楚慎之的警告起了作用，这一次，贺寻倒是没继续扔纸团。然而片刻后，时晚正专注听着课，脚突然被什么撞了一下。

时晚愣了下，难以置信地朝一旁看去。少年单手撑着下颌，微微偏头，指间夹着笔，俨然一副认真听讲的模样，而桌下的长腿却没有那么老实，一下一下地撞她的鞋。

贺寻一向不爱加衣服，被提醒好几遍才肯多穿。今天贺寻穿了毛衣，下面却还是只穿着单裤。

这个年纪的男孩子个头疯了一般长，几个月前合身的校服如今就显得有些短，微微一动，便露出线条分明的踝骨。

他想干什么呀！

她忍不住瞪过去。

时晚一连瞪了好几眼，少年视而不见，始终无动于衷，甚至故意加重了力度。

不同于昨日光线昏暗的礼堂，教室里光线明亮，一览无余，台上是正在写解题步骤的楚慎之，身后是抬头认真听讲的同学，时晚气得脸都红了。

她坐得端正，到底还是害怕被人发现，不敢动作得太厉害。然而眼看着楚慎之马上要写完最后的步骤，即将转过身来，她一下有些急，也不管会不会被后排的同学看到，直接狠狠踩下去。

"砰！"

背对着讲台，楚慎之听见身后传来一声桌子被撞到的响动。根本不用回头，他淡淡道："贺寻出去站着。"

贺寻散漫惯了，从来都没有时辰那么听话，也知道楚慎之只是嫌他在课堂上不安分，出了教室，并没有老老实实站在教室门口，而是径直下了楼。

一中历史悠久，一连修葺扩张好几次，整体规划得很不错，除了每个年级都有单独教学楼之外，校园里随处可见供人休息的凉亭，夏日避暑，冬日挡雪。

贺寻随便找了个亭子坐下，想起方才挨的那一脚，低低笑了声。

小姑娘个头不高，发起脾气来劲儿倒是不小，还好踩的不是右腿，不然这回真得被踩瘸了。

坐在凉亭里，眼看着雪越下越大，向来恣意妄为的少年难得苦恼起来。无人机已经用过，再用一次就不新鲜，但一时半会儿根本想不出什么好的办法。

难道真要负荆请罪？

贺寻摇了摇头，还在思索究竟怎样才能让时晚重新跟他说话，一旁，传来一个清亮的女声：

"同学，打扰一下。请问这是不是高二年级的教学楼？"

闻声，贺寻抬眼，面前是个穿着黑色风衣的女人，约莫二十出头的年纪，肤白胜雪，一双猫般的眸子中水光潋滟，看人时不自觉地透着几分妩媚。

"嗯。"贺寻以为是哪个学生的姐姐，没有多想，淡淡应了声。

还在琢磨如何才能哄好小姑娘，回答完，贺寻就继续低头思考自己的事。

"谢谢啊。"

并没把他的冷淡放在心上，女人道了谢，便朝教学楼走去，一边走，一边从包里翻出笔记本："高二一班……时晚……"

贺寻一愣。

"等一下。"他猛地站起身，警惕地看向对方，"你找她有什么事？"

没想到楚慎之会直接把贺寻赶出去，物理课剩下的时间，时晚都有些惴惴不安——他腿上的伤还没好全呢。

一时冲动，现在冷静下来，她既后悔方才狠狠踩了贺寻一脚，又担心他会不会真的傻到在外面站上小半节课。

时晚人在教室里坐着，心思已经飞到了室外。

楚慎之站在讲台上，就看着之前还真听讲的少女一个劲儿地往门口看。

这两个学生……

楚慎之有些头疼，到底不好对女孩子太多责备，翻到习题册的下一页，决定装作什么也没看见。

"丁零零！"十几分钟后，下课铃敲响。

时晚从来没觉得上课时间会有这么长，下课后，也顾不上楚慎之还没离开，直接出了教室。

没在教室门口看见贺寻，她松了口气，又往两侧看了看，楼道里没有熟悉的瘦削身影。

难道是出去了？

她有些担心，想了想，走向楼道尽头的窗户，趴在窗台上往下看，然后就是一愣。

不远处，凉亭离教学楼很近，一眼便看见了正在交谈的两人。

相处小半年，时晚很清楚贺寻生人勿近的脾气，从来不爱搭理人，在学校，除开她和聂一鸣，也就是姜琦因为同她玩得好，才能让少年语气温和地讲上几句话，剩下则都是冷冰冰甚至视而不见的神态。

但此刻，尽管中间隔开一小段礼貌的交际距离，她依然能从贺寻微微前倾的姿势看出来，他们谈得很是投机。

其实算不上什么大事，不知为什么，时晚心里却怪怪的，说不上来具体是什么感觉，只是一个人站在楼上，遥遥看着凉亭里交谈的两人，就有种莫名的情绪。

时晚趴在窗台上又看了一会儿，始终不见原本该回班的少年挪动步伐。

她咬了下唇，朝楼下走去。

下了楼，凉亭和教学楼之间的距离并不长，几分钟就能走到。

从教学楼的侧门出去，贺寻背对着她，走得近了，时晚渐渐能看清女人的容貌。同为女生，她也不得不说对方长得极其漂亮，不由得多看了好几眼。

等回过神，时晚发现对方已经注意到了自己，而贺寻也回过头来。

似乎没想到她会来，少年黑眸里有几分诧异。

根本不知道怎么就莫名其妙从楼上跑了下来，面对少年有些惊讶的眼神，时晚磕绊了一下。

"楚老师……"心里那种说不清的情绪翻涌起来，她下意识地别开视线，"楚老师找你……"

一说完，时晚就后悔了，然而话已经说出口，根本不知道接下来该怎么办。

她手足无措，偏偏容貌明艳的女人朝她投来探询的视线，那种奇怪的情绪就越发强烈。

时晚不知如何是好，呆呆地站着。

"她就是时晚。"少年低沉的嗓音响起。

时晚还在愣神，就见女人朝她伸出手。

"我是元宁，"女人明眸里漾出几分笑意，"你父母请来的律师。"

在凉亭里交谈了一会儿，时晚才明白元宁就是向洁说的专门托人请来的律师。

"可是……"她更震惊了。

听向洁说，这次请的律师经验丰富，胜诉率极高，在青城甚至整个省都赫赫有名，有不少律所想要挖对方过去，却没想到居然是这么一个年轻漂亮的女人。

"你别看我长这样。"似乎知道时晚在想什么，元宁指了指自己，笑得慵懒，"我可都二十七岁啦，根本比不上你们这些年轻漂亮的小妹妹。"

"我不是那个意思……"时晚连连摆手。

没在现实里接触过律师，她还以为律师都和电视剧里演的一样，大多是发际线堪忧的中年大叔，而自称二十七的元宁看起来也就只有二十出头。

"我懂我懂。"元宁丢过来一个会意的眼神，轻笑着，"行了，我们还是找个地方谈吧。"

"那我去找楚老师请个假。"

下一节依旧是楚慎之的课，时晚正想往教学楼里走，就见元宁抬了手，说："我去。"

元宁动作干脆利落，也不待时晚说话，就踩着高跟鞋嘚嘚嘚地走了。

"好厉害啊！"望着元宁高挑的背影，时晚喃喃自语。

元宁这样明艳动人又事业有成的女性真的很少见。

她还在感叹，身侧的少年低低地笑。

"不是说楚老师找我？"一开始贺寻还没明白过来，现在见小姑娘只字不提，他一下就懂了。

时晚愣了下，有些心虚，不由得摸了摸耳朵。

她不吭声，微红的脸颊和耳尖却很诚实。

贺寻眼底笑意更深，说道："你可算是理我了。"

第十八章：
原来这就是新年

　　元宁替时晚向楚慎之请过假，顺便借用了对方的办公室，详细询问过当天事发的情况。她又向时晚确认了小时候就读幼儿园的名称，以及当初老师的姓名。保存好录音证据，她又向时晚保证案子交给她完全没问题，这才满意地离开。

　　元旦过后，元宁陆陆续续又来了几次，针对重点问题反复询问确定好几遍，一月中旬之后，便没有再来过学校。

　　而这学期也慢慢进入尾声。

　　期末考试结束，一中迎来了寒假。

　　"假期注意安全。"楚慎之站在讲台上，还是那副冷淡的表情，叮嘱学生们。

　　研究所工作一如既往的繁忙，时远志和向洁依旧忙得不着家。作为没有任何压力的小学生，时辰已经在家里待了差不多大半个月，才等到姐姐放假。

　　这半个月里，时辰白天一直都被托付在段秀娥家里。他容貌生得好，性格又乖巧，等时晚终于闲下来有空带时辰，段秀娥简直舍不得让他走。

　　"你弟弟什么都好，就是太安静了！"

　　明明就住楼上楼下，段秀娥却像生怕以后见不到面一样，依依不舍，最后往时晚手里塞了一大袋干果，千叮咛万嘱咐："要我说没事的时候也该出去转转，成天憋在屋里不把孩子给闷坏了！"

　　"我知道了。"盛情难却，时晚收下那袋干果，"谢谢段姨。"

　　段秀娥向来性格直爽，时晚知道这话并不是在暗讽时辰腿脚不便，的的确确是出于好心。

时辰没有什么其他爱好，早晨一起来，就兴致勃勃地在客厅摆弄陶泥。时晚抱着豌豆，站在后面看了一会儿，问："天天待在家里不闷吗？要不要出去走一走？"

时辰腿上有疾，却也不是完全不能行走，只是行动比常人困难些。时晚担心一直待在家里会对性格有影响，还是希望时辰能出去转转，即使不能像常人一样跑跑跳跳，在外面玩儿雪也是好的。

"不要。"时辰专心致志地捏着陶泥，回答得很干脆。

相处大半年，时晚很清楚时辰过于早熟的性格，并不直接去劝，而是摸了摸豌豆毛茸茸的小脑袋："我听钱小宝说后面那个旧楼雪积得深，随随便便就能堆好大的雪人。"说的是离家属院不远的一幢废弃的红砖楼。

旧楼前身似乎是某个民营企业的仓库，然而废弃时间长，已经许久没有人用了。它位置相对偏僻，又是寒冬，连个临时过夜的流浪汉都没有。无人打扫，随着一场又一场的雪，旧楼前的空旷场地便白皑皑一片，很适合到那里去玩雪。

时晚没抱太大的希望，只是随口这么一说。结果话音刚落，沉迷陶泥的时辰却猛然抬起了头。

"姐姐。"他眼睛睁得很大，乌溜溜的眼眸水银丸一般，"是院子后面那个旧楼吗？"

时晚点点头："是啊。"

她还在欣喜时辰终于有了反应，下一秒，时辰小脸上的神情格外严肃，说道："不能去那里，那里闹鬼。"

在说什么呢？

她下意识地看了眼许久没用，放在一旁蒙尘的录像机，几乎以为是不是那次在家看恐怖片给时辰留下了什么心理阴影。

一时间，时晚没说话。

见她不作声，一直摆弄陶泥的时辰放下手里的陶泥，扶着桌子站起来，然后跌跌撞撞地往她怀里扑。

"姐姐别去。"他声音委屈巴巴，"那里真的闹鬼，我们班上好几个人都见过。"

班上有好几个住在附近的同学，早在放寒假前，时辰就听过这个传言。

据说无人使用的旧楼会在夜里发出古怪的响声，然而当人循声前去查看时，只能看见一片白茫茫的雪地，连个脚印都没有，不是鬼还能是什么？

"好啦好啦。"时辰一向敏感早熟，难得有这么撒娇的时候，时晚摸摸他的小脑袋，"都听你的，姐姐不去。"

她想，到底还是个孩子，这世界上哪里有什么鬼。

过了几天，时晚全然没把时辰说的话放在心上，家里的食用盐用完了，她嘱咐时辰在家乖乖待着，便出了门。

年关将至，大街小巷都挂起了红色的灯笼和横幅，走在街上，过年的气息扑面而来。寒风吹着，时晚埋头走在路上，一边走，一边思考昨天没做出来的物理题。

待到回过神，她发现自己正好走到那栋废弃的红砖楼处。

北风呼呼地吹，雪粒被风卷起，白茫茫的一片。

年久失修，旧楼早已破败不堪，红砖颜色斑驳，墙皮也掉了好几块。这么一栋建筑沉默无声地立在那儿，在阴沉的雪天里看上去就有些瘆人。

耳畔风声呜呜咽咽，时晚莫名地想起之前时辰说过的话，不禁有些发怵。

片刻后，时晚心里觉得好笑，安慰自己，都这么大的人了，怎么还跟六七岁的小孩儿一样胆小。

她系紧围巾，正准备继续往前走，身后的风声间突然多了种古怪的声音。

她脚步一顿，立在原地。

今天风刮得大，淹没在萧索风声中，那种古怪的声音并不明显，却是有节奏地持续响着。

时晚驻足听了一会儿，回过头。

同时辰说的一样，旧楼前的雪地白茫茫一片，很是干净，连个多余的脚印都没有。

时晚并没有立即离开，也没有露出什么惊恐的表情。

几秒后，她快步朝旧楼的方向走去。

红砖楼楼顶。

这栋楼多年无人使用，自然不可能供暖，楼顶风又大，这么一吹，冻得人几乎麻木。贺寻感觉手指都被冻得僵硬起来，放下遥控器，蹲在原地，把手放到嘴边呵气。

手还没有完全暖过来，视线一黑，眼睛被一双暖乎乎的小手捂住。

贺寻在楼顶吹了快一个小时的风，从头到脚都冰凉，少女的手却很温暖，软软蒙住他的双眼。

"猜猜我是谁？"女声刻意压低，却还是透着止不住的绵软。

听出女声的主人是谁，贺寻低低笑了一声。

"听说这里闹鬼啊。"他就这么蹲着，也不反抗，任凭时晚闹，"我还没活够，能不能再让我多活两年？"

这个家伙居然倒打一耙！时晚有些气恼地放下手，在他肩上不轻不重地捶了两下："你才是鬼！"

在风声中分辨出那种古怪的声音是飞行器发出的声音时，她就猜到了。

把小孩子们吓跑的哪里是什么躲在旧楼里伺机索命的恶鬼，根本就是来试飞飞行器的少年。冬季雪大，脚印很快就被新雪覆盖，从外面看似乎没有人，只能听见飞行器的响动，这才把那帮小孩儿吓得不轻。

贺寻嘴角微弯："你怎么知道是我？"

之前试飞时，他遥遥见过那帮想要进旧楼玩耍的小崽子，然而还没等他把无人机收回来，小崽子们就一个个吓得哭爹喊娘地跑走了。

时晚脸颊莫名有些烫，风声里，声音有些不自然："我就是知道嘛。"

这年接触飞行器的人不多，家属院里又大多是上了年纪的爷爷奶奶。除开依旧在研究所工作的时远志和向洁，整片街区里懂得飞行器技术的就只有贺寻。

"我们走吧。"舍不得让时晚陪着一起在楼顶吹风，贺寻站起身，"也到吃饭时间了。"

"你这两天都在做这个？"看着贺寻收拾飞行器，时晚问。

放假后，他每天下午会来时家与时晚一起学习，没想到上午是来旧楼试飞行器。

"嗯。"贺寻点头。

来到青城后被各种各样的事缠着，一直没捡起飞行器，直到放寒假，他才有时间捣鼓这些东西。

他孑然一身，离开贺家时什么都没带，唯一带过来的，就只有装着各种零配件的小箱子。

贺寻不太愿意回想起之前不愉快的记忆，微微皱眉，把那些片段都赶出去，再抬眼时，发现小姑娘正仰脸盯着自己看。

她看得出神，似乎根本没察觉到他已经收拾好，杏仁眼里亮晶晶的，漾着细碎雪光。

"看什么呢。"等了两秒，不见时晚有反应，贺寻就笑了，"怎么，第一次发现我长得好看？"

风声里，少年笑声低沉，时晚一下反应过来。

"谁说你好看了。"她偏了头，不再看他，"赶快回去吧。"

她嘴上这么说，微微泛红的脸颊却出卖了她内心的想法。

平心而论，贺寻眉眼深邃，长得很帅，即使什么都不做，只是面无表情地站在那儿，就能吸引目光。

然而不知为何，方才看着他认真收拾飞行器的模样，她有些挪不开视线。

少年明明冻到耳尖发红，脸色更是有些不正常的苍白，眼睫上落了雪，向来冷淡的黑眸却闪着种无法形容的神采。

灼灼动人，比冬日里炫目的雪光还要明亮。

一直等到大年三十，研究所终于放了假。

"放假真是一年比一年晚！"时远志头天还在研究所值班，好不容易盼到放假，一大早，就骑着自行车赶回家。

"今年没让你在所里过夜就不错了。"向洁看得很开，早已习惯，并不觉得有什么。

段秀娥一向能干，已经在家属院里挂上了红彤彤的灯笼，还挨家挨户都送了自己做的腊肉。

"把这盒点心给你段姨拿过去。"向洁将一盒包装精致的点心递给时晚，又嘱咐，"回来的时候上楼去找一下贺寻，叫他晚上过来吃饭。"

听见贺寻的名字，时晚下意识地眨了眨眼，轻声应道："好。"

把点心送到门房老林头手里，时晚朝五楼走去。防盗门上的"流氓"字样依旧那么显眼。

时晚轻轻敲门。

过了许久，一直没有人应。

难道不在家？

时晚有些疑惑，却又想不通贺寻能在大年三十跑到哪里去。

她踮起脚，想要从猫眼看看里面有没有人。

门突然被打开，时晚吓了一跳："啊！"

见到开门的人，她才稳住心神。

"你干吗呀？"

贺寻在房间里睡得沉，一开始并没有听见敲门声。他捋了把额前的碎发，问："找我有事？"

时晚冲他笑："我妈妈让你晚上过来吃饭呢。"

少女笑得甜蜜，贺寻愣了下，问："怎么突然叫我过去吃饭？"

从医院出院后，时远志夫妇尽管忙，还是抽空给他做了好几顿饭，后面又专门把他叫到家里去。一连蹭吃蹭喝两个多月，如今再去吃饭，他都有点不好意思了。

见到他无比疑惑的神情，时晚不由得一怔，小声说："贺寻，今天晚上是除夕夜啊……"

大年三十，除夕夜，一家人阖家团圆的日子。

家属院里的老人都等来了在外漂泊的儿女，钱小宝也终于盼到了一年只能回一次家的爸爸妈妈。就连全年几乎无休的研究所都放了假，为的就是除夕夜这一桌团圆饭。

贺寻不禁扶了下额头，低低笑出声，语气里有几分无奈："睡太久睡糊涂了。行，我知道了。"

时晚莫名地松了口气，她还以为他真的不记得了。

时远志和向洁还等着她回去帮忙，不能在外面耽搁太久。她仰脸看向他："那你早点过来。"

贺寻嘴角微扬："好。"

他露出一点笑容，目送时晚跑下楼，很快，那点笑容又被压下去。

贺寻关上门，走到窗边，朝院内望去。

院里张灯结彩，很是热闹。老式建筑不太隔音，关着窗户，还能听见不知从谁家传来的电视声与欢笑声。

原来今天是除夕夜……

睡得太久，头隐隐作痛，贺寻伸手揉了揉。

方才并没说实话，他是真的忘记今天是大年三十了。

沈怡心思从来没放在家中，也不把他们临时住的那个房子当家。她还活着的时候，每逢春节，总是不在家。贺寻一个人待在那个房子里，一个小孩勉强维持温饱都很困难，哪里还有多余的开支去庆祝除夕。久而久之，也就没过了。

这么多年下来，贺寻早就已经习惯不过除夕，突然被邀请，一时间，竟然有些为难。

普通人家怎么过除夕？

从来没注意过这种事，手边也没可以参考的资料，他坐在沙发上，极其茫然。

根本不知道该做什么，他就那么呆呆地坐着，直到天渐渐黑下来，院里的灯笼被点亮。

没开灯，客厅是寂静的漆黑，家属院却是热热闹闹又明亮的。

他一狠心，起身出门——算了，想那么多也没用，就当是去吃顿最普通不过的饭。

毕竟有些心虚，敲门时，贺寻有些没底气。

然而开门的时远志非常热情："来来来！我还以为你不来了，正准备让晚晚去叫你呢！"他不由分说，直接把贺寻拉了进来。

"你和晚晚把阳台上的桌子拿一下好吧？"厨房里还炖着菜，时远志极其自然地支使贺寻，"放到电视前面。"说完，就回厨房继续忙活。

贺寻不让时晚插手，一个人把阳台上的折叠桌搬进来，在电视前放好。

"怎么这么大？"他觉得这桌子大得有些离谱。别说坐下他们五个人，就是再多五个也绰绰有余。

"因为菜就有这么多啊。"时晚眨了眨眼，一副理所当然的样子。

因为平时很少在家，所以每年除夕时，时远志和向洁都会做上满满一大桌的菜，三个人根本吃不完。

而今年又多了两个人，要做的菜就更多了。

贺寻不太相信，抱着怀疑的态度。而当向洁从厨房端出一盘又一盘的菜出来时，他只觉得匪夷所思。

"别人家都这样？"贺寻难以置信，把时晚偷偷拉到一旁。

"不一定吧。"时晚回想了一下今天去厨房时看见段秀娥准备的材料，轻轻摇头，"段姨他们家做的除夕晚餐应该比我们家的还丰盛。"至少多出五六道菜。

贺寻一怔。行吧，是他孤陋寡闻了。

长到十八岁，贺寻头一次过除夕，看见什么都觉得新奇。他甚至站在时辰身后，专注地盯着对方剥了好几颗糖。

时辰隐隐感觉有人在盯着自己看，回过头，发现居然是贺寻，不禁抽了下嘴角。

"给你。"时辰原本不想搭理贺寻，但今天是除夕，没理由也不可以朝对方甩脸色。他伸出手，递过去一块酥糖。

难得看不惯他的时辰主动给糖，贺寻尽管不太爱吃甜食，还是接了。

这颗糖是红色包装，明黄文字印着"大虾酥"的字样，吃起来却不是虾的味道，而是一种稍显腻味的甜。

贺寻不怎么习惯这种味道，最后匆匆嚼碎吞了下去。

"最后一道菜来咯！"

贺寻下来的时间赶巧，没过多久，时远志就从厨房里钻了出来，端上的是一条放在鱼形盘子里的红烧鱼。

"行了。"时远志站在桌边，满意地欣赏了一会儿成果，突然想起正事，一拍脑袋，问，"我那相机呢？"他冲向洁比画，"就几个月前才买的那个？"

"谁知道你放哪儿了。"向洁耸耸肩，最后还是进屋找出了相机，扔给时远志，"自己放好，下次别找我要。"

"一定一定。"时远志连连点头。

尽管贺寻不清楚寻常人家过除夕究竟要做什么，但既然找相机，大概是要拍团圆照。他十分有眼色，主动请缨："时叔叔，我来给你们拍好了。"总归现在家里就他这一个外人，他不来拍谁来拍。

"你拍？"时远志愣了下，立马把头摇成拨浪鼓，"不行不行，要拍当然是大家一起拍。"少一个人算什么事儿。

没想到时远志把他也算了进去，贺寻一怔，正要推拒，时远志又拍了把他的肩："叫你来吃饭就是把你当成自家人，所以就别客气了！"

"就是！"向洁对这个救了自己宝贝女儿的少年很有好感，"你也一起拍！"

时远志语气熟稔，一声"自家人"叫得自然，贺寻顿时愣住了。

这个概念于他而言有些陌生。

沈怡一向视他为空气，从来不会说这样的话，偶尔看着他，多半也是厌恶冷淡的视线。沈怡过世后，贺家的人一个个提防他会跑出来分财产，自然更不可能有好脸色。

此时，向洁和时远志的语气一个比一个自然，就像真的把他当作自家人一样。

一时之间，贺寻沉默着，不知道该说些什么。

"去找你林叔过来帮忙拍个照。"见贺寻还呆呆愣在原地，时远志挥挥手，"快去，待会儿该吃饭了。"

贺寻整个人是蒙的，一路走到门房，直到老林头喊了好几声，才回过神。

他说明来意，老林头很爽快地应下来，随便披了件衣服便出门。

"来来来，都看镜头！"老林头不太会摆弄数码相机，眯眼看了一会儿，好不容易对焦好，他喷了一声，"我说贺寻你小子别板着个脸，笑一笑行不行！"

贺寻不太自然，稍稍偏头，正好和看过来的时晚对上目光。

时晚不知道贺寻在想什么，见他看过来，下意识地冲他笑了下。

少女眉眼弯弯，唇边梨窝若隐若现，贺寻微微一怔，随即垂眸，片刻后，轻轻勾起嘴角。

"来！这就对了！"眼见少年笑起来，老林头按下快门，"好嘞！"

拍完照，老林头问时远志借了相机给自家人拍照，乐呵呵地走了。

恰逢春节晚会开始，向洁指挥大家坐下，热热闹闹地吃饭。

一顿年夜饭一直吃到零点，鞭炮响起，贺寻想要起身收拾，被向洁一把按下："收拾什么！先睡觉！明天早上再折腾！"

说着，她从房里抱出被子："你今天就在这儿睡吧，这沙发展开是个床，就别回去了。"

盛情难却，贺寻只能应下。

奇异的是，明明外面的鞭炮声此起彼伏，十分闹人，但一沾到枕头，他便陷入了梦乡。

翌日。

贺寻闭着眼，意识昏昏沉沉，噼里啪啦的鞭炮声从窗户缝隙里钻进来，带着一点刺鼻的味道，逼迫人不得不清醒。

贺寻缓慢睁开眼，愣了几秒，盯着并不熟悉的吊灯看了一会儿，才迟缓地反应过来昨晚发生的事。

他瞬间从沙发上弹起，把盖在身上的毯子收好，站在客厅中央，正好同从厨房出来的向洁视线对个正着。

"你跟你时叔叔真是一个比一个能睡。"时远志现在还躺在卧室里叫都叫不醒，向洁摇了摇头，"赶快收拾一下，待会儿你下去和晚晚他们一起把鞭炮放了。"

这一年还没有禁止燃放烟花爆竹，从除夕夜到大年初七，大街小巷都是喜庆的鞭炮声，家属院自然也不例外。

向洁态度极其自然，说完这两句，便回厨房接着忙活，留下贺寻在客厅里发呆。

到底不好就这么傻站在原地，他简单收拾一下，下了楼。

大年三十的白天便下起小雪，簌簌一晚仍不停歇。绵密雪片飞舞，整个家属院银装素裹，白茫茫的一片。

天地素白，贺寻一眼就看见了时晚。

时晚下来得早，正带着时辰和其他小朋友一起玩。

害怕会被鞭炮炸伤，每个小朋友分到的都是能拿在手里燃放的烟火棒，只要点燃，就会冒出明亮火花。

大人不许小孩子随便使用火柴，小豆丁们就只能乖乖围在时晚身旁就着她手里的火。

似有所觉，时晚微微偏头。

很多年后，贺寻依然会想起这一幕，少女被簇拥在最中央，冷冽雪色同灿烂花火一同落进明澈的眼眸。而她朝他看过来，视线相接，这世界上最美好最璀璨的一切便尽数落入他眼中。

"哦哦哦！哥哥下来了！"钱小宝一早就琢磨要放鞭炮，磨来磨去都没被奶奶准许，见到贺寻，穿着大棉袄裹成小胖猪的他两眼放光，"哥哥！快来放鞭炮！"

钱小宝这一嗓子号得惊天动地，小朋友们登时都转过来看贺寻。

怕鞭炮会炸到这群不知天高地厚的小崽子，贺寻挥挥手，把他们赶远。

"你们离远一点儿。"

挑的是响数最大的鞭炮，他点燃引线后，后退两步。

几秒后，整个家属院都是噼里啪啦的鞭炮声。

时晚站在一旁，伸手给时辰捂住耳朵，下一瞬，自己的耳尖也是一暖。

贺寻指尖有些凉，掌心却透着十足的暖意，温柔而妥帖地替她挡去所有风雪和喧嚣。

鞭炮声停，钱小宝拽着时辰去一旁玩烟火棒，时晚抬头，便看见少年眼底柔和的笑意。

贺寻平时很少露出这样的表情，多数时候脸上是或戏谑或嘲讽的笑容。时晚心头一动，正想追问，便见楼上的向洁推开窗户，喊："放完鞭炮就赶快回来，还要去拜年呢！"

一年一度的春节，是家属院最热闹的时候。统共只有两栋楼的居民，却过出了十足的年味儿。

时远志还在呼呼大睡，向洁就带着时晚跟贺寻挨家挨户地去拜年。

等他们逛完两栋楼，回到家，又有其他人过来拜年。

"叔叔阿姨哥哥姐姐过年好！"钱小宝还穿着那身大红棉袄，行动不便，一进门就脚一滑，结结实实跪在地上，直接磕了一个大头，"啊！还有时辰！大家都过年好！"

向洁被他憨态可掬的模样逗得直笑："来来来，到阿姨这边来，阿姨给你大红包。"

鞭炮声断断续续地响着，贺寻站在一旁，看着来来往往的人，低头笑了下。

时晚忙着给小崽子们抓糖吃，听见他低沉的笑声，看向他："你到底在笑什么啊？"以前没发现他这么爱笑。

"没什么。"贺寻摇摇头。

这么说着，他嘴角依然不自觉地扬起。

长到十八岁，这是贺寻这么多年来头一次过春节。

团圆饭、拍合照、放鞭炮，一切对他而言都很新奇，哪怕是在旁人看来有些繁复琐碎的相互拜年，都极其有趣。

正常家庭原来是这样生活的。

送走最后一拨前来拜年的小朋友，向洁累得不行，坐在沙发上歇了一会儿，冲时晚他们招手："过来过来。"

她把一早就准备好的红包拿出来："这是给你们的，都收好啊。"

时晚高高兴兴地收下，时辰犹豫两三秒，也没有拒绝，反倒是贺寻有些犹豫。红包拿在手里仿佛烫手，他下意识地拒绝："阿姨，我就不……"

他从来没收过压岁钱，这是本能反应。

"行了，别废话。"向洁摆摆手，"你这孩子怎么回事儿，都是一家人，还客气什么？"挂念着还在呼呼大睡的时远志，她起身进了主卧。

心里有种说不清的感觉，贺寻捏紧红包。他恍惚想起，昨天时远志和向洁也是这么说的。

"你在发什么呆呀？"

时晚看着少年捏着红包愣在那里，轻轻扯了下他的衣袖。她刚才就感觉他怪怪的，不知道一个人在琢磨些什么。

她动作很轻，贺寻却蓦然惊醒。他摇摇头，一开口，嗓音有些哑："没什么。"

他只是觉得他运气很好。

这话说出来，旁人听了都要吓一跳。生母早逝，不受父亲家族待见，身上零零碎碎一身伤，还有一只眼睛到现在依旧无法视物，怎么看都不像运气好的样子。

然而此刻，窗外是热热闹闹的鞭炮声，身旁是神情懵懂的少女，这世界上大概没有比他更幸运的人了。

　　小孩子精力旺盛，才歇息没多久，钱小宝就带着一群小孩站在门外敲门，一口一个哥哥地喊，眨着星星眼盼望贺寻带他们一起堆雪人。

　　小豆丁们乌泱泱把少年围在最中间，时晚笑道："你怎么这么受欢迎呀。"

　　她还记得当初院里的小孩们见到贺寻，恨不得挖个地洞赶快钻进去的场景。

　　贺寻根本来不及答话，小豆丁们一会儿要滚雪球一会儿要折树枝，他被支使得团团转，哪里还有空暇的工夫。待到终于在院里堆起一个雪人，他额上已经出了薄薄一层汗。

　　"这群兔崽子。"雪人吸引走孩子们全部的注意力，好不容易才能从中脱身，贺寻直摇头。

　　钱小宝这样咋咋呼呼的惹事精要人命，时辰那样过于懂事的孩子又太过早熟，他腿脚不便，体力比不上小朋友，玩了一会儿有些累，轻车熟路地到门房去向老林头讨水喝。

　　时辰一脚深一脚浅走到门房，还没来得及敲门，便听到车开过来的声音。

　　是一辆黑色轿车。

　　车停稳，车窗摇下，露出一张英俊的脸，男人问："小朋友，贺寻在吗？"

　　时辰没有立即答复，慢吞吞地扫了对方一眼，偏了偏头："你是他叔叔。"一个肯定句。

　　时晚跟时远志夫妇提起过贺子安的事，时辰在一旁玩陶泥，也就顺便听了一耳朵。

　　平心而论，这对素来不睦的叔侄俩长得确实很像，只是贺子安带着几分邪气，看上去就有些轻佻。

　　似乎有些讶异时辰一眼就认出他是谁，贺子安愣了下，随即笑了。

　　"叔叔？"漫不经心中带着十足的恶意，他沉声道，"他还是不肯认我吗？"

第十九章 ：
已经开始思念

时晚是后来才发现贺寻不见的。

在院里玩了没多久，向洁喊她上来帮忙扶一下才从宿醉中清醒的时远志，钱小宝又在一旁缠着贺寻玩摔炮，她就没喊他。

谁知从楼上下来，雪地里已经没有贺寻的身影，只有一帮孩子在你追我赶地打闹。

"小宝，"以为贺寻又被这帮小豆丁支使得团团转，她叫住钱小宝，"哥哥去哪儿了？"

"哥哥被一个不认识的叔叔叫走了！"沉迷于打雪仗，钱小宝的脸和手都红扑扑的，说完这一句，又兴高采烈地转身接着玩。

不认识的叔叔……时晚愣了下，第一个想到的是贺子安。

很快，她又摇了摇头，否定了这个想法。

贺子安再怎么嚣张，也没有大年初一上门找麻烦的道理，何况这里是研究所家属院，不是贺子安的地盘，没理由就这么贸然闯上门。

正这么想着，零星鞭炮声间，她听到了时辰微弱的声音："姐姐……"

"小辰？"循声看过去，时晚吓了一跳。

时辰呆呆地站在原地，从头到脚都干干净净的，为了应和节日气氛，他还围了一条红围巾。

围巾颜色鲜艳，衬得时辰平时素白的小脸此刻一片惨白，和平时镇定自若的神态截然不同。

"你怎么了？"从没见过时辰露出这种被吓坏的表情，时晚蹲下来，又往四周看了几眼，"哥哥呢？"

时辰怔怔盯着眼前的风雪，没说话。

时辰比同龄人心智成熟太多，也聪明伶俐，贺子安那句话一出口，他就听懂了。然而毕竟还是小孩子，听懂归听懂，却无法理清究竟是怎么一回事儿。

他正皱着眉想询问，就被人从身后猛地抱起来。

尽管不怎么待见这个抢走姐姐的贺寻，时辰也不得不承认，贺寻平时待他是真的好，不会因为他在门上乱涂乱画而生气，被他故意弄脏衣服也不气恼，明明不喜欢吃甜食，也会认真接过他递过去的糖。

然而这一次，时辰转过头去看抱住他的贺寻，看见了少年近乎死寂的眼神……

"这不可能吧？"

时远志晕晕乎乎地坐在床沿，听完时辰的转述，整个人都清醒了，连连摆手，说："不可能！绝对不可能！"

贺子安没有明说，可那句话的意思一听就懂。

"他就是没事找事来的！"时远志直摇头，又手忙脚乱地套衣服，"晚晚你别担心，我现在就出去找贺寻。"

哪有贺子安这种大年初一上门败坏人兴致的糟心家伙。

因为当年不打招呼便离开的事，沈怡在研究所里名声不怎么好，再加上后来在家属院里投湖自尽，风言风语一传，不外乎是说她攀高枝后又被抛弃才轻生。

话不怎么好听，却也始终要比贺子安言语里透露的意思强得多。

时远志虽然没能去参加沈怡的婚礼，也听过沈怡结婚对象的名字，尽管都姓贺，但同贺子安压根儿没什么关系。

时晚站在一旁，琢磨着贺子安的话，明明屋里暖气充足，她还是觉得冷，额头上却又不受控制地出了一层细汗。

不肯认他……

她脚底蹿起森森寒意，难道贺子安跟贺寻不是叔侄，而是……

大年初一，没什么人出门，青城交通并不拥挤。黑色轿车飞速行驶在路上，不一会儿就开出了市区。

窗外景色渐渐由高楼变成平房，最后只剩一条蜿蜒迤逦的青水河。

把车停在跨河大桥旁，贺子安点燃一根烟。

没开通风系统也没开窗，车内白色烟雾缭绕，没过多久，副驾驶上的少年就咳嗽起来。

贺子安挑了下眉，并没将烟按灭。

"你可真不像我，不会抽烟也不会喝酒。"贺子安吐出一个烟圈，懒散道，"是不是，贺寻？"

贺寻一连咳嗽几声，冷笑道："你胆子还挺大，把车开到这里，就不怕我杀了你？"

见贺寻这么说，贺子安笑了。他笑起来时眼尾挑着，语气轻佻，恶意十足："行啊。"他把烟掐灭，淡淡道，"到时候半个青城都会知道你那个小姑娘被什么样的人喜欢。"

贺寻听见贺子安不怀好意的声音：

"杀人弑父——你觉得这个罪名怎么样？"

贺寻在心里提醒过自己无数遍不要中对方的圈套，然而贺子安实在太可恨，一瞬间，他喉头微动，强行把涌上来的血咽下去，满嘴都是血腥味。

开了暖气，车内并不冷。

凛风却似乎从车窗的缝隙间钻了进来，带着肃杀萧索的寒意，轻易渗入骨缝。

贺寻浑身上下都冷，血液里流淌的似乎是深海浮冰，仿佛回到那一日，看见牛皮纸袋里复印件的时候。

看着身旁的少年沉默着，牙关紧咬，贺子安反而笑了。

"怎么，"贺子安似乎一点儿不担心贺寻会动手揍他，又点燃一根烟，从后排摸出另一个牛皮纸袋，"完整报告在这里，你要不要再看看？"

贺寻视线里一片血红，额头青筋不受控制地跳动，咬着牙不开口。

根本不用再看那纸袋里的东西，夜深人静的时候，他曾经一个人翻来覆去看了无数遍，太清楚那份报告究竟写的是什么。

符合遗传规律，亲权概率大于 0.9999。

眼前这个面目可憎的男人不是别人，是和他血浓于水的亲生父亲。

贺寻一直都有这个猜测，但当猜测成真，他只觉得恶心。

几秒后，控制不住那种反胃的冲动，他踹开车门，跟跄几步，跪倒在雪地上，咳出滚烫的血，那血红艳艳一片，落在雪地上分外醒目。

贺寻一连咳了好几下，满嘴血腥味，手按在雪地上，冰凌扎在掌心微微刺痛。他强行把翻涌的气血忍下去，嗓音沙哑："你想做什么？"

十八年来，贺子安没尽过一分钟父亲的责任，也从没认过他这个儿子，在这个时候找上门来，绝对不会有什么好事。

贺子安站在一旁，冷眼看着贺寻咳血，也无动于衷，只听见这一句时，扯了下嘴角，说："老爷子快不行了，大哥又没有亲生的孩子。"他点燃第三根烟，眯了眯眼看向远方，"我需要你跟我回去，继承老爷子的遗产。"

听着贺子安理所当然的语气，贺寻怒极反笑，只觉得这个人疯了。

"你有病吗？"他抬手抹了把嘴角的血，冷冷道，"我为什么答应你？"

贺家上下，这么多年待他最差的就是贺子安，甚至比不过贺子安口中的大哥，也就是沈怡心心念念却一年到头见不到两次的男人。

那个男人不喜欢他，却也不会处处针对他，甚至在他和贺子安起冲突后还出面帮他摆平。

贺寻将贺子安视为人生污点，十几年来，恨不得贺子安直接消失。

他们关系到底如何，贺子安不会不清楚，又怎么有脸在这时堂而皇之地来找他？

贺寻恨得咬牙切齿，一旁，贺子安却毫不在意。

"为什么答应我……"贺子安丝毫没把贺寻恶劣的态度放在眼里，低下头微微一笑，"我说贺寻，"他掐灭手里的烟，"你想让所有人都知道，你母亲是个为了嫁进贺家，不惜去爬小叔床的女人吗？"

冬季天黑得早，大年初一，街上又没什么其他的人。时远志冒雪转了半天，也没得到什么有用的消息。

时晚绞着手，守在座机旁，过了一会儿，接到元宁打来的电话。

时晚打来电话后，元宁找到秦秋的律师，硬是要到了贺子安的联系方式。

"我问过贺子安，他说两个小时前就跟贺寻分开了。"

两个小时前……

时晚不由自主地捏紧听筒。

青城只是个普通的北方小城，两个小时足够绕上一大圈，倘若贺子安没说假话，这个时候，贺寻早该回到家属院。

"晚晚你别着急，我现在就到贺子安那边去问清楚……"

天色渐暗，窗外风雪呼呼地刮着，元宁后面又说了什么，时晚没有听清。

她放下听筒，莫名地，想起那次在校外贺寻同贺子安碰面的场景。

密不透风的浓稠树影下，周围是喧嚷的人群，只有少年一个人静静立着。他站在树影和阳光的分界处，明明背后就是灿烂温暖的夕阳，他整个人却浸在阴影里，同触手可及的光芒间隔着无可逾越的距离。

"晚晚？晚晚？"时晚还在出神，一旁，向洁伸手在她眼前晃了晃，"元律师说了什么？"

"她说……"时晚开口有些艰涩，深吸一口气，摇摇头，"她说贺寻已经和他……已经和那个人分开了。"

向洁一愣："那贺寻他……"

正是过年的时候，家家户户忙着团圆，街上开张营业的店铺都很少，贺寻迟迟没有回到家属院，究竟去了哪里？

向洁比大大咧咧的时远志考虑得更多，思考片刻，下楼去找老林头和段秀娥帮忙。顾及这是贺寻的隐私，她也没有详说，只说是贺寻父亲那边的人找了过来。

"嗬！"段秀娥向来护短，一听就不乐意了，"怎么着？觉得他一个孩子好欺负不是？把我们都当成什么人了！"

段秀娥放下碗，饭也不吃，拉着老林头，披上衣服就要去找贺子安骂街。

段秀娥被向洁拦下，向洁说："段姐，还是先去找一下贺寻。"眼看着天色将黑，大冬天的一个人在外面，万一出什么事儿……"

"你和小辰留在家属院。"向洁穿上外套，对时晚说，"万一他自己回来了，家里也得有个人等着。"

说完，向洁就和段秀娥他们一起匆匆出了门。

时晚留在家里，没多久，聂一鸣打来电话："我已经叫我那帮兄弟一块儿出来找寻哥了，你别急，一会儿肯定就找到了。"

他保证得信誓旦旦，时晚却无端心神不宁。不知为什么，她有种莫名的感觉，贺寻不会这么轻易地被找到。

果然，直到天边最后一丝亮光消弭，天幕漆黑一片，都没有等到贺寻的任何消息。

时晚没办法就这么一直守在家里，思忖片刻，翻出手电筒。她叮嘱时辰："小辰，你和豌豆在家里待着，不要出家属院。"

时辰没拦着她，只眨了下眼，问："姐姐，你知道他在哪儿吗？"

时晚摇摇头："我不知道。"

她只是有一个隐隐约约、不太确定的想法。

打着手电筒，时晚一个人走在通往废弃红砖楼的路上。

大年初一的晚上，几乎所有人都待在家里，在外走动的人并不多。

时晚毕竟只是个小姑娘，单独走在黑暗的路上难免有些害怕。她把围巾拉高些，加快步伐，没过多久，就看见了红砖楼黑黢黢的影子。

正值春节，一年一度阖家团圆的喜庆日子，周围家属楼亮着暖黄的光，还有居民在院里点起灯笼。

家家户户都热闹，只红砖楼隐在簌簌落雪的夜中孤独冷清。

路灯昏暗，时晚呼着气，站在雪地里，仰脸看了一会儿红砖楼，鼓起勇气，小心翼翼地走进去。

上一次来的时候是白天，尽管有那些奇奇怪怪的传言，到底光线明亮，不会让人畏惧。眼下，可供照明的只有一个手电筒。

并不确定贺寻是否在楼内，时晚屏住呼吸，一层一层看过去。

黑暗浓稠，手电筒的光只能起到一点儿作用。风声渐紧，冰冷光线下，枯枝细瘦的影子随风摇摆。

别怕……时晚深吸一口气，安慰自己，这世界上根本没有鬼，都是编出来吓唬人的。

她就这么提心吊胆、惴惴不安地一层一层边搜寻边往上走。

"吱呀"一声，刚推开去往楼顶的门，手电筒突然熄灭。

眼前一片漆黑，时晚愣了下，还没来得及做出反应，肩上便一沉。

一路上提心吊胆，时晚紧绷着脑中一根弦，蓦然这么一下，她吓坏了，下意识想要挣脱："放开！放开我！"

只是个年纪不大的小姑娘，应激状态下也没多少力气，然而时晚这么一挣扎，对方就蓦然松开了手。

"晚晚。"少年嗓音沙哑，低低喊了声她的名字，便一头栽了下去。

贺寻做了一个很长很长的梦。

他像是回到了小时候，他还在读小学，正值放学时分，家长们都来接孩子回家。

只有他一个人待在教室里，静静等待着沈怡。

老师们窃窃私语。

"那个小孩的家长怎么还不来？"

"听说家里只有妈妈带呢。"

"是父母离婚了吗？"

"不是不是，我听年级主任说……"

一个独身漂亮的女人单独带孩子在那时很是显眼，总会引起无数议论。沈怡根本不管他，于是说闲话的人也丝毫不避讳他，那些流言就都被贺寻听了个遍。

有说沈怡贪财和有钱人结婚，后被发现真面目便被抛弃了；有说沈怡在外面出轨生了他……

贺寻并不理会门外老师们的窃窃私语，默不作声地继续等，然而依旧没有等到沈怡。

夕阳西下，树梢染上一点薄薄的光。

"要清校了。"老师笑眯眯地走到他旁边，"给你妈妈打电话没打通，贺寻同学要不要去门卫室等？"

老师笑得很和善，可贺寻方才还听见她跟隔壁班班主任说他是没有父亲的野孩子。

所以他压根儿没搭理，沉默地背起书包，在老师的叫喊声中，头也不回一溜烟地跑了。

其实沈怡压根儿不会来。贺寻心里很清楚。

沈怡有多爱那个男人，就有多讨厌他。因为他并不是两人爱情的结晶，而是横亘在他们之间隐隐作痛又始终无法拔除的一根刺。

至于具体原因，他也不清楚。

只知道沈怡每次喝醉的时候会在房间一个人号啕大哭："为什么当年要喝那杯酒，为什么要把孩子生下来……就不该喝那杯酒……"

这么多年过去，她还是一直改不了酗酒买醉的毛病，喝完了就哭，哭够了就发脾气，把家里能摔的东西全部摔碎，大吵大闹。

所以贺寻讨厌那种喝了会让人神志不清的东西，从来不沾染半分。

可不管他怎么讨厌，沈怡依旧会喝，喝完了继续冲他发火，今天大概也喝醉了吧。

他背着书包，一路奔跑过繁华的街道、昏暗的小巷，路过出来散步的一家三口，和街边争吵的父子擦肩而过，最后一路跑到家。

他打开门，看见的却不是醉醺醺的沈怡，而是那个沈怡朝思暮想的男人。

"你母亲出了一些事，我来接你去我们家。"

贺寻其实不太明白到底出了什么事，因为沈怡总是会出各种状况，欠钱不还被债主找上门，没钱交房租被房东赶出去。就算没人来找她的麻烦，她也会主动制造各种各样的事情让自己不高兴，然后再对他发脾气。

他想了想，说："嗯，好的。"

他乖乖跟着男人走，沈怡肯定也会跟过来。他知道她想见这个男人。

然后，他去了贺家。

一年年过去，从刚到桌角的高度长成瘦削高挑的少年，却再也没见到过沈怡。

男人不曾提起跟沈怡有关的事，贺家上下也很少能听见有人谈论。直到有一天，贺寻拿着成绩单去找男人签字，在门外听见贺子安懒散的声音。

"我说大哥，一个爬床的女人而已，你至于把那小子接回来养着吗？天天在我面前晃，不知道的人还以为你对我有意见呢！"

贺寻在贺家一直谨小慎微，从不惹事，唯独那一次，没有忍住。

或许是情绪激烈，梦境有些扭曲，一片刺眼的明亮，后来发生了什么看不真切。

当一切平静下来，只见贺子安捂着腹部在地上呻吟，而他的右眼血红一片。

什么也看不清，梦境的色调变成滚烫热烈的殷红。殷红的色彩间，男人带他去医院包扎，又当着闻讯赶来，要把他扭送去警局的贺老爷子的面，用鞭子狠狠抽了他。

"打完就算了。"男人说，"现在子安也没什么大事儿，您别和小孩子计较。"

没有任何逻辑和道理的梦境，感觉却十分真实。

空气里有淡淡的血腥味，耳边是鞭子破空的风声，抽在身上，每一下都是钻心刻骨的疼。

眼前一片血红，贺寻视线渐渐模糊，低低笑了下。

计较又有什么用呢？总归他都要死了。

他原本就不该来到这个世界上。

沈怡希望他不存在，生父把他当工具，贺家其他人生怕他争财产。吵吵嚷嚷的，还是死了干净些。

疼痛感逐渐远去，他整个人轻飘飘的，眼前黑暗越来越浓稠，他听见一个带着哭腔的声音在拼命喊：

"贺寻！贺寻你醒醒！"

时晚咬牙把昏过去的贺寻拖到一旁，借着微弱夜光看着他。

他不知道在风雪间待了多久，头发上全是雪，就连眼睫也凝着冰晶。他面色苍白，闭着眼，指尖和胸膛都是冷冰冰的。

她把贺寻身上的雪拨开，又摘下自己的围巾和帽子给他戴上，然后拼命去按他的人中和虎口。

"醒一醒……"她控制不住地发抖。连在山间那一夜都能熬过去，她不许他就这样毫无生气地躺在这里。

不知道过了多久，直到手按得都快没有力气，近乎绝望的时候，一直合着眼的贺寻轻轻地颤了两下眼睫。

眼前的黑暗一点一点散开，被鞭子抽打的疼痛渐渐远去，贺寻手脚都发软，没有一点劲儿，那个绵软的女声却始终回响在耳畔。

他用尽全身的力气，一连试了好几次，终于睁开眼。

贺寻视线模糊，甚至还没来得及看清眼前的情况，怀里蓦然一暖。时晚整个人扑进他怀里，放声大哭。

他身上冷冰冰的，怀中的少女却温暖无比。

风雪里，那点柔软的温度贴在心口上，暖洋洋的，随着一下又一下的搏动，从冰冷的胸膛一直流淌到被冻到僵硬发麻的指尖。

她什么话也说不出来，呜咽着，滚烫的眼泪落在他手上。

贺寻费力地抬手，缓缓地，回抱住时晚。

"没事了。"他在风里站了太久，一张口，嗓音哑到不行，但还是一字一句地说，"别怕，我不会出事的。"

从前他什么也没有，自然可以毫无顾忌地离开。

但他现在还有她，她关心着他。

哪怕全世界都讨厌他，所有人都恨他，只要她还在乎他，他就有勇气继续活下去。

　　贺寻在楼顶待了太久，被风吹着受了凉，又太过疲惫，所以一回到家属院，就直接睡了过去。

　　这一觉睡得极沉，连大年初二早晨吵闹的鞭炮声都没能吵醒他。

　　待到终于有意识，天光已然大亮。

　　不知道哪家在院里放鞭炮，小孩子们的吵嚷声从窗户缝隙里挤进来，还能听见钱小宝兴奋高亢的尖叫。

　　然而昨日精疲力竭，即使昏睡一整晚也没什么力气，贺寻连一根手指都不想动，合着眼，静静地躺在床上。

　　昨天的记忆太过混乱，已然记不清是怎么回的家属院，他甚至都不知道自己现在躺在什么地方。

　　正这么想着，门"吱呀"一声被推开。

　　院里才放过鞭炮，即使紧闭门窗，也难免有一点硝烟的味道。但少女柔软的指尖带着晨露般清新的凉意，轻轻覆在他额头上。

　　贺寻皱了下眉，想睁开眼，却始终没有力气。

　　"怎么还在烧……"恍惚间，他听见她软软的嗓音，漾着几分懊恼。

　　原来是发烧了，贺寻想。

　　昨日被贺子安叫出去的时候穿得少，后来又在楼顶吹了小半天的风，发烧也在所难免。

　　从小摔摔打打惯了，贺寻自认为不算什么大事，此时却连开口的力气都没有，只能躺在床上。

　　时晚给他探过体温，便离开了。

　　片刻后，他额头被覆上一条拧好的湿毛巾。

　　贺寻隐隐觉得这个场景有些熟悉，只是还在发烧的脑子难免有些昏沉，迟缓地思考一会儿，终于有了一点儿印象。

　　听聂一鸣说，上一次他烧到没能去上学时，她好像也是这么照顾他的。

　　对于贺寻而言，这是很奇妙的体验。

　　沈怡从小不管他，即使他生病，也不会多看他一眼。他自己也是寻常感冒发烧并不当回事儿，再严重一些也都是硬扛。

　　而上一次烧得又太厉害，神志不清，他几乎全程都没有意识。

　　他这一次难得清醒，这还是长这么大头一次体会到被人妥帖细心地照料是什么感觉。

　　时晚替他敷好毛巾，又给他披了披被角，离开时脚步也放得很轻，似乎怕吵醒他。

　　出去了吗？

　　贺寻额上冰冰凉凉一片，意识比先前清醒稍许。

　　虽然之前没被人照顾过，他却也大概知道看护病人是种什么样的体验。每次沈怡酩酊大醉之后，都要在床上昏昏沉沉躺上许久。他只能一边自己做饭一边照顾沈怡，还得抽空去收拾那些被摔碎的酒瓶。

总的来说，这算不上什么愉快的经历。

但他还没继续往下想，门"吱呀"一声又被推开了。

他已经恢复一点儿力气，很勉强地睁开一道缝隙。

拉着窗帘，室内不算明亮，他只能隐约看见小姑娘搬了个凳子，坐在他旁边。

这是做什么？

贺寻重新合上眼，有些诧异。

他以为她还有什么没做完的事，然而等了半天，却没有等到任何动作。她什么也不说，什么也不做，只是这样安静地守在床边。

贺寻一向没有生病被人照顾的概念，更没有被谁守在过床边。一瞬间，心里有种说不上的滋味。

寒冬凛冽，窗外北风呼呼地吹。

他却莫名生出一种被人放在心尖上仔细呵护的感觉。

时晚安静地在床边守了许久，见少年的脸色终于不再是昨日那副毫无血色的模样，才稍稍放下心来。

昨日走回家属院似乎用尽了贺寻最后一丝力气，他才回来就当着她的面一头栽到了床上，怎么喊都喊不醒。

她没有办法，只能先给他盖好被子，然后再下楼给时远志他们打电话。

还好这一夜过去，没有出任何状况。

"丁零零——"她正准备为贺寻换一条毛巾，客厅里的电话响起。

想不通谁会在这个时候给贺寻打电话，时晚愣了一下，起身去接。

做好对面是贺子安就直接挂断电话的准备，时晚接起电话，对面传来的却是聂一鸣的声音："是我！是我！我寻哥醒了没？我现在过去看看方便不？"

"他还在睡呢。"时晚松了口气，压低声音，"你要过来的话……下午来吧。"已经是中午，贺寻睡了十几个小时，等到下午也该醒了。

"行！那我下午再过去！"不知道在干什么，聂一鸣那边吵吵嚷嚷的。

时晚放下听筒，还没来得及转身，肩上微微一沉。

身后的人并没有说话，但能听见有力沉稳的心跳声。

时晚微微一怔，眼眶顿时泛红。

"别哭。"原本只是想给时晚一个惊喜，哪里想到小姑娘居然一秒就开始掉眼泪，贺寻有些无措，耐心哄她，"我这不是都醒了吗？哭什么。"

他一副低声下气的样子，时晚却丝毫不肯领情。

时晚咬着唇，越想越生气，用小拳头捶他："笨蛋！你笨死了！"

昨夜在楼顶，看着他毫无生气的样子，她心脏几乎停跳，仿佛又回到了那个被困在山里的风雪夜。

"以后不……不许……"少女眼眶通红，每说一个字都不自觉地颤抖，"不许瞒着我……"

贺寻心口酸涩，沉声道："以后不会了。"

他舍不得再让时晚掉眼泪。

"以后有什么事就告诉我……"时晚咬着唇，说话还带着一点儿鼻音。

他不是一个人，现在他有她，有时远志、向洁，还有一整个家属院的人，他们都是他的后盾。

贺寻毫不犹豫地应下："嗯，我知道的。"

他不再是以前那个没人管没人要的小孩了。

贺寻心智比寻常人要坚定许多，等下午聂一鸣找上门来时，虽然还有些发烧，但精神已经恢复得七七八八。

"寻哥，你昨天真是要吓死我们了！"

大年初一，聂一鸣带着一帮兄弟在青城的大街小巷转了个遍，又吹风又喝雪，回家也烧了起来。

"寻哥，你小叔找你到底干吗？"

昨天时晚联系聂一鸣时没有详说，他还不知道究竟出了什么事。

"哦。"贺寻并未打算对聂一鸣隐瞒，一脸平淡道，"贺子安是我亲生父亲，要找我回去帮他继承家产。"

聂一鸣一愣，他听到了啥？

聂一鸣不太敢相信这是真的，下意识地朝时晚看去，见时晚一脸"这是真的"的表情，他整个人都不好了。

他根本冷静不了，直接从沙发上跳起来，在客厅里来回转悠："这都是啥事儿啊！"

贺子安看着也就三十几的年纪，怎么就从小叔一跃成生父了？

聂一鸣虽然跟着父亲见过不少世面，但聂家家风正，聂父又是个除了生意其他一概不感兴趣的，连带着聂一鸣也十分单纯，哪里会想到这种狗血八卦发生在自己认识的人身上。

"你能不能别转了？"贺寻还没有完全恢复，聂一鸣这么在他眼前转来转去，就有些晕，"坐下，坐沙发上别动。"

聂一鸣十分听话，老老实实地坐下。

"那寻哥……"他还是有些茫然，呆呆地发问，"你要跟他回去吗？"

听见聂一鸣这么问，时晚不由得偏头看向贺寻。贺寻对她没有任何隐瞒，醒来后，就把事情从头到尾跟她讲了一遍。

直觉告诉她，贺寻不能跟着贺子安走。

然而卑劣狡猾如贺子安，直接把沈怡拿出来威胁贺寻。尽管沈怡没有尽到做母亲的责任，但贺寻对她并不是没有一点儿感情。

不然，贺寻也不会在荷花池前静静跪几天。

只是贺子安不是省油的灯，倘若贺寻这一次答应下来，重新回到贺家，不知道以后还会有什么等着他。

时晚正这么想着，便听见贺寻有些沙哑的嗓音："我想过了。我不会去的。贺子安能主动来找我，就说明他已经走投无路了。"

虽然还有些发烧，但贺寻的思路异常清晰。

昨天被贺子安气到，贺寻一时间没能想通，在风雪中冻了好几个小时。如今睡了大半天，他终于缓过来，也才意识到，或许他并不是处于下风的那一个。

来学校挑衅、主动给秦秋找律师，这种敲边鼓的迂回行为才是贺子安擅长的。而眼下，贺子安不但主动给他寄鉴定报告，还亲自找上门来摊牌，说明贺子安已经沉不住气。

"可能老爷子真的快不行了吧。"贺寻垂下眼，淡淡道。

贺家家大业大，子嗣却一直单薄。贺老爷子膝下只有沈怡爱慕的男人和贺子安两个孩子，孙辈只有贺寻一个。

贺老爷子向来偏宠小儿子，然而长子在经商方面更有天分，这么多年下来，贺子安虽然总能讨老爷子欢心，却也没有太多实质性好处。上次贺子安从他大哥手里拿到钱，还是和贺寻起冲突后因祸得福。

贺子安向来看不上沈怡也看不上贺寻，这么多年，对贺寻一直都挑三拣四，恨不得贺寻直接消失才最好，如今主动找上门来要认贺寻这个儿子，除了老爷子快要咽气，想借子嗣争一把遗产之外，想不出更多的理由。

尽管已经冷静下来，想到这里，贺寻还是禁不住皱眉。

他和贺子安起冲突是不争的事实，贺老爷子当时都看在眼里，只要没病到神志不清，哪里会因为他是贺家血脉而多给贺子安分遗产。

平心而论，虽然沈怡爱慕的那个男人对他一直不咸不淡，却也从来没试图拿孩子的名头去讨老爷子欢心。

贺寻应得干脆，时晚反而有些犹豫："那……"

倘若贺寻拒绝贺子安，对方真的会跑到家属院，大肆毁坏沈怡的名声吗？

贺寻显然也想到了这一点，没说话，眉头皱得更深。

不知道他俩在说什么，聂一鸣一脸茫然。

"咚咚！"

恰逢此时传来敲门声，聂一鸣很自觉地去开门，看见来人后愣住："楚老师……"见楚老师身边的女人直接迈入房间，他不禁出声制止，"呃，美女你找谁？"

"元律师!"见到那个女人,时晚眼睛一亮。

楚慎之则看向贺寻,冲卧室抬了抬下巴:"进去说吧。"

元宁坐到客厅的沙发上,接过聂一鸣端来的茶,喝了一口之后,说:"我跟你妈妈商量过了。"元宁看着时晚,"你们小孩子不要管贺子安的事,让我们大人来处理。"

"可是……"时晚有些犹豫。

"他想上门找事也好,散播谣言也好,大人处理起来比你们要容易得多。"看出时晚的犹豫,元宁拍拍她的肩,"懂吗?"

贺子安并没有什么实打实的本事,不过是欺负贺寻身后没人罢了,然而那都是以前。

如今有时远志和向洁,又有元宁在一旁协助,贺子安即使想要做什么,也得掂量一下分寸。

元宁信心满满,说得底气十足。时晚正琢磨着元宁的话,元宁话锋一转,又起了另一个话头:"这些事你不要管。现在还有一件事,要听听你的意见……"

卧室里。

贺寻有些意外楚慎之跟元宁一起来,正准备开口问,被楚慎之抢了先。

"我们有话直说吧。"相处一个学期,楚慎之早把少年的脾性摸了个透,索性单刀直入,"过完年,首都有个航空航天飞行器的培训。"

贺寻愣了下,别开视线:"嗯,我知道。"

这么多年过去,唯一能将沈怡和他联系起来的,或许就是这么一个相似的爱好。

贺寻从小就对飞行器感兴趣,被接到贺家后,那个男人尽管态度冷淡,但并没有在教育上有半分吝啬,只要是他想要的配件都会吩咐秘书去买,也支持他去参加各种比赛。

将大大小小的比赛都参加了一遍,甚至还被外派参加国际比赛,贺寻对这方面的资讯了如指掌。

贺寻的态度没有想象中的热切,楚慎之也不恼。

"我和元律师的意见是,"他淡淡道,"你最好还是去参加。"

楚慎之一大早接到元宁的电话,一头雾水,但听了整件事之后,认为这是最妥善的处理办法。

贺子安图谋遗产,即使有元宁他们在一旁挟制,也不会完全死心,肯定会一而再再而三地上门来威胁贺寻。

既然如此,不如干脆躲到贺子安找不到的地方。

为了保密,基地近乎全封闭式,参加培训的选手在培训期间接触不到除了工作人员之外的任何人。

无论如何，贺子安都找不到那里去。

楚慎之觉得很好，贺寻却皱了眉。

"我没报名。去不了。"

"我大学室友正好负责这个培训。"并不在意贺寻抗拒的态度，楚慎之继续往下说，"我上午跟他通过电话，凭你以前的成绩，他同意把你临时加进去。"没有哪个负责人会拒绝一个拿过世界冠军的选手。

看着贺寻还想说些什么，楚慎之直接把话挑明了，这是他头一次这么直白："贺寻，你不愿意去，是因为时晚吧？"

闻言，贺寻眉峰一凛。他何尝不知道远远躲开贺子安是最好的解决办法，等到这一阵风头过去，对方也没有理由继续上门找事。

只是，他不想和时晚分开这么久。

贺寻曾经参加过类似的培训，对流程了如指掌。他很清楚从培训到参赛需要多久，短则几个月，长则半年。

在此期间，他们必须待在基地里。

以前他不觉得有什么，甚至觉得不用待在贺家很高兴，恨不得多在基地逗留上几天。

然而，现在不一样。

第一次有一个那么在意的人，他连一刻都不愿分开，更不要说几个月。

贺寻沉默着不开口，楚慎之也不强逼，只说："元律师去和时晚商量了。明晚之前，你给我一个答复。"

元宁和楚慎之一同离开家属院，没过多久，时晚被向洁叫走，聂一鸣也找了个借口告辞。

贺寻沉静下来，此时的情绪却比被贺子安威胁时还要复杂。

他一个人默默在客厅坐了许久，最后下楼去时家。

是时辰开的门。

"我姐去给段姨他们送东西了。"时辰头也不抬地捏着手里的陶泥，跟背后长了眼睛似的，"你要找她就下去找。"

贺寻往楼下走，才出楼门，就看见时晚从门房钻出来。

看见他，她皱眉："你怎么出来了？"病还没好全呢。

"晚晚。"贺寻嗓音有些哑。他认真思考过，决定不去首都。

一个人孤零零地活了这么久，如今有了那么多后盾，他只想守在这里，哪怕不得不放弃一些东西。

然而没等他说出口，小姑娘就打断他，仰脸看他："贺寻。我想好了，你应该去。"

贺寻愣了下，几秒后开口："我不……"

不想听到他拒绝的话，时晚干脆道："不听你说话。你一定要去。"

认真听元宁分析过利弊，时晚明白这是最好的处理方式。

而时远志和向洁又都是研究所出身，耳濡目染，她清楚贺寻在飞行器方面的天分。也记得那日在红砖楼楼顶，他收拾飞行器时眼里神采飞扬、灼灼动人的模样。

时晚嘴上这么说，还是有些舍不得，抿了下唇，小声说："我……会想你的。"

"你知道我要去多久吗？"贺寻又气又好笑。

短则几月长则半年，这不是两三天，也不是一个星期。

时晚沉默一会儿，轻声道："不管多久，我会等你回来。"

几个月也好，半年也罢，她都会一直等他。

雪已停，风吹过。积雪被零星吹下来一点儿，飘飘摇摇地落进眼睛。贺寻眨了两下眼，心口有种酸涩的刺痛，更多的是被放在心上珍视的妥帖。

"好。"他深吸一口气，声音不自觉有些颤，"你乖乖等我回来。"

只有这一次。这辈子剩下的时间，他再也不会跟她分开了。

做了决定后，贺寻当晚就给楚慎之打了电话。

似乎早在意料之中，楚慎之并没有多说什么，只是淡淡道："嗯。我知道了。"

不知道是不是之前已经沟通好，刚过初七，出了年关，元宁就来家属院送火车票。

"时间太紧，机票都卖完了，你就凑合一下坐火车去吧。"她耸耸肩，"明天就去。到那边之后，你们楚老师的同学会跟你联系。"

"这么快啊。"贺寻还没说什么，身旁的时远志不禁嘀咕，"整得跟打仗似的。"

元宁眨眨眼，笑得潋滟："可不就是打仗嘛。"

元宁打电话严厉警告过贺子安离贺寻远点儿，虽然看上去卓有成效，但始终不能保证对方什么时候又会抽风，还是早点离开青城比较好。

"时叔叔……"把这么一个烂摊子扔给时远志和向洁，贺寻到底觉得不好意思，正想说点什么，就见时远志拼命摆手。

"你这孩子，一天到晚瞎客气什么。"时远志啧了一声，"赶快走赶快走。"

他看贺寻比较顺眼，对贺子安就不一样了。那家伙要是有本事来家属院，他就敢直接从研究所翘班溜出来骂死贺子安！

这一年还没有对接送进行限制，火车站依然出售五块钱一张的站票。

贺寻没收拾什么行李，原本只想一个人出发，结果第二天，一大家子乌泱泱地都来送，甚至把豌豆都带上了。

始发站，乘客没有想象中的多，一节车厢只上来了不到三分之一的人，时晚一家人本来就挺显眼，更不要说再加上聂一鸣和元宁他们几个。

　　贺寻低头笑了下，没说话。以往都是独自一人出行，这是头一回被这么多人送上车。

　　列车渐渐启动，他站在窗边，看向站台。

　　站在一众送站乘客间，时晚静静看着他。今日飘着一点小雪，雪花落进她的眼眸里，明亮而璀璨，在寒风里格外温暖，熠熠生辉。

　　贺寻对上她的视线，嘴角轻轻扬了下。

　　怎么办，明明还没有离开，他便已经开始思念了。

第二十章：

我在

贺寻离开之后，时晚的生活并没有什么太大的变化。

过完年不久，到了一中开学的时间。临近高三，课业变得更加紧张。每天埋头在课本习题里，时不时来一次周考小测，日子过得飞快。

冰雪消融，树木抽芽。

不过一眨眼的工夫，春日的柳絮已经悄悄在校园里飞舞。

下午，最后一节课放学铃响。姜琦伸了个懒腰，一个接一个止不住地打哈欠："怎么还有这么多卷子，我都做不完了。"

贺寻不在，姜琦月考超常发挥，成绩公布后，她就和时晚做了同桌。

"哎，晚晚。"姜琦一边慢吞吞地把卷子塞进书包，一边问，"贺寻到底什么时候来学校啊？"

顾忌贺子安，楚慎之并没有在班里明说贺寻缺席的原因，只轻描淡写地说他暂时不会来学校。学习任务繁重，大家也就没想那么多，只当他有什么不得已的私事。

时晚摇了摇头："我也不知道。"

这倒不是故意对姜琦隐瞒，而是她确实不清楚。

基地管理比想象中的还要严格，除了到首都的那一天贺寻打来电话报过平安，之后与他有关的消息，都是从元宁那里听说的。

总之，时晚只知道贺寻在基地过得很不错，有天赋又肯钻研，好几个专家都亲口夸过他。

姜琦一侧头，就看见少女脸颊上的浅浅梨窝，便问："你笑什么呢？"

"没什么。"时晚摇摇头，把最后一本书放进书包，"快回家吧。"

贺寻不在，开学以来时晚一直都是独自上下学。

时晚一个人走在路上，还是忍不住扬起嘴角。

从元宁那里知道贺寻过得好，她真的很开心。

贺寻离开后不久，还没开学，贺子安就不死心地来过家属院好几趟，结果被在院里收拾羊肉的段秀娥撞个正着。

那天，时晚带着时辰去书店买书，没有撞见那一幕，只在回来后听老林头心有余悸地摇头说："当初怎么就娶了个这么凶的婆娘回家……"

段秀娥当年骂贺寻骂得狠，如今护犊子也最凶，一看到贺子安，便拎着剔骨刀，骂骂咧咧地冲了上去。

段秀娥身经百战，根本没把贺子安放在眼里。

贺子安骂也骂不过，又畏惧段秀娥手里的剔骨刀，灰溜溜地走了。后面又来过几回，一次便宜都没占上。

"好好一孩子怎么就摊上这么个爹。"每每提及，段秀娥就直翻白眼，"再敢来头都给他剁掉！"

如今贺子安找不着贺寻，贺寻在首都，培训进行得十分顺利，一切看起来似乎都很好。

开春后，白天逐渐变长，放学回家时再也不是漆黑一片。

正值放学时间，学生们三三两两成行，踩着夕阳余晖，时晚安静地走在小巷里，不禁心想，此时贺寻在做什么呢？

认真算起来，贺寻离开还不到三个月，不知道这段时间里他每天都做了什么。她这边呢，学习任务重，自由时间少，平时也没有闲暇去分心思考别的，只这一条通往家的路，他们结伴而行多少次，那些曾经相处的片段就不由自主地涌入脑海。

明明不在身边，空气里却仿佛还有熟悉的味道。

走进家属院，时晚不禁摇了下头，说好会安心在青城等他，还瞎想些什么。

上楼，她打开门，已被段秀娥接回来的时辰正在写作业。

她放下书包，去厨房准备晚饭，客厅里的电话就响了。

过年后，研究所又恢复了以往的忙碌。以为还是时远志打电话回来说今天不回家吃饭，时晚稍稍抬高声音喊："小辰，你接下电话。"

时辰把笔放下，走到电话旁，豌豆也有模有样地探过头去。

"姐姐！"几秒后，时晚听见时辰的嗓音，"贺……哥哥找你！"

智能手机还不流行的年代，路边店铺随处可见公用电话的招牌，还有投币用的电话亭。

贺寻跟门卫打过招呼，走出基地，把硬币塞进电话亭，拿起电话。

这次首都培训不同于以往的任何一次培训，下了火车，直到见到楚慎之的大学室友，他才知道该培训的含金量。

并不拘泥于简单的冲刺比赛排名，这次培训的主要目标是替国家选拔在航空航天领域新生的优秀人才。为了避免受到太多不必要的干预，测试出选手的真实水平，管理才会异常严格，不许他们和外界联系。

每轮培训都会筛选出一批人，几轮筛选下来，还留在基地的选手已经不足开始时的三分之一。

贺寻参赛经验丰富，理论和实践都稳扎稳打，倒是一直很轻松。

最后一轮筛选结束，结果还没有出来，但刚才在走廊里遇见了负责他的老师，从对方轻描淡写的那句"准备一下过两天出去比赛"，他就已经明白了。

"跟你家里人打个电话吧。"老师说，"让他们给你加加油。"

并不是第一次参加国际赛事，贺寻倒不怎么兴奋，但拿着话筒的手还是微微颤抖，心怦怦直跳。

"喂。"当隔着几千公里，少女软软的嗓音从电话那端传过来时，他的心跳得更快。

五月初，空气里飞舞的纯白柳絮轻盈，挠得人心尖都在痒。痒意酥酥麻麻，贺寻就笑了。

或许是电流有些失真，时晚总觉得他的笑声有些发颤，而她的指尖也不自觉收紧。

好几个月没有同贺寻说过话，从厨房到客厅，短短的一小段距离，一路上，时晚想了无数话要说，离开青城这么长时间，适不适应基地的生活，老师凶不凶，培训情况如何，和同宿舍的室友相处得怎么样。

然而，听见熟悉的声音，她眨了下眼，只说出一句："我很好。"

贺寻愣了下，柳絮似乎落进了眼里。片刻后，他沉声道："嗯，我也是。"

她太了解他想问什么，就像他也知道她心里在想些什么一样。

时晚听见这一句，嘴角不自觉地扬起，嗓音里带了点儿期待："你要回来了吗？"以往都没法联系，如今主动给她打电话，大概是培训终于要告一段落。

听出她隐约的期待，贺寻从来没觉得春日柳絮如此招惹人，扎进眼里生疼。他控制了一下情绪，尽量使自己的声音显得平静："还没有，得去国外参加一个比赛。"

尽管老师没有明说，算着时间，他也知道应当是一年一度的世界航空航天锦标赛。

时晚愣了下，大概知道这是件好事，轻轻笑了。

"那你要加油呀。"她说，"我和爸爸妈妈，还有小辰和豌豆，都会给你加油的。"

听见自己的名字，一旁的豌豆歪了歪头。

时晚说完，觉得这样会给贺寻太多压力，又急急补充："呃……能去参加就很好了，不要太在意名次，只要尽力就行。"

少女嗓音不自觉地有些紧张，贺寻稍稍扬起脸："嗯。"

原本有无数的话想说，然而这一刻，他却什么都说不出口。

隔着几千公里，电话两端，两个人突然都沉默下来，只能听见彼此的呼吸声。

这一年公用电话一分钟两角钱，一元硬币可以通话五分钟，过了好一会儿，嘟嘟的提示音响起。

"我会带着金牌去找你。"眼看着通话即将结束，赶在通话结束前，贺寻开口。

绝不会让她失望，骑士要带着所有的荣誉，回城堡去见公主。

柳絮才飘摇没多久，家属院里的梧桐树就已经枝叶渐丰。逐渐明媚的阳光下，爬山虎爬满了红砖墙面，小胖鸟又回到枝头鸣叫。

转眼就到了六月初。

和时辰一起回家，时晚正好在家属院门口遇上了段秀娥。

"掰指头算算，你们搬来快一年了啊。这一年年的，真快！"

段秀娥大呼小叫地感叹完，又爱不释手地捏了捏时辰的小脸，最后塞了一堆水果给他们，才肯放他们走。

临近期末，这段时间学习任务重，直到段秀娥提及，时晚才反应过来。

原来都有一年了吗？

去年六月末搬来青城，仿佛只是一眨眼的工夫，居然马上就要满一年。

这么想着，时晚不由得偏头，朝窗外看去。

初夏时节，荷花池中绿意盎然。挨挨挤挤的墨绿莲叶间，偶尔一两个粉白花苞好奇地探出头来，被风一吹，旋即又害羞地躲回莲叶之中。

钱小宝和其他小孩子在院子里跑来跑去，老林头不由得扬声喊："看着路！都慢点儿！"

没有跪在荷花池前的少年，家属院里的气氛其乐融融，全然不似一年前天空阴沉的压抑模样。

也不知道贺寻如今在做什么……

盯着院里跑来跑去的小孩子，时晚有些出神。

自上次联系之后，贺寻便再没有打过电话。倒是元宁提起过几句，说他们已经出国去参加比赛了。

时晚既替贺寻高兴，又担心参加国际比赛会有很大的心理压力。没办法实时联系，不知道贺寻究竟是什么情况，她免不了有些忧心。

"姐姐。"时晚趴在窗台上出神，直到时辰喊了好几遍，才如梦初醒。

"姐姐。"时辰似乎不太好意思，低头别扭了半天，终于抬头，"这个，这个给你。"

他伸手，递过来一个陶土捏成的小人。

个头并不大，是刚好可以放在掌心的迷你尺寸。

和外面节日上摆摊卖的不同，这个陶土小人做工极其精细，容貌也活灵活现，一眼就能看出来捏的是谁。

"哎？这是……"时晚接过，而后不自觉地笑了，"你捏的是我吗？"

自从那次灯会过后，时辰就迷上了陶土，原本以为只是一时的兴趣，没想到居然能一直坚持下来，如今倒是捏得有模有样。

"嗯。"时辰脸有些红，点点头，然后小声说，"生日礼物。"

"喵！"豌豆也在旁边应了一声。

"谢谢！"时晚眉眼弯弯，抱起时辰，在他小脸上亲了一口。

今天时晚过生日，但研究所实在忙碌，时远志和向洁赶不回来，好在前几天替她庆祝了一番。

时晚并不是很在意过不过生日，但收到时辰亲手做的礼物，还是很开心。

"姐姐今天还要去学校吗？"被亲了一口，时辰的脸更红了。

"嗯。"时晚点点头，"先吃饭，吃完饭再去。"

去年年末的竞赛成绩出来，时晚在物理组拿了第一，被选进省队，去参加全国竞赛。

作为省内有名的重点高中，这次培训点还是定在一中。进入省队的同学不用跟着其他学生一起听课，而是全天候集中培训，连晚上也要加课。

"好。"时辰一直很听话，并没有说什么，只是乖乖点头。

吃过饭，时晚叮嘱时辰一个人在家要小心，不要给别人开门，就去了学校。

或许是上次在竞赛基地出事的缘故，一中这次不敢再搞什么全封闭培训，安排了一间空教室作为场地。

"晚晚！"时晚才进教室，姜琦就冲了过来，"你终于来了！饿死我了饿死我了！"

时晚哭笑不得："有那么夸张吗？"

食堂不提供晚饭，姜琦又是个挑嘴的，不爱去外面吃，这几天都是时晚给姜琦带饭。

姜琦挠挠头笑了笑，抱着饭盒去一旁吃饭，还不忘跟一旁其他学校的学生斗嘴："去去去！不许抢！这是晚晚给我做的！"

一来一去耗费不少时间，到教室没多久，楚慎之便抱着教案进班。

"好了。"扫视一眼只有十几个人的教室，他淡淡道，"都回座位，我们接着下午没讲完的题继续讲。"

时晚挺佩服楚慎之，站在台上讲课比在台下听要辛苦得多，这一站就是一整天，甚至晚上也不能休息。

只是今天感觉楚慎之有点怪怪的。

时晚翻开竞赛书，跟着听了一会儿，自己解题的时候，余光就发现楚慎之有意无意看了她好几眼。

一开始，她以为是错觉，但楚慎之看过来的次数越来越频繁。

时晚很是疑惑。

楚老师今天怎么一直看她？

以为自己脸上有什么东西，时晚偷偷摸出小镜子看了下，并没有发现任何异常，就更加迷茫了。

毕竟是在上课，时晚困惑归困惑，忙着解题，也就没放在心上。

楚慎之站在讲台上，没控制住自己，又看了一眼第一排伏案认真解题的时晚，不禁弯了弯嘴角。

竞赛培训是上大课，每节课足足有两个小时。第一节下课，外面的天已然黑透。

时晚有些疲惫，揉了下眼睛，朝窗外看去。

没有晚自习，教学楼只有这一间教室亮着灯，其他学生已经回家，校园里一片安静。

六月初的夏夜，天气晴朗，深蓝天空中一轮弯月温柔，周围缀着几颗零碎的星子，在月色里一闪一闪地发光，楼下池塘里几声零落蛙鸣。

时晚不禁呼了口气，正出神地盯着那弯明月，天花板上的荧光灯有气无力闪了几下，下一秒，整栋教学楼一片漆黑。

"哇啊啊啊啊！"一旁的姜琦几乎立即就蹦了起来，"怎么停电了！"

时晚同样猝不及防，还不适应眼前突如其来的黑暗，眼前一片朦胧。

听见姜琦尖叫，她下意识地安慰："没事的，可能只是暂时断电。"

上了一周多的课，还是头一次遇上这种事。

停电的事可大可小，上了一天课，疲惫不堪，难得碰上断电，就有学生一下兴奋起来："喂，我说后面那节课是不是不用上了？"

"做梦呢你！"立即有人在一旁反驳，"刚才那道题都只讲了一半！"

黑暗中，教室里吵吵嚷嚷的。

直到门口传来楚慎之冷静的声音："都待在教室里别乱跑，我去外面看一下。"

到底是楚慎之，他一出声，大家都安静了不少。

"吓死我了。"姜琦依然死死抓着时晚的衣袖不放，"怎么说停电就停电……"

时晚正想再安慰她几句，不知道是谁在黑暗中大喊了一声："哇！你们看，那是什么？"

一瞬间，所有人的注意力都被窗外的风景吸引过去。

夏夜，停电的教学楼一片漆黑，原本只有月亮和星星泛着微光。

然而此刻，深蓝天幕中，一朵又一朵陡然炸开的冷焰火光芒璀璨，一时间竟压下了溶溶月色。

2001 年，烟火表演一般只出现在逢年过节的时候。

时晚心里冒出来一个念头，今天是什么节日？

下一秒，一拨又一拨的惊呼推翻了她的猜想。

二十一世纪初，烟火技术还不太成熟，大多数表演只是固定的燃放烟火，片刻后便消逝无踪，而眼前的烟火却完全不同，接连绽开后，并未直接坠下，数支冷焰火乘风顺势扬起，继续在天幕上拖出长长的光带。

似乎才从苍穹中坠落，还未来得及褪去挟着星屑的尾巴。

在空中迤逦交错，每一条光带都璨若星河，即将下坠的瞬间又顷刻高飞，将月亮和星星的光芒尽数压下，每一次高飞都引出一拨惊呼。

"这是什么东西？"从来没见过这种玩意儿，一时间，大家都目瞪口呆，你看我我看你。

时晚站在窗边，眼中落进焰火璀璨的光芒，一颗心怦怦直跳。

这是……

焰火太过明亮，瞧不清究竟是什么情况。她心下隐隐有猜测，到底还是不敢相信，不确定地往窗边走了两步。

仿佛能读懂人的心思，时晚刚迈步，飞至树梢的冷焰火一个拐弯，和着夏夜温柔的风，带着漫天零碎的星辰，一路洋洋洒洒俯冲下来，却又在一片惊呼声中瞬间停住。

隔着一层玻璃窗，焰火光芒璀璨，照亮少女盛着星光的眼眸。

终于看清承载冷焰火的是什么，时晚伸出手，紧紧咬住唇，把那声惊呼堵在嘴里。心跳得更厉害，一下一下，几乎要飞出胸腔。她整个人禁不住颤抖起来，似有所觉，捂住嘴，转过头。

光芒有限，冷焰火只能隐约照出少年倚在门边、瘦削笔挺的熟悉身形，看不清究竟是什么表情。

"晚晚。"贺寻的嗓音温柔中带着十足的笑意，"生日快乐。"

"晚晚你可是不知道，寻哥一从机场出来就往这边赶！"

烟火熄灭，教室里的灯重新亮起。

手里抱着一大堆飞行器，一个额前染了绺红发的少年站在时晚面前，兴奋得手舞足蹈："这几个月我还从来没见他这么着急过，还好最后赶上了没耽搁事儿！"

"陈琛你有完没完！"他正准备兴高采烈地继续往下说，就被另一个出去回收飞行器的少年喝止，"过来把东西都给我！"

"哦……"终于意识到自己似乎兴奋过了头，陈琛摸摸鼻尖，很不好意思地冲时晚笑了笑，然后迅速走开了。

没有理会挤在教室门口探头探脑张望的同学们，时晚站在走廊里，扬起脸。

照明已经恢复，暖黄的灯光下，贺寻嘴角微微勾起，依旧是那副笑意温柔的模样，眉目一如既往的英俊深邃，可她却有些不敢相认。

似乎极其赶时间，比赛一结束就往回赶，都没来得及换衣服，贺寻穿的是颁奖时的正装。

以往都是漫不经心的随意打扮，从来不好好穿衣服。如今，深色西装烫得笔挺，丝质领带打出精致的结，向来散漫敞着领口的衬衫也规规矩矩系到最上面一颗扣子。俨然不再是之前穿着蓝白校服，懒散挽起袖子的少年。

"看什么呢？"见小姑娘愣愣地盯着自己看，贺寻唇边笑意更深。

腰细腿长，天生的衣服架子，即使穿校服也是人群中最显眼的那个。眼下穿起正装，挺括肩线勾勒无余，他笑起来就少了几分慵懒轻佻，而是属于男人的成熟稳重。

光是站在那里，什么也不做，都能想象到站在台上从容镇定的飞扬神采。

数月未曾相见，记忆还停留在分别时少年略显青涩的模样。一时间，时晚仰着脸，不知所措。

他终于回来了。

六月初的夏夜，月色星光温柔。

西装笔挺的少年和穿着蓝白校服的少女站在一处，影子重叠在一起，在暖黄灯光下被拖得很长。

"咳！"楚慎之从配电室那边往回走，手里拎着个没拆封的蛋糕，轻轻咳嗽一声。

"我来，我来。"陈琛十分机灵地从楚慎之手里接过蛋糕，"麻烦老师了！"

时间太紧，只来得及准备冷焰火和飞行器，根本没有提前订蛋糕的工夫，贺寻只能拜托楚慎之。好在紧赶慢赶，最后一切都刚刚好。

时晚回过神来，在周围同学的起哄声中，红着脸，被推到教室中央。

教室的灯被关上，只有蜡烛闪着温暖的光芒，贺寻唇边噙着笑意，给她戴上生日帽。

太过紧张和激动，直到现在手都在颤，替时晚调整好生日帽的角度，他才想起来还有一件事。

他在胸前的衣兜里摸索片刻，终于找到了自己想找的东西。

"我答应过你的。"烛光摇曳间，少年神情温柔，他稍稍俯身，替少女戴上一枚精致的金牌。

第二天是周六。

休息日，家属院通常是闲散慵懒的时光。然而一大早，段秀娥刚打着哈欠下楼，就被一堆记者长枪短炮地团团围在正中央。

她睡得迷迷糊糊，压根儿就没醒。

听着记者们叽叽喳喳的声音，她头都晕了："什么？什么世界冠军？"

段秀娥活了大半辈子，去过最远的地方也不过是隔壁省。听见诸如世界、锦标赛、冠军一类的字眼，只觉得自己是不是还没睡醒。

楼下，段秀娥和一大群闻风而动的记者纠缠不清。

楼上，陈琛嘴皮子不消停，一大早从酒店过来就没停过："我跟你说，寻哥真是太厉害了！我们老师都没解决的问题啊，寻哥拿过去琢磨一会儿就弄明白了！真的太厉害了！不服不行！"

时晚坐在一旁，见陈琛一刻不停地夸贺寻，有些不好意思。

"陆淼。"她只好转过头去问另一个少年，"那个……就这么把飞行器带出来，真的可以吗？"

跟之前见过的飞行器不同，这次贺寻拿来放冷焰火的无人机在体格和重量上都小巧很多，承重能力也远远超出预计。和寻常的飞行器完全不一样，显然是从队里拿来的东西。

和陈琛活泼跳脱的性格相反，陆淼不苟言笑，性子看上去要沉稳得多。

"没关系的。"然而一张口居然和陈琛没什么区别，"这次能拿奖全靠寻哥，我们领队说了，无人机他想带就带，到时候只要还回去就行。"

听说贺寻要无人机是为了焰火表演，还特意让他们俩过来帮个忙。

"你们俩别吹我了。"最后还是贺寻自己听不下去，摆手示意他们消停些。

"这怎么能叫吹啊寻哥！"陈琛就有些不乐意，"我跟晚晚说的这都是事实好嘛！"

同样从小对飞行器感兴趣，也拿过不少奖项，自视甚高，刚到基地的时候，陈琛觉得自己肯定是团队中的佼佼者，然后就被贺寻不声不响地给比了下去。

倘若只差了那么一丁点儿，难免会教人不服气。然而无论是理论还是实操都被全方位碾压，平时考核次次都是第一，最后在国外比赛时又临时救场，拿到了团队和个人的第一名。这么一来，想不服都不行。

"打住。"眼看着陈琛马上要收不住地继续往下吹，贺寻连忙抬手制止。

"他说的也是实话。"平时和陈琛怼来怼去，陆淼难得替对方说句话，"外面吵吵嚷嚷的，估计是记者来堵你了？"

团体冠军和个人第一名。这年飞行器还是个没进入大众视野的新鲜玩意儿，象征着高精尖的科技水平，加上又是世界级的奖项，消息灵通的记者们纷纷闻风而动。

院里吵闹声渐重，贺寻皱了下眉，正想拒绝。

"还是下去见一下吧。"看着他一副想要拒绝的模样，时晚先开口，"不然他们不会走的。"

只是个普通的北方小城，难得出一个世界级冠军，今天采访不到，记者很难善罢甘休。

贺寻原本并不想去，听见少女这么说，也就没继续推拒。

都在队里，同样是团体冠军，下楼时，他顺便也把陈琛和陆淼带了下去，被围追堵截的段秀娥终于能脱身。

时晚没有下楼，趴在窗台上，看着贺寻被记者们围在最中央。

夏季天气好，阳光穿过叶隙，洒在少年深邃锋锐的眉目上。

没有丝毫怯场，即使被团团围住，他神情也始终如常。应对自如地回答着一个又一个抛出来的问题。

时晚偏了偏头，心里有种奇妙的感觉。不知道什么时候，少年好像已经长大了。

接受采访到底不是件轻松事，最后一个记者离开，贺寻终于长出了一口气。

同样累得不行，陈琛都没了说话的劲儿，和陆淼一合计，决定先回酒店睡上一觉。

送走他俩，贺寻上楼，一打开门，就看见小姑娘坐在沙发上，抿唇偷偷地笑。

"笑什么呢。"他走过去，伸手揉了把她的头。

落在发顶的动作温柔，时晚声音里就带了点软绵绵的笑意。

"你好厉害。"她说。

兴奋过头，陈琛常常说得前言不搭后语，到底还是让她拼凑出了大概的情况。这一次的比赛，如果没有贺寻救场，很可能连铜牌都拿不到，更不要说冠军。

然而时晚并不觉得讶异，那次风雪间，看见他眼里的神采，她就知道他一定可以成功。

听见少女这么说，贺寻稍稍闭了眼，嗓音有些哑："那我要奖励。"

明明先前在楼下接受采访时还是成熟淡定的模样，而现在，他的语气里就带了几分撒娇和不讲理的味道。

奖励？一开始时晚没听懂，但随即，少年克制不住地笑了起来，她一下就明白了。

时晚脸有些红，没说什么，她咬着唇，又轻又快地迅速抱了他一下。

特别短暂的一个拥抱，几乎连一秒都不到。

贺寻笑了："真小气。"

不过他也很满足了，总归小姑娘不可能做出任何出格的事。

"哦，对了。"沉浸在难得的放松之中，片刻后，贺寻想起来还有一件事要跟时晚说，"等我一下。"

他起身去行李里翻东西，翻了半天，最后终于翻出来。

时晚看到了一张 P 大的预录取通知书。

"真是 P 大？"周一，姜琦手里拿着青城日报，低头看看首版上眉目深邃的少年，随后一脸震惊地望向时晚，"贺寻真的被保送 P 大了？"

这几日，青城各大报纸和电视台的头条都是贺寻。除了获得的奖项之外，还列出了他已经被保送 P 大的消息。

作为最高学府之一，P 大是一中学子们向往的地方。楚慎之性格冷淡还那么受欢迎，其中也有 P 大学历加分的因素。

时晚点点头："嗯，真的。"

那天看到，她也被吓了一跳，不过后来仔细想想，倒也不算太让人震惊。毕竟一连拿到了两次世界级奖项，确实达到了保送标准。

"太厉害了，太厉害了……"

又低头看了遍日报上加粗的标题，姜琦感叹："真是让我们这帮普通人没法儿活。"毕竟一中每年考去 P 大的也就那么几个。

"那到时候你俩岂不是要一起去 P 大了！"姜琦比时晚还兴奋，摩拳擦掌。

姜琦信心十足，时晚无奈地笑了下，没有说话。

贺寻拿了世界冠军，能被 P 大提前保送，她自然很高兴，连带着向洁和时远志都开心得不行，专门做了一大桌菜庆祝。

只是……姜琦说得斩钉截铁，时晚心里却有些没底气。她真的能和贺寻一起去 P 大吗？

尽管以现在的成绩看，只要高考发挥正常，被 P 大录取肯定没问题。但高考的事儿谁都说不准，比预期低上几十分也是时常会有的情况。

如果……如果到时候她发挥失常，没能考上 P 大怎么办？

这么想着，时晚不禁摇了下头，没事乱想这些做什么。

"这次竞赛你拿个一等奖，到时候也能保送了。"她还在琢磨这件事，姜琦还在兴致勃勃往下说，"说不定我努力一把，大学还能和你一起玩！"

姜琦这么说，时晚才想起来竞赛也是可以保送的。

"是啊。"看着姜琦兴致勃勃规划未来的劲儿，弯了弯眉眼，她也笑了。

与其想那么多有的没的，还不如把眼前的竞赛准备好。既然他这么优秀，她也要更努力，才能和他站在一起。

进入竞赛最后的准备阶段，高二升高三的暑假，时晚忙得不得了。转眼就是十月下旬，到了要去比赛的时候。

今天是最后一节竞赛课，明天省队就要前去首都，参加这一届的全国物理竞赛。

贺寻回来后，就主动承担起接送时晚的责任，平时回家属院时都会聊天，今天，少女难得没有说话。

思忖片刻。贺寻开口："紧张吗？"

"还好吧……"嘴上这么说，时晚心里就更紧张了。

贺寻已经保送 P 大，如果可以的话，这一次的物理竞赛，她也想直接拿到保送资格。

然而赛场上高手如云，最终能取得什么成绩，现在谁都无法肯定。

少女难得有些迟疑，贺寻眼神闪烁，没说什么。

"明天我送你。"他只是在分别的时候淡淡道。

这一夜，时晚睡得不太好。

但第二天，面对送行的时远志和向洁，她还是显得很有信心："好啦，你们快回去上班吧。"

她抬眸看了一眼贺寻，又握紧拳头："我会加油的！"

小姑娘自己给自己打气的模样可爱得不行，贺寻嘴角微弯："嗯。"

为什么今天这么冷淡啊……

时晚有些意外少年会是这样的反应，但登机在即，来不及多说些什么，只能和姜琦一起去登机。

机票由省队统一订购，座位也已经安排好。同姜琦坐在一排，时晚身边还有个空位。

依旧在思索今天贺寻冷淡的原因，她低着头，余光里，身边空位上坐了个人。

时晚并没有抬头去看，只听见姜琦的吸气声："你、你、你……"

时晚不明白姜琦怎么突然那么激动，她抬眸，然后直接怔在原地。

面对时晚震惊的表情，贺寻眼底藏着十足的笑意。

"我说过了，"他自然道，"我今天要送你。"

时晚哪里能想到他说的送居然是一路送到飞机上，好半天没缓过神，直到空姐温柔地开始提醒大家系好安全带，才如梦初醒。

"你……"顾及周围还有其他不认识的乘客，她尽力压低声音，却依旧掩饰不住惊讶，"你疯了吗？！"什么时候还有这种送法。

贺寻不再是在检票口冷淡漠然的模样，遮光板未拉下，清晨阳光静静洒进机舱，落在少年眼睫上，给他镀了一层薄薄的金边。

看着时晚一脸的难以置信，贺寻不禁觉得有些好笑。

傻姑娘。

贺寻已经被保送 P 大，这几个月相对其他人而言，空闲时间要多得多。

一直陪着时晚去上竞赛，守在身边，他怎么会察觉不到她紧张的心情。

毕竟是第一次去参加这么重要的比赛，感到不安也情有可原。

不好直接大大咧咧地问出口，最后他只能去找楚慎之。

作为省队的领队，楚慎之倒也没有为难他，只让他自己安排好航班住宿，算是默认可以一起同行。

"你睡一会儿吧。"并没有正面回答，贺寻伸出手，替时晚把一缕发丝别到耳后。

小姑娘眼底有浅淡的青色，一看就是昨夜一整晚没睡好。

动作温柔，似乎沾着晨曦的暖意。少年手指擦过耳尖，有种莫名的温度。

"你……"时晚依旧处在震惊中，不知道该说什么才好，正想追问，他就别过头，兀自合上了眼。

鸦羽般的眼睫浓密，略显苍白的肌肤上，同样是显而易见的青色。

这个家伙……

余光里，姜琦已经捂着嘴默默地一个人在旁边笑疯了。没有办法，时晚只能老老实实闭上眼。

不知为何，明明没有做什么，逐渐嘈杂的飞机引擎声间，她的心却一点一点安定下来，不再像昨夜躺在床上辗转反侧时那么焦灼。

被压抑了一整夜的疲倦骤然涌上来，时晚下意识地往他那边靠了靠，沉沉睡去。

或许是前一晚整夜都没怎么合眼的缘故，这一觉时晚睡得很沉，等到迷迷糊糊醒来时，空姐已经在播报首都的室外温度。

在飞机上，除了姜琦和楚慎之，没人注意到偷偷上来的贺寻，然而等到下飞机集合时，就再也瞒不住。

"我的天！"贺寻之前给时晚过生日时已经露过面，加上一直都坐在教室后面跟着他们一起上竞赛课，几个月下来，贺寻也算混了个脸熟，就有男生上去拍他的肩，"兄弟你可以啊！"

原本以为天天接送每日陪读就是极限，哪里想得到还有跟过来这种操作。饶是以前不怎么服气，现在也不得不说上一句佩服。

男生大大咧咧，说话毫无顾忌，贺寻面色如常，时晚的脸却一下烧起来。

"都过来，我点一下名。"只当作什么也没看到，楚慎之清点人数。

人数清点完毕，主办方的车已经在机场外等候，一行人上车，前往预订好的酒店。

行程安排比较宽松，并不是一到首都就考试。总共五天行程，其中两天分别进行理论考试和实验考试，最后两天进行查分和颁奖，给学生们留出一天时间自由活动。

一上车，大家就开始热热闹闹地合计要去哪儿玩。

"P 大肯定要去，南锣鼓巷雍和宫什么的也要去转转……"

还是先前那个打趣贺寻的男生，提起要去哪儿逛的话题，似乎早有准备，他从书包里拿出一张首都地图，开始如数家珍地掰手指。

姜琦不禁瞪直了眼："吕思明，你怎么画了这么多圈！你到底是来考试的还是来玩的？"

吕思明不禁一个哆嗦："好凶……"

都是十七八岁的孩子，车上很快就乱作一团。楚慎之并不制止，难得露出一点笑容，没说话。

坐在靠窗的位置，时晚望向窗外。

和青城截然不同，作为政治中心的首都繁华而忙碌。正好赶上中午下班时分，高耸入云的摩天大楼内拥出数不清的白领，街道上人群熙攘。

正值秋季，泛黄的树叶打着旋儿落下，片刻后就被清洁工扫走，不留一丝痕迹。

这是一座野心勃勃又无比美丽的城市。

"在看什么？"从上车起，时晚就盯着窗外出神。贺寻一直没出声打扰，最后还是没能忍住。

"没什么。"视线扫过熙熙攘攘的人群，时晚摇了摇头。

随即，她又很小声地说："人好多呀。"

和慢节奏闲适的青城完全不同，街道上行人碌碌，每个人脸上都有着在大城市生活的紧张感。似乎只要稍微走近，就会被淹没其中。

旅途疲惫，到达酒店后，楚慎之并没有组织什么活动，只让他们在酒店附近自己逛一逛，注意不要跑远。

下飞机后又坐了许久大巴，到最后，连吕思明这种活跃分子都蔫头蔫脑地闭上了嘴。也就没人再嚷嚷着要去玩，大家集体在房间休息。

第二天。

或许是太过疲倦，这一夜时晚睡得出乎意料的好，一次都没有醒过。洗漱过后，她和姜琦一起去餐厅吃早饭，贺寻他们几个男生已经在那儿了。

"我建议先去 P 大看看。"休息了一整夜，精神已经恢复过来，吕思明神采奕奕，"这叫先拜山头，逛完 P 大咱们别犹豫，直奔雍和宫！"

姜琦不明就里："你这是怎么安排的？"

P 大与雍和宫压根儿不在一个区。

"怎么，你不想保到 P 大去？"面对她的疑惑，吕思明振振有词，"雍和宫求事业和学业最灵了！我还琢磨着保去 P 大后要怎么还愿呢！"

姜琦愣了一下，不以为然："学物理的怎么还搞封建迷信。"

"就是就是。"剩下几个男生随声附和。

吕思明就不乐意了："哎！我说你们几个见色忘义的东西！"

他们吵吵闹闹地斗嘴，一旁，时晚安安静静地喝牛奶。

她吃东西的时候斯文极了，乖乖的，看上去简直像个规规矩矩的小学生。贺寻在旁边看着，忍不住扬了下嘴角。

"都别吵了。"他们还在争论到底先去什么地方，最后，姗姗来迟的楚慎之结束了这场斗嘴，"早上我带你们去 P 大，下午自由活动。"

上课时已经见识过楚慎之的威严，吕思明和其他男生悄无声息地闭上嘴。

正值深秋，落叶纷飞的 P 大很美。不似街道上清扫那么及时，即使脚步再轻，踩在泛黄的树叶上也难免咯吱作响。

细碎的咯吱声中，向来寡言的楚慎之难得主动开口，对他们一一介绍周围的建筑："这是生物技术楼，那边是动物实验中心……"

逛了一大圈，在 P 大闻名全国的湖边合影留念。吕思明他们还在商量怎么才能摆出更酷炫的拍照姿势，远远的，有人喊贺寻的名字："贺寻！"

一开始以为是同名，但当贺寻也转身冲对方挥手时，大家才发现并不是重名。

"徐老师。"没想到会在这个时候遇到无人机培训计划的负责人，贺寻冲他点了点头。

徐乐一直致力于研究小型飞行器，这么多年还是头一回见到这么优秀的学生，保送也是由他引荐的。

走得近了，发现旁边还有个自己的老同学，他不禁笑了："楚慎之，我说你够不够意思，来首都也不找我。"当年两个人可是睡上下铺的交情。

"我怎么不够意思。"楚慎之见到熟人，难得比以往活络，扫了眼一旁的贺寻，淡淡道，"不够意思我能把这个学生塞给你？"

"是是是！"一提到贺寻，徐乐脸上的笑容都止不住，他看向少年，"来 P 大怎么不跟我说一声，你这是……"

话说到一半，徐乐又看了眼楚慎之，有些犹疑。

贺寻前脚才参加完无人机比赛，如今跟着楚慎之出来，是又要参加全国物竞？

看出徐乐心里在想什么，贺寻笑了。

"徐老师。"贺寻目光有意无意往时晚那边看了一眼，沉声道，"我陪人来参加比赛。"

他这么一说，徐乐想起来了。

当初颁奖典礼完，贺寻连衣服都来不及换，火急火燎地要回国，还把队里的无人机全带走了。

"你可真行啊。"愣了一下，徐乐不禁感叹。

当初只觉得这小子用无人机折腾冷焰火挺浪漫，没想到小半年过去，居然还脚踏实地一路守小姑娘守到了首都，真是不服不行。

徐乐毕竟在社会上摸爬滚打过，尽管贺寻没有明说是谁，见时晚不太自然地低了头，他就懂了。

"这次好好考啊。"他眯了眼，冲时晚笑，"明年报到我请你们俩吃饭。"

还有事在身，同楚慎之又简单寒暄几句，徐乐便离开了。

P大已经逛得七七八八，楚慎之也就不带着他们继续逛，而是给了一个小时自由活动时间，让他们自己转。

姜琦被吕思明拜托去帮男生拍照，时晚就和贺寻随便在校园里转。

或许是错觉，又或许秋风的确吹落了更多的落叶，走在路上，咯吱声似乎比先前要明显许多。

走了没多久，敏锐地察觉到少女似乎不太开心，贺寻开口："晚晚？"

从方才起，小姑娘就一直低着头，一个人默默往前走，也不知道在想些什么。

时晚兀自出神，没听到少年在叫她，直到贺寻又喊了几声，才回过神。

贺寻又不是傻子，这么一折腾，明显看出她情绪低沉，停下脚步，问："怎么了？"

有什么让她突然不开心的事吗？

到底还是有些不安，时晚犹豫片刻，开口。

"你说……"秋风里，少女嗓音轻得几乎一吹就散，"万一我考不上P大怎么办？"

每个人似乎都觉得她可以直接保送P大，再不济也能在高考中被录取。

可是，万一她没有考上呢？

时晚从未和任何人提起过这件事，如今，贺寻这么一问，就有些忍不住。

少女杏仁眼里沁着几分犹疑和不安。

"嗯……"思考片刻，他故作正经，"那可能我不会再理你，姜琦他们也会不理你，楚老师也不想提起你是他的学生吧。"

哪里想到会听到这种回答，她一下瞪圆了眼睛。

少女瞪起眼时和豌豆有几分相似，都是一双圆溜溜的乌黑眼眸，有种傻里傻气的可爱。

贺寻就没有绷住，秋风萧瑟，少年笑声沉沉。

"你……"终于反应过来他是在逗她玩，她不禁去捶他，"你讨厌！"

哪有他这么逗人的！

她伸了手想捶他，还没有碰到，就被牢牢捉住。

贺寻垂眸看她："傻瓜。"

一天天不知道自己一个人偷偷琢磨些什么东西。

然而贺寻也不得不承认，他之前并没有想到这一步。

几乎从没被别人期待过，直到她亲自说出口，他才反应过来她在担心什么。

"没人要求你一定要考上 P 大。"他认真地看她，"他们只是觉得你配得上最好的。"

时晚很少见少年这么严肃的表情，只听见他说："不管你考去哪里，你都还是姜琦的好朋友，楚老师的好学生。"

"别怕。"他揉揉她的小脑袋，"你考试的时候，我哪儿都不去，就在外面陪着你。"

时晚轻轻应了一声："好。"

离开 P 大，在吕思明的一再要求下，大家前往雍和宫。

并非初一或者十五，前往雍和宫的人并没有想象中那么多，乐滋滋地见神就拜，吕思明把殿里的佛像都拜了个遍。

"楚老师你看看他！"姜琦气得跟楚慎之告状。

楚慎之只是站在一旁，看着这帮孩子忙碌地拜来拜去。

"你们俩怎么不去？"耐不住吕思明的热情要求，几乎所有人都去了，而时晚和贺寻却始终没有去拜。

时晚笑着摇摇头，抬眸望了一眼身侧的人，没说话。

见他们并没有表示出明显的兴趣，楚慎之也没强迫。

最后过了许久，大家零零散散地回来，就差吕思明一个，楚慎之禁不住对贺寻说："你去把吕思明叫回来。"

吕思明在最后一个殿内，刚上完香，终于准备往回走，还没出门，就看见贺寻朝他走过来。

"现在！"知道自己耽搁了不少时间，他连忙举手，"现在就回去！"

"等一下。"然而贺寻并没有催促他。

在吕思明匪夷所思的目光中，贺寻取了一根香，在蒲团上跪下。

向来不信鬼神，性格又倔强，除了一年前在荷花池跪过沈怡，长这么大，他还从来没有跪过谁。然而这一刻，闭上眼，他神情格外虔诚。

他什么都不求，只求她能顺顺利利地考完试。

玩了一天，接下来分别是时长两天的理论和实验考试。

贺寻每次都会一直把时晚送到考场外，时晚发挥得很稳定。

实验考试结束，第四天就是查分的日子。

这一年网络不发达，不似后来可以在网上直接查分，各个省队的成绩都需要领队亲自去查阅，核实后回来公布。

一大早楚慎之就走了，留下学生们望眼欲穿地守在酒店大堂。

"我感觉我要窒息了。"前几天还是活蹦乱跳的样子，吕思明现在面色惨白。而其他人的表情也好不到哪儿去。毕竟都还是孩子，难免有些紧张。

时晚也有些不安，不由得抬头去看贺寻："你去参加比赛的时候紧张吗？"

隔了这么长时间，如今，她才后知后觉反应过来他当时会是什么心情。

无人机临时出问题，身上又肩负着为国争光的重任，等待成绩的那一瞬，他肯定比她还要无措。

她微微抿唇，贺寻笑了。

"你还是先紧张一下明天颁奖典礼要穿什么吧。"他温声道。

这么一说，时晚就更紧张了。

好在不多时，一直紧盯门口动态的吕思明就开始倒抽冷气："回来了！楚老师回来了！"

所有人都朝大堂门口看去。楚慎之冷着眉眼，面无表情，依旧是往常冷冷淡淡的模样。

说实话，从他脸上看不出来一点儿喜报的表情。

"完了……"吕思明是个老实人，当场有些腿软。

时晚同样十分紧张，不过心理素质比吕思明强，定了下心神，还是走上前去。

楚慎之停下脚步，似乎并不怎么高兴，拧着眉，淡淡扫了她一眼，下一秒，却突然笑了。

相处一年多，这是时晚第一次在楚慎之脸上看到这样冰雪尽消的笑容。

"恭喜。"他对她说，"你是今年的最高分。"

时晚愣了一下，还没反应过来，身子便一轻。

正值中午时分，酒店大堂人来人往，熙攘人群间，少年抱起少女，直接在原地转了一圈。

"你怎么这么厉害。"眼底是掩饰不住的笑意，贺寻比自己得奖还要高兴，嗓音有些发颤。

他就知道小姑娘一定是最棒的。

并没有想到这个结果，被抱起来转了一圈，时晚整个人都晕乎乎的。

"贺寻……"直到落地时仍旧有些不敢相信，她低低喊了声他的名字。

"嗯。"他摸摸她的小脑袋。

他动作轻柔，覆在发顶的指尖带着十足的暖意，时晚眼眶一下红了。

从今天开始，他们的人生终于密不可分地联系在了一起。

第二十一章：
大学生活

寒来暑往。

日子比想象中过得还要迅速，似乎不过一眨眼的时间，家属院里梧桐树才染上绿意，须臾又枝叶渐金，在渐起的秋风里簌簌作响。

"哥哥姐姐都去上学了……"背着大书包，二年级新生钱小宝亦步亦趋地跟在时辰身后，"我还想接着和哥哥一起放鞭炮呢。"

时辰比以往看着还要小大人模样，深一脚浅一脚地走在前面，听着钱小宝一个人念叨。

时辰开学读三年级，闭着眼睛都能走去学校，时晚离开青城去往首都，他也就顺势拒绝了时远志还想继续接送他的意愿。

每天自己早起去上学，身后还跟着个小尾巴钱小宝。

"我什么时候才能和哥哥姐姐一样聪明啊？"

被保送后依旧参加高考，时晚跟贺寻的成绩依然优秀，算是圆了楚慎之一个拿全市第一的心愿。

而今天发了期中考试的成绩，钱小宝不出预料又是全班最后一名，十分苦恼。

听见他这么说，时辰眼皮不由得跳了两下，以对方那个一加一等于二都能算错的水平，这辈子是别想了。

"不过……"被老师罚抄卷子十遍，钱小宝心有戚戚，"大学是不是比小学还可怕啊？"

如果他上大学成绩还是这么差，老师会不会罚抄他一百遍？钱小宝问得天真无邪，时辰反而卡了一下。

"待会儿来我家写作业。"过了一会儿，他淡淡道。

并不住一个单元，在家属楼前分开，两个小豆丁各自回家。

时辰拿出钥匙打开门，摸了几把闻声而来在地上撒娇打滚的豌豆，一个人坐在沙发上。

大学……即使再早熟，也无法想象自己没见过的生活，他难得有些苦恼。

姐姐在大学过得好吗？那个可恶的家伙真的会一直喜欢姐姐吗？

时辰思考人生的同时，几千公里之外，首都。

这一年全国的宿舍基本还都是传统上下铺四六人间的配置，初秋的女寝外，姑娘们踩着满地落叶，拎着开水壶，一路吵吵嚷嚷地从水房走回来。

"怎么还在写？"从小被当男孩子养，宿舍长吴莉莉是个名字娇软，实际剪着寸头性格火暴，一个人能拎全宿舍水壶的真汉子。

拎着四个暖水瓶，用肩膀推开门，一见时晚还趴在床上，她满脸郁闷："算不出来明天再算不行吗？"这都算了整整半天了。

"最后一步，一步就好……"今天专业课的老师留了一道题目，时晚从回来就一直在琢磨，又算了几笔，长出一口气，"好啦！"

"你怎么又一个人去给我们打水了？"一抬头，她不由得被吓了一跳，"不是说过我们自己来嘛。"

"顺手。"吴莉莉毫不在意，把暖水瓶挨个儿在墙角放好，"我又不是你们，一个个那么弱。"

闻言，时晚也只能无奈地笑了笑："那就谢谢你啦。"

收好写着解题过程的本子，她从床上爬下来。

半个学期已经过去，大学生活出乎意料的风平浪静。

时晚从来没有过住校的经验，一开始，向洁还担心她能不能和室友们相处好，等到了宿舍才发现根本没必要忧虑。

四人间里，除去性格直爽的吴莉莉之外，剩下两个女生都很好相处。来自江南的沈晓菲和元宁有几分相似，都是爱照顾人的漂亮大姐姐，而在时晚下铺的唐瑶则是个性格腼腆，跟同性多说几句都会脸红的妹子。

同是应用物理专业，四个小姑娘从开学起感情就很好，从来没有争吵红过脸。

时晚刚下床，沈晓菲和唐瑶就从外面回来。

"来来来，吃橘子。"拎了一大袋橘子，沈晓菲直喘气，"我的天，怎么这么重，手都要勒断了。"

一旁，唐瑶小声说："我都说了和你一起拿……"

"叫你平时不锻炼。"接过橘子，吴莉莉直接给时晚丢了一个，"我说你们俩上哪儿去了，怎么一下午都没见到人？"

"计院那边有活动，要两个女志愿者，就把我和瑶瑶拉过去了。"沈晓菲揉了揉手，直摇头，"今天我可算是见识了，计院那边的姑娘比咱们物理系还少！乌泱泱望过去全是男的，那头发一个个比你都短！"

"什么叫比我都短！"吴莉莉瞪起眼，又扭头看时晚，"哎，你那男朋友就是计院的吧？"

时晚嘴里还咬着酸酸甜甜的橘子，听见吴莉莉这么说，眉眼里带上几分笑意。

收到录取通知书后，贺寻就再次问了那个问题，这一回，她终于红着脸答应了他。

而向洁和时远志都没有反对，按向洁的话来说，这年头上哪儿找一个能豁出命救你的男人？

"嗯。"听了吴莉莉的话，她轻轻点头。

主攻电子与计算机工程，贺寻自然是在计院。

"今天我们也看到他了。"沈晓菲累得半死，毫无形象地瘫在床上，却依然不忘补充，"说实话，晚晚，你男朋友是真的帅。"

没有任何其他意思，沈晓菲这句只是单纯的夸赞。

计院今天举办的是个没什么太大水花的演讲比赛，尽管如此，场下却坐了不少姑娘，和计院可怜的男女比例完全不同。

原因无他，只因为作为被院里委派组织演讲比赛的工作人员，贺寻不得不亲自上阵去担任主持。

"我觉得除了我和瑶瑶，剩下的妹子都是去看你男朋友的。"沈晓菲给自己剥了瓣橘子，含混不清地开口，"真的，一点儿不骗你。"

退去高中时残存的一点儿青涩，站在舞台上的年轻男人眉眼深邃，嗓音低沉。追光灯一照，就是全场焦点中的焦点。

"长相又不能当饭吃，"吴莉莉不以为然地撇撇嘴，顿了下，"不过有一说一，她那男朋友确实还行。"

来自天南海北，大家报到的时间不尽相同，吴莉莉家就在首都，理应是四个姑娘里来得最早的，结果没想到有人比她还早。

"要不是他正在擦床位，我还以为进小偷了。"至今提及这件事都心有余悸，吴莉莉不禁拍了拍胸口，"幸亏没直接动手，不然以后没脸见你们俩。"

听她这么说，时晚不由得呛了下："好、好啦，不说这个。"

这件事说起来全然是个误会。

高考完，还差半个月到开学时间，正好研究所难得放了两周假，向洁就决定全家一起出去玩。一路玩一路逛，最后一站到首都。

报到完，正准备拍张合影，时晚一转身，身边哪里还有贺寻的影子。

后来还是之前见过的陈琛在人群另一端一边挥手一边大喊："嫂子！寻哥说他先替你去打扫下宿舍！你们要拍照片吗？等我马上挤过来！"

时晚无语。

他什么时候跑开的？她怎么一点儿都不知道！

总之，经过这么一遭，吴莉莉认为这样的男生才算合格的男朋友，虽然长相小白脸了些，但也不是不能靠优秀的行动来弥补。

"哎，晚晚。"说到这个，之前还在嚷嚷手疼的沈晓菲立马精神起来，"我说你得注意一点儿啊，这么多人对你男朋友虎视眈眈的，别哪天冒出个小妖精就把人撬走了。"

"咳……"沈晓菲这么一说，时晚比先前呛得还厉害，唐瑶帮她拍了好几下才缓过来，"不、不会的。"

对于贺寻，她百分百信任。

其余三个人脸上都露出了不赞同的表情，就连向来不爱说话的唐瑶也摇了摇头："晚晚，我觉得你还是要多留心。"

感情的事原本就说不准，更何况贺寻这么受人欢迎。

同住一个宿舍，大家感情很好，三个小姑娘认为有理由让时晚警惕些。

"不过他今天表现很好。"沈晓菲说来说去说漏嘴，唐瑶在一边拼命使眼色，她还没意识到，"我看有个姑娘离他特别近，他都往后退了两步躲开了。"

时晚哭笑不得："喂！你们今天真的是去做志愿者了吗？"

她还纳闷计院为什么不从女生多一些的英院或者外院借人，搞了半天是这两个家伙自作主张跑去替她盯贺寻了！

"晚晚我不是故意的！"终于意识到自己说漏嘴，沈晓菲脸一下就红了，"你听我解释！"

沈晓菲向来是大姐头爱照顾人的性格，在宿舍里时晚年纪又最小，她下意识就想多照顾对方一些。

这一年还没有后来渣男的说法，她只是想知道贺寻究竟有没有表面上看起来那么好。

"我知道的。"时晚看了一眼同样脸色涨红的吴莉莉，意识到自己整整一天都被蒙在鼓里，简直拿她们三个没办法。

她只觉得好笑，也没说什么："我跟他真的没问题，你们不要担心啦。"

这时，放在床上的粉白手机振动了两下。

2002年，没有智能机，这一年最火的牌子还是后来被戏言结实到可以拿来敲核桃挡子弹的诺基亚。

这是贺寻今年送她的生日礼物，他自己用的是蓝白那款。

"我要出门了。"看见短信，时晚眉眼漾开浅浅的笑意。

贺寻约她在礼堂门口见。

"慢一点儿！路上小心啊！"看着时晚高高兴兴出门，站在宿舍阳台上，剩下三个小姑娘一个比一个忧心。

"她是不是不知道贺寻有多受女生欢迎啊……"沈晓菲忧心忡忡。

唐瑶也垂头丧气："听男生说他收到的情书都能塞一抽屉了！"

"我说你俩以后就别折腾了！"吴莉莉一直没说话，琢磨半天，一挥手，"哪有这么天天盯着的！还是干脆一点！"

要是那家伙敢对不起晚晚，她就直接冲到男寝揍人！

时晚还是觉得好笑，去往礼堂的路上，嘴角止不住扬起。

共同经历过那么多的事，一路走到现在，她分毫不怀疑他对她的感情。

已经能看到礼堂白色尖顶，她稍稍走快些。

最近计院似乎很忙，期中考试之后，她还没来得及跟他见面。

天色渐暗，夜风有些凉，一想到马上就能见到贺寻，时晚却很是高兴。

她从礼堂背后的小路绕过去，拐过转角，已经能看到门口熟悉的瘦削身影，正想走过去。

先她一步，从礼堂里冲出一个个头极为高挑的女生。

即使放在北方，这个女孩也比普通女孩高出许多，极其显眼。女生打扮极其夸张，穿着中世纪的华丽拖地裙，她摇摇晃晃、跌跌撞撞地一路小跑出来，然后直接扑进了贺寻的怀里。

不比高中，大学校园风气要自由开放得多。

时晚脚步一顿，愣在原地，整个人都蒙了。

对方抱住的是她男朋友啊！

从来没遇到过这种情况，她一时间有些反应不过来。

贺寻一直很受异性喜欢，这她是知道的，且对待追求者，贺寻一概置之不理，从来没有给过任何一个在意的眼神。

但此刻，时晚站在离礼堂不远的小路上，眼睁睁地看着贺寻一步都没躲，而是伸出手，稳稳接住了那个姑娘。

时晚安慰自己，可能只是怕对方不小心摔倒吧……

虽然刚认识的时候总是凶巴巴的模样，对待除了她之外的其他人也从来都是爱搭不理的表情，但贺寻本人并没有看上去那么冷漠。

不然也不会每年过年都被院子里的小孩子合起伙支使来支使去，连老林头都嫌烦，他却不嫌弃，一直带他们玩到天黑。

时晚想得很好，但贺寻扶了一把之后，并没有松手，也没有后退。他牢牢搂着对方，稍稍垂眸，似乎在跟那个女生说话。

隔着一段距离，时晚听不见他们究竟在说什么，只能看见女生手舞足蹈片刻，直接死死抓住贺寻。

女生个头高挑，一伸手就搭上了贺寻的肩。在旁人眼里，看上去简直就像在拥抱一样。

时晚脑海里嗡的一声，全然不知道该怎么办。

作为正牌女友，似乎现在应该上去斥责对方，然而作为被抱住的那个，贺寻似乎并没有什么太大的反应，甚至连退步都没退。

时晚就那么呆呆地站在原地，盯着在礼堂门口相拥的两个人，直到衣兜里的手机响起，才如梦初醒。

她手都在抖，翻了好几下才把手机找出来，是吴莉莉发来的。

【待会儿回来能不能带两包糖炒栗子？我和沈晓菲都想吃了！】

时晚不知所措，一点儿也不想待在这里看他们抱在一块儿，颤抖着给吴莉莉回了句好，快步跑开了。

怎么会这样……

她头脑直发蒙，直到站在糖炒栗子的小摊前，才反应过来发生了什么，眼眶蓦然红了起来。

"哎，小妹妹你别哭啊！"卖栗子的大叔吓了一跳，"怎么了这是？考试没考好？和男朋友吵架了？"

时晚越想越委屈，抬手擦了下眼泪，轻轻摇头。

小姑娘咬着唇不说话，眼泪啪嗒啪嗒往下掉，大叔被吓坏了，硬是多铲了两铲糖炒栗子，这才肯放她走。

"哎？"根本没想到她会这么早回来，听见开门声，吴莉莉一头雾水，"你今天怎么回来得这么早？"以往这两个人都黏黏糊糊的，一直要腻歪到快关楼门才回寝。

时晚红着眼睛，没有说话，把栗子递给同样瞪大眼睛的沈晓菲，爬上自己的床，然后用被子死死蒙住头。

他把她叫过去难道就是为了看那种场景吗？

她又生气又委屈，衣兜里手机振动个不停，她始终没有接起。

礼堂门口。

约好在这里见面，贺寻却一直没能等到小姑娘的人影，一连拨了好几个电话都是无人接听。他皱了下眉，决定去女生宿舍那边看看。

已经入秋，天色暗得早，别在来的路上出什么事故。

贺寻转身正想离开，背后就传来巨大的聒噪嗓音："寻哥！寻哥救我！"

贺寻根本懒得搭理，不过毕竟有着一同参加比赛的经历，他回过头去，啧了一声："你自己打赌输了，和我有什么关系？"

"就是。"陆淼在一旁冷冷补充，"输的人是你，你一个人穿女装就好，还指望别人救你？"

陈琛被一群人架住，动弹不得，一下瞪大了眼："陆淼你个浑蛋！你这说的是人话吗？！"

好歹在基地有着同窗情分，大家有福同享有难同当，凭什么让他一个人穿女装！

他的嗓门很大，然而脑袋上还顶着从话剧社借来的及腰波浪卷，身上穿着中世纪风格的华丽流苏长裙，身材纤瘦，反串起来有模有样，看上去俨然一个高挑动人的女孩子。这句斥责听上去就很搞笑，连贺寻都禁不住勾了下嘴角。

"你们别闹太大了。"他并没有半分去帮陈琛的意思，转头对陆淼说，"让他随便穿穿就行。"

如果不是陈琛自己闲得没事招猫逗狗要打赌，根本没那么多事儿，偏偏他不信邪，怎么都不相信陆淼能拿演讲比赛第一名。

结果成绩一出来，陈琛直接被起哄的众人看热闹不嫌事大地按着套上了衣服。

陈琛求生欲极强，跌跌撞撞踩着裙角一路跑到门口，可惜半路抱住的求救对象是贺寻，又给全须全尾原模原样地塞了回去。

"我去找晚晚了。"惦记着迟迟没来的小姑娘，贺寻一刻也留不住，跟陆淼打过招呼，让这群人别闹得太过，就朝女生宿舍的方向走去。

很快到了女生宿舍楼下。

不允许异性随便进出，除了刚开学和帮忙搬东西，男生不能上楼。电话依旧打不通，没有别的办法，贺寻只能用最简单直接的招数，站在楼下喊。

这一年的大学校园，像这样在女寝楼下喊自己女朋友的男生还挺多，刚开学时觉得新鲜，到后来见怪不怪，也就没人多看他。

然而刚喊了两声，一盆水直接浇了下来。

这可就不常见了。

哪里想到会有这种事，贺寻来不及躲避，全身被淋得透湿，直接愣住。

"你还好意思来找晚晚啊！"紧接着，吴莉莉拎着空盆，气势汹汹地从楼上冲下来，"她都和我们说了！你要不要脸？"

贺寻一脸蒙，他怎么就不要脸了？

头脑转得快，风一吹更加清醒，反应过来是怎么回事，他连忙摆手："等一下，都是误会！那不是什么姑娘！"

面对吴莉莉一脸"你觉得我会听你解释吗闭嘴吧人渣今天就是你死期"的愤慨表情，贺寻没有其他办法，只能给陆淼打电话。

"哦，我知道了。"被众人围追堵截拍照，陈琛累得动弹不得，缩在墙角，看见陆淼对着手机一个劲儿点头，"行，我现在就带他过来。"

从礼堂一路被架到女寝楼下，围观群众逐渐增多。入学以来，陈琛的曝光度首次达到了百分之百。

至于什么大一新生以反串中世纪贵族女一战成名，凭借女装照占据 P 大 BBS 热门几个月，直到毕业后还在学弟学妹中口耳相传，这些都是后话。

眼下最重要的是，陈琛以英勇无畏的巨大牺牲解开了由他造成的误会。身心俱疲，他也不再反抗，把假发一摘，卷着裙摆大刺刺往台阶上一坐，任凭过往的学生打量。

吴莉莉一怔，刚才手太快了不该浇那盆水！

"对不起，对不起！"她连连冲贺寻道歉，"我们也没想到……"没想到陈琛会穿女装啊！

"没事。"贺寻又无奈又好笑，不好苛责这个一心向着他家小姑娘的女生，摆手，"现在可以帮我叫一下晚晚吧？"

沈晓菲和唐瑶目瞪口呆地在阳台上围观全程，极其机灵地把时晚拉了下去，然后很有眼色地溜了。

大家的注意力都被一旁的陈琛吸引走，也就没留意到渐渐远离人群的时晚和贺寻。

时晚一直埋在被窝里怀疑自己，怎么想也想不到会是这样。她眼睫还挂着泪，脸烧得要命，简直想重新钻回被子。

天色昏暗，加上对方又戴着假发穿着长裙，她确实没看出来那是陈琛。

莫名其妙折腾了这么一出，还害得贺寻被浇了一盆水，时晚越想越愧疚。

贺寻嘴边噙着一丝笑，就看见少女的头越来越低，像个做错事的小孩，可怜巴巴的，声音小得不行："对……对不起……"

贺寻有意敛了笑容，不说话。

果然，他一沉默，小姑娘马上就抬起了头。

她才哭过一场，杏仁眼还沁着水色，眼眶有些红，怯生生地看他，整个人乖得不行。

他没忍住，低低笑了下。

退去年少时期的青涩，他笑起来越发低沉，透着种难以捉摸的味道。时晚一下更紧张。

果然还是生气了……

之前她哭得有些蒙，不知道该怎么办，此刻下意识地伸手想去牵贺寻，却被抢先一步。

他把她揽在怀里，然后俯身，直接在她软绵绵的脸颊上咬了一口。

他似乎害怕会弄疼她，力度不轻不重。但时晚还是一下惊了，她下意识伸手捂住脸，抬头看他。

这个人怎么……怎么咬她啊？

小姑娘表情蒙蒙的，白皙指尖下露出一点儿微红的牙印，贺寻就笑了。

"嗯。"他抬手勾了下嘴角，淡淡道，"好酸。"

贺寻嗓音低沉，磁性声线里戏谑意味十足。

时晚愣了下，感觉脸上的牙印蓦然变得滚烫。

"你……"她整个人一下烧得不行，眼睫颤了颤，小声嘟囔，"你讨厌……"

又不是平白无故想这样，换作任何一个姑娘，看到自己男朋友和别的"女生"抱在一块儿，肯定都会吃醋。

要是吴莉莉那样性格火暴雷厉风行的妹子，说不定还得当场动起手来。

少女捂着脸，露在外面的额头沁着一点儿粉，眼尾还沾着些微泪痕，声音又绵又甜。

贺寻心里软得要命。

"是我的错。"他抬了手，小心翼翼给她擦掉泪痕，"下次不会让你误会了。"

陈琛那家伙要是不长脑子再被整，就自己上一边儿自生自灭去，横竖他是不想再让小姑娘有这种误解。

被吴莉莉从楼上迎头浇了一盆水，毕竟是秋季，贺寻指尖不可避免地有些冷。

时晚不禁颤了一下，小声说："我陪你回去把衣服换掉吧。"

天气渐凉，温度低，身上衣服湿漉漉的，风吹久了难免会感冒。

话音刚落，她就见他坏心眼地笑了起来："现在不吃醋了？"

"不要说啦！"她一点儿也不想提及今天的误会，伸手捂住耳朵，耳尖绯红一片。

一旁，贺寻低低地笑。

"走吧。"他牵住她的手，"小醋包。"

不比女生宿舍，男生宿舍的管制要相对宽松些，不过也仅限于让女生进入一楼大厅，还是不能随随便便上楼。

"嫂子！"在大厅等着，时晚就看着陈琛一脸颓丧地被陆淼拎回来，在看到她的时候都快哭了，"嫂子我真不是故意的！"

"没事没事。"时晚连忙摆手，"都是误会。"

陈琛蔫头蔫脑地上楼。

没多久，贺寻就下来了。

这一年没什么太多的娱乐活动，谈恋爱的情侣们除了去看电影，最爱手牵着手在校园里散步。

初秋，落叶纷飞的 P 大很美。

"你最近是不是很忙呀？"

知道了根本没有所谓的第三者，时晚心情一下好起来，走在湖边，她悄悄勾了下贺寻的掌心，轻声问。

期中考试前后，物院和计院都非常忙碌，加上要准备演讲比赛，他们有一周多没怎么见面。

结果今天终于有空，还闹了这么一出。

时晚觉得有些滑稽，稍稍抿唇。

天色已暗，湖边路灯依次亮起，月色温柔，盈在少女脸颊浅浅的梨窝里。

贺寻手心传来些微痒意，不禁也笑起来，回握住她，沉声道："嗯，最近和陆淼他们在尝试一个新系统。"

进入大学之后，几个人并没有放弃之前的兴趣爱好，都在同一个专业，陈琛和陆淼依旧跟着贺寻继续研究飞行器。

当初在基地的负责人徐乐大力支持，甚至有意让他们几个参与自己的课题。

P大作为全国顶尖院校，汇聚了来自五湖四海的尖子生，学习压力原本就比普通院校要大得多。

加上考试和研究新系统赶到一块儿，的确令人分身乏术。

"那你要注意休息啊。"方才闹情绪，时晚没来得及细看，如今打量一下贺寻，总觉得他脸色没有以前好，"别熬夜。"

女朋友嗓音软软的，贺寻嘴角微弯，却没有立刻应下。

"那你也答应我一件事。"他停下脚步，正色道，"不然我不答应你。"

贺寻敛起唇边笑意，眉眼深邃，一本正经时看起来其实有点儿凶。

时晚就有些茫然："啊？"

他让她答应些什么呀？

小姑娘迷迷糊糊的表情看起来有种呆萌的可爱，贺寻没忍住，伸出手，把她小脑袋按怀里。

"以后不许不接我电话。"他沉声道。

今天见她迟迟不来，又怎么都打不通电话，面上虽然不显，他心里却紧张得不行，生怕发生什么意外情况。

经历过高中那个漫长的风雪夜，他不允许她再出事了。

落在发顶的掌心宽厚温暖。时晚靠在他胸口，能听见他有力沉稳的心跳声。

她脸有些红，轻声应道："嗯。"

她不会再让他担心的。

大学课业繁重。

专业课多而深奥，忙起来甚至比高中最紧张的时期还要忙碌，在紧张的复习和期末考试后，终于挨到了大学的第一个寒假。

元旦过后没多久，时晚和贺寻就回到了青城。

"晚晚，叫那爷俩别在那儿捣鼓了！"

平时都是时远志做饭，向洁难得进一趟厨房，一边切菜，一边扬声："实在没事干就出去买年货，咱们家还没买鞭炮呢！"

"啥叫没事干啊？"

时远志耳朵尖得不行，并不敢大声反驳，只敢小声嘀咕："我们俩明明在做正事……"

大学假期没有作业，但还在研究飞行器，贺寻的闲暇时间甚至没有高中多，一天到晚都在调试新系统。

在学校时，他已经和陈琛、陆森他们研发出了一套新的独立控制系统，三个人一合计，都有将这套系统投入市场商业化的想法。

但市场化的产品标准更高，也更严格。

反复测试多遍，一直有个小问题难以解决，贺寻自己一个人琢磨了许久，始终没有什么思路，就带着数据和飞行器找上了时远志。

两个人在客厅一捣鼓就是一整天，常常要喊好几遍才肯吃饭。

"爸。"向洁没听见时远志的嘀咕，时晚可是听见了，不由得上去抱着他的胳膊撒娇，"你们就歇一会儿吧，整天都在搞这些，身体要受不了的。"

宝贝女儿的首选撒娇对象是自己而不是贺寻，作为老父亲，时远志心里美滋滋的。

"行，"他得意地看了贺寻一眼，放下手里的飞行器，"走吧，跟我上街去买东西！"

眼看着快要过年，家里没鞭炮确实不太像话。

既然时远志都这么说，贺寻也不好拒绝。

两个男人便一同出了门。

"瞧这爷俩。"向洁在厨房里，朝外看了一眼，笑着摇头，"乍一看还挺有父子相的。"

听向洁这么说，时晚也趴在窗台上往下看。前几日全家一起去逛了商场，给每个人都买了过年的新衣服。时远志和贺寻是同款深色外套，从背影看去，的确有几分父子的感觉。

想到这里，时晚不由得想起贺寻真正的亲生父亲，接着有些紧张。

如今，贺寻已经上了大学，贺子安还会再来找麻烦吗？

母女连心，时晚还没开口，就知道她要说什么。

"听元律师说贺家那老头子走了，最后也没给贺子安留多少遗产。"把切好的菜放进盆里；向洁说。

元宁和向洁他们始终没断联系，一直都保持着往来。

据元宁所言，贺老爷子寿数已尽，大笔大笔的钱砸下去，最后也没能留住命。他生前已经立好遗嘱，贺家几乎全部的家产都留给了长子。

作为一向备受娇宠的小儿子，贺子安自然不乐意，然而曾经好说话的大哥却不再给他面子，任凭他在家里撒泼打滚，也没有半分动容。

向洁感叹："估计之前是给老爷子面子，现在人不在了，也没有必要留情面了吧。"

毕竟从元宁的叙述来看，贺家大哥在经商处事上都十分沉稳精明，远不是贺子安那种无所事事惹是生非的纨绔能比的。

贺老爷子没有给贺子安留财产，大概也是看透了这个不成器的小儿子。

时晚不知道该说什么，抿了下唇。

如果是这样的话，贺子安应该不会再来找贺寻了吧？

正这么想着，"咚咚"两声，门被敲响。

"来了。"稍稍扬声，时晚朝门口走去。

怎么这么快回来？开门前，她有些疑惑。

家属院的位置稍显偏僻，离附近的商业街有一段距离。冬日天寒路滑，时远志和贺寻少说也要一个小时才能回来。

时晚一开门，当场愣住。

她呆呆地立在门边，门外，一个和贺子安有七八分相似的男人冲她点头："你好，我是贺子兴。"

时晚让时辰抱着豌豆去主卧，又给贺子兴倒了杯茶，然后坐在离他最远的沙发上，抬眼偷偷看过去。

贺子兴乍一看和贺子安很是相似，细细打量，就会发现他和贺子安截然不同。

一母同胞，眉眼无法改变，两个人的气质却迥异。贺子兴年长些许，在沙发上正襟危坐，长眉凛冽，神态端方，全然没有贺子安那种令人不适的轻佻狠戾感。

时晚眨了下眼，收回视线。

没有想到贺子兴会突然上门，她有些无措，不知道对方想做些什么，也不知道该怎么面对。

只记得贺寻说过，贺家上下，大概唯一不讨厌他的，就是这个平时对他不冷不热的男人。

"您今天特意来一趟，是有什么事吗？"

向洁同样没料到贺子兴突然到访，想了想，决定单刀直入："贺寻出去了，您要是找他，可能还要等上一会儿。"

"不用。"抿了口茶，贺子兴摇头，"我想那孩子大概也不怎么想见我。"

毕竟是自己亲自接回来养大的小孩，尽管这么多年并不亲近，他还是清楚贺寻的脾气。

吩咐秘书偷偷在巷口蹲守了好几天，直到今天贺寻出门，他才第一时间赶过来。

"我已经把贺子安送到国外。"放下茶杯，贺子兴沉声道，"他身边有我的人，以后不会出现在你们身边，之前的事情实在抱歉了。"说着，他站起身，直接朝向洁和时晚鞠了一躬。

"贺叔叔……"时晚吓了一跳，急急起身。

"今天来也没有其他的事。"贺子兴并不在意，认认真真鞠完这一躬，从衣兜内侧拿出一张银行卡，"那孩子先前走的时候，没拿我给他准备的钱，现在想放到你们这里。"

向洁和时晚对视一眼，谁都没碰那张卡。

"贺先生。"向洁冲贺子兴笑笑，"您还是把这张卡收回去吧。"

"这钱不是给你们的。"她拒绝得直接，贺子兴就继续往下说，"贺寻的眼睛没完全治好，以后总有要用钱的地方。"

贺子兴打听得很清楚。

他知道贺寻在首都还在看医生，情况虽然渐渐好转，如今已经能视物，但和正常人相比还是有些差距。

闻言，向洁笑了下。

"我和老时虽然拿的是死工资，但还不至于让孩子看不起病。"她还是坚持自己的意见，"您放心好了。"

贺寻性格倔强，离开贺家时没有带走一分一厘，如今，想必也不会接受贺子兴的钱。

提到这个话题，时晚不由得眨了下眼。

"是的。"她轻声补充，"而且……而且医生说他很快就能完全恢复了。"

后来去医院时，她一直陪在贺寻身边。

毕竟是非病理性因素引起的短暂失明，几次谈话下来，贺寻的情况比以前好转很多。

母女俩意见统一一致对外，贺子兴无奈地笑了下。

"即使看病不需要钱，"他看向时晚，"研究飞行器也得要钱吧？我不太懂这些东西。但那孩子以前参加比赛的花费我是知道的，现在正儿八经搞研究，怎么说用钱的地方要比之前多。"

他这么一说，时晚不禁一怔。

耳濡目染，她虽然不知道具体研究一个新系统需要多少钱，但听时远志说，研究所每年花费的经费巨大，说出去都要吓人一大跳。

而向洁也没开口，只是稍稍拧了下眉。

"我没有别的意思，也不想干涉他的生活。"见她们都没开口，贺子兴淡淡道，"到底我和他生母有过婚姻关系，之前没能照顾好他，现在就当我弥补一下没尽到的责任。"

贺子兴似乎还有什么急事，抬手看了好几次表，没有再谈论其他话题，留下这张银行卡，就匆匆离开了。

一个小时后，贺寻拎着鞭炮和一大堆杂七杂八的年货回家，对着茶几上的银行卡直皱眉。

"阿姨。"沉默半晌，他拿起那张银行卡，"您帮我先收着吧。"意思就是不想碰这笔钱。

"行。"向洁一句话都没多问，爽快应下，"那阿姨就先给你收着了。"

向洁没多说什么，反而是时晚有些惴惴。

"你……"一直不安到晚上，吃过饭，在厨房里洗碗，时晚借着水声的掩护小声问他，"你研究新系统会不会缺经费呀？"

时晚不太清楚具体花费，但每一次调试都需要钱。

不比手头有课题经费的研究生或者博士，才上大一，他们向学校申请到经费的可能性微乎其微。

时晚并不是想逼着贺寻接受贺子兴的钱，只是担心他能不能继续手头的研究。

"你担心这个做什么。"贺寻耸了耸肩，语气满不在乎，"徐老师帮我们向基地申请了经费，完全够用。"

说的是之前在无人机基地负责组织比赛的徐乐。

"哎？"没想到还有这种事，时晚有些吃惊，"真的假的？"

他不会骗她吧。

见小姑娘眼睛瞪得和豌豆一样圆，贺寻笑了。

"那你待会儿打电话问陈琛？"他关掉水龙头，轻轻捏了把她的脸，"那家伙可没胆子骗你。"

时晚脸上冰冰凉的，下意识地摸了一把，摸到一手泡沫。

愣了两秒，她气得不行："你是故意的！"

以牙还牙，她也往他脸上糊泡沫。

两个人在厨房里打闹了一会儿，被时远志喊出去看电视剧，很有默契，大家谁都没再提起今天贺子兴到访的事。

时辰怀里抱着豌豆，默默看了贺寻一眼，没有吭声。

第二天。

昨天时远志提了几个意见，一大清早，贺寻连饭都顾不上吃，坐在客厅里挨个尝试。

刚调试好，门被敲响了。

以为是时晚，他起身去开门，然后和门口的时辰大眼瞪小眼。

时辰瞥了一眼防盗门上有些褪色的"流氓"二字，不待贺寻邀请，就一瘸一拐地从他身侧挤了过去，大大方方地坐在沙发上。

贺寻全然摸不着头脑，甚至觉得自己是不是出现了幻觉。

这两年，时辰和他的关系说不上好也说不上差，虽然没有之前那么敌对，但也没得过一个好脸色。

加上后来去上大学，两个人总共都没说过几次话。

不好把这个过于早熟的小舅子当一般小孩看，贺寻心下疑惑，还是沉声道："你找我有事？"

说实话，他并不认为时辰能找他有什么事。

"你昨天在骗我姐吧。"时辰冷冷道，"你上次打电话的时候可不是这么说的。"

那次全家一起去逛商场的时候，贺寻中途接了个电话。虽然时辰不知道对面究竟是谁，还是听清了经费不足、需要多次调试、时间期限等字眼。

"你小子……"贺寻简直不知道该说什么。

研究经费当然是紧张的。即使再有本事，徐乐也没法一下申请到那么多经费，他们现在研究用的钱，都是几个人参加无人机比赛的奖金。

当时看来是数额不小的一笔，然而研究比想象得还要花钱，上次陆淼打来电话，说预算只够再撑两个月。

贺寻并不打算让时晚知道这件事，皱了下眉。他拿出大人的气势，试图威胁时辰："不许告诉你姐。"

这种威胁或许对钱小宝有用，时辰眨了眨眼，不为所动。

"我们已经在想办法了。"贺寻只好把大人的谱收回来，深吸一口气，"最多等到开学，不会有问题的。"

之前他和陆淼、陈琛讨论过这个问题。与其等着徐乐那边批经费，不如他们自己拿着系统去找投资，陈琛作为首都土著，这些天一直在四处跑，已经确定了几个有意向的投资人。

经费可能会有一时的紧张，但应该不会出大问题。没有绕开话题，贺寻语气笃定。

"我知道了。"时辰盯着他看了一会儿，没有继续追问，而是从怀里掏出了一个厚厚的信封，"这个给你。"

贺寻接过信封，稍稍看了一眼，眉峰一紧。

牛皮纸信封里装着厚厚一沓钱，全是面值一百的纸币。

"你放心，"察觉贺寻想要说话，时辰冷冷打断，"这是我自己的钱。"

听时辰这么说，贺寻眉头皱得更紧。

"这是你的奖金，"他把信封放在茶几上，"你给我干什么？"

时晚跟他说过，时辰在陶艺方面很有天赋，他们在首都读大学的这一年，时辰也没闲着，而是在向洁的陪同下参加了好几个比赛，都拿到了第一名。

奖金积累下来也是笔可观的数目。

时辰面无表情地扫了贺寻一眼，把信封推过去。

"我不是想给你。"他淡淡道，"我只是不想以后我姐嫁给一个穷鬼。"

第二十二章：
我来和你换真的结婚证啦

最后，贺寻当然没收这笔钱。

"你姐夫我还不至于要你的钱。"他把信封塞回时辰手里，沉声道，"自己拿好，不然我就告诉你姐姐。"

时辰一向不怕他，也只有时晚能治住这个人小鬼大的小孩儿。

果然，似乎没想到贺寻会拿时晚来威胁自己，时辰愣了一下，没有再说什么，默默收起信封。

"行了。"瞧时辰不说话，贺寻伸手，硬是揉了把他的头，"姐夫谢谢你的心意啊。"

时辰平时不声不响的，关键时刻却能惦记着他，虽然时辰嘴上依旧是平日那副爱搭不理的样子，但也会为他着想。

时辰显然不喜欢被当作小孩子对待，贺寻这么伸手一揉，他有些恼火地抬头瞪了贺寻一眼，没说话，拿着信封直接走了。

这小子……贺寻又好笑又感动，不由得扬声："你下楼慢点儿！"

时辰年纪渐长，走起路来比小时候稳当些，却还是不如常人。似乎有几分生气，他走得飞快，一瘸一拐的，看着就让人害怕。

两个人谁都没有再提起过这件事，寒假就这么平静地过去。

临近开学，贺寻和时晚一起回到首都。

如今飞机上还要全程关闭电子设备，贺寻刚开机，无数条陈琛的未接来电差点儿没把皮实到号称能砸核桃的诺基亚卡死。

贺寻不清楚究竟是什么情况，碍于时晚还在身边，并没有立即回拨。

他面色如常，直到回到 P 大，替时晚把行李搬到宿舍。离开女生宿舍，一直走出好远，他才回拨过去。

"喂？"电话接通，他有些紧张。

寒假里，他和陆淼负责继续调试系统，陈琛则一个人四处跑去拉投资。

不知道是不是运气不好，前前后后一连跑了十几家，感兴趣的公司虽多，却没有一个真正想要投资的。

之前的奖金已经快用完，如果再没有什么好消息，恐怕真的要暂时搁置这个项目。

"喂！寻哥！"打了一上午都没打通，终于联系上贺寻，陈琛激动到声音都变了，"好消息好消息！我终于拉到投资了！"

三月，春寒料峭。

站在寒风里，贺寻长长出了一口气。

"我知道了。"他尽力控制着自己的声音，沉声道。

刚好陆淼也在今天返校，择日不如撞日，陈琛联系上投资人，三个人一起去了对方的公司。

投资人年纪并不大，是个才从国外留学的海归，对他们的新系统很感兴趣，看着他们演示过后，当即决定投资这个项目。

"真是太好了！"

一个假期碰壁到都快蔫了，回到宿舍，陈琛还在念叨："陆淼你掐我一下，别是我在做梦，待会儿钱就飞了吧？"

陆淼很是无语，白了他一眼。

贺寻听着陈琛在一旁念叨，嘴角微扬，开始把箱子里的东西一件件往外拿。

今天匆匆忙忙，他还没来得及收拾行李。

陈琛跟上了发条似的蹦跶来蹦跶去，蹦着蹦着，看见贺寻猛地僵住。

"寻哥？"他心下诧异，问了一句，"你咋了？"怎么愣愣地站在那儿。

贺寻没说话，维持着打开箱子的姿势。过了几秒，他无奈地摇摇头。

"这小子……"

贺寻拿时辰简直没办法。

这对姐弟俩简直像是天生来治他的。不知道时辰什么时候偷偷塞进来的，箱子最下面，俨然是那个厚厚的牛皮纸信封。

"那你……"时晚在宿舍收拾东西，接到贺寻的电话，哭笑不得。已经离家几千公里，最后，她也只能说，"那你就收下吧。"

跟钱小宝那样的同龄人不一样，时辰是个特别有主见的孩子。

既然这是他决定的事情，即使她是当姐姐的，都未必能劝回来。

"行。"贺寻拿着信封，想了一会儿，说，"那我就把他这份算到投资里面了。"

这一年，两万块钱不是笔小数目。

时辰选择相信他，那他也不能白拿对方的钱。

时晚挂了电话。

哪里想到时辰会瞒着他们偷偷给贺寻塞钱，她又好气又好笑，坐在床边，正在犹豫要不要给向洁打个电话，就看见吴莉莉拎了两大桶醋回来。

真的是不折不扣两大桶，寻常家里装食用油的桶被装得满满的。

"哎……"她有些吃惊，"你拿这么多醋干吗啊？"

"你在家不看新闻吗？"吴莉莉放下手里的醋，开始翻箱倒柜地找小锅，"沿海那边的传染病开始往这边扩散了。"

吴莉莉这么一说，时晚想起寒假看电视时的报道。

南方某省出现一种感染性很强致死率极高的传染病，似乎叫非典型肺炎。一度还引发了不小的恐慌，不少居民大量抢购板蓝根和白醋。

后来官方出来辟谣，称疫情得到控制，影响不大。因为离得远，她也就没有再关注。

"那也不用这么夸张吧？"

眼看着吴莉莉已经翻出了小锅开始煮醋，时晚不由得道。

就算真的有什么疫情，靠煮醋消毒基本也是没用的。

在青城经历过地震的谣言，对于这种似是而非的传闻，她保持怀疑态度。

"什么东西这么酸？"

这个时候，沈晓菲和唐瑶一前一后到了宿舍。跟时晚一样，沈晓菲也觉得这不是什么大事。

倒是向来胆子小的唐瑶拧了眉，磕磕绊绊地说："我听我妈说好像还挺可怕的。"

唐瑶妈妈家里有亲戚在那个省份生活，打电话来说情况比想象中严重得多，有症状的人都被隔离起来观察，超市白醋和板蓝根也被抢光。

"肯定不会出事！"沈晓菲性格大大咧咧，满不在乎地摆手，"咱们这儿可是首都！哪有那么容易就发生大事！"

她这么一说，就连正在煮醋的吴莉莉也有些动摇："你这么说好像也有道理啊。"

"那就把小锅收起来吧。"醋蒸气的味道太呛，时晚咳嗽几声，"待会儿阿姨上来发现违禁电器要扣分的。"

没有多想，几个小姑娘收好小锅，开开心心讨论起了这个学期要做什么。

几周后，非典疫情在首都全面爆发。

为了防止疫情扩散，学校实行了全面封校。

所有学生都待在校园里，每天统一按时测量体温，稍有不正常便立即隔离。

"我听你段姨说她姐姐家楼上有个发烧的，一整栋楼的人全被隔离了。"不同于曾经面对地震谣言的淡定，这一次，向洁在电话里紧张得声音都在颤，"晚晚，你和贺寻在那边还好吗？"

"没事。"时晚刚上报完体温，走在校园里，尽力使自己的声音显得轻松，"我们这边还在正常上课呢。"这么说着，她看了一眼不远处戴着面罩，正在喷洒消毒水的工作人员。

"那就好，那就好……"向洁一向精明干练，情绪很少外露，这一次，她难得在通话时长出了一口气。

"快到教室了。"时晚轻声说，"你和爸爸安心工作，我们没事的。"说完，她挂掉电话，走进教室。

的确是还在正常上课，然而，为了公共课准备的可容纳三四百人的大教室中，如今只有两个人。

"我每节课就光给你们俩上了。"老师摇了摇头，对坐在第一排的贺寻说。

戴着口罩，贺寻的笑声有点沉闷。

谁都想不到事情会发展到现在这个局面。

刚开始封校时，大家似乎还没意识到问题的严重性。随着互联网和新闻的信息进一步透明，才知道非典究竟有多可怕。

宿舍楼下的电视每天都在循环播放如何洗手、消毒、隔离等事项，新闻里也在二十四小时播报疫情的最新进展。

人心惶惶，待在学校里不能外出，大家哪儿还有上课的心思，虽然教学活动依然在进行，跟停止也没什么区别。

"简直像《生化危机》一样。"

下课后，走在林荫道上，贺寻对时晚说。

去年《生化危机》上映，计院还专门组织了几场让大家观看，哪想到翻年过来，电影里的情节就成了现实。

虽然远没有电影那么可怕，但也足够让人心焦。

"是啊。"

林荫道上根本没有几个人，时晚叹了口气。

被圈在学校里，天天按时测量体温，随处可见喷洒消毒水的人员，这几周下来，大家的情绪都不高。

"对了。"不想继续这个话题，她问，"你们的系统怎么样了？"

并肩走着，她下意识想要去抓他的手，结果被躲开了。

"离我远一点儿。"贺寻沉声道。

虽然每天都在测量体温，但非典的潜伏期最长可达两周。男生宿舍人多，传染源杂，万一真有什么情况，他可不想传染给她。

时晚明白他的意思，有些郁闷，下意识地鼓了下脸颊，最后没有强求。

好在提起飞行器，贺寻的兴致高了些，隔了一层口罩，声音有些闷，却还是能听出一点儿喜悦。

最近教学活动几乎停滞，倒是给了他们大量的空闲时间。

这几周下来，系统基本已经达到了上市商用的标准。

走到女生宿舍楼下，分别时，贺寻叮嘱时晚："睡觉前记得喝板蓝根。"

"我知道啦。"虽然心里很清楚这没什么用，时晚还是乖乖应下。

她冲他挥挥手，这才转身上楼。

同教学楼一样，宿舍里也充斥着消毒水的味道，走廊里张贴着非典初期症状一览表。

时晚扫了一眼"高烧""头疼""咳嗽"的字样，打开门。

现在已经没人再念叨吴莉莉那两大桶醋，每天早晨，沈晓菲和唐瑶都要盯着吴莉莉给小锅加满醋才放心。

而阿姨也没有没收她们的违禁电器。

"你回来啦。"在缭绕的醋蒸气中，吴莉莉跟她打了声招呼。

"嗯。"时晚应道。

其实没有什么一定要去上课的必要，毕竟教学活动几乎已经全部停了。

但如果不去上课，她就没什么理由每天见贺寻一面。

在这种压抑的气氛下，只有见到他，才会让她感到安心。

时晚在下面看了半个小时书，有些犯困，放下书，决定去床上休息一会儿。

或许是因为向洁今天打了电话。这一觉她睡得不算安稳，梦里总是看见戴着面罩看不清脸的人，影影绰绰。

不知道过了多久，再度睁眼时，时晚的视线里一片漆黑。

她发了一会儿呆，盯着眼前的黑暗看了片刻，才惊觉这一觉居然从下午一直睡到了晚上。

怎么睡得这么沉……

迷迷糊糊地，她咳嗽两声，然后猛地愣在原地。

不会吧？

时晚瞬间清醒，攥紧了手里的被子。

宿舍里其他人已经沉沉睡去，一时间，只能听见均匀的呼吸声，还有加快的心跳。

她一下紧张起来，伸手摸了摸自己的额头，无法判断究竟是否在发烧。

她蹑手蹑脚地悄悄爬下床，摸黑找到了抽屉里的体温计。

一个人坐在黑暗中，时晚的呼吸有些急促。

回忆着这几天的行程，她安慰自己，一直都待在学校里，没接触过任何疑似感染的人，或许只是嗓子不舒服才会咳嗽。

这么想着，无法控制，她又咳嗽了几声。

"晚晚？"吴莉莉似乎被惊醒，声音还带着睡意，"你在下面吗？"

时晚没有说话，手有些抖，按了好几下才按开台灯。

灯光暖黄，体温计上的刻度却冰冷。

39℃，高烧。

与此同时，深夜十二点，男寝。

不如女生宿舍那边寂静，不知从哪儿发出的喧闹声隔着几层楼遥遥传过来。被拘在学校里这么久，白天不觉得如何，到了晚上，过剩的精力就无处释放。

陈琛躺在床上，瞪直眼睛盯了好一会儿天花板，最后还是没忍住。

"哎。"也不问剩下两个人睡了没有，他在黑暗里出声，"我说你们俩想过没，我们以后要怎么花这些钱啊？"

这几周，系统已经调整适配完毕。

虽然碍着非典疫情的缘故不能离校，但还有互联网这个沟通的窗口。数十份邮件往来之后，他们发现这个新系统能带来的利润比当初预测得还要多。

毫不夸张地说，很可能是绝大多数人一辈子都无法想象的天文数字。

除开头脑，陈琛只是再寻常不过的普通人，一想到未来可观的收入，哪里还能睡着觉："我就想在首都买他十几套房，万一二十年后我脑子转不动了，到时候就靠收租过日子。"

"瞧你这出息。"下铺的陆淼冷哼一声。

"我要把钱都拿来继续研究飞行器。"陆淼嘴上这么说，却忍不住和陈琛一起开始设想今后的生活，"以后的研究肯定越来越费钱，万一找不到投资，花自己的钱总像这次一样四处找投资好。"

两个人在这边兴致勃勃地讨论，过了许久，才反应过来，一直没听见贺寻出声。

陈琛问："寻哥你睡了？"

虽然系统是三个人一起开发，但主力还是贺寻，光是他一个人就独立完成了一大半的设计。陆淼和陈琛不佩服不行，因此，平时也多听他的话。

贺寻躺在床上，微微合眼。

他沉默地听着陈琛和陆淼规划未来，始终没有开口，直到此时，才淡淡道："没有。"

怎么可能睡得着。

今天小姑娘问起时，他面上虽然不显，心里还是有几分难以掩饰的激动。

他比陈琛和陆淼想得更长远，他想要做的，绝对不仅仅局限于为飞行器开发系统。

之前他出国参加无人机比赛，虽然拿到了冠军，却有不少其他国家不甚服气的参赛选手。即便没有当面说出来，依然能感受到那种若有似无的轻视。

原因无他。即使在比赛中拿了冠军，占据全球市场绝大多数份额的却依然是几个欧美国家。

凭什么呢？

贺寻稍稍敛眉，表情有些冷。

如今已经有了技术，批量生产推广只是时间问题。总有一天，在无人机领域，他们要做到最顶尖的水平，让那些曾经态度轻蔑的外国人一句话都说不出。

窗帘只拉了一半，月色溶溶，映出少年野心十足的模样。

"寻哥。"他还在出神，仿佛卖房销售附体的陈琛开口，"我说你不准备在这儿买套房子，到时候和我嫂子一起住？"

听见陈琛这么说，贺寻没有开口，只是勾了勾嘴角。

揉碎的月光落进眼中，眉眼渐渐柔和，光是想到时晚，他的心里就一下柔软起来。

真是太好了。

贺寻下意识地伸出手，在虚空中描摹着少女温柔的眉眼。

这一生，甚至事业都可以不要，他唯一的追求就只有她。

贺寻从来没有跟小姑娘说过，但已经偷偷在心里预演过无数遍。他想买一栋很大很大的房子，一定要有干净的落地玻璃窗。到了夏天，阳光洒进屋内，孩子们在屋外草坪上光脚玩耍，他和她并肩站在窗前。

"晚晚。"他喉头微动，默念少女的名字。

很快，他就能和她有一个家。

正这么想着，黑暗里，手机屏幕突然亮起，接着是在寂静中显得有些尖锐的铃声。

"哎哟。"尽管知道贺寻看不见，陈琛还是冲着他的床位挤眉弄眼，"这么晚了，是不是嫂子想你啦？"

"滚。"贺寻心情很好，并不计较陈琛一时的玩笑话，看了眼来电显示，不禁皱了下眉。

的确是小姑娘没错，但她从来不在深夜给他打电话。

这么晚来电，难道是有什么事？

贺寻心下隐隐有种不好的预感，没有犹豫，按下接听键。

"贺寻！"

电话那边的声音带着哭腔，却不是时晚。

紧紧捏着手机，沈晓菲眼泪直往下掉："你快过来！晚晚出事了！"

贺寻根本来不及换衣服，穿着短袖，还没冲到女寝楼下，远远地，就看见前面有几个拉扯的身影。

"不是……"时晚烧得有些乏力，试图躲开吴莉莉的手，戴着口罩，捂住嘴，咳嗽几声，"你离我远一点儿。"

看清体温计上的刻度，那一瞬，时晚反而十分冷静。

已经出现疑似症状，她现在要做的应该是去校医院，尽快和其他人隔离开，避免出现更多意外状况。

她想得很好，吴莉莉她们却炸开了锅。

"发烧也不一定就是那什么！"吴莉莉又一次试图抓住时晚，很激动，"说不定是你睡觉着凉感冒了呢？或许明天早上就好了，别直接去校医院！"

风声鹤唳，对于所有负责隔离观察疑似患者的医院，大家都有些抵触。

万一只是普通的感冒发烧，在医院里却和真正的非典患者有接触，被传染就麻烦了。

"没有或许。"时晚昏昏沉沉，一点儿说话的力气都没有，轻轻摇头，"你放开我。"

烧得太厉害，她手脚都发软，只能狠下心，咬牙拍开吴莉莉的手。

"贺寻！"吴莉莉急得只想骂人，一抬头，声音瞬间高了几个分贝，"过来！快过来！"

电话里，听沈晓菲抽抽噎噎地讲完事情经过，贺寻已经有心理准备，但脸色还是不免瞬间沉了下来。

深夜，首都的初春寒意料峭。

着急去医院，她记得戴口罩，却还穿着粉色的卡通睡衣，蹲在路边，用手紧紧捂住嘴。

原本身形就纤瘦，这么蹲着，她背上那对蝴蝶骨单薄地支起，形状可怜，衬得整个人摇摇欲坠，被风一吹就倒。

"起来。"贺寻从唐瑶手里接过外套，给时晚披上，伸手想要把她拉起来。

蹲在地上的小姑娘却仿佛被惊吓到，踉跄几步，跌跌撞撞地躲开了。

时晚一点力气都没有，口罩遮去大半张脸，只露出一双沁着水雾的迷蒙眼眸。她仰脸看他，声音软绵绵的："离我远一点儿。"

和曾经他说过的话一模一样。

贺寻心口一滞。

他没有说话，直接上前一步，不顾时晚的反抗，将她拦腰抱起。

"别动。"

男孩子力气大，他强行把她小脑袋按胸口："我送你去校医院。"

时晚一点儿也不想在这个时候和贺寻有接触，一路上又踹又踢，就差没拿牙咬，还是没能拗过贺寻。

到了校医院，她简直快被气哭了。

　　校医院通宵有人值班，听她说完情况，护士姐姐就分开了他们俩，直接把她带到最里面的隔离间。

　　分别匆忙，在拐角回头的时候，时晚只能看见贺寻瘦削高挑的身影。

　　"别害怕。"负责她的护士姐姐很温柔，轻声安慰道，"特殊时期大家都紧张，你可能只是普通的感冒发烧，做些检查，在这里观察几天就好了。"

　　护士姐姐带着她抽血化验，一项一项去做各种检查。

　　最后一项检查结束，回到病房，护士姐姐给她挂上退烧的针剂，然后就去关照新来的同学。

　　每个人都待在独立的病房里。

　　时晚垂眸，静静看了一会儿滴管里不断下坠的药液。

　　说不怕是不可能的。

　　以为这辈子最惊险的时分也就是那个在山里跋涉的风雪夜，哪里还能想到会有现在这种情况。

　　时晚靠在病床上发呆。

　　那一夜风雪盛，又冷又怕，来不及思考许多。如今一个人待在医院里，身边没有其他人，安静下来，就免不了胡思乱想。

　　不会有事的。时晚抓紧被角，安慰自己。

　　一直待在学校，根本接触不到传染源，冷静下来，最有可能的确实是最寻常不过的感冒发烧。

　　以后的日子还长呢。

　　她盯着纯白的天花板，如此想着。

　　她要带着向洁和时远志一起去环游世界，看着时辰做完手术开开心心去上大学。

　　还有……她无意识地鼓了下脸，抿紧唇。

　　方才不想让贺寻碰自己，一路上闹得厉害，直到分别时也没说上话，她甚至都没看见他的脸。

　　她还不能死。

　　她翻了个身，把脸埋进被子里。

　　答应过要嫁给他，她不会违背他们之间的誓言。

　　时晚挂着水迷迷糊糊睡了过去。

　　"还好我昨天记着你在挂水，差点儿就忘记给你拔针头。"早上按例来测体温，护士姐姐还是那副温温柔柔的模样，"感觉你今天状态好多了。"

　　时晚沉沉睡了一夜，感觉确实没有昨天那么难受。

　　"今天的体温也降下来了。"仔细查看过体温计上的刻度，护士姐姐鼓励她，"好好吃药，按时休息，观察几天就能出院了。"

不太清楚护士姐姐是不是对每个同学都这么说，至少在时晚听来，这的确是一个好消息。

测完体温，又去做了好几项检查。时晚正准备回病房，看见护士姐姐猛地一拍脑袋。

"最近天天值班，都把人值晕了。"护士姐姐差点儿忘了正事，还好分别时想起来，在衣兜里摸索一会儿，拿出一个熟悉的粉白手机，"喏，你室友让我带给你的，怕你一个人待在病房里无聊。"

时晚接过手机："谢谢。"

昨夜着急来校医院，出门匆忙，她压根儿就忘了带手机这回事儿。

"好啦。"冲她挥挥手，护士姐姐打了个哈欠，"你回去休息吧，我也赶快眯一会儿。"

回到病房，时晚打开手机，就是一条又一条的短信。

其中以吴莉莉她们的最多，之前还在宿舍说不爱打字，如今比谁发得都勤快，光是吴莉莉一个人就占了二三十条。

沈晓菲和唐瑶也发了好多短信。

更让她诧异的是，还有一些从来不认识的陌生号码。

从后面找补回来的署名看，应该是平时班上那群没什么交集的男孩子。

这一年没有后来直男思维的说法，一心沉迷学习，物院女生少归少，这帮满脑子只有学术的男生也从来没有天天在她们身边打转。

而如今，就连从入学到现在只说过一句话的男同学都发来了短信，笨拙地讲着不知道从哪里看来的，其实并不怎么有趣的笑话。

时晚又好笑又感动。没办法一一回复，只能拜托吴莉莉替她谢谢这些可爱的同学。

不过让她有些在意的是，收件箱都快满了，也没见到贺寻的短信。

这个家伙。

她鼓起脸颊，有点儿不开心。

连平时没交集的同学都知道发短信，他怎么不关心一下她呀。

就这样，时晚整整在校医院待了一周。

期间不断收到各种短信和字条，最后连护士姐姐都忍不住打趣："我的天，你们院的学生是不是都来关心你了。"

重新做了各项检查，数据都显示正常。

"行了。"一路把她送到隔离区和普通病区的分界处，护士姐姐挥手，"以后别来了啊。"

一直待在病房里，时晚除了护士姐姐见不到其他的人。

她一步一步走到校医院门口，初春，午后阳光温和，暖洋洋洒在身上。

时晚有些恍惚。

"晚晚!"得了消息，吴莉莉一早就和沈晓菲她们守在外面，此刻激动得直接跳起，冲过来就是一个拥抱。

忍了一周，终于没忍住，胆子最小的唐瑶牵着时晚的衣角，"哇"的一声就哭了。

最后还得时晚倒过来安慰她："没事没事，我这不是好好地出来了嘛。"

几个小姑娘抱在一块儿又哭又笑，过了许久，才好不容易分开。

时晚擦干泪水，一抬眼，望见几步开外的贺寻，不由得一怔。

初春，正是生机盎然的时候，枝头新叶渐绿，娇嫩可爱。

然而，站在梧桐树下，仅仅不过一周的时间，贺寻整个人瘦得厉害。

他仿佛大病了一场，脸色苍白，平日还合身的深色外套披在身上，被风一吹，空荡荡的。

时晚吓了一跳，急忙走上前去，下意识地去牵他的手："你……"

还没来得及询问是怎么一回事儿，下一秒，贺寻先开口，打断她的话。

"晚晚，"牵住她的手，他指尖冰凉，嗓音沙哑，"嫁给我吧。"

没有想到贺寻会这么说，时晚当场愣住，不知道该如何回应。

她不知所措地仰起脸，看见他冲她笑了笑，然后直接朝后栽过去。

"没什么大事，精神压力太大，又没休息好，挂两瓶葡萄糖就行。"

晕倒的地方就在校医院门口，检查完，并没有什么大碍。医生把笔塞回胸前口袋，又多看了时晚一眼："你就是他女朋友吧？"语气熟稔，仿佛很早就知道她。

"你男朋友这几天一直在外面守着呢。"

护士活泼外向些，对上时晚的视线，轻笑："你们感情可真好啊。"

寸步不离，不管如何劝说都不肯走，一周下来，差不多整个医院的人都认识了这个天天守在隔离区外面的男生。

因为还有其他病人，叮嘱几句后，医生和护士离开了病房。

这个傻瓜。

坐在病床边，时晚微微抿唇。

方才在医院外看得不仔细，如今贺寻合眼静静躺在病床上，她才发现他究竟有多憔悴。

眼底是显而易见的青色，瘦得太多，向来线条利落的下颌越发锋锐明晰。

她轻轻覆上去，甚至会产生一种掌心被骨头硌到生疼的错觉。

笨蛋。

她又气又心疼，把被角替贺寻掖好，抓住他的手。

许久之后，眼看一瓶葡萄糖即将打完，时晚准备去叫护士拔针。

贺寻蓦然睁开眼，视线在空中失焦片刻，终于定格在床边的少女身上。简直不像一个才晕倒不久的人，他猛地坐起，把她直接拉进怀里。

"晚晚。"

他声音颤抖，用力抱紧她。

那一夜，把时晚送进校医院。贺寻路上还能保持镇定，直到眼睁睁看着她被护士带进隔离区，下一瞬，他整个人几乎直接瘫软在地。

为什么发烧生病的不是他？

为什么偏偏是他的小姑娘？

"晚晚。"

尽管她已经在怀中，鼻尖是熟悉的香甜气味，贺寻心里却还是当初止不住的恐惧。

他太怕了。

活了二十年，曾经以为这世界上没有什么能令自己害怕的事情，直到那晚站都站不稳，甚至得让别人来扶一把。

贺寻从来没有怨怼过上天。

然而这辈子失去的已经够多了，他不允许老天爷再夺走她。

"我在这里。"察觉到贺寻的颤抖，时晚伸出手，回抱住他，"没事了，我就在这儿。"

他不用怕，她永远都不会离开他的。

贺寻在人前向来是沉着冷静的模样，这一次，他紧紧抱住少女，难得失态。

贺寻无论如何都不肯松手，时晚轻声安慰许久，直到想起还有拔针这件事，才离开他的怀抱。

护士换上一瓶新的葡萄糖，然后离开病房。

"对了。"贺寻简直像个六七岁的小孩子，半步都不许时晚离开，时晚坐在床边，手被紧紧牵着，突然想起方才在校医院门口发生的事，轻声问，"你之前那个……是不是……"

是不是在向她求婚呀？她听得清清楚楚，他要她嫁给他。

虽然已经在一起很久，提到这个话题，时晚的脸还是不可避免地烧起来。

她羞涩中带着甜蜜，望向他，就看见靠在病床上的人直接变了脸色。

他神色慌张，似乎听见什么了不得的事，急急伸手，然后直接捂住了她的嘴。

把她即将说出口的话堵回去，贺寻额上出了薄薄一层细汗。

"没有。"他喉头微动，不许她继续往下说，"我什么都没说。"

时晚一愣。

难道听错了？

小姑娘的眼神茫然又困惑，贺寻不敢看她，挪开视线："再等等……不是现在。"

想娶她是真的，晕倒前说的话也是真的。

这辈子什么都不在意，在这个世界上他只想要她。

他可以什么都不要，她必须得到最好的。

被仔细呵护、被小心珍藏，他的小姑娘值得一切最美好最珍贵的东西，而不是只有一句简单潦草的话。

相处这么久，时晚如何看不出贺寻那点儿小心思，即使没说出口，也知道他在想什么。

这个男人哦。

她脸颊微红，乖乖地让他抱着。

既然他这么说，她就再等等。

反正总有一天，他要向她求婚的。

战斗了近半年，六月下旬，随着小汤山医院最后的患者出院，非典疫情告一段落。

而这两个月，贺寻瘦下去的肉也被时晚硬是喂得全长了回来。

"哇！"调试完数据，陈琛从实验室出来，闻见香味，口水都要流下来，"我说寻哥，嫂子是不是又给你送吃的了？"

他也想要一个天天给他做饭的女朋友！

"自己去食堂。"

贺寻毫不留情挡开陈琛试图偷吃的手。

这是他们家小姑娘专门给他做的，除了他之外谁都不能吃。

"小气……"陈琛撇了撇嘴，冲陆淼挥手，"走吧，去吃二食堂。"

希望今天的打饭阿姨不要再手抖了。

陈琛和陆淼离开办公室。

贺寻吃完饭，重新整理过上午的数据，靠在椅背上，默默思考着。

已经没有任何问题，新系统很快就能上市。按照目前的形势，占据的市场份额将是百分之五十甚至更多。

这就意味着，不仅仅限于国内，在全球市场里，他们也会是其中的佼佼者。

贺寻嘴角微弯。空旷的办公室里，终究没办法压抑住情绪，他低低笑了几声，长出一口气。

太好了，事事顺利，一切都按部就班地进行。

工作了一上午，贺寻有些疲惫，准备出去转一圈，刚起身，一回头，就看见了一个熟悉的人。

"现在有空吗？"站在办公室门边，贺子兴冲他笑笑，"我想找你聊一聊。"

夏季的午后，微风从叶隙间穿过，浸在树荫里的 P 大一片墨绿。

贺寻坐在长椅上，余光里是面色如常的贺子兴，他轻轻咳一声："有什么事？"

从小到大，很长一段时间里，对于沈怡深爱的这个男人，他的心情都很复杂。

一方面，如果没有贺子兴，沈怡或许过的是一段相对平稳的人生，就像时远志和向洁一样，正常地组建家庭，正常地生儿育女。而不是在离婚后一个人带着他独自过活，精神失控到最后投湖自杀。他也不会来到这个世界上，有一对根本不爱他的亲生父母。

另一方面，贺寻根本无法指责贺子兴。虽然其中有酒精作祟的成分，但倘若沈怡没有心思，也不会跟贺子安发生关系。她明明清楚生父究竟是谁，却依旧坚持要把孩子生下来。

某种程度上，他们两个人都是受害者。

所以他从没怨过这个名义上的父亲，却也不知道该怎么相处。

在贺家时，贺子兴跟他的关系一直维持着不冷不热的态度，不把他当空气，也没有多亲密。

两个人之间一直保持着礼貌疏远的距离，直到他和贺子安起了冲突。

上一次，得知贺子兴专门来了一趟家属院，贺寻面上虽然不显，其实有点儿诧异。

往严重了说，他应该可以算得上对方的人生污点，对方何必吃力不讨好地跑来找他？

"我是来跟你说抱歉的。"贺寻还在琢磨究竟是怎么一回儿事，低着头，就听见贺子兴低沉的嗓音，"之前让你受了委屈，是我的错。"

贺寻反应了一下，明白过来，贺子兴说的是之前用鞭子抽他的事。

不知道该说什么，他沉默一会儿，淡淡道："没关系，你当时也是没办法。"

贺子安一向是贺老爷子的心头肉掌中宝，和他起冲突和冒犯贺老爷子没区别。如果贺子兴没当着贺老爷子的面收拾贺寻，贺寻的结果肯定不会好。

所以，在这件事上，贺寻其实没什么太大的感觉。

贺寻这么说，贺子兴就有些无奈："你这孩子……"他苦笑了一下，"从小到大都是这个脾气。"

商海沉浮这些年，贺子兴识人很准，第一次见到贺寻，他就知道，这个孩子和他那个顽劣不堪的弟弟不一样。

贺寻站在那里，不吵不闹，成熟冷静得不像一个小孩。

后来，有的时候，贺子兴甚至觉得或许这真的是他的亲生儿子。秘书拿给他的成绩单从来都是第一，老师在家访时也赞不绝口。

只可惜，他们终究没有做父子的缘分，这么多年来关系一直都不远不近。

"剩下也没什么要说的。"贺子兴回过神，沉声道，"我只是……"

知道贺寻不想同贺家有牵扯，但他还是有些话想说。

"我见过你喜欢的女孩子了。"回忆着上次去家属院的情景，贺子兴笑笑，"她是很好的一个姑娘，你俩很般配。"

不明白对方为何突然提起时晚，贺寻愣了下，客气地回应："谢谢。"

贺寻应得有几分冷淡，贺子兴却毫不在意。

"当长辈的没能给你做好榜样，是我们的错。"贺子兴斟酌片刻，开口，"现在你长大了，我也没什么立场教育你，只希望你过得比我们都好。"

似乎没有什么其他事，说完这几句，贺子兴冲贺寻笑笑，起身离开。

贺寻没有追上去，站在原地，盯着对方的背影看了一会儿，猛然惊觉。

这个当初给他成绩单签字的男人，如今也已经开始老了。

九月，又一个开学季。

尚显青涩的新生们好奇而兴奋，在校园里东张西望，注意力就被礼堂外乌泱泱的人群吸引。

"哎，"有好奇心重的男生一个劲儿往那边勾头，"他们在那儿堵着干吗呢？"

难道一进校就有什么文艺演出？

"亏你还是搞航模的！"这话一出，就收到身旁同学无语的眼神，"待会儿贺寻他们要在礼堂办讲座，贺寻你不知道吗？"

高中航模比赛出身，男生听见这个熟悉的名字，猛然一惊："真的假的？"

非典疫情后的这个夏天，凡是稍微关注飞行器领域的人，都已经听过了无数遍贺寻他们的名字。

凭借一套独立设计开发的新系统，在短短两个月时间内承包所有国内市场，赢下百分之六十的全球市场份额。速度惊人，似乎只是一夜之间，这几个刚进入大学的年轻人就以一己之力改变了整个世界的飞行器格局。

大家都说这是不可能的传奇。

国内媒体竞相报道，电视台采访不断，就连根本不知道无人机是什么的普通人，也会对他们有印象。

"我想去看啊！"讲座已经开始，男生急得不行，想拽着同伴进礼堂，却被乌泱泱的人群阻挡在外。

人山人海，座位全部坐满。

过道和外面的走廊挤满了学生，还有来迟的记者挥舞着记者证，拼命想要挤进来。

"哇！"沈晓菲忍不住回头看了一眼，对时晚惊叹，"我说晚晚，人来的也太多了！"

简直堪比追星现场。还好她们被安排在第一排，不然什么也看不见。

时晚没有说话，坐在座位上，耳边是交头接耳的低语，她只觉得不真实。她从不怀疑贺寻的能力，知道他肯定会成功，但从未想到过是这样的情景。

连在青城的时远志都打电话跟她抱怨："那些记者天天堵在家属院门口，我说贺寻又不在，他们堵我们也没用啊！"

一夜之间，鲜花荣誉和掌声纷至沓来，让人眩晕得不知如何是好。

"啊啊啊！"时晚还在出神，一旁，沈晓菲兴奋地喊，"来了来了！"

她的声音不小，但台下观众的口哨和尖叫声更大，几乎要掀翻礼堂。

礼堂追光灯下，三个年轻人穿着正装，看起来格外沉稳，有种和同龄人不相符合的成熟和自信。

这真的是她的男朋友吗？

时晚离得近，愣怔地看着贺寻同台下观众打招呼，有些晕乎乎的。

明明她就陪在他身边，亲眼看着小红旗插满大半个世界地图，事到如今，还是不太敢相信，这一切居然都是真的。

贺寻做到了。

她的少年真的做到了。

贺寻站在台上，视线扫过底下激动的人群，最后落在第一排的时晚身上。

见她呆呆地盯着他看，他嘴角微弯，不自觉地露出一个淡淡的笑容。

"贺先生在笑什么？"察觉到他在笑，主持人忙不迭地追问，"是有什么高兴的事吗？"

说是讲座，其实更像是一个见面会。

P大从来不缺少人才，但像贺寻他们这样的人才太过少见，校方就决定在校内专门办一个半公开的讲座，也算是适时提升自己的名声。

"嗯。"贺寻稍稍敛起嘴角的笑容，沉声道，"最近的事都值得高兴。"

没办法全然藏起情绪，电子投屏上，年轻英俊的男人不自觉笑起来。

台下观众们禁不住尖叫。

平心而论，陈琛和陆淼长得都不算差，收拾一下也是精神的小伙子，然而放在贺寻身边，难免会被比下去。

他穿着正装站在舞台上，追光灯下，原本就深邃的眉目越发立体，叫人忍不住多看两眼。

主持人冲镜头笑了下，发问："那么，在整个新系统的研发过程中，你有没有什么非常想感谢的人？"

这是一个常规提问，之前，陈琛和陆淼都客套地答复是学校和老师。

贺寻扫了一眼台下的记者和观众，面对长枪短炮，没有丝毫犹豫。

"我最想感谢的人是我女朋友。"

男人低沉的嗓音从礼堂的音响里传出。

一字一句，字字分明。

这个家伙！起哄声快要掀翻礼堂屋顶，时晚的脸一下烧起来。

主持人应变能力极快，面色不改："那你有什么想对她说的吗？"

总归今天请来了许多媒体，再怎么乱来，当着一众记者的面，也不会出格到哪儿去。

主持人想得很好，贺寻却注定要让她失望了。

时晚脸颊烫得不行，坐在第一排，还在试图用眼神让贺寻收敛点儿。

下一瞬，她眼睁睁地看见他直接从台上跳了下来走到她的身边。

他想干什么呀？

时晚有些慌张，下意识地想要起身。

还没来得及动作，视线对上，她看见他黑漆漆的眼眸。

他视力已经完全恢复，曾经无光的眼眸此刻浸着情难自禁的温柔，清澈地映出她的模样。

"我想对她说……"贺寻站在原地，追光灯跟着打过来。他尾音稍稍拖长，待到所有的镜头和视线都转向这边，低低笑了下。

当着一整个礼堂和全国媒体的面，贺寻单膝跪下，从衣兜里拿出早已准备好的钻戒，抬头望向时晚。

"晚晚。"礼堂里，所有人都听见男人低沉的嗓音，"你愿意嫁给我吗？"

没人料到他会这么说。

静默几秒，下一瞬，整个礼堂都炸开了锅。

"答应他！答应他！"

观众席上，兴奋的呼喊声四起。女生们捂嘴小声尖叫，有男生开始吹起口哨，同时不嫌事大地拼命鼓掌起哄。

不愿错过这种极具热度的话题，摄像们也纷纷拉近镜头。

沈晓菲就坐在时晚旁边，呆滞片刻，回过神来，急急起身，给这对小情侣腾出空间。

天啊！

沈晓菲下意识地捂住胸口，明明只是旁观者，都不由自主地心跳加速。

居然在媒体和同学们面前当众求婚！

她不由自主代入平时看的言情小说，只觉得这简直浪漫到爆炸。

围观群众一个比一个激动。

在闪光灯和快门声中，时晚怔怔地看向贺寻。

说没设想过正式求婚的场景是不可能的。

很早很早以前，比那一次在校医院门口听见他表明心意还要早。

或许还没有上大学的时候，带着一点儿稚气，一个人躲在被子里，她已经偷偷想过未来他会怎么跟她求婚。

毕竟每个女孩都有一个童话般的梦。

后来，尤其是在校医院住院的那一周，时晚独自待在病房里，不明确将会面对怎样的未来。她突然就想明白了，地点时间和形式通通都没有那么重要，只要可以在一起，他一张口，她就会毫不犹豫地应下。

然而此刻，明明觉得自己并不在乎什么仪式不仪式，时晚盯着男人深沉的眼眸，抿紧唇。

贺寻单膝跪地，就看见时晚眼眶蓦然红了。

"别哭。"他轻声安慰。

他明白他的小姑娘不会在意求婚仪式。

哪怕上一次在校医院门前，狼狈潦草到什么都没有，只有简简单单一句话，最后他更是直接晕了过去，她都没有半分嫌弃。

无论从前还是以后，她都始终如一地相信他。

然而她可以全然不在意，他却不能不上心。

从在一起的第一天起，他就下定决心，一定要给她这世界上最好的一切。

捧在掌心里，放在心尖上。

她是他这一生都深爱的公主。

时晚视线有些模糊，朦胧水雾间，她看见贺寻嘴角微勾。

"晚晚。"

贺寻在人前一向严肃。

此刻，他笑得深情而温柔，再次开口："你愿意嫁给我吗？"

眼泪不受控制地掉下来，时晚声音颤抖：

"我愿意。"

这一年还没发展到全民上网的地步，但礼堂里当时有着数十家媒体，第二天，报纸头版就登出了两人求婚的照片，还配了不小的篇幅描述。

于是，时晚立刻接到了时远志的电话轰炸。

"这个浑小子！"时远志素来都是好脾气的老实人形象，难得这么激动，千里之外，他在电话里大声嚷嚷，"当着这么多人的面闹什么呢？他也不看看他现在能不能结婚！"

两个人才上大二，都没到能合法领证的年纪，求婚未免有些过早。

时远志气得差点儿没昏过去。

然而一早就知道贺寻是谁，看过报纸，研究所的同事们纷纷来祝贺他有个好女婿。时远志只能一边笑着感谢一边咬牙切齿，琢磨着等假期回来就好好收拾贺寻一顿。

"爸……"时晚哭笑不得，只能极力安抚时远志，"又没有说现在就结婚……"

没有到年纪，现在，贺寻还只是她的……未婚夫。

相比于男朋友，这个词汇有些陌生。

时晚挂掉电话，看了一眼手上的钻戒，脸颊莫名有些烫。

这种感觉好奇妙哦。

宿舍里其他的姑娘还是单身，而她居然已经有未婚夫了。

她微微低头，脸若桃花。

一旁，吴莉莉没心没肺地大笑："晚晚，又在想贺寻啊。你们待会儿不是要一起出去吗？"

当众表白常见，当众求婚却见不到几个，更别说在媒体面前吐露心意。P大BBS上，当时的视频和照片早就被顶成热帖，连深夜都飘在第一页。

她们也没少拿这件事打趣时晚。

时晚面色绯红，说不过吴莉莉，只能红着脸又被对方调笑了几句。

眼看就要到约定的时间，她收拾好，匆匆下楼。

贺寻等在楼下。

作为P大如今的热门人物，他靠在车上，过往的学生都免不了多看几眼，却又碍于男人冷漠的表情不敢细细打量。

贺寻一直板着脸，直到看见小跑过来的人儿，才露出一点微笑。

"慢点。"他牵住时晚的手，沉声道。

他掌心温暖，牢牢包裹住她的小手。

时晚眨了下眼，轻声问："到底要干吗呀？"

大清早还没睡醒，他就给她打电话，一定要她今天抽空出来一趟。

贺寻嘴角微弯，淡淡地笑，并没有正面回答这个问题。

"到地方你就知道了。"他替她打开车门。

搞不清他究竟想做什么，时晚只能乖乖上车。

从P大出发，车没开多久，就来到了首都地价最昂贵的一片别墅群。

九月初的下午阳光和煦，别墅白色的尖顶沐浴在金色的光线中。

"你……"时晚站在最大的那栋别墅前，呆呆地任凭贺寻把钥匙塞进她手里，有些反应不过来。

这是什么意思？他把这栋别墅买下来了？

少女不知所措，神情有种呆萌的可爱，贺寻笑了。

"进去看看。"他对她说。

从来到首都开始，贺寻一直在关注房产，待到今年新系统一盈利，立刻就全款买下了这栋别墅，然后决定求婚。

贺寻神情理所当然，而时晚整个人都是蒙的。

她毫无心理准备，只能任凭他拉着走。

房子比想象中的要大得多，别墅装潢异常精致，落地窗明净高挑，屋前花圃里种着各色鲜艳的花朵，屋后一个巨大的露天游泳池。

他是不是疯了？

无论如何也想不到贺寻会买下这栋别墅，时晚盯着清澈的水面，还是有些犯晕。

直到贺寻走到她身旁，从背后抱住她。

他下颔抵在她肩上，嗓音沉沉，有些发涩："以后这就是我们的家了。"

从小到大，二十多年来，他一直渴望着这一天。

红尘萧索，他终于能和其他人一样，有一个遮风挡雨、温暖安稳的家。

他不用在日落的时候，躺在寂静漫长的黑暗里，数着窗外渐次亮起的灯火，孤独又静默地沉睡过去。

时晚没有说话。

她沉默着，感觉到一些温热的液体落在脖颈上，眼皮开始发烫。

"嗯。"她温柔握住他的手，"我知道了。"

时间转瞬即逝。

大四上学期。

贺寻二十二岁生日前一天，时晚和贺寻举办了婚礼。

"我说老时，今天是喜庆日子，别板着个脸啊！"

青城最大的酒店里，老林头乐呵呵地拍了拍时远志的肩膀："这种女婿我想要都找不到，高兴点儿高兴点儿！"

老林头对于飞行器领域一窍不通，但他知道，多年前跪在荷花池边的少年，如今已经是人人提起都羡慕尊敬的贺总。前几天的报纸还报道了对方，就在今年，国产无人机占全球市场的份额已经超过百分之七十。

谁家找了这么个女婿，都是要敲锣打鼓庆祝的。

老林头越说，时远志就越郁闷。

婚礼前一夜，也就是昨天晚上，贺寻给他看了好几份文件，是资产、股权以及专利转让书。

"爸。"贺寻改口得极其自然，沉声道，"晚晚不肯在这上面签字，麻烦您帮我劝一下她。"

哪里想到这小子会把所有财产都转到自家闺女名下，时远志震惊之余，只觉得头疼。

他要怎么劝啊！这真的不是卖女儿吗？

他原本就睡不着，突然来这么一出，整个人都不好了。

这一场婚礼，贺寻安排得很是盛大。

迎亲的车队蜿蜒近半个青城，请来了众多宾客。然而舍不得让时晚受敬酒那些累，砍掉一切不必要的仪式，他只留下了最简单的过程。

纯白婚纱拖曳在红毯上，她挽着时远志的手臂，一步一步朝他走过来。

她眼眸亮晶晶的，满心满眼都只有他一个人。

婚礼第二天，二十二岁生日，贺寻和时晚去领结婚证。

或许今天是个误打误撞的好日子，排队领证的小夫妻很多，站在末尾等候，时晚稍稍抬眼，就看见贺寻略显僵硬的神色。

是真的僵硬，和昨日办婚礼时完全不同。

贺寻微微拧着眉，眼角沉沉压着，脸上没有一点儿喜悦的表情。他整个人冷着脸，和其余面带笑容的男人完全不一样，活像被她硬生生绑来领证。

这个人哦。

同床共枕，时晚很清楚他昨夜几乎一晚都没睡着，一直辗转反侧到天明。

眼见队伍越来越短，贺寻的表情越来越紧张。

时晚又好笑又心疼，轻轻摇了摇他的手："给你看个东西。"

贺寻还处在高度紧张中，根本没听清时晚说的是什么，潦草地嗯了一声。

明明一直在期待这一天，然而面对即将到来的一刻，他还是紧张到说不出话，甚至连手心都微微出汗。

这么多年过去，今天，她终于成为他的妻子。

贺寻忐忑不安，直到现在依然不敢确信这是真的，连呼吸都小心翼翼，生怕动作稍大，就会打碎这个美好而不真实的梦境。

他这么想着，手里被塞进一个薄薄的物件。

贺寻愣了下，低头去看，手心里一张四面留白的相片。

照片被保存得极好，没有一丝磨损。红榜鲜艳的背景下，眉眼锋锐的少年和神色温柔的少女一同对镜头笑着。

"我来和你换真的结婚证啦。"

时晚仰起脸，冲贺寻软软地笑。

她唇边梨窝浅浅，仿佛穿越光阴，笑容和照片上一样柔软而甜蜜。

贺寻心尖蓦然颤了一下。

没有说话，最后，他只是默默牵紧时晚的手："嗯。"

无须忐忑。

如他爱她一样，她也一直爱着他。

番外一：
回到过去变成猫

　　贺寻从睡梦中睁开眼时，隐约察觉到一点儿不对。

　　昨天是他和时晚结婚五周年的纪念日，他专门推掉公司的事务，空出一天的时间。又把时年两岁的贺瑾、贺瑜两兄弟打包送回青城，拜托时远志夫妇暂时照看一段时间，两个人在家甜甜蜜蜜庆祝了一番。

　　毕竟是结婚纪念日，尽管贺寻不太能喝酒，还是为了气氛喝了几杯，结果最后不胜酒力，走路都不成直线，还是时晚把他扶去了床上。

　　然而现在，他睁开眼，视野里却不是主卧熟悉的水晶吊灯，而是一排稍显陈旧，又巨大无比的吊穗。

　　灰色吊穗真的很大，挨挨挤挤地充斥视线，几乎看不到别的东西。

　　家里什么时候装了这些吊穗？

　　贺寻很是茫然，不明白这是什么情况，才醒来，昏昏沉沉的，下意识伸手去摸。

　　然后，他看到一只毛茸茸的爪子抓住了吊穗。

　　爪子雪白又可爱，不费什么力气，就勾住了吊穗上的流苏，再用力一扯，几根流苏就被扯了下来。

　　贺寻蒙蒙地看着爪子上的流苏，又看看流苏下粉粉嫩嫩的肉垫，难以置信地眨了两下眼。

　　这是什么情况？

　　他变成了一只猫？

　　贺寻几乎要怀疑昨天喝的酒是不是有什么问题，又动了动爪子，还没搞清究竟是什么状况，身子骤然一轻，被人抱了起来。

"豌豆。"一个有些稚气的男童声从头顶传来，"不可以扯沙发穗哦，爸爸妈妈知道了会不高兴的。"

贺寻惊恐抬头："喵！"

果不其然，他一抬头，就看见了一张有些陌生又无比熟悉的脸——说是陌生，是因为贺寻已经记不太清时辰小时候的模样。

早已长成眉目冷淡的少年，时辰远远不像眼前，小脸还带着婴儿肥，眼睛忽闪忽闪的。

"不要叫了。"

时辰待豌豆比对贺寻亲热得多，伸手摸摸猫猫的头。

"来，我带你下楼玩。"说着，时辰一把抱起还在一脸蒙的贺寻，一瘸一拐朝楼下走。

贺寻被时辰抱在怀里，震惊又茫然地看着眼前的一切——家属院红砖墙面上爬满了疯长的爬山虎，荷花池里挨挨挤挤长着莲叶，钱小宝和一群小豆丁在院子里疯玩疯跑，吓得脸上还没什么皱纹的段秀娥大喊："你们小心点儿！别掉到池子里了！"

以钱小宝为首的孩子们魔音贯耳。

贺寻僵在时辰怀里，终于清醒无比地认识到眼前的情况——

是的，他不但变成了一只猫，而且还回到了从前。

现在，他不是首都赫赫有名的贺总，而是被时晚捡回来，养在家里的猫咪豌豆。

想到时晚，贺寻顿时一个激灵。

时晚在哪里？他又在哪里？

他该不会回到了他们去上大学的时候吧？

贺寻不太能分清小孩子的年纪，判断不出时期。时辰把他放在地上，他一张嘴就喵喵叫，什么也说不出来，只能急得围着时辰拼命打转。

时辰只好又把贺寻抱起来："好了好了，我知道你想姐姐了，我也很想姐姐。"

贺寻：完蛋。

他真的回到他们一起上大学的时候，那些年每年只有寒暑假能回家两次，照这个情况，他大概都见不到她。

贺寻正这么想着，视线突然一高。

原本抱着他坐在树下的时辰站起身，看着门口："姐姐！"语气终于多了一点孩子该有的天真。

贺寻精神为之一振。

他也挣扎着控制这个还不太熟悉的身体，努力直起身往门口看。

令贺寻有些意外的是，他看见的并不是上大学拉着行李箱回来的时晚。

少女穿着蓝白校服，胸口还别着青城一中的校徽。看见时辰和他，她连忙上前几步，小跑到他们面前："你带豌豆下来玩啦！"

时辰点头："嗯！"

贺寻张了张嘴，最后无奈发出一声："喵呜！"

"爸爸妈妈今天加班，我先去做饭。"时晚看向时辰，"你和豌豆再玩一会儿？"

时辰乖巧摇头："不玩了，我们回去吧。"

贺寻不会说话，喵呜几声，最后干脆点起了头。

时晚略显诧异地看了他一眼："豌豆今天好活泼呀。"

说着，她伸手，轻轻摸了摸他的头："走吧，跟姐姐回家了。"

贺寻作为一只不会说话的小猫咪，没有自主选择的权利，只能费力地跟在姐弟俩身后，哼哧哼哧爬上楼。

回家后，时晚去厨房做饭，时辰在房间乖乖写作业。

贺寻很勉强地挪动四条腿，不太熟练、跌跌撞撞探索着这个他曾经吃过好多回年夜饭的地方。

和记忆中一样，依旧是那时的装修风格。

沙发罩着带流苏吊穗的沙发套，电视柜上一台老式大脑袋彩电。立式风扇呼呼吹着风，撩动印着碎花的窗帘。

的确是时晚家没错。

虽然附身到一只猫身上有些令人无语，不过毕竟是熟悉的环境，贺寻松了一口气。

他踩着还有些摇晃的小碎步，摇着尾巴走去厨房。

时晚正把最后一道菜端出来，低头看见贺寻，冲他轻轻地笑："小馋猫，不是说了好几次你不能进厨房吗？"

她把盘子放到桌上，又蹲下身，把他抱起来，颠了两下："哥哥是不是已经喂过你啦？"

少女怀抱很软，贺寻晕乎乎的，一连喵呜了好几声，才突然一顿——很明显，时晚口中的哥哥是时辰。

既然他如今是豌豆，那么，"贺寻"现在又在哪里？

贺寻猛然意识到，从他变成豌豆到现在，无论是时辰还是时晚，都没有提起过他的名字。

贺寻曾经跟着聂一鸣看过几集狗血爱情偶像剧，电视剧里，主角偶尔会穿越到其他时间线上。

在有些时间线中，尽管主角认识的其他人都在，主角却并不存在于这个世界。

贺寻的爪子不由得抖了一下。

他飞快地在脑海中思索着——今天时晚穿着校服回来，那就说明她还在读高中，而高中的时候，他几乎每天都和她一起上学放学。

所以，难道这个世界真的没有他？

这个念头出现在贺寻脑海里的瞬间，他身上的猫毛都惊得根根倒竖。

比起变成一只猫，他更没办法接受时晚身边没有他。倘若他不存在于这个世界，她肯定会和其他的人在一起。

追求时晚的人还是挺多的。

从高中到大学，即使贺寻一直态度强硬地守在时晚身旁，还是有不少胆大的男生主动追求她。

一想到有这种可能，贺寻整只猫都不好了。

他迫切地想要知道这个世界究竟有没有自己，可一张嘴只能发出喵呜喵呜的猫叫，急得从时晚怀里跳下来，又开始原地转圈圈。

"你今天是怎么了呀？"

时晚纳闷极了，豌豆平时爱撒娇，但只是躺下露出小肚皮等摸，像这种一声又一声叫的情况很少见。

她扬声问时辰："豌豆吃了什么不该吃的东西吗？"

时辰一脚深一脚浅走过来，摇头："没有，我看着它的，没乱吃东西。"

"可能……"尽管时辰非常不想承认，最后还是开口，"可能它想贺……嗯，哥哥了。"方才在楼下就一直朝院门张望。

贺寻还在转圈圈，耳朵听见时辰的话，敏感地动了两下，迅速抬头："喵！"

能被时辰叫哥哥的没有别人。

只有他一个！

贺寻兴奋地抬起头，看见时晚愣了一下。

几秒后，她蹲下来，伸手揉了把他的头："我知道了，豌豆，哥哥还在基地呢。要是知道你惦记他，他肯定会很高兴的。"

贺寻拿脸蹭了蹭时晚的手。

他终于搞清了现在究竟是什么时候——眼下是他离开青城，去参加航天航空竞赛培训的那小半年。人在位于首都的基地，自然不可能出现在家属院中。

得知这个世界的确有自己，贺寻又重新快乐起来。

时晚和时辰在饭桌上吃饭，他就黏在时晚脚边，哪儿都不去，甚至在饭后，时辰想要抱他去客厅玩，也坚决抱着时晚的腿不挪窝。

——别碰我！

——我和你姐已经领证了！

时辰只能一脸茫然地看着平时和自己玩得最好的豌豆冲他龇牙咧嘴，最后只能把这一切都归结为，豌豆大概真的是想贺寻了。

"姐姐。"于是，时辰头一回主动问起了贺寻，"哥哥什么时候回来呀？"

时晚把洗好的碗碟收进柜子，摇摇头："我也不知道。"

少女白皙的面容带上一丝愁绪，显得有点儿没精神，和时辰又说了几句话，就回了自己的房间。

时辰没跟上去。

他想了想，冲豌豆使眼色："豌豆，你去陪陪姐姐，姐姐不开心了。"

贺寻自然也察觉到了时晚的情绪变化。

不等时辰说完，他就摇着雪白的尾巴，蹑手蹑脚溜进了时晚的房间。

少女正坐在桌前，单手托着下颌，面前摊着习题册，只写了一个"解"。

她怔怔盯着习题，眼神放空，直到贺寻喵呜一声，才注意到他。

"豌豆。"她摸了摸他的小脑袋，"姐姐很想哥哥呢。"

贺寻已经离开了好几个月，时晚表面上佯装无事，心里却有很多想法，一直藏着，不敢告诉其他人，知道自家小猫咪什么都不懂，她才敢放心大胆和它说。

"你看他那个脾气，糟糕得要命，也不知道在基地有没有收敛些，万一和别人打起来，被赶出基地怎么办。

"他应该会好好吃饭吧，胃都被折腾坏了，要是再和以前一样有一顿没一顿吃饭，回来人又该病了。

"不过可能老师会盯着他吃？毕竟他那么厉害，连爸爸都夸过他的飞行器有水平。"

时晚说了很多很多。

从担心贺寻的脾气说到害怕他和宿舍同学相处不好，从基地食堂的饭菜说到他平时总是不按时吃饭，说到一半，又开始忧虑贺子安或许会跑去基地闹事。

贺寻一开始还听得很高兴。

听着听着，他也蔫头蔫脑，耷拉着一颗毛茸茸的脑袋，趴在时晚面前不吭声。

"哟。"时晚看见他的模样，不由得失笑，"你还真听难过了？"

她眼底有隐约一点泪意，伸手把贺寻抱在怀里，喃喃自语："豌豆，我真的好想他啊。"

贺寻从未听时晚说起过这些话。

在基地唯一一次给她打电话，电话里，少女什么都没有说，只是说她过得很好。后来，当他们再见面时，她也未曾提起过这些没有宣之于口、深埋心底的担忧与思念。

在基地的那几个月，贺寻自然是难熬的。

他躺在床上，总会想起和她一同上下学的时光，想起她唇边浅浅的梨窝，仰头看向他时明亮的杏眼，被他逗弄后骤然涨红的脸色。

不能有任何联系，他只能把这些想念全部用力嚼碎、吞进喉咙。却未曾想过，在他想她想到心口都发疼的时候，她也同样深深思念着他。

时晚低着头，眼中泪意越发明显。

泪珠悬在浓密眼睫上，将坠未坠，即将落下的前一秒，眼角突然一暖。

"哎呀！小坏蛋！"

一只猫爪软乎乎摸上眼睛，时晚又惊讶又感动："你还学会给姐姐擦眼泪啦？"

贺寻不太适应豌豆的身体，笨拙又努力的，伸出小爪子，替少女擦眼泪："喵呜！"

晚晚，不要哭。

我很快就会回到你身边。

我们会一起考去 P 大，会结婚领证，会生下一对可爱的双胞胎兄弟。哥哥沉稳内敛，弟弟调皮聪明。我们会是很幸福的一家人。

时晚并不知道自家小猫咪的心思。

她也不是遇到事就爱哭的性格，被猫爪软软擦了一会儿眼泪，自己就不哭了。

"去和小哥哥玩吧。"她把贺寻放到地上，"姐姐要学习啦。"

贺寻喵呜一声，在桌旁趴下，拿圆溜溜的眼睛一个劲儿盯着她。

时晚被盯得没办法，只能摸摸他的小脑袋："那你要乖，不能随便咬姐姐的东西哦。"

贺寻："喵呜！"

绝对没问题！

时晚本来以为豌豆只是一时兴起，过一会儿就会自己不耐烦地跑出去，没想到它居然乖乖待在桌上，哪里都不去，甚至还小心翼翼把自己缩了起来，尽量减少占地面积。

到了晚上该睡觉的时候，它就可怜兮兮地走到她面前，仰起头，大眼睛忽闪忽闪看她。

"怎么这么黏人啊。"时晚就笑了，"好吧，今晚可以在姐姐的房间睡，但是你不许上床，只能在地上睡哦。"

豌豆仿佛听懂了她的话，直接走到床边，尾巴一盘，老老实实蜷起来。

以前豌豆有这么聪明吗？时晚有些疑惑。

但看来看去，除了走路时姿势稍微有点怪异，的确是自家的猫咪没错。她也没多想，径自关灯上床。

而第二天起来后，时晚发现了更奇怪的事。

豌豆一向爱睡懒觉，她上学时间又早，以往出门的时候，豌豆还在呼呼大睡，而今天，她还没出门，豌豆已经摇着尾巴，站在门口等她。

说句实在话，豌豆一只猫拼命摇尾巴还是挺奇怪的。

不过时晚顾不上惊讶这个，因为她发现，豌豆似乎是想跟她一起去上学。

"不可以哦，你是猫猫，猫猫要在家待着，不能去学校。"

时晚试图和豌豆讲道理，但显然人没法和猫沟通，豌豆就这样一路跟她到学校，进了门，走到教室。

直到她坐在座位上，它才冲她轻轻喵呜一声，灵巧地从窗台上跳出去。

放学的时候，时晚一走出教室，就看见豌豆站在走廊尽头，看见她，高兴得一边叫一边跑过来。

从这天起，豌豆就开始和她一起上学放学，就好像贺寻曾经做过的那样，无论刮风下雨，始终陪在她身旁。

时晚偶尔也想过某种可能，但到底人穿到猫身上只是小说里的情节，这种事根本没可能发生在现实中。

于是，她也渐渐习惯了豌豆的陪伴，直到生日那天，吃过晚饭，准备去学校上物理竞赛课。

贺寻和往常一样，早早守在门边。

看见时辰往时晚手里塞陶土人，贺寻才想起来，今天是时晚的生日。也就是说，他就要从基地回来给她庆生了。

这个念头出现在贺寻脑海里的瞬间，他眼前突然一黑。

"豌豆！"

晕倒前，他听到时晚和时辰同时喊他的声音。

贺寻从睡梦中睁开眼。

主卧天花板上的水晶吊灯映入眼帘，他怔怔地看了一会儿，又迅速转头。

一旁，时晚睡得正熟。

和昔日少女时的模样并没有太多分别，她的眉目依旧温柔，不知道梦见了什么，闭着眼含糊喊了声他的名字。

贺寻眼神微沉。

他俯下身，在她额头上轻轻落下一个细腻的吻。

不论梦境还是幻想，抑或其他世界。

在每一个时空里，他都深爱着她。

番外二：小宝贝

PIANZHI

四岁的贺芽是家里最小的孩子。

才上幼儿园没多久，贺芽学会了算数。今天老师留的作业是算出自己和其他家人的年龄差，于是从幼儿园一回来，她就噔噔噔跑进别墅。

两个哥哥还没回家，爸爸妈妈也不在，于是贺芽噔噔噔跑去找豆豆。

是的，豌豆就是豆豆。

贺芽其实并不能理解爸爸妈妈说的，豆豆是年纪很大的长辈，明明豆豆那么小，她自己就可以抱动它。

"豆豆，豆豆。"贺芽来到正在晒太阳的豌豆面前，"你几岁了呀？"

时年十八岁的豌豆懒洋洋地"喵"了一声。

贺芽拿着小本本认真地点头："我知道了！豆豆八岁！"

豌豆一怔。

你哪里听出来我八岁？

它清了清嗓子，正想纠正，汽车引擎声传来，是贺瑾和贺瑜回来了。

贺芽迅速丢下豌豆，跑向两个哥哥。

"哥哥。"她先看向贺瑾，"你几岁了呀？"

贺瑾虽然只有七岁，但已经很稳重，平日里一副小大人的模样。

此刻见贺芽跑过来，他伸手扶了她一把，又掏出手绢替她擦汗："小芽儿慢点跑，小心摔倒。"

贺芽乖乖地站稳，让贺瑾给自己擦汗，然后接着问："哥哥，你到底几岁了呀？"

"我七岁了。"贺瑾说，"你怎么突然想起问这个？"

贺芽在小本本上写下一个"7"，奶声奶气道："这是老师布置的家庭作业！"

"哥哥你呢？"贺芽又转头，然后发现贺瑜已经一溜烟跑进了别墅。

贺瑜急匆匆跑进厨房，拿了三个冰激凌出来，分给贺瑾和贺芽，听了贺芽的问题，三两口把冰激凌吞下。

"小芽儿，你好笨！"他大大咧咧地说，"和你说了多少次，我跟哥哥是双胞胎，哥哥多大我多大！"

贺芽四岁的小脑壳并不能理解后面的一长溜话，但她听懂了前半句，哥哥说她笨。

贺芽一双杏眼里迅速蓄满了泪水，咬着唇，不说话，可怜巴巴地盯着贺瑜。

贺瑜一下就不行了，心软道："我笨！我笨！小芽儿不哭！是我笨！"

贺瑜大魔王在家里无法无天，今天薅花园里的玫瑰，明天拔草地上的兰花草，甚至试图对豌豆痛下毒手，最后被豌豆一巴掌拍出了记性，再也不敢招惹。

而他在家里除了怵豌豆，就怕这个妹妹掉眼泪。

小芽儿长得和瓷娃娃一样，一哭起来，贺瑜根本招架不住。

贺瑾瞪了他一眼："不许惹妹妹！"

兄弟俩一起哄了好半天，贺芽终于不哭了。

"那——"贺芽抽了抽鼻子，掰着手指头，"哥哥比我大三岁，豆豆比我大四岁，爸爸妈妈呢？"

贺瑜想了想："爸爸妈妈可能比你大二十多岁吧！"

贺芽"哇"了一声："这么多呀！"

她感觉四岁就已经很大了！

"那我什么时候才能和爸爸妈妈一样大呀？"贺芽眨巴眨巴眼，"我真的也可以长到那么大吗？"

贺瑾牵住她的手："当然，哥哥和爸爸妈妈都会陪着你长大。"

"还有豆豆！"贺芽补充，"豆豆也会！"

傍晚，爸爸妈妈回家后，贺芽给他们看了今天的作业。

妈妈笑着摸她的头："小芽儿说得对，我们都会陪你长大的。"

爸爸也笑："小芽儿永远都是爸爸妈妈和哥哥的小公主。"

贺芽认真地点头："嗯！我知道！"

就算她长到一百岁，她也是家里最小的宝贝！

后记：

PIANZHI

某年夏天，机缘巧合下，我和同学一起去某个北方小城做义工，组织方安排我们住在当地的校家属院里。

那是个有些年头的院子，红砖墙，爬山虎，还有一个已经干涸的、听说曾经种着荷花的水池。

家属院历史久，留在那里的大多是上了年纪的爷爷奶奶，还有他们的孙子孙女。每一天的早上，我们基本都会被院里疯跑疯玩的小孩吵醒。其中有个虎头虎脑的小男孩，他奶奶总是叫他"小宝"。

一段时间后，互相熟悉了。小宝和我说，我们住的这一家，以前住着个谁都不搭理的男生，男生脾气很差，见人总是冷冰冰的模样，遇到老人从不打招呼，更不理会他们这些小孩。

后来男生就搬走了，走的时候也是一个人。不过离开的那天，他难得帮院里的孩子捡了一回足球——这群小孩实在太淘气，直接把球踢上了树。然后小宝就再也没见过他。

我有些好奇，这究竟是一个怎样的男生——他为什么一个人住在这里？他的家人去了哪儿？他有朋友吗？他有喜欢的女孩吗？他每天醒来听见院里的吵嚷声，会恼火还是会无所适从呢？

于是，贺寻就这么出现了。

他会躺在床上听楼下的吵闹，坐在客厅看院里的灯火，一个人做饭吃饭，一个人上学放学。挺孤独的，仿佛什么都不在意。

但正像小宝嘴里的大哥哥会帮他捡球一样，贺寻也会给小猫处理伤口，偷偷帮孩子们盖被子，把走丢的钱小宝带回院里，即使因此挨了一巴掌也不生气。

贺寻就是这样的一个少年。他漠然、冷淡，看上去生人勿近，又有种克制而独特的温柔。

所以贺寻才会和时晚相遇，他们一起上学、一块儿写作业、一同走在小巷里昏黄不定的灯光下。耳边是夏日和缓潮湿的风，头顶是深夜明澈干净的月。再张扬恣意的少年，也会在这时温柔下眉眼，悄悄去看身侧脸颊微红的女孩。

他们之间的情愫是自然而然的。风吹动蓝白校服，撩起额前碎发，在那个下着大雨的傍晚，他第一眼就爱上了她。

感谢每一个看到这里的读者，谢谢喵团编辑和大鱼文学给我出版的机会。寻哥和晚晚的故事暂时告一段落，在没有我参与的那个世界，他们依然会幸福地生活下去。

江有无
于 烈烈夏日